本书为 2016 年度国家社科基金艺术学重大项目
"戏曲剧本创作现状、问题及对策研究"（16ZD03）前期成果

上海戏剧学院编剧学教材丛书

电视剧写作概论

姚扣根 著

上海人民出版社

总　序

如果从 1946 年创办编导研究班算起，上海戏剧学院（以下简称上戏）的编剧教学已有 70 年历史。从 70 年间积累的有关编剧教学的教材、专著、论文、参考资料、案例汇编中遴选出一批可供教学与研究的编剧教材，整理出版"上海戏剧学院编剧学教材丛书"，是我多年的愿望，限于各种原因，一直未能付诸行动。此次借上海高峰高原学科建设之东风，终于遂愿。丛书印制在即，责任编辑建议，考虑到有些教材出版已有些年头，原有的序言等内容可能会让读者产生距离感，希望能有个总序，说些新话。我以为，此见甚好。为之，约请了几位比较适合作此书序的同仁，不想均被婉拒。不得已，只好赶鸭子上架，由我滥竽充数。当然，我自知也说不出新话。

一

细心的读者一眼就看出，编剧教材怎么成了"编剧学"教材，多了一个"学"字，应作何解？那就先聊聊编剧学吧。

编剧，作为专业，有 2500 年的历史，应该是比较客观的论断。现存的古希腊戏剧，如索福克勒斯的《俄狄浦斯王》剧本也有 2400 多年了。编剧的相关研究，自亚里士多德的《诗学》算起，也有 2300 余年。中国戏剧晚出，现存最早的戏曲剧本是南宋的《张协状元》；至于编剧的研究，一直到明末清初李渔的《闲情偶寄》，才以结构、词采、音律、宾白、科诨、格局六方面论，对戏曲编剧的理论与技巧有全面的概括与精当的阐述。若论大学的编剧专业教学，最早的，有案可稽的是美国的乔治·贝克教授于 1887 年在哈佛大学担任戏剧文学和戏剧史等课教学，并主持总名为"课程第 47 号的实习工场"的系列戏剧课程。

创建编剧学则是近几年的事。

2007 年 5 月，我调任戏剧文学系主任，时任科研处长的姚扣根教授提议，我们是否建一个戏剧创作学。我听了眼睛一亮。虽然一个新学科的建立，需要具备各种重要条件，如要有社会需求与发展前景；要有深厚的学术积累；要有明确的研究对象；要有稳定的研究队伍；要有学术共同体与学术刊物；要有卓越的研究成果；要有学术派别；要有高等教育；要有学科带头人，等等。而这些条件，未来的编剧学新学科都已具备。加上上戏有悠久的编剧教学历史，有许多老教授的研究成果，有新一代教师和学者的求索精神，如果乘势而上，顺势而为，坚持数年，相信必有成果。经反复考虑，我觉得时机成熟，决定试试。征询系里同仁意见，也都很支持。正好有个由我执笔修改学校公文的机会，便试探性地将"筹建戏剧创作学三级学科"写进文件（参见上海戏剧学院档案室文件：《上海戏剧学院行政报告·2008 年 3 月 27 日》），获得认定后我们便围绕筹建新学科开始运思并做了一些基础性的工作。2009 年 12 月 3 日，在学校中层干部会议上，我以"学科建设：戏文系事业可持续发展的生命线"为题作交流发言（参见《戏文通讯》2009 年号），明确提出"争取在三五年内将戏剧创作学建成上海市教委三级重点学科"的工作目标。至 2011 年 4 月，学校在江苏木渎召开学科建设会议时，在校学术委员会主任叶长海教授及学术委员会同仁与校领导的支持下，该项目被列入学校三级学科建设计划，正式命名为"编剧学"（需要说明的是，编剧学应运而生，是中国戏剧教育、戏剧研究、戏剧实践的必然结果，姚扣根教授与我，仅仅是在一个恰当的历史时段顺手轻轻推开了那扇迟早要被人推开的编剧学之门）。

众所周知，编剧，原来是戏剧戏曲学中的一个子系统，一直依附或混杂于文学、戏剧和电影的部分。如今逐渐步入独立自主、自我完善的体系化，最终成型并自立门户，实在是经过了漫长的求索之路。编剧学的建立，既是编剧专业自身发展的内在需求，也是戏剧影视与文化创意产业发展的自觉选择，更是编剧这一人类创造性活动获得人们进一步重视的必然结果。

何以见得？

第一，从编剧涉及的实践领域看，编剧早已突破原有的戏剧、电影的框架，有了广播剧、电视剧、纪录片，及应运而生的新媒体戏剧，如手机剧、网络剧、游戏动漫、环境艺术、场景艺术等众多的人文活动新领域。随着演艺艺术、图像艺术、视听艺术的普及，包括竞选、广告、婚宴、庆典等，都需要编剧的策划和撰稿，将人类所有的仪式化的活动，化为"剧"的因素。诗意的栖居，行动即表演，戏剧的人生，成了现代人的某种生活方式的追求。在这样的态势下，传统的编剧理论与编剧方法受到严峻挑战，现实需要更多的学术回应。

第二，从编剧涉及的理论研究看，编剧的理论早已突破原有的戏剧学、电影学的研究框架。今日的编剧专业作为核心，连接了几乎所有的社会和人文的前沿学科，甚至包括了一些自然学科的最新成果。如语言学、符号学、叙事学、美学、心理学、创意学、传播学、接受美学、人类学、教育学、策划学等；包括医学、运动学、生命学、数字技术、材料学等多学科与交叉学科。编剧涉及的新理论与技巧，如雨后春笋，早已拓展研究领域并收获鲜活成果，呈现了前所未有的蓬勃姿态。具体体现为：有关编剧的论著与论文、教材与译著，数量上升，质量提升；越来越多的高校面向本科生、研究生开设编剧课程；相关前沿理论的融合渗入，国内外频繁展开的学术交流与切磋，提供了良好的研究路径与发展平台。

编剧，作为戏剧、影视、游戏、新媒体等诸多艺术创作链上的一环，既是"无中生有"的第一环，更是决定作品成败的最重要一环，一方面具有最悠久的历史传统与最稳定的经久不衰的运行系统，另一方面无论是实践还是研究，又是一个充满无限活力、富有蓬勃生机的新领域。

对照社会的发展和需求，我国目前编剧理论与学科基础尚显薄弱稚嫩，整体水准还处于不稳定的初级状态。有的研究取向单一，路径狭窄，自我封闭，亟须"破茧成蝶"；有的存在着"分化不够"问题，编剧专业的主要领域和一些次领域没有得到充分的衔接，没有建立一个独立而完善的学术体系；有的存在"融合不足"的问题，编剧专业在内与文学、戏剧学、电影学、传播学等内部各次领域的学术对话不够充分，在外与心理学、社会学、哲学等其他学科的跨学科研究交流不够积极。从本土文化研究的角度看，吸收和消化西方编剧理论，创建具有东方美学特征与戏曲剧作思维的中国编剧理论和方法论，还远远没有形成成熟的体系与模式。

鉴于此，为实现编剧专业在学科领域的进一步发展，适应实践和理论的现实需求，创立编剧学就成了我们这代人不可回避的学术使命。由于天时地利人和，我们终于迈出了重要的一步：凝聚各方资源，创建编剧学独立学科，在学科层面上推进专业知识之间合理的分化和融合，从而借此提升整个专业、行业、事业的学术水准。幸运的是，2011年国务院学位办通过了艺术学升为门类的决议，我校的戏剧与影视学由此上升为一级学科，编剧学也随之升格为二级学科。最近，有关部门在全市所有高校中遴选出21个学科列为上海高峰学科建设计划，上戏的戏剧与影视学有幸入选，编剧学也躬逢其盛，忝列其中，此乃幸事。

提出创建一个新学科也许还容易，关键是如何实施，如何一步一个脚印地去推进。换句话说，编剧学要做什么？概言之，主要有两件事：一是编剧理论研究，二是编剧实践研究。如果再具体一点，那就是：编剧史论，即编剧学史研究；编剧理论，即编剧本体研究；编剧评论，即剧作家作品研究；编剧技论，即剧作方法技巧研究。

首先，要梳理传统的编剧理论，从中国演剧艺术的实际出发，在中国与西方学术传统的基础上，在现代向传统继承发展的前提下，探索创造适应现实发展的新的知识体系、研究方法和教育方法；其次，要加强学科基础建设，创建以创作为核心的科研、创作、教学的新学术框架；再者，要对商业文化的冲击和现代技术的影响等社会环境变化作出及时反应，一方面不断拓展适应前沿领域实践发展的学术研究，另一方面不断拓展相关的边缘学科，以多学发展一学，实现整个学科体系的开放和活跃，并在这种开放性、活跃性中厘清编剧学的结构体系，创建中西融合的编剧课程，梳理编剧特色的学术框架，创建具有中国特色的编剧学。

因为学科建设的成果最后总是要作用于教学，作用于社会服务，编剧学又是实践性很强的学科，所以，在上戏，习惯的说法是，学科建设要注重科研、创作、教学与社会服务的"四轮并进"。依照这一思路，这些年，我们以上戏编剧学研究中心为载体，为编剧学新学科做了一些奠基性的实事：

1. 科研方面

《1980 年代以来汉语新诗的戏剧情境研究》，列国家社科基金青年项目；

《中国戏剧评价体系研究》，列上海高峰学科建设项目；

《故事开发与应用实验室》，列上海高校一流学科建设项目；

《编剧软件》，列上海高校一流学科建设项目；

《中国现当代编剧学史料长编》（3 卷），列上海高校一流学科建设项目；

"上海戏剧学院编剧学丛书"（6 种），列上海高校一流学科建设项目；

点评版《中外经典剧作 300 种》（30 卷），列上海高校一流学科建设项目，上海人民出版社重点书目；

承担《中国大百科全书·戏剧卷》戏剧文学分支各条目的设计与编纂工作，列国家重大出版工程。

2. 创作方面

话剧《国家的孩子》获 2014 年度国家艺术基金资助；

话剧《徐阶》获 2015 年度国家艺术基金资助；

话剧《万户飞行奇谈》《四岔口》《春天》《爱不释手》《海岛来信》《分

庭抗争》，戏曲《寻找》《长乐亭主》（均为编剧学专业学生创作）等获上海文化发展基金会青年编剧项目资助。

3. 教学方面

与哥伦比亚大学联合培养编剧专业 MFA 研究生，将两位美籍研究生的课程作业搬上中国舞台，出版《碰撞与交融——上海戏剧学院与哥伦比亚大学联合培养编剧专业 MFA 研究生课程记录》；

优化戏剧文学专业建设，列国家级特色专业建设点；

探索戏曲写作教学创新实践，获上海市优秀教学成果奖；

总结编剧教学 60 年历史，出版《编剧教学研究论文集》；

鼓励编剧学教师重视自身的创作与研究，出版《上戏编剧学教师年度文选》（2013 卷，2014 卷）；

出版《上戏编剧学研究生作品选》（4 卷）《俄罗斯题材戏剧小品选》《新剧本创作选》《倒春寒》《国家舞台艺术精品工程入选剧目研究课程论文集》等，举办"上戏编剧学研究生作品京沪专家研讨会"；

出版《故事——上海戏剧学院编剧教学参考资料》（20 本）；

探索《编剧概论》《独幕剧写作》《大戏写作》《戏曲写作》《电视剧写作》等核心课程的改革创新；

倡导学生注重社会实践，建立编剧学余姚、南通、绍兴、松江教学基地，新疆、西藏践习基地，出版《戏文系学生暑期社会实践调查报告》（2009 卷，2013 卷）。

4. 社会服务方面

在市教委相关部门支持下，创立上海校园戏剧文本孵化中心，借助上戏创作中心、编剧学研究中心的力量，先后推出《钱学森》《王振义》《潘序伦》《钱宝钧》《熊佛西》等一批原创"大师剧"；

出版《上海校园戏剧文本孵化中心 1+1 丛书》；先后主办第一届、第二届全国校园戏剧剧本征稿比赛活动；

举办 9 期全国高级编剧进修班，同时为新疆、西藏、内蒙、湖南、山西等地培养青年编剧人才。

上述事项，都直接或间接与编剧学学科建设的总体部署相关，有的已经完成，有的还在进行中。而整理出版 10 卷本"上海戏剧学院编剧学教材丛书"，自然是编剧学建设的题中应有之义了。

一个"学"字，作此解释，自觉有些啰嗦了。

二

教材建设是学科建设的一项重要内容，这应该不会有异议。问题是，整理出版旧教材，有意义吗？毕竟是存量，不是增量，有价值吗？朝花夕拾，未栽新株，有必要吗？一句话，为什么要整理出版这套教材丛书呢？那就说说我的想法。

首先，我以为，这是编剧学学科建设的需要。

学科建设主要承担知识的传承与创新，学科人才梯队的构建与培育。但是，如前所述，最终的成果都要作用于教学，作用于社会服务。而体现这个功能的一个重要载体就是教材。换一个角度说，一个学科，没有完整的、科学的、有说服力的教材系列是无论如何也说不过去的。

事实上，每个历史时段问世的编剧学教材，都会融入特定时期的学科、专业与教学改革的最新成果。所以，系统地整理出版已有较成熟的教材，既可以从中窥见学科与专业建设前行的足迹，揣摩先驱者筚路蓝缕、既开其先的进取精神，更可以为编剧学学科建设成果的受众反馈提供真实信息。

其次，也是编剧学新教材建设的需要。

上戏建校70周年，编剧教学贯穿始终，有教学，必有教材。包括基本教材，即基本知识的传授；实践教材，即学生能力培养的指导；参考教材，即学生外延能力培养的辅助。应该说，这三类教材的储备我们都有。但是，无论是质还是量，与建设一流艺术大学的目标要求还有距离。特别是，随着社会的发展，知识更新周期越来越短。有资料说，联合国教科文组织对此曾经做过一项研究，结论是：在18世纪时，知识更新周期为80～90年，19世纪到20世纪初，缩短为30年，上个世纪60～70年代，一般学科的知识更新周期为5～10年，而到了上个世纪80～90年代，许多学科的知识更新周期缩短为5年，而进入新世纪时，许多学科的知识更新周期已缩短至2～3年。编剧学的知识更新周期当然不可能如此短暂，由于其实践性很强的专业特点，许多编剧技术与方法具有较强的稳定性。但知识更新终究是不可能绕开的学术话题。如何将编剧学最新的研究成果转化为教学内容，就成了一门十分重要的功课。而做好这一功课的前提是，必须摸清现有家底，盘点已有积累，再看看有哪些缺失需要补上，哪些软肋需要强化，哪些谬误需要订正，哪些新知识、新观点、新方法、新理论需要整合，从而为编剧学新教材建设提供重要参照。

最后，当然也是培养创新型编剧人才的需要。

培养合格的创新型编剧人才，离不开教学内容与教学方法的改革，在有限的时间和空间内给学生有用的知识，都亟须科学性、实践性、先进性兼备的教材。而鼓励学生系统地研读已有的较成熟的教材，一方面可以强化学生的专业基础，另一方面可以昭示后学以前辈为例，养成努力探索学术真谛、把握科学规律的治学习惯，培育跟踪学科前沿、贴近创作实际的良好学风。

因为有了上述理由，至少让我为原初也曾经有过的犹豫找到了释怀的依据。

三

也许，还应该谈谈这 10 本教材的特点以及入选的理由。

是否可以这样说，这是国内第一套在编剧学领域比较全面科学地总结探讨话剧、戏曲、戏剧小品、电视剧编剧理论与技巧的教材丛书。著者注意吸收国内外编剧研究的理论成果，结合中国当代编剧实践，内容涉及编剧学、剧作法、编剧艺术、剧作分析、中外编剧理论史、编剧辞典、国外剧作理论与教材翻译等，在努力揭示编剧观念、创新思维、写作规范、本质特征和剧作法则等方面作出了可贵的努力。毫无疑问，这10 本教材各有各的特点，限于篇幅，我只能挑主要的感受来表达，以初版时间为序，逐一介绍。

1.《编剧原理》

著者洪深（1894—1955）、余上沅（1897—1970）、田汉（1898—1968）、熊佛西（1900—1965）、李健吾（1906—1982）、陈白尘（1908—1994）。此著为六位中国现当代话剧史上重要的理论家、剧作家、教育家的主要编剧理论著作的汇编，书名借用熊佛西老院长的编剧理论专著。这六位先贤为上戏草创时期的名师。此次选取的文字，既是重要的学术论文，又具有教材意义。先贤们围绕"戏剧是什么"、"怎样写剧"、"怎样评剧"等问题展开阐述，娓娓道来。反复咀嚼几位著者的论述颇有醍醐灌顶、引导统率的作用。学习戏剧，同时还需要理解戏剧与文学、戏剧与社会、写意与写实、话剧与戏曲等多重关系，书中对此都有翔实的分析。同时，有关历史剧、诗剧、哑剧、小剧场戏剧等戏剧类型的论述，也颇能体现作者从实践经验中摸索出的戏剧规律，对于从事编剧创作和研究的学生而言，则是一笔宝贵的理论财富。

2.《编剧理论与技巧》

著者顾仲彝（1903—1965）。这本编撰于1963年的教材，材料丰富，案例得当，论点精辟，旁征博引，通过对古今中外优秀剧作和戏剧理论的研究，系统探索了编剧艺术的规律。其中关于戏剧创作基本特性的论述尤为精彩。著者在对西方戏剧理论作系统梳理的基础上，作出"冲突说"的归纳，简明而又有力量。在戏剧结构章节中，著者依据欧洲戏剧史上对于结构类型比较科学的分类方法，把戏剧结构分为"开放式结构"、"锁闭式结构"和"人像展览式结构"三种类型，并对不同结构的特点作精当分析，同时又选择"重点突出"、"悬念设置"、"吃惊"、"突转与发现"四种主要的结构手法作介绍，可谓鞭辟入里。稍嫌不足的是，书中难免留有那个时代所特有的政治痕迹。但这怎么能去苛求前辈呢？而且我一直以为，此著为中国编剧教材的奠基之作，在顾先生之后，几乎所有编剧教材都程度不同地受惠于此著。再说一句可能会有些偏颇的话，就教材的整体质量而言，这也是至今难以超越的经典之作。

3.《戏曲编剧理论与技巧》

著者田雨澍。本书强调戏曲的独特性，以廓清与话剧、电影等艺术形式的区别。歌舞表演是戏曲的外在表现形式，戏曲的本质是"传神"，即不断地深化、剖析人物的精神面貌、内心世界和灵魂图谱，而实现"传神"的有效方式便是虚实结合原则。以此为基础，著者较为全面地透析了戏曲人物、情节、冲突、场景和语言特色，又调度经典戏曲剧本案例辅证论点，挖掘出戏曲审美特质。全书尽可能地吸收古典论著、序跋、注释当中的散论，又广纳民间艺人从实践中总结的口诀谚语，为教学和创作提供了生动而鲜活的理论依据。

4.《戏剧结构论》

著者周端木（1932—2012）。原书名为《一座迷宫的探索》，易用现书名的缘由当然是为了体例的规整，倘若周先生有知，想来是可以理解的。此书围绕"戏剧结构"展开。戏剧，可以是冲突结构，可以是人物意识流程结构，可以是佯谬结构，可以是理念结构，可以是立体复合式结构。此著特别强调戏剧动作是组织结构的首要特性，并以此统领全著。作者还有意打破流派的分歧和界限，就情节的提炼，悬念、惊奇的运用，情节的内向化发展，独幕剧的结构特点等话题进行深入阐述，同时将不同的戏剧流派纳入讨论范围，包括《罗生门》《三姐妹》《万尼亚舅舅》《推销员之死》《野草莓》等剧作的细致分析，无疑具有生动实用的借鉴意义。

5.《戏曲写作教程》

著者宋光祖（1939—2013）。本书是专以戏曲写作为中心撰写的教材,入编时我将宋教授另著《戏曲写作论》中的"戏曲写作的理论与技巧研究"部分内容也纳入本教材。此著致力于探讨戏曲写作的历史传统和写作方法,条分缕析,深刻细致,系统完整,切实起到强化戏曲思维与写作过程中的答疑解惑之作用。作者也未局限于戏曲的特性,而是注重向话剧理论学习,以人物的性格描写、感情揭示和心理分析为主,事件或者情节为从,由浅入深、体贴入微。该著是作者经过20余年的教学实践摸索而建构的一整套独立的戏曲写作理论,格外遵从教学需求,以指导学生的写作训练为轴心,推崇从读剧看戏中总结戏曲写作理论,因此全书涉及众多中国现当代戏曲范例,还汲取了古典戏曲理论和剧作的精华,对于研习戏曲编剧的学生而言具有很强的应用性。

6.《戏剧的结构与解构》

著者孙惠柱。戏剧作为一种满足人类心理需求的"体验业",不仅有赖于故事的叙事性结构,也需要剧场性结构的支撑。此著致力于探讨艺术家对于"第四堵墙"的态度、用法,进而分析戏剧结构的不同特点。他首先溯源穷流、归纳整理,将2500年以来戏剧的叙事性结构类型进行分类,力图展现各个时期、各种流派提倡的戏剧结构特色。其次,与相对成熟的叙事性结构相比,有关剧场结构的论著还相对匮乏。著者以编导演模式为视点,横向比较世界戏剧美学体系,纵向挖掘中国的戏剧美学脉络,中西参照、点面结合、归类清晰。全书涉及的案例从历史到当下、从传统到后现代、从经典到热点,博采众长、配图精美,乃编剧学教学的重要参考著作。作者以宽容的姿态审视不同的戏剧流派,作为编纂者,我揣测大概对于当下话剧的弊端分析也是直面戏剧乱象的必经之途。另外,就叙事性结构与剧场结构的关系研究,也颇具启发，这也是未来编剧学所要努力研究的重要方向之一。

7.《电视剧写作概论》

著者姚扣根。该著被列为教育部"十一五"规划国家级教材。此著区别于以往的电视剧写作教材，动态地对电视剧这一特定对象进行考察研究，将电视剧作为一门交叉边缘学科，既与戏剧、电影和大众传播等学科有关，又涉及其他人文学科，如文艺学、叙事学、心理学、伦理学、社会学等。另一方面，该著在阐述电视剧传承戏剧、电影及文学元素的同时，更注意站在电视媒介上，努力找出它们之间存在的不同点。换句话说，相对戏剧、电影理论的借鉴和传承而言，该著更注意符合电视媒介的需求，更注意电视剧是一种新兴的叙事艺术门类。同时，该著注意写作理论和文艺理论的相互渗透、交织，从教学方面充分注意了可操作性和示范性，提供了中外经典案例，提供一种科学的、系统的序列性训练。一方面训练学生掌握围绕具体文本写作的材料、主题、语言、结构和类型等主要内容，同时着重阐述那种得之于心，应之于手，只可意会不可言传的写作经验和技巧，并使之明朗化、系统化，并根据初学者的写作状态，循序渐进，有助于激发学生的学习兴趣，以理论推动实践训练，以实践提升理论素养。对电视剧写作的教学、研究者而言，本著可谓是一本难得的写作指南。

8.《编剧理论与技法》

本著为笔者所撰，曾获上海普通高校优秀教材一等奖。与他著相比，自知简陋。倘硬要找些特色，似乎也有。一是全书融入自己大量的创作感受，可能比较"贴肉"，具有一定的操作性；二是章末附有针对教材讲解内容的"思考与练习"，计有20道思考题，部分要求写成文章，另有20道练习题，要求编写7个小型剧本提纲、6个剧本片段与7个小型戏剧剧本。希望通过这样的"多思考、多实践"，让学生领会课程内容并掌握从剧本提纲到剧本片段再到完整的剧本写作的整个流程，虽然浅显，但较为实用。

9.《戏剧小品剧作教程》

著者孙祖平。本书系统地论述了戏剧小品作为一种独立的艺术样式，有着属于自己的创作特征。著者首先从戏剧小品的起源入手，详细介绍了古代小戏和现代小戏的发展历程。然后从戏剧小品的构造特征、情境张力、情节过程、结构模式、形象造型、意蕴内涵、审美途径、语境语言及样式类别等九个方面入手，对戏剧小品的创作特征进行了详尽的阐述。此著一大特色是发现了戏剧创造系统中"片段"的位置存在和价值取向，清晰地指出"场面并不直接构成一场戏或是一幕戏，在场面和幕（场）之间，还存在着一个构造组织——片段"，从而提出了"戏剧小品是一个片段的戏剧"的定义，并论述了相应的特点。由此进入，戏剧小品研究的种种难题，皆能迎刃而解。同时，这一发现也使戏剧构造的理论更加科学、客观、合理。

10.《世界名剧导读》

著者刘明厚。本著遴选各个世界戏剧历史阶段中具有代表性的优秀剧目，如《俄狄浦斯王》《李尔王》《海鸥》《萨勒姆的女巫》《一个无政府主义者的意外死亡》等进行评析，涵盖了从古希腊悲剧以来西方戏剧的发展历史，以及戏剧观念、艺术表现手法的革新与变迁。在这些脍炙人口的名剧里，我们能感受到人类共同的价值观念和人文理想。此著不仅从编剧艺术分析的角度切入，还结合社会学、接受美学等理论去审视这些西方作家作品。全书评析中肯，见解独特，显示出作者具有开阔的学术视野和严谨的治学态度。

综合起来看，这10本教材，既备自成一体、各有千秋之特色，也具相互补充、相得益彰之功能。《编剧原理》虽然问世最早，文字简要，但所述概念、知识、要旨均属提纲挈领，为编剧学开山之作。《编剧理论与技巧》是前著的拓展与深化，集中外编剧专业知识之大成，可引领习剧者登高望远，总揽全局，按图索骥，成竹在胸；而与此著仅一字之差的《编剧理论与技法》则可看作是对顾著学习的心得集成，倘仔细揣摩，便可登堂入室，舞枪弄棍。《戏曲编剧理论与技巧》紧扣戏曲写作特点，阐述基本要领，给习剧者提供描红图谱；而属同类型研究性质的《戏曲写作教程》，则抓住关键要点，深入展开，时现真知灼见，令人茅塞顿开。《戏剧结构论》为著者倾情之作，所述要点，枚举案例，均融入情感色彩，既有感染力，也具说服力；《戏剧的结构与解构》虽与周著同题，但中西交融，视野开阔，观念新进，脉络清晰。两著比照着读，获得的不仅仅是对戏剧结构的融会贯通。《电视剧写作概论》与《戏剧小品剧作教程》则提供了两种不同艺术样式的写作指南，概念清晰，案例生动，特别是对写作环节的引领性提示，因为融入著者数十年创作经验，令读者释卷即跃跃欲试，如入无人之境。《世界名剧导读》既悉心绍介经典剧作，又给后学提供阅剧、评剧、品剧经验，可谓有的放矢，细致入微。

这10本教材织就编剧学知识经纬，也在一定程度上体现了编剧学之所以成为一门系统学科的实力。

至于这 10 本教材入编本丛书的理由，其实非常简单，一是为上海戏剧学院教师所著；二是必须正式出版过的；三是在教学过程中使用本教材产生较好效果的。我想，有这几条也就够了吧。

末了，请允许我再说说由衷的感言。

首先要感谢所有入编本教材丛书的编撰者（包括部分编撰者家属）的倾力支持。记得我把出版本丛书的决定与编撰者及相关人士通报时，获得的反馈竟全是热情的鼓励与诚恳的期待。为了使本丛书得以顺利出版，有的还毅然中止了与原出版社的合同；有的则搁下手头繁忙的学术研究与剧本创作任务立即对自己的原著进行补充、改写、修订；有的专门来与我商讨丛书的入编标准、装帧建议、使用范围等。凡此种种，都令我感动不已。

其次要感谢青年学者翟月琴女士的辛勤付出。作为月琴攻读博士后的合作导师，尽管知道她近期正在为国家社科基金青年项目的撰写与出站论文的修订殚心竭力，但我还是毫不犹豫地让她参与本丛书的编辑。除了深知她有丰沛的学养储备与严谨的治学态度外，更重要的是，希望她通过参与本次劳作，能更深入地了解上戏编剧学教学、理论与实践的家底，为她日后的编剧学理论研究打好基础。

月琴果然不负众望，投注热情，奉献智慧，既做了许多编务工作，又在学术上付出心血。举一个小例子，编辑工作遇到的麻烦之一是引文注释的复核，不少引文与原文有出入，或版本不详，或缺少页码，包括转引文献和作者凭感性经验引用的语句，都需要重新翻阅原著、甚至是作家全集，逐一核实。对任何一个人来说，这都是一个挑战修养与责任心的活儿，月琴做好了，而且毫无怨言，令我感动。

再次要感谢本书的责任编辑赵蔚华女士。她不仅对丛书的装帧设计，文字版式，内容规范，前言后记，体例题型都有自己独到的见解，而且还对入编的每一本教材都认真审读，并提出各种专业性很强的意见和建议，借此机会，向她表示深深的谢意。

　　最后，还要郑重感谢的是上戏 70 年间一代一代的学子们！正是你们求知若渴的目光、如切如磋的声波、进取奔放的心律所构成的温暖的"学巢"，才孵化催生了这一本本饱含著者心血、印有时代胎记、留下几多遗憾的编剧教材。毫无疑问，有关编剧学所具有的一切的丰润与一切的留白，都属于你们，属于未来！

　　我们，仅仅是戏剧征程上匆匆行走的过客……

陆军

2015.11.8

目　录

绪 论

　　电视剧写作是一门新开设的课程。以往，戏剧学院是以话剧为教学内容，电影学院是以电影为教学材料，广播电视学院以电视节目为主要学习课目。近几年，无论是戏剧学院、电影学院，还是广播电视学院，甚至是文学院、传播学院、视觉艺术学院都开设了"电视剧写作"或者"影视剧创作"的课程，以适应社会的需要。

　　自 1928 年第一部电视剧问世以来，电视剧艺术不断创新，并随着时代的前进而努力开辟新的天地。如今，电视剧由于具有题材广泛、形式新颖、风格多样、手段丰富，以及制作迅速，成本低廉等特点，已经发展成为人类历史上从来没有过的，数量最多、影响最大的一门叙事艺术。电视通过卫星传送、有线传播，受众几乎覆盖了全球。对大多数电视观众来说，无论是白天还是深夜，不用任何花费，每天看两三个小时的电视剧已是平常之事。虽然电视剧这种现代电子版的故事，品质未必精良，甚至还有不少文化垃圾，但已经拥有广大的观众群体，成为主要的一种娱乐形式，成为现代文化和社会生活中不可缺少的一项重要内容。如此，电视剧作为电视屏幕上最有收视率的节目之一，无论对于电视传播媒介自身的蓬勃发展，还是对于戏剧、电影等演剧艺术的传承发扬，甚至对于社会文化、精神生活的建设都有很重要的作用。

　　同时，随着电视的崛起，视听艺术提高到了一个语言革新的层面，标志着一个以活动图本代替印刷文本的时代的到来。早期，电视与电影合流，形成了一种声像俱佳、图文并茂的视听语言，逐渐替代印刷文字，成为更有活力的文化传播的工具。今天，电视依托多媒体电脑的发展，借助网络对影视的渗透，凭借电视、电脑的个体欣赏习惯，冲击了电影、舞台剧的群体欣赏的传统，成为更为广泛的信息交流的载体。电视与电影、电脑的联姻，信息科学技术的提高，VD拍拍看、数码摄录机、多媒体电脑的普及应用，已经让人们预感到活动图本制作将如同开口说话、识字作文一样，具有无限发展的潜力，具有更广泛的应用性和实用性。而其中，电视剧集绘画、音乐、歌舞、表演、文学创作等诸多艺术于一身，不仅能成为最主要最有效的叙事艺术，而且能成为培养人们良好的艺术修养、健康的审美观点和一定的艺术表现能力的最佳社会课堂。

今天，电视剧比戏剧、电影生产已经更为繁荣，影响更为深远。但是我们也应该看到，目前我国的电视剧创作存在着许多不足，如"撞车""跟风""模仿"现象严重；原创不多、热点不多、精品不多、具有独特风格的不多。有的电视剧为单纯追求收视率，淡薄人物形象，丧失人文精神。更有大量电视剧拍摄完成后达不到播放要求，长期压库，以至造成财力和精力的大量浪费。另外，经过多年国内外优秀作品的熏陶，电视剧观众有了丰富的审美经验，相对他们不断提高的欣赏品位和不断增长的精神需求，我国的电视剧创作亟需进一步提高。当然，要提高电视剧的整体质量，首先需要提高电视剧的一度创作——剧本。

作为传播学丛书之一，本书是"电视文本"写作系列中的一个单本。作为电视文本写作理论，本书不仅有别于"戏剧""电影"编剧理论，突出电视媒介对叙述故事的影响和变化，而且有别于一般文艺理论的阐述，体现写作理论体系的目标控制。

一、电视剧写作，是电视文本写作中一个重要的有机组成部分。电视剧，作为电视媒介传播的文艺节目，与电视专题片、纪录片、文艺片、电视诗、电视散文、电视小说等其他不同形态的节目一样，均有着电视媒介具备的视听兼备、时空自由以及真实感、现场感、参与感和家庭观赏等特点。从另一个角度看，电视剧作为由演员表演故事的艺术，与文学、戏剧、电影有着不可截然分割的血缘关系，但又因其是通过电视媒介来叙事，使用的工具不同，与文学、戏剧、电影相比，具有截然不同的技术基础、物质特性、发展过程和艺术规律。因此，虽然电视剧基于文学、戏剧、电影的基本元素，电视剧写作也传承了文学、戏剧、电影的基础理论，但它们之间还是存在着大量的细微区别。这些细微区别，不仅表现在艺术形式上，而且也影响到电视剧题材与主题的选取和表达上。如电视剧更需要大众化、娱乐性，更关注社会热点，具有时尚性、即时性，更注意运用悬念技巧等。这些细微区别，不仅是电视剧在形式上创新的现象表现，而且是电视媒介不同于口头语言和印刷文化，也不同于电影媒体的本质表现。

电视剧写作理论，应该自成系统，相对独立；应该在"发展自我"的基础上，更多地向其他现代学科理论寻求交叉渗透。但我们看到，相对戏剧与电影的编剧教学，电视剧写作的理论研究尚未形成一定的系统性、科学性和规模化。或者说，还没有大量出现能从电视剧本身的角度去研究的新理论。为了形成一定的系统性、科学性，本书一方面运用多维视野为特征的方法，动态地对电视剧这一特定对象进行考察研究，将电视剧作为一门跨学科的新兴学科，既与戏剧学、电影学和大众传播学等学科有关，又涉及文艺学、故事学、伦理学、社会学和电视社会学等；另一方面注意从电视媒介的角度出发，在梳理电视剧传承文学、戏剧、电影源流的同时，努力找出它们之间存在的异同。换句话说，相对戏剧、电影编剧理论的借鉴和传承而言，本书更注意符合电视媒介的需要，更注意电视剧是一种新兴的叙事艺术门类，更注意探讨电视剧写作的规律和技巧及其所显示出来的独立性和旺盛的生命力。

二、电视剧写作，也是写作教学中一个重要的有机组成部分。写作，作为人的一种实践活动而存在，有其独特的特点和规律。从本质上分析，写作仍是作者借助一定工具对客观事物进行改造、加工并进行生产的一种实践活动。电视剧写作，是一种文艺创作的实践活动。虽然，在电视剧写作理论中，写作理论与文艺理论往往相互渗透、交织在一起，但是它们之间毕竟存在着一些不同之处。通常，文艺理论的教学宗旨：一是感受作品的魅力；二是了解创作规律和基本知识；三是传承人文精神。而写作理论的教学目标，一是掌握具体的文体；二是增强写作的能力；三是开发学生的智能，提高写作水平。目标不同，教学内容和方法也必然有所不一样。文艺理论往往侧重于对文艺创作的规律或某一文体的特征、定义等方面问题进行阐释，而写作理论则是在科学、合理地阐述这些问题的同时，强化其针对性、指导性，尤其是可操作性。从写作教学的角度来看，写作理论不仅应该具有理论知识的阐释，同时还应该具有充分的可操作性和实用价值，能够进行一种科学性、系统化的序列性训练，能够对学生的写作实践予以切实有效的指导。因此，电视剧写作理论，既有电视剧理论阐述的一部分，又有指导学生写作训练的一部分。它一方面，需要掌握电视剧这门艺术的起源、发展和社会功用，需要掌握围绕具体文本写作的材料、主题、语言、结构、改编和类型等主要内容，同时需要着重阐述那种"得之于心，应之于手""只可意会不可言传"的写作方法和技巧，并使之明朗化、系统化、科学化；另一方面，需要针对学生的写作状态，循序渐进，转变学生长期以来由记叙文、议论文、说明文等文体严格训练而培养起来的写作习惯，如将文字变成画面和声音，即由活动图本代替印刷符号；将"叙述"变成"表现"，即通过剧中人物的行动来表现故事，以及将自己的讲话特性变成多人（即剧中人物）的讲话特性等。

本书的目标指向是电视剧写作教学和系统训练的实施。

初版共为 14 章，增订版删除了电视剧发展、电视剧运作两章，增加了电视剧场面、电视剧策划两章，将故事和人物分开成章，共 15 章并附录了相关编剧的小知识。

第一章从演剧艺术、影像艺术、电视媒介三个方面对电视剧特性进行阐述，从而拓展认识，达到从宏观把握入手，从各个不同的观察角度，运用多维视野为特征的方法，对电视剧这一特定对象进行考察研究。第二、三章是影视元素。从视听语言角度，介绍电视剧语言系统的基本表现手段——画面、声音、蒙太奇语言及电视剧本常用的具体格式，以求进行不同文本写作思维的转变，使学生能从以印刷符号为表达方式的文本写作习惯，转变到以活动影像为交流手段的图本写作思维上来。第四、五、六、七、八章是文学元素。在对电视剧有了新的认识和对电视表现形式有所掌握的基础上，从电视媒介的视角对题材与主题、故事与人物及人物的言语方面进行阐述，主要解决如何从社会中提炼生活，塑造人物，选择事件，使用恰当言语的问题。第九、十、十一、十二章是戏剧元素。从演剧艺术的角度，阐述以戏剧性动作为基础的戏剧性冲突、情境、突转的理论与技巧。以戏剧性情境的设置来激发行动、引发冲突、促使人物动作有层次的发展达到顶点并发生突转，这是一个完整的戏剧性动作过程。戏剧元素，是演剧艺术的创作者与接受者经过长期磨合而产生的审美规范。它既解决剧作内容的表现问题，又解决学生从"叙述"到"表现"的转变问题。第十三章介绍悬念，从观众接受角度，培养学生对观剧心理的收纵驾驭能力。第十四、十五章是在掌握电视剧写作基本元素的基础上向大的范围拓展。"结构"一章中，主要介绍了"散文式""心理式"和"引戏员"结构。"类型"一章中，重点介绍了纪实剧、情景喜剧。第十六章从剧本"策划"的角度，介绍了剧情简介、创意说明和样本剧本的写作。

如此的安排，基本上构成了一个目的性很强的教学过程，即要求学生通过学习，能从电视媒介的角度出发，在生活中汲取创作的素材，按广大电视接受对象的审美规范，编写可供拍摄的故事。当然，电视剧写作，不单单是掌握表现形式和手段，更重要的是提高对工具的全面认识，将写作的基本规律，运用在从生活素材到艺术形象创造的全过程中。我们也必须看到另外一个方面，电视剧作为叙事艺术，归根结底还是以写人为主，一切文学艺术的出发点和归宿均是人。电视剧的创作目标，无论从哪个方面去论述，还是塑造人物，通过描写人去娱乐人，教育人，探索人，认识人和人所组成的社会。作为整个电视剧写作来说，其工夫大多在理论技巧之外，其水平主要体现写作者对人物的了解和对社会的观察的深度上。所以，将电视剧写作紧紧围绕在如何写人上，应该是本书的根本目标。

一般地说，写作是指一种能力的体现，是指遵循某些规律而完成一件具体的作品；而创作是指创作者有所创新、有所突破，达到一个其他作家和作品不能达到的境界。写作与创作之间并不存在不可逾越的鸿沟。但作为教学来说，主要是指前者的实践。本《电视剧写作概论》参考了目前的国内外有关电视剧写作的各类书籍，针对现有写作训练的不足，主要介绍了一些理论的要点和具体的方法技巧。这些理论与技巧，既争取简单易行，又要求具有相当的兼容性。这样的理论对电视剧编剧理论和写作基础理论应该有根本性的体现、补充和完善，也可以为培养一个专业的电视剧编剧打下良好基础。

第一章　电视剧特性

19世纪40年代，人类发明了电子传播媒介。历经电报、电话、无线电通信技术、电声广播、静止图像传真等多个发展阶段，到1900年的巴黎世界博览会，首次使用了"Television"（电视）这一新名词。

1936年，英国广播公司在伦敦亚历山大宫建成世界上第一座电视发射台，并从11月2日开始播放电视节目。于是，这一天便成了世界公认的电视诞生日。两年后，法国、美国和苏联相继建立了各自的电视台，正式进行电视开播。

在正式开播前的试播阶段，1928年9月11日，美国通用电器公司设在纽约附近的斯克内克塔迪的电视实验室，在发明家亚力克山德森的领导下，试播了第一部电视剧《女王的信使》，片长40分钟。该剧是一出由哈特莱·曼钠斯编剧的独幕剧，属于老式间谍情节剧，全剧只有两个角色，轮番出现在笨重的不能移动的电视摄像机镜头前进行表演。1930年，英国BBC广播公司播出了由意大利剧作家皮兰德娄创作的多幕电视剧《花言巧语的人》。该剧在演播室内搭景"直播"，保持了舞台剧的演出形式。从此，电视剧———一种新的艺术形式诞生了，并开始迅速发展。

作为一门新的叙事艺术，电视剧经过半个多世纪的成长，特别是经过近20年的发展，不仅产生了数量可观、风格多样的种类，而且从最初小心翼翼地照搬其他艺术的现存模式，到如今逐渐形成了自己独立的艺术特性。然而，一方面由于其涉世未深，仍处在发展和演变之中，加上理论研究的文化角度不同，以至于对电视剧艺术的认识、对电视剧的归属，至今还没有达成共识，称得上是仁者见仁，智者见智，众说纷纭；另一方面，在相当长的时间内，人们仅注重电视剧的线性结构诸因素研究。直到近期，人们才开始多角度、多方位，动态地、系统地对电视剧进行考察，运用多维视野为特征的研究方法，从宏观把握入手，在个体、整体以及各个交叉层面上对电视剧这一特定对象进行考察研究，以求获得比较全面的认识。

本章就从演剧艺术、影像艺术、电视媒介三方面，分别阐述电视剧的艺术特性。

一、演剧艺术特性

《辞海》给电视剧所下的定义是："一种适合电视广播特点的戏剧艺术。"界定电视剧是一种通过电视屏幕进行审美的演剧艺术，或者说是一种以电视媒介为手段，由演员扮演角色表演故事的艺术。

（一）电视剧归属于演剧艺术范畴的观点

将电视剧归属于演剧艺术范畴的观点，最初的理由：因为电视出现之后，早期都是直播一些舞台剧演出，进而是把舞台剧录制后再在屏幕上播出，而且在写作观念上也因当时电视拍摄技术条件的状态，完全师法舞台剧。当时的电视剧创作被认为需要严格遵守亚里士多德的剧作诗学，尤其要遵守"三一律"——时间一致、地点一致、动作一致。但随着录像机的进步，很快就促使摄制人员走向外景，去拍摄一些室内舞台及露天舞台所无法表现的自然景观，这样就大大丰富了电视剧的表现力，也暴露出舞台的假定性和电视纪实性的矛盾。

目前，将电视剧归属于演剧艺术范畴的观点，是从"戏剧"的广义概念出发的。持这种观点的专家认为，戏剧是个发展的概念。早期的"戏剧"概念比较狭义单一，单指话剧——专指以古希腊悲剧和喜剧为开端，在欧洲各国发展起来继而在世界广泛流行的舞台演出形式，英文为 Drama，中国又称"话剧"。稍后，"戏剧"的概念扩大为包括东方一些国家、民族的传统舞台演出形式，诸如中国的戏曲、日本的歌舞伎、印度的古典戏剧、朝鲜的唱剧等。[①] 再后来，"戏剧"的外延不断扩展，渐渐包括了舞剧、歌剧、歌舞剧、轻歌剧、音乐剧及小品、滑稽戏、木偶戏、皮影戏等舞台剧。如今，"戏剧"已是个大范畴，不仅包含舞台剧，而且还指向有戏剧元素的其他表演艺术，如电影、广播剧和电视剧等。

日本戏剧家河竹登志夫说，如果采用广义的戏剧艺术概念的话，"电影（故事片）和播放剧，它们都是以映画作为直接媒体的戏剧"。"按照戏剧表演的媒体来进行分类的话，除了靠演员演出的一般戏剧之外，尚可作木偶剧、假面剧、幻灯剧、连锁剧、电影剧（故事片）、播放剧（广播剧与电视剧）等种种分类。"[②]

"戏剧"广义概念的提出，并没有得到普遍一致的认同。今天，我们一谈到戏剧，还总是单指话剧与戏曲，将影视划出"戏剧"概念的外延，并在习惯上将戏剧与电影、电视剧作为有着交叉关系的不同种类，而不是将戏剧作为一个包含舞台剧、电影、电视剧的集合概念。另外，反对将电影、电视剧与舞台剧归类于同一个母体的专家认为：视听性是电影、电视艺术最基本的特征，视听的运动性又是电影、电视最基本的存活条件，这完全与受时空限制的舞台剧不同；而电视剧更是以传播手段的先进性、传播范围的广泛性、信息接受的家庭性与电影、舞台剧拉开了审美距离。他们认为，形式与内容是一个相互依存的关系，电影、舞台剧、电视剧既然有不同的表现形式，就应该是不同的艺术种类。

针对以上观点，持"戏剧"广义概念的学者认为：人们不能忽视话剧、戏曲等舞台剧与电影、广播剧、电视剧有着各自独特的艺术形式和创作规律，但是人们也不得不承认这样一个无可辩驳的事实：话剧、戏曲、电影、广播剧、电视剧虽然神貌不同，可它们都有着作为一个大家庭成员的遗传因子，有着共同的生存密码，如在故事情节上都强调戏剧性，又同属演剧艺术，且都具有时间性与空间性的统一、视觉性与听

---

① 《中国大百科全书》"戏剧卷"，1989 年版，第 1 页。
② ［日］河竹登志夫著，陈秋峰等译：《戏剧概论》，中国戏剧出版社 1983 年版，第 13 页。其中连锁剧是一种在电影诞生后，由日本大正时代的新派剧团尝试着用实际演出与电影互相连锁构成的戏剧——笔者。

觉性的统一、逼真性与假定性的统一、精神性与商品性的统一等演剧艺术特性。尤其应该指出的是，它们在通过演员扮演角色表演故事上，基本都遵循演剧艺术的同一表达技巧。为此，当代英国著名戏剧理论家马丁·艾思琳说："不管怎么说，有一个极为重要的基本事实必须强调，因为这个事实上虽然显而易见，却一直遭到忽视，特别是遭到那些自以为是戏剧传统和戏剧学问的捍卫者的戏剧评论家和教师们的忽视。这个事实就是，舞台剧在 20 世纪后半叶仅仅是戏剧表达的一种形式，而且是比较次要的一种形式；而电影、电视剧和广播剧等这类机械录制的戏剧，不论在技术方面可能有多么不同，但基本上仍是戏剧，遵守的原则也就是戏剧性的全部表达技巧所由产生的感受和领悟的心理学的基本原则"[①]。他认为，戏剧表达方式，在不断传承，发扬光大，它们"不仅仅适合于索福克勒斯或莎士比亚那样的人类心灵的伟大杰作，而且也适合于'电视情景喜剧'，也适用最短小精悍的戏剧形式，即电视广播广告节目"[②]。

持此类观念的还有美国理论家 R.M. 小马斯费尔德，他在《剧作家的艺术》一书中指出：现代剧作家虽然拥有了四种媒介：舞台剧、电影、广播和电视，但他的任务还是没变。他还讽刺说："这种喜欢以媒介来区分作者的狂热病，企图把对技术手段的掌握提高到讲述戏剧故事的才能之上。"[③]

（二）演剧艺术的文学性和戏剧性

将电视剧归属于戏剧艺术，界定其是电视屏幕上进行审美的演剧艺术，乃是认定演剧是电视剧的最本原特征。电视剧在艺术本质的特征上，表现出与连绵千年的舞台剧有相通的艺术特性。这一艺术特性有文学性和戏剧性两个方面。

1. 文学性。电视剧的文学性不仅仅是指用文字把未来的画面表达出来，给导演和演员提供参考，而且是指当剧本作为文学体裁的一种形式

---

① ［英］马丁·艾思琳著，罗婉华译：《戏剧剖析》，中国戏剧出版社 1981 年版，第 4 页。
② ［英］马丁·艾思琳著，罗婉华译：《戏剧剖析》，中国戏剧出版社 1981 年版，第 5 页。
③ 黄会林：《电视文本写作学》，北京广播学院出版社 2000 年版，第 48 页。

时，它与小说、诗歌、散文一样，必须遵循（1）从社会中汲取创作养料。文学创作从社会中汲取养料，社会生活是文学创作取之不尽、用之不竭的源泉。作家要深入生活，熟悉生活。作家要有观察人物和生活的能力，有提炼生活中故事情节的能力，有表达生活和思想感情的能力。作家要发挥自我创作主体意识和创作个性，要有心灵的参与和真实情感的投入，要在艺术形象中渗透作者强烈而真挚的思想感情。（2）以形象的形式反映社会生活。作为一种审美的社会意识形态，电视剧与小说、诗歌、散文、戏剧、电影一样，都是以形象的形式反映社会生活和表现思想感情的。文学是人学。人物形象之所以具有反映生活的最本质的特征，是因为表现在人物的塑造上，是经由审美创造去实现的。文学创作写出了生活在一定时期的活生生的人，以及人与人的关系，便也写出了这一时期的生活、这一时期的社会风貌和现实特征。文学创作通过塑造人物形象去抒发情感，阐述哲理，但塑造人物不是把人当作手段，把人物当作傀儡，当作反映某种"本质""规律"，或反映某种"现实""生活"的工具。写人本身就是目的。写人的目的是让人们自己从作家描写刻画的人物形象身上"了解自己"，从而激励、提高、丰富和完善自己。文学就是这样一门由人写人，同时又感染人、同化人的艺术。电视剧的文学性最主要的集中体现在塑造人物形象方面。（3）遵守文学叙事基本法则。电视剧创作要熟悉和遵守诸如题材与主题、情节与结构、人物与语言等文学元素，缺一不可。

2. 戏剧性。电视剧难以割断它和戏剧艺术的血缘关系，主要在于它是演剧艺术之一，并有演剧艺术最能体现出来的戏剧性。演剧艺术的戏剧性概念，含有三个层次的内容：第一，电视剧与电影、舞台剧、广播剧等均是在导演的指挥下，在一定的场合或载体上，由演员扮演角色，并运用多种艺术手段给观众表演故事。第二，演剧意味着是表演故事，而不是叙述故事。演员扮演角色，是以人物自身的行动来呈现故事。人物自身的行动是通过外在动作（眼色、表情、手势、姿态和对白、独白、旁白等）传达内心情感，来表现为达到某种目的而采取的一系列手段和行动。第三，戏剧演出的故事要求遵循那些经过戏剧创作与观众审美心理反复磨合后而形成的审美规范和创作技巧，即人们常说的戏剧性。其元素包括：（1）戏剧动作，即以外在动作表现人物有目的的行动；（2）戏剧冲突，即动作过程中人物与外界及自身内心所发生的冲突，如意志冲突、性格冲突、社会冲突、心理冲突等；（3）戏剧情境，即推动动作发生和规定动作发展的外部环境；（4）戏剧突转，即戏剧动作的渐变与激变；（5）戏剧悬念，即设置悬念、延宕悬念以维持和增强观众兴趣。

（三）电视剧与舞台剧的不同之处

电视剧与舞台剧的不同之处，主要有：（1）电视剧使用的镜头语言具有真实感，在反映生活方面更为真实；而舞台剧不强求真实感，追求虚拟性、假定性。（2）电视剧不受时空限制，场景的设置可以根据剧情不断地变换，时间上也可以随意跨越，一集中可以写好几场冲突，矛盾的发展激化、解决比较缓慢，犹如生活本身一样；而舞台剧受时空限制，不可能频频换景，不可能设置太多的矛盾冲突，并要求情节高度浓缩。（3）在表现手法上，电视剧可以用近景特写逼近人物和环境；而舞台剧演出因与观众有一定的距离，演员的神情变化和身体局部的细微动作观众无法看清，因此不得不用大量的对话和幅度较大的形体动作来表现。（4）电视剧可以用平行、交叉、重复等蒙太奇表现手段结构情节；而舞台剧不行。（5）舞台的框子不能包容大量的人群，细小的物件在整体的印象中消失无遗，因此必须删除很多东西，必须用暗示来代替很多真实的东西。舞台上的世界只是大体上近似我们生活在其中的世界，它仅仅再现其中跟对话和表演有直接关系的部分，而通过这些部分所构成的情节则必然集中在纯粹和人有关的事件和经验上。舞台化的故事形式的主要特点都在于它深切关心着人的性格和人与人的相互关系。这是跟舞台的条件相适应的。（6）电视剧对戏剧性的要求高，追求有情节的故事，认同单一性的人物、同情性的人物、主动性的人物。电视剧需要强烈的动作，一旦缺乏动作，缺乏运动和方向，观众就会反应节奏太慢和沉闷；而舞台剧不太注重情节化的故事，不注重展现被同情的人物命运，不强求主动性的中心人物，而是对人物心理更感兴趣，讲究丰富多彩的性格和复杂的人物，讲究对主题的深度挖掘。

二、影像艺术特性

电视剧在逐渐摆脱舞台剧的束缚之后，不断向电影靠拢。电视和电影因为两者都是活动图像，都是视听兼备的镜头艺术，所不同的仅仅是画框的大小和接受环境的差异，故有人把电视称为"小电影"。今天大多数专家是将电视剧与电影捆绑在一起的。如对电视剧，有人就这样认定："电视剧是运用现代电子摄录手段和戏剧表演手段，以视听艺术语言为表达方式的适宜于家庭收看的电视叙事艺术作品。它以影像的二维平面空间来反映现实的三维立体空间，和电影同属影像艺术范畴。但电视剧更重视声音手段（含语言、声响、音乐）的运用。"[①]

（一）电视剧归类于影像艺术范畴的观点

电影、电视剧都是活动图本、直观地叙事，都是通过不断运动着的画面去塑造形象、叙述故事。针对电影与电视剧必备视听性语言，具有以画面和声音来塑造形象、叙述故事、抒发情感、阐发哲理的艺术特性，有的专家认为，影视合流不仅是一种艺术的集合，而是产生一种以活动图像来进行思维、交流和表情达意的语言系统。影视的视听性是用画面思维来代替文字思维，用视听语言叙事来代替文字视觉印象叙事，用"看和听"的精神代替"读"的精神。有的专家还提出，影视不仅赋予我们崭新的语言，而且提供一种全新的文化形态。这种文化就是影视文化。

影视文化的提出，是从广阔的社会文化背景上，从大众传播媒介的审美文化视野来研究影视文化。根据影视文化的理论，人类社会有三次文化大嬗变。原始人的第一次文化大嬗变，是产生了口语文化。这种文化的标志是人类社会使用了简单口语和显示性符号，即有了象征性、模拟性的声音、手势、动作以及陶刻符号、岩画等显示性符号和物体语言。有了这语言，人类可以观察报告事物、环境，可以把社会组织起

---

① 宋家玲、袁兴旺：《电视剧编剧艺术》，中国广播电视出版社2002年版，第9页。

来，可以把经验、知识传给下一代。在此基础上，后来又产生了以文字为基础的印刷文化，这是第二次文化大嬗变。文字是一种概念性、思辨性的推理符号。从口语文化走向印刷文化，伴随着是一场思维与文化的伟大变革。如今，由于图像、音响、文字和多媒体技术的发展，人类进入了以影视文化为主的时代。这是第三次文化大嬗变，影视文化中的活动图本相对以原始符号交流的口语话本、以文字为基础的印刷文本，是一个大发展。人类社会大体沿着口语文化、印刷文化和影视文化的历程演进。口语文化时代有口语、岩画等；印刷文化时期出现表音字母和印刷，有书籍、报刊等；影视文化包括广播、影视、网络等，其中 19 世纪的电影、20 世纪的电视、21 世纪的网络的诞生，标志着影视文化的迅猛发展。

影视艺术，以直观的、感性的、非逻辑性的感受与综合的、逻辑性的理解相交融补充；就开阔新视野，就信息的交流与沟通而言，人类不仅摆脱了时间的束缚，而且克服了空间的局限。影视文化的提出，标志着人类认识世界和掌握影视艺术的能力有了划时代的飞跃。

（二）影像艺术的视听特性

影视的视听特性内涵丰富，具备（1）真实性。电视录制的视听图像直接记录现实世界的人和事，逼真地反映事物的状况和运动，同时也逼真地反映了创作者的审美眼光和创作意图。视听图像来自真实的现实世界，电视通过录像制作。没有客观存在的物质世界，录像机不可能记录下任何图像。经过录像机录制下来并经过剪辑的活动图像，复制了现实客观存在的原样。但是，视听图像的逼真性，并非完全与客观世界等同。由于记录者对身外世界有自己的独特感受，所以他眼中的世界已经带有强烈的个人情感色彩。再者，他或者由于个人的好恶，或者出于创作的意图，对客观事物有一定的选择和加工。拍这个而不拍那个，这样拍而不那样拍，实质是使视听图像中逼真的客观世界渗有创作者浓烈的主观色彩。这样，经过创作者主观观照下的现实世界，一方面是客观人情世事的逼真再现；另一方面，又倾注了创作者的思想、情感与审美品格，具备一定的假定性。这种逼真性与假定性的统一，客观与主观、客体与主体的辩证统一，更好地反映了客观事物的本质，达到了艺术的真实性。这种真实性，正是电视艺术的审美特征之一。（2）运动性。电视播送的视听图像是在不断运动状态中呈现的，它是始终活动着的视听图像，是通过不断变换着的画面表现运动着的人和事物。其运动性含有两层内容，一是镜头的运动：有着景别（远景、全景、中景、近景、特写）的变化，焦距（标准镜头、短焦距镜头、长焦距镜头、变焦距镜头）的变化，运动方式（推、拉、摇、移、跟）的变化，角度（平视镜头、俯视镜头、仰视镜头）及灯光、色彩的运动；二是表现内容的运动：录制和表现活动着的人物、变化中的事件。电视剧是以演员表演来讲述故事，演员表演是通过外在动作来传达内心情感、表现角色，为达到某种目的而采取的一系列手段和行动。如此，镜头的运动和被拍摄人物和事物的运动就构成了一种特殊的审美形式。（3）时空的自由性。电视传播突破了时空制约，迅速、真实、准确，使信息传送与接收双方处于共时状态。所谓的共时状态，即叙述者讲故事的时间就是观众接受故事的时间。电视剧中的时空可以是现实世界中客观存在的，也可以是虚拟的。电视剧是讲述故事，故事是依照时间顺序接连发生的。但是，讲述故事不一定按照时间的客观顺序，它可以按照自己认为最有效的方法进行，也可以用闪回（回忆过去）或闪前（描述未来）的镜头打乱顺序，甚至可以改变事件过程的客观时间，用省略、跳跃、重复、延长或缩短的手法，叙述时间或大于或短于实际时间，具有很大自由度。

（三）电视剧与文学、电影在语言上的不同之处

1. 影视与文学的不同之处。（1）文学使用文字符号——依靠的是接受者自身对文字的生理、心理机制的自愿认同，引起读者的形象思维并激发他的情感；影视使用活动的视听图像——同样依靠的是接受者自身对声音和图像的生理、心理机制的自愿认同和读解能力，才能多方面地创造出最丰富、最复杂的具象和音响世界，表达意蕴，打动接受者的心灵。但是，文学语言要通过概念的理解，才能转换成感知，才能到达读者；影视语言是通过直接感知到达观众。（2）文字符号表达随意、丰富、多义；影视的镜头符号直观、具体、确定。文字符号能够因而也倾

向于直接提出和深入内心生活的事件——从情绪到观念、从心理冲突到思想争论。实际上，一切文学都侧重于表现内心的发展或存在的状态。文学的世界主要是一种精神的延续。这种连续常常包含某些影视所不能掌握的元素，因为这些元素并不具备可以表现的客观形态。小说、诗歌、散文可以自由地进入作者笔下任何一个人物的内心，因而也可以把外部世界移置在这一人物的内心世界之中。至于影视则不能采用这个特殊的表现角度。(3)文学是静态的；影视是动态的。文学需要对事件和人物进行描写；影视是发生在观众眼前的运动，也就是一种存在。观众是在观察一个过程。文学的空间是线性的；影视的空间是立体的。

2. 电视剧与电影的不同之处。电视剧与电影都具备声画并用、视听结合的艺术特性，以及在这基础上发展起来的一整套视听符号系统。但是，由于传播媒介不一样，它们存在许多不同之处。(1)声画处理不同。电影以画面为主，声音为辅，更注意画面的质感和意境。即使近年来电影在声音技术上有很大的改观，强调了音乐和声响效果，但还是很少使用人物语言；而电视剧视听双重，对图像和声音均十分重视，并大量运用人物语言。(2)银幕与屏幕大小不同，画面给人的感觉不一样，电影更自由地采用远景、全景和中景，有利于表现宏大场面；而电视剧受屏幕狭小的限制，更多采用中景、近景和特写。(3)运动感觉不同。电影镜头的运动较大；电视剧镜头活动相对平缓。(4)时空结构不同。电影蒙太奇剪辑简洁而快速，跳跃性大，一般可以使用"多时空结构"；电视剧更多使用顺时空结构，按照故事的发展一一交代。(5)片长时间不同。电视剧在长度上的自由是电影不能比拟的，它不仅拥有电影发展过程中的各种长度，也具有电影不可能具有的长度；电影一般在一百多分钟左右，多集电影很少在六集以上，而电视剧短可以几分钟，长可以连续数百集甚至上千集。(6)制作方法不同。摄影机与摄像机、胶片与磁带没有本质的不同。但电影拍摄规模大，时间长，流程复杂；电视剧运作灵活，周期较短，录像带复制方便。(7)欣赏条件不同。电影院是黑暗封闭的环境，容易集中注意力，还有特定的强制性，一般会坚持欣赏完一个完整的艺术的印象；在家里看电视，则干扰大，随意性大，选择性大，忍耐性小。(8) 制作成本不同。电影成本大，靠电影院回收；电视成本小，靠广告、观众、制片形成良性循环。(9) 追求艺术效果不同。电影由于篇幅之短，能够表现一些比较抽象的情绪，更讲究意境的营造，情节也可以淡化；而电视剧往往由于篇幅之长，更注意故事情节，内容更为丰富多彩。电影可以从平淡的表述入手，摄制卒章见奇、篇终显志的艺术作品；也可以拍摄诗电影、散文电影，以及淡化了情节和故事的更具有探索性和思想内涵的作品；而电视剧自始至终必须吸引人，情节化的故事则显得尤为重要。(10) 追求接受效应不同。电影是为经典而写作，电视剧是为"收视率"而写作，两种写作隐含的艺术观念和价值追求不同。电影更注重艺术性、探索性、思想性，往往追求高雅精致，注重经典效果，讲究长时间效应，争取在时间的延续性上有一席之地；电视剧则更注重通俗性、娱乐性、休闲性、参与性，讲究轰动效应、时尚性效应，追求在空间覆盖面上达到最大的范围。

三、电视媒介特性

电视剧是一种电视艺术，而电视艺术是一种"以接受主体的审美娱乐和情感满足为宗旨，以电子技术为制作、传播手段，遵循艺术创作规律和表现手法，创造出声画并茂的屏幕形象，并以家庭为主要接受群体的多层次、多品种的综合艺术形式"[①]。持这一观点的专家认为，电视剧与广播剧更有联系，它们同属电子媒介，有媒介的特性，所不同的是电视剧属于电视媒介，有电视媒介的特性。

（一）电视剧划入电视媒介范畴的观点

1. 电视是电子传媒的一种。电视 TELEVISION，是由希腊文 TELE（从远处、远远的）和拉丁文 VISIO（看）组成，它的意思是"远距离传送画面"。目前，电视的定义是由国际电信联盟国际无线电咨询委员会所规定的，其解释为："电视是电信的一种，用于传送代表景物的信

---

① 黄会林：《电视文本写作学》，北京广播学院出版社 2000 年版，第 14 页。

号，在收到信号之际将它储存后，使景物的画面重显。"① 这个目前最有权威的定义，包含四层意义：第一，电视是电子传媒之一种；第二，通过光电变换系统可将事物的图像、声音、色彩传向远方；第三，在信号发出的同时电视接收系统（电视机）可将这些图像、声音、色彩接收储存，并立即显现在观众眼前；第四，电视传播突破了时空制约，迅速、真实、准确，使信息传送与接收双方处于共时状态。这里，电视首先被理解为一种传播媒介，一种不同于口头传媒、文字印刷传媒的电子传媒，但它又不同于只传播声音的广播，是一种传送活动视听图像的电子传媒。

电视传播的内容，即电视节目，大致上可分为"新闻类节目""社教类节目""艺术类节目""服务类节目"四个类型。新闻类节目以传播新闻、报道真人真事为主要内容。社教类节目以传播科学文化知识、进行社会教育为主要内容。服务类节目，直接为观众日常生活、学习和工作提供信息，如天气和海洋预报等。艺术类节目，是指一些以娱乐审美为宗旨，给人们以审美情感上的满足的各类专栏节目，包括文艺晚会、戏剧演出、电影播映、电视专题片、电视文艺片、电视纪录片、电视散文、电视诗、电视小品，以及各种类别的电视剧等。

电视剧作为电视"艺术类节目"中的一种，自成一个体系，有单本剧、连续剧、系列剧等类型。电视剧相对"艺术类节目"中其他艺术形式——舞台剧、电影等，有着自己独特的艺术特性，并由此成为电视艺术类节目中最核心、最精致的一部分，直接影响着电视艺术甚至电视大众传播的面貌、效果和发展前景。

2. 电视是电子传媒的另一种，是电视媒介，而不是广播媒介。但从媒介角度，人们不难发现广播是电视媒体的近亲。这不仅仅是因为二者共同的产生基础都以电子技术为制作、传播手段，更重要的是二者均以家庭为主要接受群体，均以家庭型接受主体的审美娱乐和情感满足为宗旨。"广播也属于家用媒体，尤其是早期的广播更是如此。广播和电视共同的家用属性，使幼年的电视从成年的广播那里移植了很多节目内

---

① 叶家铮：《电视传播艺术》，北京广播学院出版社1988年版，第27页。

容，如谈话节目、娱乐竞猜、情景喜剧、新闻报道等，都是广播节目的电视版。这些节目虽然几经电视改造已看不出多少广播的痕迹，但实际上早期的电视肥皂剧、脱口秀、娱乐竞猜等节目都是广播电台的原班人马在操作的，从主持人到编导都是如此。甚至当美国CBS著名的广播员爱德华·默罗由广播转向电视时，他干脆就把原来的广播节目《现在请听》改成了《现在请看》，美国电视至今保留并且收视率较高的这些节目内容，其实就是对广播节目家用属性的继承和扩大。"①

电视剧与广播剧有不同之处，广播的对象是耳朵，完全诉之于听觉，而电视却诉之于视觉和听觉。因而造成广播剧中对说话者的姓名、场景的地名及有些动作要做交代。虽然广播剧在处理些场面时，能更加自由，如台风吹到房子、海浪扑上渔船等，但还是只能达到抽象的效果，与具体的真实有一段距离。但它们之间有着较多的相同之处。如在具体写作方面：（1）广播剧诉之于听觉，电视剧对听觉也很重视；广播剧运用对白和解说，电视剧运用对白和画外音。（2）广播剧和电视剧的接受都不受时空限制，均有接受家庭化和受众大众化的特点。（3）广播剧开创的系列剧形式、连续剧形式受到了极大的欢迎；借鉴广播系列剧形式、连续剧形式的电视系列剧、连续剧也受到普遍欢迎。（4）广播剧大多是开放式结构，即在每集结尾时增加新因素设置悬念，以吸引听众；电视剧同样在每集结尾时用悬念吸引观众。

从电子媒介的角度考虑，电视剧与舞台剧和电影除了以上所谈到的一些异同之外，还有一些不同之处。如：（1）电视剧主要形式和类型均能在传播史上找到起源；舞台剧和电影则在艺术发展上起着重要作用。电视剧运用大众化的表现手段争取最大收视率，运用舞台剧的审美规范与电影的语言功能，吸收其他有优势的媒体传播内容和形式，但很少受先锋派舞台剧和具有前卫意识电影等探索性艺术的影响。（2）电视剧在开场时需要迅速制造紧张，吸引观众的注意力，从众多的信息中脱颖而出；而舞台剧和电影在开场的第一次冲突设置上，往往慢慢确立全剧的气氛；交代时间、地点、人物和人物关系；解释发生矛盾冲突的原

① 孙玉胜：《我看电视》之一："家用媒体"，www.sina.com.cn 2003年2月20日新浪文化。

因；理清复杂纷乱的事件线索、指明发展方向；设置能贯穿全剧的悬念等。电视剧的开场，必须抛弃和回避复杂因素的追根溯源，往往一开口就是刮着的风、下着的雨：事件正在发生。事件迅速发展。叙述中的事件一旦失去诱惑力，马上转换话题，另起其他正在发生的事件。所有必要的解释说明，须在事件发展中见缝插针进行。(3) 电视剧缺乏传统舞台剧和电影叙事结构确定的特征，没有结尾，故事永远没有完，即采用开放式结构；舞台剧和电影采用封闭式结构，即在情节中提出的所有主要的叙述性问题均由其最后结局来解决。封闭式结构的结局与观赏乐趣、意义阐述紧密相联，在最后一瞬间秘密被揭破、谜团被解开、障碍被扫除、欲望得满足和意义被确立。而开放式结构并不在最后把所有的线索集中起来，并不解决问题所有的问题，即使解决，也会出现新的问题，新的纠葛。(4) 电视剧更注意片断结构，在片断与片断之间，电视剧有意地安排了接触现实的广告的时间，在集与集之间，实际上是穿插了更长时间的日常工作；而舞台剧和电影更注意整体结构。换言之，电视剧注意片断和单集中的小高潮，而舞台剧和电影更注意全剧中的高潮。(5) 电视剧取材有新闻特点，特别注意社会热点或新奇趣闻，并有及时从别的媒体转载的特点。如改编畅销小说，改编具有票房价值的舞台剧和电影，或取材于流行的报纸杂志的专栏等，其中特别注意将受欢迎的印刷符号表现的内容，移植成电子符号来表现。而舞台剧和电影更注意编剧的独特发现，很少受外界时尚的影响。(6) 电视剧必须得到"大众"的认同、信任、接受和监督。强调收视率的电视剧有大众娱乐的趋向；而舞台剧、电影是针对不同层次的观众，不同的叙事风格和叙事内容，都能找到各自的知音，不同的作品有一批不同口味的观众，即使是一些内容晦涩的探索剧、下流低俗的色情片，也会有少量的观众。(7) 电视剧的接受对象是广泛的分散的个体与家庭，舞台剧与电影的观众是不同层次不同口味的社群。(8) 电视剧从模仿舞台剧入手，从模仿电影起步，其戏剧性动作、情境、突转、悬念，都师承舞台；其蒙太奇手法、声画对位、光影处理等，都师承电影；但在本体理论上更多受大众传播学和社会学影响。而舞台剧和电影在理论上更多属于艺术理论体系，舞台剧偏重于文学创作和表演艺术理论，电影偏重于视觉语言理论。早期电影是无声电影，人们把它看成视觉媒介，而视觉的概念又受静态绘画的影响，强调"构图""画面"。理论研究基本走向是内在特性研究为主——如视觉造型、影像结构等等。直至 60 年代，符号学、结构主义等等学派引入理论研究，仍然存在着以偏概全的倾向，把视听兼备的媒介看成视觉或视觉为主的媒介，忽视声音的研究。如今，影视文化的提出，虽然为影视剧理论研究打开了新的视野，但是仍然存在以电影作为语言艺术，以电视作为传播媒介的现象。(9) 在批评视野中，理论家往往把电视剧与流行歌曲、畅销小说、儿童漫画等归属于大众文化，以及与大众文化密切相关的大众日常休闲生活；而把舞台剧和电影归属于在与社会体制和意识形态密切相关的精英文化。

（二）电视媒介的特性

作为大众传播之一的电视媒介有以下特点：(1) 视听兼备，时空兼备。视听是人类感知世界的最主要的途径，报纸、杂志等印刷媒体是通过视觉来传递信息的，而广播媒介则是通过听觉来传递信息的。(2) 真实感、现场感和参与感。首先，观众可以"耳闻"和"目睹"直接感受电视传递的图像和声音；其次，某些技巧，如情景喜剧的"罐头笑声""同期录音""背景音响"及鼓励观众发出的"噪音"，如镜头的回放、多机拍摄，以此获得的是"全面覆盖"的价值，让电视观众感觉到任何重要的细节都没有逃脱他们的注意，增强了真实感、现场感和参与感。此外，从不同角度摄取的一系列图像和声音，将至少部分地达到一个"积极的综合"，造成了观众一种同距离感交织的"参与"与"在场"。这种"混合"的环境，无疑是在艺术欣赏中占重要地位的在场形式。(3) 即时性、无约定性和一次过性。相对其他各种媒介，电视媒介传播速度快，但在延续时间上最短。相对而言，书籍传播延续的时间最长，电影和舞台剧次之。"即时性"影响到电视剧取材对时间有高度的敏感，会以最快时间反映突发性社会事件、流行时尚符号，及具有焦点和热点效应的人物和观念，有可能成为一种擅长于表现时尚的艺术；"无约定性"影响到电视剧可能成为尽量接近生活的自然流露。"一次过性"，一方面是电视剧的制作周期短，成本低，新作出现率高，能满足人们"喜新厌旧"的审美心理变化，不断保持较多的观众，最大限度地做到艺术审美价值的社会实现；另一方面，使得电视剧在题材开掘的多样化方面可能远远地走在电影和舞台剧的前面，而且结构及样式类型有可能趋向多样化，使得电视剧艺术用特定的审美方式把握现实生活的能力更强，更全面，色彩更丰富，作品所包含的信息组合也多元了。同时，也可能造成电视剧的题材撞车、情节雷同、粗制滥造等。(4)家庭观赏性。"家庭观赏"使电视剧适合家庭特有的轻松自然的观赏气氛。电视剧与舞台剧、电影的一个主要区别是，舞台剧的欣赏空间主要在剧场，演员当众表演，造成了演员对观众、观众对演员、观众与观众的三重交流。电影通过镜头传达，缺少了观众对演员的反馈交流，但因为是在影院，所以还保留了观众与观众的交流。电视剧由于电子的传播途径和家庭为主的接受方式，基本上是对单个或数个观众的单向信息输出，因而具有家庭观看的日常性和随意性。所谓家庭性，表现为欣赏空间的分散、私密；节目选择的随意、亲切。另一方面，电视的家庭属性要求电视节目尊重家庭这个特殊社会场所中的道德约定性，即不能有一味迎合色情、暴力、低俗等不利于青少年成长的内容。

（三）电视剧的传播效果

电视剧是被视为一种媒介，还是被当作演剧艺术、影像艺术；是发挥电视媒介的特殊功能，还是发展演剧艺术、影像艺术，看起来好像并不矛盾。实际上，由于偏重点不一样，两者还是有区别的。如有的专家就认为，电视剧对演剧艺术、影像艺术的艺术要求，对故事情节的要求干扰了电视本身艺术的探索，妨碍了媒介的发展。他们认为，作为电视媒介，不应该把重点放在叙事方式和结构上，不应该仅仅关注电视剧是如何构建故事，或者如何传达主题，而要询问的是：当电视剧作为大众传播时，需要考虑些什么？

作为传播媒介，无疑首先要考虑的是其传播过程的五要素，即"五个W"：谁（WHO）、说什么（SAY WHAT）、对谁说（TO WHOM）、通过什么渠道（THROUGH WHICH CHANNEL）、具有什么效果（WITH WHAT EFFECT）。这五个要素，每一个要素都很重要，并且相互影响，共同发生作用。其中作为传播五要素之一的传播效果，又包含了三层含义。第一层含义，传播的具体效果，即要吸引注意、保持兴趣、加强印象、建立认同感——与观众保持观点一致，或说要让观众产生共鸣。第二层含义，对分散在家庭内而又分布在特定地区的观众，通过电视传播媒介，争取达到最大收视率。第三层含义，传播的社会效果，即如何利用大众传播媒介来引导人们向着真善美的方向发展，防止负面效应。

作为大众传媒，电视剧更为关注群体，要求能受到普遍欢迎，要求有高收视率，于是在创作上就要贴近平民百姓，追求能符合普通群众的审美习惯、观赏口味，达到创作的通俗化与大众化。

对这一点，首先要认真理解电视剧大众化的作用。电视剧的发展过程，其平民化、纪实化、娱乐化的形成，就是艺术大众化的过程。文化艺术的大众化，无论在思想意识方面还是在美学方面，都有其不可低估的作用，尤其它对媒介发展的有效性上，比高雅、精英文化所产生的意义更为深远。电视剧的创造，既要防止低俗，也要防止附庸风雅。电视剧的创作人员，要克服对轻松愉快艺术形式不屑一顾的态度；要认清大众化在向所谓精英化挑战中潜在的积极因素。

但是，电视剧在追求高收视率进行大众化的过程中，会产生一些类似双刃剑的矛盾现象。例如：（1）当前，世界正经历着人类历史上从未有过的巨变，如经济转型、制度转轨、知识爆炸、人文价值重建，而在这全方位的变化中，一个由艺术和科技共同高度发展而创造的活动图本，也正在一点点地向我们靠近。这一切均给电视剧艺术的发展提供了发展环境，使演剧艺术进入了真正普及性的重要发展阶段。可以说，在这个新阶段中，戏剧这个自产生以来存活期最长的艺术形式，重新爆发出生命力，某些基本元素在电视剧中被广泛运用。但是，作为媒介的电视剧过于关注媒介的功能，而不是关注戏剧的作用，其创作缺乏对创造性艺术原型的重视。缺乏原创，大量复制，很少有纯粹的美学和哲理的追求，更多的是大量复制了传统经典艺术的原型母题，在故事的基本特征上保持不变，反复出现一些描写阴谋、背叛、谋杀和复仇的复杂情节，以致大量生产垃圾文化。"过去一些伟大戏剧的变种以新的消费形式出现在电视上，事实上数量如此之大，以至于任何定期收看情景喜剧和肥皂剧的人将看到大量的古典戏剧节目。《朋友们》复制了莎士比亚通俗喜剧《无事生非》的情节、人物类型和主题;《桑费尔德》则吸收了乔治·埃思里奇的复辟时期社会风俗喜剧《时髦人物》所有主要情节、人物类型和主题;《我们生活的日子》每集里都有约翰·韦伯斯特雅格宾时期复仇悲剧《白魔》和《马尔菲公爵夫人》式的复杂技巧和欺骗术。"[①] (2) 超凡脱俗的戏剧艺术,历来具有崇高的理想、凝重的节操和有非商品化的特质。强求人类的文化精粹去符合某种市场价值的规则,那只会使艺术市侩化,丧失其真正进步的可能和希望。电视在传播方式上具有很大的空间偏向,但在具体的播放过程中又表现出极大的时间偏向——画面和音响转瞬即逝。这样,电视剧不仅以最为丰富的感官刺激从正面去操纵观众,生动的形象、艳丽的色彩、动听的音响和逼真的动态,把观众紧紧抓住,而且通过情节和悬念等戏剧技巧的运用,诱使观众全神贯注地追随着故事。根据这个特点,有些电视剧常常动用一切视听手段,以丰富多彩的信息和快节奏的变化,迫使观众只有睁大眼睛看,竖起耳朵听的顺从,却没有停下来想一想的权力,以掩盖作品中生活的贫乏、思想的浅薄、情节的不近情理。如此,久而久之,一是剥夺了观众大脑的思考功能和想象能力;二是非但影响了电视剧艺术向更高的精神层次的发展,不能前进,反而有可能在思想上和艺术上更加低俗和走下坡路。(3) 电视剧具有"即时性"和"在场感",擅长于表现时尚,尽量贴近生活,能满足人们"喜新厌旧"的审美心理变化,最大限度地做到艺术审美价值的社会实现。然而,在刺激创造、刺激发展的同时,电视在收视率的支配下也极大地诱惑着人的欲望。各种舒适的物质享受的蛊惑,把人的消费欲望提得越来越高。过于强调感官享受会使人的精神内涵被稀释,人生的意义被简化了。美女靓仔越来越多,娱乐化的标志,几乎是一种面孔一种风格在表演,有损作为演剧艺术的正常发展。寻找安逸、寻找刺激、追赶时髦、崇拜明星的现象,目前在全社会占有很大的市场。特别是有些电视剧,充斥着大量的色情镜头和暴力内容,任意颠覆社会公共价值观和道德观,详细展示犯罪细节和侦破手

[①] [美] 理查德·凯勒·西蒙著,关山译:《垃圾文化——通俗文化与伟大传统》,社会科学文献出版社 2001 年版,第 63 页。

段，成为现代社会犯罪上升的一大诱因。特别是青少年观众，他们的理性精神还没有得到充分的发展，相对来说缺少分析能力而具有较强的模仿能力，这就使那些色情、凶杀、犯罪的电视剧的播出，给他们的盲目模仿提供了对象。

我们必须以实事求是的科学态度，看到电视剧在努力赢得广大观众的同时，会使戏剧艺术水平低下，使社会道德堕落。我们必须深入分析电视媒介对社会有相互矛盾的作用，因此把握这些矛盾的特质，全面认识电视剧这门新的叙事艺术所引起的震荡，然后才有可能发扬其正面的张力，减少或避免它负面的影响，使其更好地为人类进步服务。

以上所述，电视剧包含着演剧艺术、影像艺术和电视媒介的特性。这些特性不是孤立存在的，而是相互依存，相互作用，相互影响，不可分割的。当我们对各个特性中所包含的元素（含义、结构、功能）进行学习和研究时，必须认识到电视剧艺术不仅是一个综合艺术，也是一个复杂的体系。而对于任何复杂的体系，整体的意义总是大于各个部分之和。简言之，我们了解、掌握电视剧创作时，要从整体角度进行探索。这样，才能对各个元素（含义、结构、功能）做出精确的理解和掌握。如果只是孤立地研究复杂学科的各个部分，而不考虑它们彼此之间的有机联系，则舍本逐末，事倍功半，难以奏效。

第二章　画面与声音

电视剧用"画面"和"声音"讲故事。作为一种视听艺术，画面和声音最重要的目的是为了让观众看到和听到。为了达到这一目的，电视剧必须发挥摄像机的"录像录音"的本性，也就是面对着物质世界，摄录下使人可见可闻的画面和声音，然后通过传播，映现于电视屏幕上。但是，这种纯纪录的材料并不能成为艺术，艺术需要的是人的创造，情感的灌注。因此，艺术家须利用艺术技巧来选择和改变自然的面貌，传达自己的感情，使之成为艺术。对电视剧编剧来说，在进行写作过程中，从收集素材、塑造人物、组织情节、阐述主题，甚至观赏作品，无一不需要强调"为屏幕写作"的观念，培养和提高影像意识和视听造型能力。一个优秀的编剧，应该能从一堆生活素材中迅速而敏锐地捕捉到最富有电视表现力的东西，声画并茂，创造出最丰富、最复杂的具象和音响世界，以表达意蕴，打动接受者的心灵。

本章主要阐述画面、声音及声画关系，以及以此为基础的写作格式。

一、画面的运动元素

电视画面，又称屏幕画面，指电视屏幕上每一个电视摄影构图。它既代表单个镜头的图像和瞬间（每帧）图像，也指整个电视节目的图像。电视画面最初来源于照相艺术和技术，其主要功能是造型。画面的造型元素有构图、光影和色彩等。

电视画面与照相画面的区别在于电视画面的运动性。电视画面是活动图像，在镜头的运动中表现运动中的事物，是电视画面造型的最独特和最重要的特征。了解电视画面的运动性，掌握电视画面自身的某些特点、表现手法和基本元素，应该是电视剧创作者的必须知识。

电视画面运动的元素，大致上可以分视点、景别、焦距、角度和运动方式。

（一）视点

视点，即视觉现象发生的所在点。通常指创作者观察景物的眼睛（或摄影机的镜头）所在的位置与地点。影视画面的视点指的是镜头所模拟的观察者的视野，可分为客观镜头、主观镜头和正反打镜头。

客观镜头：模拟观察者和观众的眼睛，代表叙事者的目光。

主观镜头：模拟剧中某一个人物的眼睛所看到的物像，是人物特定的视点。当观众接受主观镜头时，无形中使自己处在剧中人物的位置上。

正反打镜头：模拟剧中人对话时各自的视点。一般表现为从听话人的视点观看说话人，并因此不断变动对话双方的视点。这种镜头可以是不出现听话人，而以听话人的视点看说话人的主观镜头；也可以是框入听话人的头部或肩部，从听话人背面看说话人的客观镜头。

一般来说，影视叙事，无论作者采用客观叙事还是主观叙事，都会根据需要不断变化视点。请阅读下例。

夜航。

长长的波音 747 飞机客舱，幽幽的侧灯给在座椅上的安睡的人们带来一种朦胧的温馨。

一个空姐的背影。她撩开后厨房的门帘，步入 D 舱，然后慢慢地巡视着客舱。

随着她的视线可以看到，旅客们几乎都在梦乡之中。这位巡视客舱的空姐缓缓地行进着，偶尔弯下腰来替旅客盖好毛毯，或者将掉在地上的枕头捡起来，垫在旅客的头侧。一切都是轻轻地，悄悄地。客舱内也因此显得格外静谧和安详。①

以上，我们可以看到，编剧站在客观叙述的角度，采用了两种不同的镜头。前一句"座椅上的安睡的人们"是客观镜头，后一句"旅客们几乎都在梦乡之中"是通过空姐的眼睛看出来的主观镜头。虽然这两个镜头在内容上没有多大的区别，但是透过人物视野中"……几乎都在……"的模糊性印象，却仿佛使观众一下子进入了人物的心里，体会到人物此时此刻所见的画面后面隐藏着的一种舒畅心情。

主客观镜头和正反打镜头的自由运用，是电视画面灵活自如表现的一个重要因素。

（二）景别

镜头由于摄像机与被摄主体间远近变化和镜头焦距长短不同，有远景、全景、中景、近景和特写之分，电影与电视剧便由这些不同景别的镜头组接而成。

1. 景别的划分

景别的划分，以被摄主体在画面中所占的比例为准。一般常用人身体在画面中显露的部位作为标志，分特写、近景、中景、全景和远景。

特写，一般是指小于或等于人物肩部以上或与此相当的景物的镜头画面。特写镜头具有突出、强调对象细部的作用，对观众的视野有很大的强制性，可以用来刻画人物，并通过人物的表情或其他部位的细微反应、动作，表现人物的心理。也可以用一些道具、景物的特写，来表现人物的内心活动，推动剧情发展，产生强烈的戏剧性效果。此外还可以利用特写镜头时间短、形象夸张、视觉冲击性强的特点，或作为时空转换的结构手段，或用来创造蒙太奇节奏。

近景，表现人物腰部以上部位及其他相当的镜头画面，一般用来介绍人物的外貌、气度，对人物作肖像描写，或刻画人物的表情和细微动作。这种景别也可以展示人物之间的交流，揭示人物关系。

---

① 程蔚东：《中国空姐》，浙江文艺出版社 1995 年版，第 1 页。

中景，指表现人体膝部以上及相应景物的镜头画面，有很强的叙事功能。在这种景别中，人物既可以用脸部表情，又可以用形体动作；既可以表现一个人，也可以表现几个人，揭示人物关系和交代冲突。还可以表现一定范围的人物背景和场景，对衬托人物、营造气氛有一定效用。此外，中景还具有镜头、场面的调度灵活，画面富于变化，构图优美，运动性强等特点。

全景，是表现全身或一个完整场景的镜头画面。在这种景别中，人物可以充分活动，人物之间的关系也能得到展示。在叙事上，它带有较强的客观性，多用来叙述剧情，揭示情节的关联。通过整个场景的色调、光线、人与景的构图方式，它亦可融入创作人员的主观意识，使画面具有抒情性。全景与其他景别连接，可以形成顺畅或跳跃等不同的视觉结构，创造不同的叙事、达意和抒情效果。

远景，是用来表现广阔的空间、景物、场面的画面景别。这种景别视野宽阔，能包容很大空间内的景物、风光和人物的活动，使人、物、环境及其背景融为一体，适合表现盛大的群众活动场面，展示事件的背景、环境的全貌，整体感强。除叙事外，远景还常用于渲染环境的气氛，抒发情怀，创造辽阔宏大的意境。

2. 电视剧的特写

在景别的选择上，电视剧由于小屏幕的缘故，基本上以中、近景和特写为宜，不适宜过多使用全景，远景。相对电影而言，电视屏幕上的特写镜头运用比较多，成了最常用的、富有表现力的手段之一。

首先，运用特写可以准确地表现细微之处，如人物的面部表情，尤其是眼睛的表情，如瞪、眯、觑、眨……还有细小的形体动作及物件的细部和小物件，借助微相表演和细部展示，细致入微地刻画人物性格，揭示深藏在人物内心深处的微妙活动。其次，通过特写对被摄对象的细部加以扩大，可以从貌似平凡沉闷的模糊印象中突出其中生动有趣的戏剧性冲突，就像借助显微镜，从平静清澈的水珠看到无数微生物的激烈活动。第三，特写可以用虚背景的方法把主体同周围环境分割开来，使人物所处环境模糊不清，让人难以捉摸。这样，既便于赋予环境一种不确定的、朦胧含混的意义，又利于推出主体，以达到突出人物心理感觉的目的。第四，电视剧常采用以一个特写取代另一个特写的办法，完成镜头衔接，场景转换，代替电影式的淡入淡出，划来划去。而且，电视屏幕从一个特写直接过渡到另一个特写，不会显得跳跃幅度太大，此举形成电视剧特有的"微型舞台调度"。另外，电视屏幕小，特写镜头将人物和物体的细部从整体、从周围环境中强调出来，能产生清晰的视觉形象，给观众以强烈的心理感染，但又不会过分刺激，令观众惊讶。电影则不然，电影里的特写，以达到震撼或引人入胜的注目效果。电影由于其银幕大，特别是宽银幕，几乎覆盖了整个视觉范围，因而特写镜头如果运用过于频繁，观众受到的心理极度刺激过多，反而使他们会感到难以忍受，失去审美享受。

（三）焦距

从镜头外射进的平行光，会在透镜后面聚合成一点，称为焦点；由焦点到镜头中心点的距离便是焦距。焦距有标准、短焦、长焦和变焦镜头四种。

标准镜头，接近于人眼的正常感受，所获得的影像与原来的客观物像有逼真的还原效果。

短焦镜头，可以拍摄视野广阔的景物的镜头。短焦中的鱼眼，可以拍摄接近180°角的镜头。短焦镜头视野大，景深也大，能造成深远的纵深感，夸大前景中物像的尺度，使前后景物大小对比强烈，在线性感知上产生相应的畸变。短焦镜头有利于表现横向上宏伟壮观的场面，纵向上动体的速度。

长焦镜头，可以把距离很远的景物处理成近景的镜头。长焦镜头视野小，景深也小，所以能放大远处景物的尺度，能压缩纵深感知，使纵向空间显得扁平。长焦镜头既有利于在远处偷拍，又因为纵深感知迟钝，动体的空间位移往往难以觉察。

变焦镜头，根据各种不同需要调整焦距。变焦镜头，不仅有短焦镜头和长焦镜头的特性，而且由于二者结合产生新的功能。例如，对不动的物体变焦，因为纵深感知的变化，使物体的体积变大变小，产生镜头向物体推近或拉远的效果。但变焦镜头不同于摄影机的推近或拉远。变焦镜头只是通过压缩或拉长纵深空间来造成这样的效果，它不像推拉镜头那样真正通过摄影机的运动，穿过纵深的空间来逼近或远离被摄体。

（四）角度

镜头的上下左右活动，使镜头与水平之间形成不同的夹角，产生不同的性能。其分为平视镜头、俯视镜头和仰视镜头。

平视镜头，指与水平持相同角度，接近常人视线感受的镜头。

俯视镜头，指低于水平角度，朝下俯拍的镜头。这种镜头能使人或物的体积压缩以至于形态奇异，常用来表现遭受危险或威胁的情况。俯视镜头如果垂直朝下俯拍，称为"顶摄"。

仰视镜头，指高于水平角度，朝上仰拍的镜头。这种镜头能夸大物像的体积，常用来表现人物的高大、英武、强悍和威严等。

（五）运动方式

镜头的运动方式，主要指推、拉、摇、移、跟、升、降等摄影机的运动方式，所以又称移动摄影。移动摄影是将摄影机固定在轨道移动车或其他运输工具上，或手持摄影机在机位移动中拍摄。它并不包括被摄对象的运动。摄影机沿纵深方向移动，叫推拉；沿水平方向运动，叫横移；沿垂直方向运动，叫升降。摄影机固定在原地，而只转动镜头的拍摄方法，叫摇。摄影机与被摄对象保持运动速度、方向的一致，进行跟踪拍摄，叫跟，是移动摄影的一种特殊方式，意在强调对象在画面中的主体位置。

推，景别由大到小，主体物象由小到大的技巧变化过程。主要表现作用在于引导或集中观众的视觉注意，从整体、环境空间中逐渐区别出主体或细节，是指被摄对象不动，摄影机由远而近地向对象推进的连续画面。被摄体的主要部分由小变大，从而把观众的注意点吸引到所要表现的部位。它可以借助移动车向前推进拍摄而成，也可以用变焦距镜头，产生或急或缓推的视觉效果。语言功能有点类似于"……某环境、事物整体……中的……这一点"。

拉，通过摄影机远离或利用变焦镜头，使被摄体在画面中由大变小，由近变远，从而把观众的注意点分散到周围更广阔的背景中。拉镜头的视觉规律在于先认识主体、局部、细节，尔后再补以主体与之环境、空间相关的视觉信息；在于先强调细节，然后形成整体概念的表现方法。语言功能有点类似于"……这点……存在于……某整体中"。

摇，是采用摇拍手法拍摄的镜头画面，拍摄时，摄影机位置固定，通过三脚架的活动底盘进行上下或左右的转动。摇镜头具有纵览场景全貌，揭示被摄体之间的关系，以及烘托情绪、渲染气氛等作用。摇镜头，拍摄时镜头沿着水平线左右移动，从而为观众展示一片广阔场景。这就像我们在生活中边走边往侧面看，或坐在车里观看车窗外的景致一样。摇镜头的过程由于视线不断转移，所以不宜表现物象细节、局部特征，在某种程度上，摇镜头的语言功能有点类似于"看……这一面"。摇镜头常常模拟人的头部转动和眼球转动的视觉效果。有时利用镜头的摇动，能艺术地表现空间内的感觉。

移，在拍摄过程中，视点连续运动变化的技巧称移。移镜头可以获得不同视点的空间感，有助于整体、全面、多角度地感知和认识事物。有针对同一主体物象的环移，也有针对不同物象的平移。语言功能有点类似于"转过去看""走过去看"的主观效果。

升、降，指机位作垂直于地面的运动。升、降也是一种移机，只不过移的方向是垂直向。通过升、降可以产生仰视——平视——俯视或俯视——平视——仰视的透视变化，从而获得较自由的视感空间效果。另外，升镜头由局部到整体，强调场面的意义；降镜头则相反，强调场面中具有意义的局部。战争等大场面经常运用升镜头展示战争的气势，降镜头则引导观众进入戏剧空间。由于升降运动超越了常人的视觉能力，因此升降镜头具有闯人的意味。

跟，镜头的被摄体在画面中的位置保持不变，摄影机始终保持一定距离追踪着它，从而使画面具有一种连贯流畅的视觉效果。其画面多是主体不变，景别不变，背景产生变化。语言功能有点类似于"盯住……他"。跟拍镜头由于保持了时空、事件的连续性和完整性，所以常常用来表现或细腻地展示人的日常活动。另外，跟拍镜头能在观众心理上激起一种求知的追逐欲望，换句话说，就是想知道拍摄对象所追逐的是什么，或者由于拍摄对象运动所带来的结果。

电视镜头语言十分丰富，在实际运用过程中，这些常用基本表现技巧有时需要被综合到一个镜头的拍摄过程中，成为组合运动。如推拉过程中又作了跟进，称为跟摇与拉摇；移的同时又做了跟，称为跟移等。

二、声音的造型元素

电视剧是视听并重的艺术。听觉元素——声音是电视剧重要的表现性因素，也是电视剧突破自身视觉局限，超越有限屏幕，拓展画外空间的强有力的手段。在真实生活中，我们的视觉注意力非常有限，有效视觉只能波及60°，特别是在注意力集中时，视觉范围只有30°，而我们的听觉在任何时候都容纳着我们周围的全部空间。在观赏电视时，由于电视机的屏幕有限，由于电视审美空间的家庭性，因而不可能达到像在电影院里观赏宽银幕电影那种完全对视觉彻底垄断的效果。由此，电视剧在注重影像造型的同时十分重视声音造型。

电视剧声音造型有三个元素：语言、音乐、音响，其中语言是主体。

（一）语言

语言，主要是人物说话声，又称"人声"，通常主要是指"三白"：对白、独白、旁白。独白、旁白常以画外音形式加以表现。

语言是人们交流思想、传递信息和表情达意的工具。电视剧使用的语言是有声语言，有声语言以语调、语音刺激人的听觉器官，作用比书面形式的语言更为直接，具有更强的感染力。

在语言的运用上，电视剧不同于电影，而比较接近话剧、广播剧。电影以画面为主，以声音为辅，比较注重影像效果，尽量减少语言的运用，大量长篇的对话，一直是电影艺术大忌。而电视剧在人物语言的使用上很少有忌讳，特别是在有些室内剧中，外部场面小，变化少，人物形体动作表现力受到很大限制，基本上靠对人物语言的无限运用，靠人物对话来支撑起庞大的叙事体。有的电视剧甚至让人物用大段独白直抒胸臆，以旁白形式来解释人物动作、叙述剧情、阐述主题，像广播剧的解说一样。

1. 对白，指人物两人或两人以上的对话，是人与人交流信息、思想、情感的基本手段，也是电视剧最重要的表现形式。对白，不仅是形式，而且还是内容，有时承担着大部分叙事任务，与表情、手势、身体动作相比，有着清晰、方便、准确的特点。对白在电视剧中占有很大的比重，有许多电视剧剧本几乎是用对白的形式写成的。这些剧本除了有少量介绍场景的地点、时间和说话方式及语态的提示外，其他全部是对白。如此写出来的剧本，对某些题材的内容，同样可以完成叙述的目的和效果，人们也能根据这些对白去弥补画面的想象空间。

2. 独白、旁白，独白是发自剧中人物之心的声音，是人物在剧中情境下所产生的内心活动，主要抒发个人的情感，表达人物内心活动。旁白则往往是从旁观者的角度对剧情和人物作适当的解释和评述。

一般情况下，独白的说话主体和接受主体都是自己，而旁白却有着不指定的接受对象，是说话者与观众的交流。按其性质，旁白有两种表现形式：一是剧作者的客观叙述，以剧作者的口吻形式出现，也称第三人称；另一是剧中人物的主观叙述，以剧中人物的口吻形式出现，也称第一人称。旁白的运用，要服从于剧作结构。采取客观视点进行叙述的结构形式，通常宜用第三人称；采取主观视点进行叙述的结构形式，通常宜用第一人称。在一般情况下，应该避免在同一剧本中两者混用，造成视点混乱，使观众感到不知所云。

独白、旁白有时用画外音的形式出现。

3. 画外音，顾名思义是指声源不在屏幕可视空间之内的声音，即声源在画面外的声音，其可以是人声，也可以是音乐或音响。画外音具有强大的造型功能。画外音能突破画幅的限制，把影视的空间拓展到画面之外，以丰富画面的内容和表现力。画外音还用以创造真实的声音环境，烘托气氛，加强生活场景的真实感。画外音与画面内的形象和声音互相补充、互相衬托，造成画面与声音的蒙太奇效果。

（二）音乐

音乐是电视剧整体结构中的组成元素。音乐长于表现情感。语言以表意为主，音乐以表情为主。音乐能够给观众的情绪以强烈的感染，同时又对环境的描写和气氛的烘托有独特的功能。

电视剧的音乐与电影音乐一样，包涵着一般音乐所缺少的视觉信息，是一种新的音乐艺术体裁。电视剧音乐就其声源来说，一般可分为有声源音乐和无声源音乐两种形式。有声源音乐，亦称画内音乐、客观性音乐，即剧中出现的音乐是画面中的声源提供的，如正在唱歌的人、演奏的乐器、开着收音机、电视机等。它实有其声，增添了画面的真实感和艺术感染力。无声源音乐，亦称画外音乐、主观性音乐，即剧中出现的音乐并非来自画面所提供的现实世界，而是创作者对画面这一客观世界的感受，是根据塑造人物性格和渲染环境气氛等需要设计的，并以其特有的深度和强度来补充画面不易表达的情绪和感情，起着丰富、充实、烘托、揭示、强化画面的审美作用。

电视剧音乐大致可分为：歌曲、主题音乐和环境音乐。

歌曲作为音乐和文学的结合体，无疑是音乐艺术中最富于表现的一种形式。歌曲按其在电视剧所处的位置及作用，可分为主题歌和插曲两种。人们把表达作品主题或概括全剧基本内容的歌曲，称为主题歌。主题歌是全剧音乐的灵魂，歌曲旋律可以作为电视剧的主题音乐加以贯穿、发展、延伸，可以让主题歌在剧中多次出现，做不同的艺术处理，还可以把主题歌旋律采取变奏处理，增强艺术感染力。插曲是指除主题歌外的一般歌曲。插曲的应用比较自由，或烘托某一场景，或抒发剧中人的特定环境、心境中的感情，或描绘山川景物，或歌颂人物等。

主题音乐的作用：抒发感情；展示时代特点和地方色彩；情节的组成部分；表达主题思想。熟悉的音乐，会使人产生画面联想和意义解释。

环境音乐，指背景音乐。

电视剧中，音乐也常常发挥出写意叙事的功能，唤起内心视像，激发感情，达到触景生情、声情并茂、以声喻情的艺术效果。如《北京人在纽约》，音乐直接参与到情节中。王启明夫妇两人初到美国，在机场等了一天，终于等到了郭燕的姨妈，使本来失落感很强的他们心情有所振奋，有了点安全的感觉。当他们驱车进入城市的时候，夜幕中灯火辉煌的摩天大楼，一下子刺激了王启明。这位北京一家交响乐团的大提琴手，顿时爆发出一种艺术家的激动和兴奋，终于闯入了梦寐以求的梦幻之地！音乐，他心里涌现出的《新世界》旋律逐渐明朗，瞬间轰然鸣响。他情不自禁地舞动双手打起拍子。这段音乐，很好地抒发主人公此时难以用语言来表现的感觉，紧扣主题，渲染烘托，与显示梦幻般的摩天大厦的灯火画面一起反映了主人公初入梦幻天堂的兴奋情绪。等到王启明打完拍子，音乐戛然而止，车子已到了贫民区，此时的主人公又回到了现实，回到了地面。

同样是这段《新世界》交响乐，在片中后半部又一次完整地出现。此时的王启明已经历经了坎坷，他花了5万美元请一家交响乐团与他一同演奏这首《新世界》。空空的音乐厅里，只有一个听众——阿春。王启明一面拉琴，一面想起来美国后的经历。此时的音乐速度缓慢，使人悲哀，完全没有了当年初闯美国时的兴奋感。这一次，音乐直接参与情节中成了"情节性音乐"，强烈暗示着主人公"美国梦"的破灭。

（三）音响

音响，指除语言和音乐之外的声音。其有众多作用，如增强影像空间的造型力量；参与屏幕形象；连接镜头，转换场景；参与情节；象征和隐喻等。

音响有：（1）由人本身所发出的声音，如人的喘息、呻吟、抽泣、咳嗽、笑声、尖叫声、哼曲声等；（2）由人的动作所发出的声音，如行走的脚步声、关门的乒乓声、洗浴的冲水声、打碎瓶子声、汽车的发动声和刹车声等；（3）自然环境声响，在自然环境中能听到的一切音响，如山林中小溪的潺潺声、小鸟的啼啾声，海滩边海浪的拍岸声、海鸥的鸣叫声，还包括风声、雨声、雷声、流水声、波涛声等；（4）人文环境音响，如集市的吆喝声、叫卖声；工厂里机器的轰鸣声；办公室内电话铃声、打字机声；家庭的钟表嘀哒声、电视广播声；战场的马嘶声、杀喊声、枪炮声等；（5）特殊音响，既人为地制造出来的非自然音响或对自然音响进行变形处理后的音响，神话中及科幻片中应用很多，如表现人们心理感觉到的天堂、地狱、海底、梦幻中的声音，也有表现人物内心不可名状的情绪的，如恐怖、紧张、烦恼的音响。

电视剧中的音响与声景有密切关系，常常有声音特写的处理。声景，是视听语言中的一个新名词。人的耳朵辨别力很强，闻声及物，听声"见"景，能辨别出声音来自何物，来自茅屋还是来自宫殿，来自山谷还是来自旷野，遥远还是邻近。正因为声音有这特征，便可以利用它来表现或暗示空间环境的大小深浅，形成声音的景深。这种声景借用视觉景别名词，分别以远景声、全景声、中景声、近景声、特写声命名。声音特写的处理，是贴近声源细部予以强化、显微、扩张，引起电视观众的注意。经过放大的声音特写富有艺术感染力，如水滴声、蟋蟀鸣叫声、钟表的嘀哒声，甚至人物的心跳声、呼吸声等都根据剧情强化，可以平添悬念，增强气氛。

音乐和音响是用来传达生活气息、烘托气氛、抒发情感、创造意境的重要手段。如《北京人在纽约》骂大街一场，在多信息的景深镜头中，王启明由纵深走来，边走边骂。周围的汽车声、人声、脚步声及各种环境声与王启明的叫骂声汇在一起，形成了一段富有意味的都市交响乐。在这个段落里，空间的环境声不仅是城市的象征，而且也是促成王启明进一步行动的因素。如《十六岁的花季》，创作者注意运用音响效果，使开场就充满了青春活力。"烈日当空，蝉声无休止地响着。"训练场地从最初的蝉声以突出训练中严肃、严格的静默，然后口令声、操练声、脚步声逐一展开，交融学生们的说话声、笑语声，突然小插曲结束，继续操练，又是静默般的蝉声。此蝉声过渡到大城市里，浸入了市区马路上的喧闹声，悄悄连接了学校校园喷水池的喷水声。这喷水的流水声，再过渡到下一场景中孩子们休息在水龙头前的洗脸声。然后，水龙头的自来水声带进野营基地的溪水声，野外的鸟鸣虫吟，继续无休止地响着的蝉鸣声，再加上歌声、录音机的音乐声，篝火"哔哔剥剥"的声响，教官的霹雳舞，孩子们欢呼雀跃的喊声和笑声，然后再转进市区一段抒情的钢琴乐曲。这一段，在开场后的整整 15 分钟中，在音响上一气呵成，环环相扣，既是画内又是画外，热烈而充满青春的气息。

（四）声画组合

1. 声画同步，指声音与画面相一致，又称声源音响，即画面的情绪、情调与声音的情绪、情调是完全一致与同步的。这是影视叙述中最常用的一种声画关系，在艺术表现上产生逼真、自然的效果。

2. 声画分立，指影片的声音与画面各自按照自己的逻辑展开，声音与画面的关系是各自独立，相互补充，若即若离。在声画分立之时，声音一般不会来自画面之中，而以画外形式出现，但在整体情感、情绪上，又有一种相互映照的关系；互相离异，但彼此又有一种内涵上的联系，从而达到一种意念。声画分立可以有效地发挥声音主观化的作用，还能借此转换时空、衔接画面。画面与声源有一定联系，但又使之互相分离的一种剪接方式。声画分立是影视艺术的一大进步，使声音摆脱了作为画面附属的地位而成为一种独立的艺术形象，这使得影视表现的容量大大扩展，增强了艺术表现力。

3. 声画对位，指各自独立而又相互作用的结构形式，往往有对比、象征、比喻等效果。以声音与画面在情感、内涵、情绪、情调、氛围、节奏恰好是错位、对立的，形成很大反差。正是由于声音与画面的差异、对立、错位和相反，才更有力地形成一种对比和对照，从而用一种反差的方法更强有力地表达出正面的意义、价值。如声音的慢节奏与画面的快节奏、声音的抒情与画面的惨烈，以造成强烈的视听差别，并且利用这种不协调，给观众以强烈的内心触动。这种技巧具有主观表现色彩。

三、电视剧写作格式

电视剧的创作按生产的时间流程分为三个阶段：剧本为一度创作，演出和摄制为二度创作，剪辑合成为三度创作。编剧必须认识到剧本创作不是案头的文学创作，而是另一种艺术形式得以生成的催化剂，电视剧文学本主要是用来提供拍摄的。剧本创作主要是描述能"看"能

"听"的故事，以便将来在拍摄时能顺利地转换成视听语言。完美的电视剧剧本，能让人在阅读时就像在观赏一组组活动画面和聆听各种各样的声音，并激发出丰富的想象和激情。

电视剧写作最基本的概念是根据场景、场面来分自然段。电影组织镜头的最基本时空单位是场景。场景，是剧中人物活动或事件发生的地点。电影的场景与舞台剧的场面不同，舞台剧的场面是事件的发生在同一时间、同一地点和同一人物中的基本单位，一旦有人下场就转到下一个场面。而电影是根据场景来拍摄的，在一个场景内人物可以上下，时间可以变化，但场景始终是这一个场景。电视剧有的是以电影时空自由的方式，这种要按场景来转换；有的按舞台剧形式，在一个地点来展开剧情，如室内剧，那就必须按场面来安排自然段。电视剧剧本的分段正是以场景、场面的转换为条件的。所以，每一个场景、场面，即剧本的每一个自然段。

一般地说，按场景分段的，要在每个场景前的"正文"前标明出：地点，内景或外景；时间，日景或夜景。有的还标出场景的编号和这一场出场的人物。

场景内"正文"的格式，没有统一的标准，目前常见的有以下四种：

1. 影部和声部分离的写作格式。此格式的电视剧剧本，严格地将影像部分和声音部分分左右横写，彼此互相不干扰，使导演、演员及工作人员将剧本拿在手上时，一目了然，不至于混淆不清。

这类格式有两种表现形式。

A.[①]

影部

场：5

时：日

• 壁钟上的秒针在转动。镜头摇下来，客厅静悄悄，没有人。

---

① 朱白水：《怎样编写电视剧》，台视文化公司出版社 1984 年版，第 6 页。

- 一个女人一边穿扣衣服，一边急忙地出来。
- 那个女人惊慌地开门，一个男的紧张地冲进来。
- 那个男的抓着那个女人慌慌张张地从侧门逃了出去。

声部
景：客厅
- 紧急的敲门声。
女：谁啊？
男：（画外音）我，快开门！
- 远处传来警笛声、脚步声。
男：糟了，我们的事给警方发现了，快走！

　　这里，可视的具象，如壁上的钟和人物的紧张逃离等动作都属于影像部分，而敲门声、警笛声和人物对白都属于声音部分。两个部分截然分开，互不干扰。这种影部和声部分开的写作格式，有的采用左右划分，有的改为上下划分，有的虽然排列在一起，但保持对影部和声部有明显的区分。如以下作品，影部的内容全用显眼的标志标出，以示与声部的不同。

　　B.《人间四月天》第一集的开篇[①]

场景：硖石村庄后小溪边
人物：村妇，村人
时间：一九八〇年夏日清晨
- 清晨，晓雾尚未散逸，村妇在溪边一块青石板上洗衣。
- 村妇闲说闲聊离去的声音，溪水的微波荡漾，轻抚着溪边那块青石板。
- 淡出渐隐。
村人合力的声音。

---

① 王惠玲编剧，中国对外翻译出版公司 2000 年版。

- 青石板被翻开，石板竟是一块墓碑，碑上写着《诗人徐志摩之墓》。
- 溪水依然微波荡漾，轻抚着碑上的墓志铭。晨起的初阳照在石碑上。
- 字幕一九八〇年夏日。

场景：硖石镇上，徐家老宅

人物：徐家酱园管事，管家，志摩奶妈，下人

时间：一八九八年（丁酉年腊月）冬日

- 徐家大门口，门开，管家送酱园管事出来。

管家：你说这酱缸里怎么会有耗子呢？

管事：唉呀！是啊！昨天才送出去二百斤的酱，要过年了，可不能出乱子！——我先回酱园。

- 管事匆匆离开，管家目送，回身进徐家大门，一路穿堂过院到天井。
- 正是腊月时节，冬日暖暖的阳光斜照进徐家老宅的天井，一长串的熏肉腊肠挂在竹竿上，油汪汪的享受着阳光。即使做成肉品挂在富裕人家的天井里也有不一样的气派。
- 下人拿着扫把仰头看天，管家站在一旁，跟着也仰头看。

下人：（看看管家咧嘴笑着）这太阳多好！

管家：是啊！——这太阳多好？你不如就当块闲（咸）肉晾在那竿上吧！

- 下人低头扫地。
- 老妈子踩着小碎步穿过二楼的回廊，手捧着一个托盘，盘上的百岁服上头压着"长命锁"，一个小瓜帽扣在一旁。老妈子推一扇门进去。

场景：硖石徐家楼上卧房

人物：志摩（一岁），奶妈

时间：一八九八年冬日

- 房间里，一个周岁的孩子坐在锦缎的被褥上，有一种灿烂的光彩在他身上，是那一身绫罗绸缎，也是那斜照进屋里的阳光。奶妈已把他打扮妥当，最后将一个足金的长命锁挂在孩子的身上。

场景： 硖石徐家厅

人物： 徐老太爷，徐老太太，徐父，徐母，志恢和尚，志摩（一岁），奶妈

时间： 一八九八年冬日

- 徐府大厅，徐老太爷和徐老太太笑吟吟坐在厅上，孩子在徐夫人手中，徐父看着志恢和尚。

徐父： ——是个独苗——就怕家里把这个孩子给宠坏了……

阿奶： 是菩萨赐的，有菩萨教着管着，师父您说是吧！——（对徐夫人）交志恢师父抱抱，给他启个佛缘，增长点智能和福气。

志恢： 哎呀！岂敢！贫僧只是个一无所有的出家人啊！

- 志恢和尚笑着从徐夫人手中接过孩子，便认真地端详，先是看他一双聪慧灵动的眼眸，继而又摘下他的小瓜皮帽摸他的头，同时闭上眼，这样认真的神态倒给徐家上下都肃静下来。徐夫人不安地看了徐父一眼，仿佛有些后悔把孩子交给师父，主要也是怕听见些不好的。

徐父： 师父……

- 志恢猛睁开眼才知道自己太出神倒像是故意卖关子折磨人，遂朗声大笑。

志恢： 哈哈！人中之龙，麒麟之子，这孩子将来一定要扬名天下的。

- 徐家三老一听终于松一口气同时也喜出望外。
- 奶妈此时把抓周的红漆木盘捧出来。

阿奶： 来吧！叫他抓抓，看看将来是怎么个扬名天下法。

徐父： 抓只笔吧！咱们徐家几代没出过一个读书做官的。

徐母： 我倒愿意他殷殷实实守住家业就好。

徐父： 还叫他管酱缸啊？

- 在大人的言语间，小孩一只胖手从盘子里抓了一个竹蜻蜓，徐父有些诧异。

徐父：（怪罪的口吻对奶妈）摆个竹蜻蜓干嘛？这……
- 众人面面相觑，老太太倒是不慌不忙的找到了解释。

阿奶：这不就是青云直上，一飞冲天的意思嘛！
- 被老太太这一解，大伙儿又都开怀畅笑，天井的暖阳烘托着笑声，这是作为一个孩子或人生幸福的起点。

场景：硖石郊外山上

人物：志摩（七岁）

时间：一九〇四年，夏日
- 阳光下，一块影子飞快的在草坡上移动。
- 七岁的志摩学放风筝，风筝越飞越高，志摩只顾奋力往前跑，没注意草坡突然变的陡急，他脚一绊就一咕噜的往下滚。
- 手上的风筝也只有任它飞了，志摩滚着终于停下来，他知道自己没摔伤，还来不及爬起来，就怔怔然看着刚才还在手中的风筝已经飘到老高的天上去了。
- 天好蓝，这一路风筝能飘到顶吗？到顶是哪儿？这世界可有个边？志摩手枕着头煞有其事地躺在蔓草间，仰望天空，有了人生的第一个疑惑，他仅仅盯牢那只风筝想知道答案。

场景：山区

人物：村人，搜索队

时间：一九三一年，秋日
- 同样是荒烟蔓草间，搜索队的人由当地农人带领循迹而至。
- 先是一些草丛烧过的痕迹，逐渐向前方望去，飞机的残骸散布在荒山野岭间，刚下过一场大雨的山中，湿冷凄迷。飞机残骸烧尽的余灰如同狼烟一般远远近近地飘向空中。
- **字幕：**徐志摩（公元 1897—1931）

……

2. 话剧剧本的写作格式。这种格式，基本上是由人物对话、旁白和少量提示性词汇组成，很少对人物肖像、心理活动、环境气氛等作精心描绘。此类剧本格式，特别适合以对话为主的室内剧。

日本电视剧《阿信的故事》^①第一集的开篇：

志摩半岛

画外音： 昭和五十八年（即 1983 年），春意尚浅的时节。志摩半岛
    某小镇的田仓家，祖母阿信突然出走了。阿信已是八十三
    岁高龄。她的次子田仓仁，已经在周边各镇经营了十六处
    大型超级商场，今日又逢第十七个商场开业的良辰。田仓
    家能有今日的生意兴隆，完全是阿信惨淡经营的结果。可
    就是这位阿信，偏偏在象征着田仓家宏图大展的第十七个
    商场开业的一天，竟然孤身出走，这是全家人都不敢相信
    的事。当然，没有一个人猜得出她出走的原因何在。

田仓家（早晨）

　　［室内的壁龛装点着喜日的彩饰，神龛里点亮了长命灯，烛
　　火辉煌。正门处一派喜气。家属和佣人们身着礼服，进进
　　出出，慌成一团。］

寝室

　　［阿信的门婿辰则（54 岁）正在打电话。］

辰　则：（对着话筒）对不起，大清早就惊动您……你，只不过
　　有件事叫人放心不下，才向您打听……您尽管放心，打
　　扰啦……

　　［辰则放下话筒。田仓仁（54 岁）又叉开双腿站在客厅，看
　　了辰则一眼，对辰则默默地摇头示意。辰则又拨起呼号

---

① ［日］桥田寿贺子编剧，于雷、孟宪人等译：《阿信的故事》，春风文艺出版社1985 年版。

盘。不消说，不论是田仓仁还是辰则，都身穿礼服，仪表堂堂。]

田仓仁：（烦躁地看表）不快些动身，可就来不及啦。

辰　则：通知他们，典礼就推迟一小时吧？

田仓仁：不只是自家人，还请来了好多的宾客哪，连市长也光临了，田仓家能做出那种丢脸的事吗？

辰　则：不过，岳母如果不到场……

田仓仁：这是老太太的脾气。时间一到，她就会突然出现的。她就是这么个人。大家不要过分地大惊小怪，还不能肯定老太太确实是离家出走了嘛……首先，她有什么原因非得离开家不可呢？

辰　则：对于此次开业，岳母可是从一开始就强烈反对呀……

田仓仁：无聊！把田仓商号发展到如今盛况的，正是老太太。如今她却莫名其妙地伤感起来。老太太毕竟是上了年纪……

辰　则：那么……岳母果然有她反对的理由吗？

田仓仁：（哭丧着脸）

辰　则：弄清了这一点，她出走的原因也就……

田仓仁：鸡毛蒜皮，不值一提。

　　　　[辰则不再多嘴。不悦的田仓仁陷于焦躁不安。]

阿信的房间

　　　　[阿信的女儿阿祯（52岁），身穿礼服，正在查看阿信的衣柜。田仓仁之妻道子哭哭啼啼地一旁瞧着。]

道　子：有什么东西不见了吗？

　　　　[阿祯无言地东翻西找。]

道　子：我一向尽可能不到婆婆的房间来……从来也没有往衣柜里看过一眼。她究竟拿走了些什么，我压根儿就……这紧急时刻，若不是阿祯……

阿　祯：……

道　子：当媳妇的，可真难哪。

阿　祯：（沮丧地）妈妈到底还是有计划出走的呀！

道　子：（凝视着阿祯）

阿　祯：妈妈心爱的衣服短了五件、腰带两条……贴身衣服也拿走不少，原来这儿是塞得满满的……而且，我去巴黎给妈妈买的手提包也不见了。

道　子：可是，为什么……

阿　祯：可怜的妈妈……她不喜欢叨叨咕咕的，所以，什么也没有说，一切都闷在心里。哪怕对我流露一句半句……

　　　　　　[阿祯控制住眼泪。]

……

3. 电影剧本的写作格式。这种格式，注意影像画面，基本上是以一个镜头或者一组镜头为句子单位进行排列。镜头感强，画面跳跃感大，突出视觉造型，描写性词汇较少，用最简练的文字阐述画面和声音。

如《十六岁的花季》第一集的开篇：

[野营基地

濒临淀山湖畔的青少年野营基地。

富有童趣的三角顶营房里驻扎着上海一零一中的高一新生，他们正在经历每个上海中学生必须接受的军事训练。

烈日当空，蝉声无休止地响着。

草坪的四周悬挂着大幅标语牌："欢迎你，新同学"，"团结紧张、严肃活泼"。

几个身着不同色彩运动服的训练方队正在进行队列操练。一排排整齐的手臂、一列列齐刷刷的腿。

高一（2）班的学生身着橘黄色的运动服，显得格外活泼、青春，一位与学生年龄相差无几的军队教官巡视着学生们，他姓潘。

潘教官："互相看齐了，手必须摆到这个位置，起步走。"

何大门身体肥胖，动作缓慢，操练起来分外吃力。

"何大门出列。"潘教官当中点了何大门的名。

"走正步的时候，要收腹，应该这样。"潘教官做着示范。

"报告，这样他的屁股就撅起来了。"队列中调皮鬼韩小乐插嘴了。

潘教官挺沉着，朝韩小乐瞥了一眼，继续示范。

韩小乐感到目的没有达到，又嘟哝一句："那么热的天，都快成烤鸭了。"

同学们吃吃笑了起来，队列中出现小小的骚动。

潘教官面带怒气："韩小乐。"

"到。"

"说什么呢?"

韩小乐："报告，没说什么，是我的肚子叫了一下。"

同学中又掀起笑浪，不过是压抑着的。

潘教官："别要贫嘴，你这点小聪明，我还不知道? 讲什么怪话? 我们的新兵比你们大不了两岁，每天训练六小时，你们一天才一小时。立正，正步走。"

操练继续进行。

一〇一中校门

三五成群的家长簇拥着一位年过半百的工友。

工友不耐烦地对家长解释："军训一共才八天，一半日子已经过了，熬一熬吧，军训不及格，高三不能毕业。"

家长甲恳切地哀求："师傅，我孙子有胃病，这点蛋糕能不能给他带去。淀山湖太远了，学校不是常有车去吗?"

家长乙："师傅，帮帮忙把这瓶风油精带去，高一（1）班的李林，她皮肤不好，蚊子一咬搔了就要烂的。"

工友耐着性子做解释："学校有卫生老师跟着去的，万金油、风油精、人丹、蚊香都有的。哎，老太太，你怎么今天又来了?"

……

4. 电视小说的写作格式。这种格式相对比较自由，一面注意电视画面形象的描写，一面取近乎小说的叙述，较为详细地交代场景环境、气氛，在叙述中时常插入对人物心理或剧情发展的说明性文字。在文字描写上，追求文学可读性，具有浓郁的文学氛围，既给读者有声画艺术的屏幕感受，又给读者以文学的审美情趣。此类格式目前较为广泛采用，不仅为拍摄提供脚本，也同时为电视小说出版打好基础。

如《新岸》中的一节：

生产队长走到刘艳华跟前："你跟车挖河泥施肥。"他指了指高元钢："他叫高元钢，你听他的。"

刘艳华扛着锹，慢慢地来到了牛车前。

高元钢"驾"了一声，把牛车赶走，刘艳华尾随在后面，距有十步远，不紧不慢，总相差一段距离。高元钢发出单调的吆喝牲口声，牛车吱纽纽吱纽纽地单调地叫着，牛脖上的铜铃慢节奏地响着，心事沉重地瞅着留有牛粪的土路。

牛车赶到河滩上，高元钢把牛车安置好，然后拿着镰刀走出几十步远，给牛割草。

刘艳华将锹踩进黑色地河泥里，挖出沉重的河泥装进车厢。

清清的河水哗哗地流动。

刘艳华脸上流着汗水挖河泥。

高元钢唰唰地割草。

一只燕子从河面上飞过。

刘艳华抿一下散乱的头发，然后咬着牙攉起一锹河泥，车厢里的泥已经有多半车了。

高元钢直起身看一眼刘艳华，他见刘艳华一锹连一锹地把河泥装上车，她的泼辣劲引起他的注意。他挟着草慢慢地向牛车走去，他看见汗水浸湿了刘艳华的上衣，一缕缕头发粘在湿漉漉的脸上，一双旧黄胶鞋泡在泥水里。他涌生起同情心，把草扔在车上，不等车厢装满，他操起鞭子，吆喝一声："驾！"把牛车赶走。

刘艳华端着一锹还没有装上车的泥，望着走动的牛车，意识到高元钢对她的关照，她疲惫不堪地将泥甩到地上，用衣襟抹了一把脸上的汗水，然后跟车走去，相差还是那样一段距离。

高元钢穿过家里院子，进到屋里，坐在饭桌旁，拿起饭碗从饭盆里盛了一碗饭。

高元钢妈妈端起一碗菜放到桌上，不安地问："元钢，你就不兴和队长说说，别再跟那个妖精干活了，轮人看着看管她呗。"

高元钢闷头吃饭不言语。

高　母："唉，你听见没有？她是住过大狱的犯人！真是的，把这妖精放在山沟里还有个好？"

高元钢："什么妖精，一样的人！"

十岁的小妹认真地问："哥，她是好人是坏人？"

高母不耐烦地把小妹拨开："去，去！"

高父坐在小板凳上编筐，嘱咐儿子："她爱怎么干就怎么干，你别说，别管。咱一家是老实人，可惹不起事儿！"

高元钢应一声："嗯！"

高元钢赶着牛车，吱纽纽地走在弯弯的山路上。

牛脖子上的铜铃一下下晃动，叮当地响着。

刘艳华默默地跟在车后，相差那样一段距离。

河水哗哗地流动。

连绵的青山在牛铃声中退动……

旁白：半年过去了，刘艳华却和初来时一样，沉默不语，她和高元钢过着半哑人似的生活。

……

晚上。在知青点。

刘艳华将一桶水倒入外屋缸里，放下桶，然后疲倦地倚在门框上，用手理了理头发。

炕上有两名女青年已经睡去。刘艳华疲惫地坐在炕沿上。她下意识地看到挂在墙上的一面小镜子。她凑上前去，照看面容。

镜子里映出刘艳华的面孔，神情凄苦、木然，面影一虚一实，好像泪水模糊了眼睛。

刘艳华的举动把两名女青年惊醒，她俩同情地望向刘艳华。

青年甲："刘艳华，你把心放宽，苦日子能熬过去，重在表现嘛。"

青年乙从枕头下拿出一副手套，"刘艳华，这副手套给你干活戴，我们俩明天回城，一时回不来。你干活悠着点，别累坏了。"

刘艳华感激地摇摇头："不怕，在监狱里什么重活都干过。"

牛脖子上的铜铃一下下晃动，叮当地响着。

高元钢赶着牛车吱纽纽地走在河堤上。

刘艳华默默地跟在后面……

……

在河滩。

高元钢和刘艳华在牛车地一左一右同时挖河泥，你一锹我一锹，河泥从车厢上冒了尖。

车轱辘被车上的载量压得往泥水里下陷着。

高元钢看一眼刘艳华，她的脸上汗津津地。高元钢有点心疼，他把锹往车上的泥里一插，向刘艳华说："收工了。"

刘艳华把锹踩进泥里还要铲泥。

高元钢忙走到牛车前，操起鞭子，催促刘艳华："走了，别铲了！"他挥动鞭子连声吆喝："驾，驾！"

老牛使了几次劲儿，陷在泥里的车轱辘滚动不起来。高元钢大声吆喝："驾，驾！"

刘艳华急忙拿起锹，撮铲车轱辘下的泥水，由于心急力猛，她一下子摔倒在地上。

高元钢放下缰绳急速跑过来搀扶刘艳华。一搀一扶，两人对视一下，高元钢的眼光透露出隐藏在内心里的关怀和钦佩之情，刘艳华的目光羞怯地隐含着感激之意。一刹那，相视的目光便移开。

高元钢又挥鞭赶车，刘艳华在后面用力地推着车轱辘。车轱辘眼见要滚出泥坑，又退了回来。刘艳华急中生智，急忙脱下黄胶鞋垫在车轮下。高元钢得到启示，也急忙把鞋脱下，垫在胶鞋上面。高元钢振作精神："驾——驾——"

高元钢紧张吆喝的脸。

刘艳华拼力推车的脸。

车轱辘从两双鞋上滚过。

牛车终于从陷坑中走出来。

高元钢边赶车边回头，用衣襟擦了一把脸上的汗水，憨厚地望着刘艳华笑了。

刘艳华站在泥水里，用胳膊抹了一下粘在脸上的头发，她看到走去的车，长期紧锁的眉头舒展开了，从嘴角上浮出一丝快慰的微笑。

高元钢将车赶上平路，他停下车往回望。

刘艳华从泥坑里拾起两双鞋，鞋上沾满稀泥。她转身走向河边，蹲下身，将两双鞋在清清的河水里左右摆动。污泥渐渐冲去，两双鞋渐渐洁净，刘艳华一手拿着一双鞋，站起身，鞋上的水滴落在哗哗流淌的河水里。

河堤上。

牛车在铜铃声中慢慢走动。

高元钢在车旁赶车，不时地回头瞅一眼。

刘艳华仍然相差一段距离走在牛车后面，手里拎着两双鞋。

牛车慢慢摆动。

车轱辘慢慢移动。

高元钢走动着的一双赤脚。

刘艳华走动着的一双赤脚。

刘艳华拎着的两双鞋。

山村的天显得那样寥廓，山村的光色显得那样明亮，在堤上远去的牛车和一对年轻人，在逆光中就像蓝色衬底上的小小剪影。

高元钢拎着一双鞋，走进家院子，把鞋放在窗台上。

小妹手捧个鸡蛋从鸡窝旁蹦蹦跳跳地过来："哥，咱家鸡回家下蛋了！"

高元钢看着鸡蛋，高兴地摸了摸小妹的头顶，然后兄妹俩进屋去。

高元钢接过妈妈送上的脸盆，拿出毛巾，噗噗地洗脸。

高母神色不安地望着高元钢。

高母："元钢，这几个月跟那个女妖精在一起干活，她没说不正经的话？"

高元钢："人家一声不吭，光干活。"

高父放下编筐的条子，走过来嘱咐儿子："是人是鬼，你可留个心眼！"

高元钢不满地瞥妈妈和爸爸："你们干嘛不是妖精就是鬼的，我不是说过嘛，人家也是人，人！"

高　母："你呀，又倔气上了，跟你打个比方嘛。"

高元钢："以后别打这个比方！"

高元钢洗完脸，从妈妈手里接过一盘热气腾腾的馒头，他略作思忖："妈，给我留点白面。"

高　母："干什么？"

高元钢："过几天进城拉机器，烙几张糖饼。"

高　母："嗯。"

在郊区公路上。

牛脖子上的铜铃一下下有节奏地晃动。

牛车发出吱纽纽吱纽纽的响声。

牛车上拉着一个电机。

高元钢坐在牛车前面，刘艳华坐在牛车的后尾板上。

公路上的汽车不时地从牛车旁驰过。

高元钢回头溜了一眼刘艳华，她木怔怔地垂头瞅着地面。

高元钢从小布包里拿出两块糖饼，跳下辕板，走到车后面，把一块糖饼递给刘艳华："给，我妈烙的糖饼！"

刘艳华从衣兜里掏出一个窝窝头："我有。"

高元钢一阵尴尬，悄悄地把送饼的手缩了回来。他想了一会儿，鼓

052

起勇气把话说下去："跟你干活真寂寞，半年多了，也没听见你说一句话。都是年轻人，该说的说，该乐的乐，你总这样，别把身子骨给憋屈坏了，过去的事，过去就拉倒了呗！"

刘艳华被高元钢的同情和谅解所打动，她感激地抬头望高元钢一眼，随即把窝窝头塞在唇边，她没说话。

高元钢越发有了勇气："你到前面坐吧，两人也好说说话。"

刘艳华点点头，从车尾上下来，走到前边，坐到右边车辕板上。高元钢高兴地跳坐在左边车辕板上。

牛脖子上的铜铃叮当响着。

牛车单调地吱纽纽地叫着。

车轱辘慢慢地滚动着。

老黄牛像通了人性，故意慢慢地走着。

高元钢摇着鞭子，问刘艳华："你，怎么总不说话啊？"

刘艳华："……"

高元钢："你，今后有什么打算吗？"

刘艳华："……"

高元钢："你，就这么一个人过下去？"

刘艳华："……"

高元钢一阵羞涩，但终于把话说出口："如果有人提出和你处对象，你，同意不同意？"

刘艳华被刺痛地板起面孔，瞪了高元钢一眼："你再说这事儿，别说我骂你！"

高元钢一时语塞，咽下两口唾沫，急忙解释："我可不是要耍你，我是诚心诚意地问你，我说的是实在话！"

刘艳华跳下辕板，又坐到车尾板上。

高元钢一阵慌恐，心里一阵委屈，望向前边大路。

刘艳华心中涌上无名痛苦，含着泪望着从脚下流过的路。

牛车慢慢地走着。

深情而含蓄的音乐。

高元钢下意识地咬一口糖饼，思想飞回那一个个难忘的情景：

刘艳华用力挖土装车，一缕缕头发粘在汗湿的脸上；

刘艳华用力推动牛车；

刘艳华在河边冲洗两双泥鞋……

现实中的高元钢，他满怀深情地慢慢回头望向刘艳华。

刘艳华下意识地咬一口窝窝头，思想也飞回那一个个难忘的情景：

高元钢吆喝一声，赶紧把没装满河泥的牛车赶走；

高元钢急忙上前，将摔倒的刘艳华挽起；

高元钢心疼地说："收工了！"

高元钢递来糖饼……

牛车走在山间路上。

牛车涉山渡河。

刘艳华被河风吹得打了个寒颤。

生产队门前的空场上。

分派完活的人已经走散，只剩下高元钢依着牛车等待着刘艳华。他四处张望，不见刘艳华的踪影，有些不安。他拉上车闸，向青年点方向走去。

高元钢来到青年点门前，往窗里望望，然后推门走进屋里。他看到刘艳华躺在炕上，喘气时肩膀在抽动。他轻轻地坐在炕沿上，细细地端详刘艳华，看到她闭眼昏睡，嘴唇干裂，正在发烧。高元钢从挂绳上拉下一条毛巾，从水缸里舀出两瓢水倒在脸盆里，把毛巾浸湿，拧一拧，然后轻轻地盖在刘艳华的脑门儿上。

刘艳华被惊醒，她睁开沉重的眼皮，想看看是谁为她盖上毛巾？眼前是一阵模糊，渐渐地看清坐在眼前望着她的是高元钢。是感激？是回拒？她一时心慌。自己在别人眼中是另一种人，她怎能像别个姑娘那样正常地表达心意？然后心是火热的，感情是激动的，一串泪水从眼角流下，她伸手将毛巾拉下，蒙住眼睛，遮住心门。

泪水在高元钢的眼里转动，他看一眼盖在刘艳华身上的被服，上边缝补着几块颜色不同的补丁。他环顾一下房间，墙角上坍落一摊墙土，凳子上晾着胶鞋，桌子上的一只碗里放着一个干裂的窝窝头，一只苍蝇落在上边。刘艳华的苦痛和凄凉激起高元钢的深切同情，他怀着心事，默默地站起身，走出房去。

挖河泥、牛车进城、探病三个片段，一气呵成，充分调动了画面、声音的种种元素。剧本中三次"挖河泥"，画面感很强。第一次挖河泥，两人各怀戒心、互不理睬；第二次，戒备的目光变为沉静柔和的神态，以及刘艳华追着放上最后一锹塘泥望着高元钢沉思；第三次，车陷泥塘两人奋力赶车，而后刘艳华来到水塘边在日落霞光中洗刷着两个人的泥鞋，这些画面有着丰富蕴涵。在声音处理上，作者强调了自然音响、吆喝牲口声、吱纽纽的牛车轱辘声、牛脖上的铜铃声等。赶牛车这一场戏，两人从一个在车前一个在车后到同坐牛车前，有着第一次对话，然后又是车前车后各一个，距离的变化暗示了感情的变化。探病一场，剧本上描写刘艳华嘴唇微颤，拉过额头上的湿毛巾盖住自己的泪眼，这给蕴含了十分细腻、真切感情的画面提供了准确的提示。

导演以 10 个镜头完成了这场戏：

1. 中近——全（拉跟）高元钢急忙进门观看，惊愕了，只见炕上躺着刘艳华。

2. 中近——高元钢担心地望着。

3. 中近——刘艳华呼吸急促，嘴唇干裂，昏迷不醒。

4. 近——（拉跟）高元钢忙从绳上取下一条毛巾，从水缸里舀出一瓢水将毛巾浸湿，轻轻地盖在刘艳华额头，坐在炕沿上焦急地注视着。

5. 中近——刘艳华苏醒，微睁双眼。

6. 中近——高元钢焦急的神色。

7. 中近——特写（推）刘艳华眼睛湿润了。热泪滚动。她怕这种难以言状的感情被高元钢发现，吃力地抬手将毛巾拉在眼睛上，关闭心门。然而那颗泪珠从毛巾下滚到腮边，淌下一道泪痕……

8. 近——高元钢克制住眼里的泪水，环顾四周。

9. 特写——（摇）炕沿下，那双他熟悉的黄胶鞋破口了，小桌上，粗瓷碗里的窝头干裂着……

10. 近——高元钢心情沉重。（出画）

这一组镜头，很好地展现了环境、人物、事件。中近景，表现了高元钢进屋后所见，和两人的关系。刘艳华从昏睡中被惊醒，睁开沉重的眼皮，想看看是谁为她敷上凉水湿毛巾。一看，是高元钢坐在炕沿上望着她，她一时心慌了，是感激，还是回拒？自己在别人眼中是另一种人，怎么能像一个普通的正常的姑娘那样去表达自己的心意呢？这一来，刘艳华伸手将毛巾拉在眼睛上，遮蔽视线，关闭了心门之窗。这时，导演从近景推向特写，恰到好处地将表现了从毛巾下滚落出来的泪珠及腮上淌下的一道泪痕。而对高元钢的心情，编导给以主观镜头、特写处理，从主观镜头中的特写是破了口的黄胶鞋，粗瓷碗里的干裂的窝头。这黄胶鞋，前面重复出现了三次，脱鞋、垫车、洗鞋，干裂着的窝头也与赶牛车进城时精心准备的白面烙糖饼有直接联系。此时仿佛不经意的一瞥，让人们体味到隐藏在主人公内心深处的某种情愫。

第三章　蒙太奇语言

蒙太奇是法语 MONTAGE 的译音，意为构成、装配。蒙太奇作为影视艺术的技术手段，特指剪接。影视作品按分镜头拍摄，然后按一定的顺序连接在一起，成为完整的一部作品。具体地说，就是导演先按文本拍摄一个一个镜头，然后按原定创作构思，把这些镜头有机地、艺术地加以组织剪辑，使之产生连贯、呼应、对比、暗示、联想、衬托、悬念及特定的节奏，从而组合成表达一定思想内容并为观众所理解的作品。

蒙太奇既是一种技术手段，也是一种表现手段，又是一种思维方式。掌握蒙太奇的意义，首先是进入一个新的话语系统，然后藉此进入一种新的思维方式，即蒙太奇思维方式。以镜头与镜头的连接、镜头与镜头之间的内在联系，而产生新的结论、发掘新的意义，进行艺术的叙述和表达，这些都是蒙太奇思维的作用。如果镜头与镜头之间缺乏关系，其内容就会使人难以捉摸和难以理解。

本章主要介绍蒙太奇的功能，以及长镜头与空镜头。

一、蒙太奇功能

蒙太奇是影视艺术最基本的组织方法。镜头好比是词汇，蒙太奇好比是语法；如同按一定语法排列词汇后形成句子一样，运用蒙太奇的规则，根据某种艺术构思、艺术风格的要求，将不同景别、不同镜头的画面和意义片断组接起来，并产生连续性，就能条理贯通地阐述情节、动作、行为和主题。

前苏联著名电影导演库里肖夫在谈到蒙太奇时说，文学作品是由一系列句子表达出来的，而电影动作也是由一系列蒙太奇句子组成的。他进一步解释说："要记住——蒙太奇句子由几个画面（一系列镜头）所组成，这些画面（镜头）表现出作为单位或场面构成因素而具有一定完整性的动作。"[①]

库里肖夫举例说明，如描写一个人卧案写作，渐渐地"他工作做不下去，想把精神振作一下，朦胧睡去"这一完整的动作，可以用一系列镜头组接完成。"他工作做不下去"这一段，可以由三个镜头组接而成：（1）钢笔由手中脱落；（2）眼皮沉重；（3）头伏向案头。"想把精神振作一下"这一段可以由六个镜头说明：（1）抬起头来；（2）两手搓揉鬓角；（3）由着旁站起；（4）在房间里来回走着；（5）重新坐下；（6）拿起钢笔。而"朦胧睡去"这一段可以用以下镜头：（1）头伏倒案头；（2）钢笔由手中滑出；（3）钢笔跌落在地板上；（4）两腿伸直；（5）睡着了；（6）桌上放着未完成的工作。如此，十五个表现瞬间的镜头连接起来说明了一个完整的动作。

蒙太奇组接镜头不仅有叙述事实的功能，还有创造新意义的功能。爱森斯坦关于蒙太奇有一句名言："两个蒙太奇镜头的对列，不是二数之和，而是二数之积。"匈牙利电影理论家巴拉兹说："上下镜头一经连接，原来潜藏在各个镜头里异常丰富的含义便像火花似地发生出来。"[②]他们的话都指出，当把两个本来不相关的镜头组接在一起时，能使它们形成一种新的含意和影像。

库里肖夫为了发现通过适当的组接并列方法赋予镜头过去从未具有的意义，做了大量有关蒙太奇的实验。如有一个实验，将五个原本单独的镜头加以有目的地连接在一起：

一个男人自左向右走去；

一个妇女自右向左走去；

---

① ［苏联］库里肖夫著，志刚译：《电影导演基础》，中国电影出版社1961年版，第275页。

② 《中国大百科全书》"电影卷"，中国大百科全书出版社1991年版，第283页。

男子和妇女会面、握手；

一座宽敞的白色大厦（美国白宫）前宽大的石级；

两人一起走向（莫斯科大教堂）的石级。

这五个镜头组接在一起以后，两个分别在不同空间的男女被观众认为是一对朋友从同一条街的左右两侧走来，相遇后又一起进入一幢白色建筑物内。这个实验说明蒙太奇有"创造新地理"的特殊叙事功能。

前苏联另一个著名电影导演普多夫金，同样在蒙太奇的实验中发现通过适当的组接并列方法，可以赋予镜头过去从未具有的意义。他做了这么一个实验：同样的三个镜头——不同的组合排列——不同的意义效果。

惊惧的脸；

手枪直举着；

一个人在微笑。

一个人在微笑。

手枪直举着；

惊惧的脸；

"把一个正在微笑的演员的镜头接上一把枪的特写，然后再接上这个惊慌失措的演员的镜头，会给人一个印象，这个演员是没有胆识的。反之，如果把这个演员的两个镜头倒转过来，观众就会认为这个演员是具有英雄气概的了。因此，虽然在两种情况下用的是相同的镜头，而把次序颠倒一下，就会产生不同的效果"。[①]

蒙太奇自它诞生起就爆发出旺盛的生命力，随着影视艺术的发展与技术条件的进步，如今它已提高到了一种完整的视听符号系统的水平，较之过去有很大变化。影视编剧，为视听作品提供一度创作的人，应该掌握画面、声音和声画结合方式，掌握蒙太奇组合方式及其传达的种种

---

① ［英］卡雷尔·赖兹、盖文·米勒编著，方国伟、郭建中、黄海译：《电影剪辑技巧》，中国电影出版社 1982 年版，第 22 页。

信息，充分把握并理解其中的种种意蕴，以适应从文字语言向视听语言的转变。一个专业编剧不能仅仅凭对话来理解和表达影视作品，不能只看懂或只讲述一个故事，而不能领会或发挥现代影视艺术的神韵。

蒙太奇的表现手法和功能日益丰富、千变万化，但其基本的具体功能不外叙事、表现、创造时空、调节节奏等几个方面。

（一）叙事

蒙太奇的叙事功能是指衔接组合镜头，使之保持有机的连续性，按照事件逻辑顺序分段，连贯动作与情节，组接事态内容。完成叙事功能的蒙太奇，又称叙事性蒙太奇。一部影视剧由一系列镜头构成场面，由场面组成段落，再由段落构成全剧。镜头与镜头的组接，场面与场面的组接，段落与段落的组接，都需运用蒙太奇的叙事功能。在这些组接中，最基本的是镜头与镜头的组接。在镜头组接中，必须从拍摄的素材中选取最为合适的镜头，连贯流畅地构成全剧。没有蒙太奇组接，单个的镜头就会是一堆散沙。

叙事性蒙太奇大体上有五个基本方式：

1. 连续式。沿单一线索，按事件的逻辑顺序有节奏地进行叙述，连续地展示画面，开展情节。连续式蒙太奇是影视作品最常用的组接方式。它要注意三点：（1）严格选择。任何场面都是由一大堆琐细的运动镜头组和起来的，其中有许多运动是不间断地进行的。因此，要想叙事简洁、重点突出，必须选择行动的特殊阶段所表现的细节。通过蒙太奇对这些细节的拾取组合，把日常生活中那些无意义的镜头删除，集中重要的细节，使之具有强烈的艺术感染力。普多夫金曾指出，对素材进行严格选择的过程，就是要删去现实中必然会有的那些只能起过场作用的、无意义的素材，而只保留那些表现出戏剧高潮的极富有戏剧性的素材。蒙太奇的重要意义就在于这种去粗取精的可能性。（2）因果关系。镜头的重新组接需要根据时间顺序和因果关系的原则进行，加以展现完整的事件。这样的镜头组接，既不至于意义模糊，又删去了多余的过程，表现出连接的时间压缩。一个镜头是动作的开始，下一个镜头便切入动作的结果。一个完整的动作，中间可以省略许多不必要的过程。如一个凶手抬起手扬起刀的镜头，下一个镜头是血飞溅在墙面上，有人倒下。如一个镜头慢慢推向一座高楼大厦，大门口走出一个人招手叫出租车，下一个镜头是在海边别墅的小院，那人从出租车里走出。这种叙事虽然在镜头的连接上有跳跃，但在意义上有因果关系。(3) 流畅地衔接。用选择出来的镜头组成一个个场面时，必须注意使这些镜头合乎逻辑地流畅地衔接，力避任何中断和不协调的地方，以显得自然流畅、朴实平顺，有平铺直叙的感觉。

2. 平行式。以不同时空（或同时异地）发生的两条或两条以上的情节线索并列表现，使叙事沿两条线索并行发展，通过镜头与镜头、场面与场面、段落与段落的并列，使它们相互补充衬托，或形成对比，或形成隐喻、象征，从而把两组表层不同却有内在联系的画面交织在一起，产生强烈的对比反差效果。电视剧常常将平行镜头组接推向较高的境界。在一个短短的时间内，在两个不同的人与事之间来回地切换镜头，平行展示各自在自己的时空里分别进行的活动，达到了既含而不露地展示了各自的信息，又暗示了即使他们不在一起，但他们内在的联系是紧紧地连在一起。

3. 交叉式。由平行式发展而来，平行的几条情节线索具有同时性、因果性，或具有互为影响互为作用的相关性。数条情节线交错地剪辑在一起，各条线索相互依存，其中一条线的发展影响到其他的情节线的发展。这种技巧易形成尖锐的矛盾冲突，造成紧张激烈的气氛，引起悬念，是掌握观众情绪的有力手法。电影中有个著名的格里菲斯"最后一分钟营救法"，即经由几组画面的交替切换，让气氛越来越紧张，节奏也越来越加快……其具体情节讲的是一个冤屈的囚犯正在等待死刑的执行，他的妻子为救丈夫去寻找州长要求赦免，州长恰好乘火车外出，妻子立即跳上小车去追赶火车，这时丈夫已被押上绞架。于是，一个是小车追火车的镜头，一个是丈夫上绞架的镜头，最后小车终于追上了火车，当妻子拿到赦免令赶到时，绞索已经套上了丈夫的脖子。这种交替出现的镜头和快速切换的手法，在时空不断的跳跃中形成紧张的高潮和强烈的悬念感。

4. 积累式。排比、层递，把几个相同或相似、相关的画面排列起来，以加强语气、强调内容、增强语势，其中按照画面内容的差别，可有层次地去加以叙述。如：

火车的车轮；
汽车的车轮；
牛车的木轮。

这表明了一种文明向另一种文明的转移。

一门大炮的炮口抬起来；
一排大炮的炮口抬起来；
一排排大炮的炮口同时昂起了头。

这一下子就突出了一种排山倒海的气势。

5. 复现式。重复是艺术创造中经常使用的技巧手法，它意味着为了突出和强调构成艺术作品的某些元素反复多次地呈现。复现式有连续复现和间隔复现两种：连续复现是指同一时间不同视点、角度、景别的镜头画面重复出现；间隔复现意指在剧情中前后反复出现。从美感上说，基于一而再再而三地显现的形式，往往能给人们一种简捷的快感；从情感上说，又往往能传达人们的某种强烈而深切的感情。

在剧本情节的主要线索上，将那些对于刻画人物性格、揭示作品主题，以及渲染某种艺术情调、气氛具有重要意义的场景、动作、语言和细节乃至音响作重复的艺术处理，从而强化艺术形象给观众的艺术感受，这不仅有助于剧本主题和主要人物形象的揭示和刻画，还能赋予剧作结构以相对的艺术完整性。

对长篇电视剧来说，重复的运用远远超过一般结构上的意义。如主题歌反复唱，情节发展的状态反复交代，主要人物的性格和心理动机的反复强调，具有特征的重要细节反复刻画，从而帮助观众理解剧情，熟悉人物和加强全剧的整体意识。

（二）表现

如果说叙事蒙太奇主要作用在于再现现实，那么表现蒙太奇则更多地注重通过镜头的组接来创造含义，使原来潜藏在两个镜头里的各自含义相加，产生另一种更为深刻的新的含义，来造成某种象征、隐喻、对比、寓意和联想等意义。两个镜头的连接不是二数之和而更像二数之积，这一原理显示了蒙太奇技巧具有巨大的表现功能。

表现性蒙太奇大体上有以下五种方式。

1. 隐喻式。主要是运用镜头语言，在屏幕上以彼事物来类比此思想。隐喻也就是将抽象的思想意念外化，化成观众可以感受得到的具体事物；或将只能意会，难以言传的思想情感，化成真实可见的镜头语言。它可以视为文学中的比喻在影视中的应用，只是构成材料的是画面而非文字。利用物体与人的特定心理、情绪之间的某种微妙关系，通过一层象征的折射来烘托人的心理变化，或暗示某种特定的人物关系；通过镜头或场面的并列进行类比，含蓄而形象地表达创作者的某种寓意。这种手法往往将不同事物之间某种相似的特征图像出来，以引起观众的联想，领会其中的寓意和领略事件的情绪色彩。如《北京人在纽约》中，宁宁下飞机的时候手里拿着气球，这气球象征着她的希望。后来她抓不住气球，气球飞上天空，这一组镜头暗示了宁宁的未来与希望的破灭。

2. 对比式。主要是运用镜头语言，在屏幕上将不同的事物或形象连接在一起，形成对照，突出一方或双方的明显特征，着力揭示出蕴藏在其间的思想内涵。通过画面或场面段落间在内容或形式上的对比冲突，产生相互强调、映衬的作用，使表达的思想情绪得到强化。这类似文学中的对比描写，即通过镜头或场面之间在内容（如贫与富、苦与乐、生与死、高尚与卑下、胜利与失败等）或形式（如景别大小、色彩冷暖、声音强弱、动静等）的强烈对比，产生相互冲突的作用，以表达创作者的某种寓意或强化所表现的内容和思想。

3. 抒情式。主要是运用镜头语言，表现超越剧情之上的情感。它的本意是叙述故事，亦是绘声绘色的渲染，并且更偏重后者。最常见的、最易被观众感受到的抒情性蒙太奇，往往在一段叙事之后，恰当地切入象征情绪的空镜头。我们常说的借景抒情、寓情于景、托物言情，完成抒情的作用。抒情式蒙太奇，有着浓浓诗意，也是我国文学传统的艺术手法在影视作品中的显现。

4. 心理式。主要是运用镜头语言，直接表现人物的心理活动、精神状态，如幻觉，如联想。常借闪回、幻觉和梦幻来表现人物一时情绪，揭示其内心世界，是人物描写的重要手段。它通过画面镜头组接或声画有机结合，形象生动地展示出人物的内心世界，常用于表现人物的梦境、回忆、闪念、幻觉、遐想和思索等精神活动。这种蒙太奇在剪辑技巧上多用交叉穿插等手法，其特点是不是画面和声音形象的片断性、叙述的不连贯性和节奏的跳跃性，而是声画形象带有剧中人强烈的主观性。

5. 思维式。主要是运用镜头语言，在屏幕上体现一种哲理、一种思想。思维式作用于观众的思想意识，引发观众对社会对人物的思考，又称哲理式。这种表现形式，能创造出统一而又独特的屏幕意境，激发观众"由此及彼"的联想，达到景与情交融、形与神结合的艺术感染力。思维蒙太奇将巨大的概括力和极度简洁的表现手法相结合，不仅将观众引入画面所创造的深远意境，而且使人联想得更深更远，往往具有强烈的感染力。不过，运用这种手法应当谨慎，避免生硬牵强。有时，电视剧为了更好地加强思想内涵，加以用旁白。如《围城》中，方鸿渐一行经长途跋涉来到三闾大学前，路上扫过一个破门框的镜头，这里加上一段旁白："方鸿渐想，就是到了学校，也不知是什么样子，反正自己不存奢望。也许这个破门框好像是个象征，数个进口，背后藏着深宫大厦，引得人进去了，原来什么也没有，一无可进的进口，一无可去的去处。"这个镜头，联想全剧的主题，"围在城里的人想逃出去，城外的人想冲进去"，是富有深邃哲理的。

（三）节奏

影视作品的节奏往往可以通过镜头的长度、景别的远近、摄影机运动的速度，以及镜头租借、转换的技巧来表现。它不仅在观众欣赏过起着调节作用，而且有效地使观众接受故事的特有韵律的感染。

　　蒙太奇的另一个功能是使影视剧叙事具有速度和节奏，使片段、场面有的平稳松弛，有的急速紧张，有的流畅舒展，有的凝滞停顿。这种不同的节奏，是把镜头按不同的长度和幅度（指景别大小，景愈近心理冲击力愈大）关系连接起来产生的。剧情的内在节奏通过蒙太奇组接变成可见可感的画面节奏，而外部形式上的节奏也促进了剧情发展的内在速度。

　　电视剧的节奏是艺术秩序化的高度表现，是增强总体情绪感染力的重要手段，是完成电视剧形式美创造不可缺少的环节。

　　试看《雍正王朝》中和的三场戏。

1. 黄泛区通向北京的驿道上

一个箭衣紧装的驿差不断挥鞭猛抽胯下的快马，向京城方向疾驰。

画外音：康熙四十六年，连日大雨，黄河暴涨。河南、山东多处河堤决口，淹没田土房屋无数……

驿差汗流满面的背景叠出：

咆哮的黄河洪流铺天盖地汹涌而来。

河堤崩缺，大树摧折，无数房屋坍塌。一望无际生民聚养的土地，顷刻化为浩淼的泽国……

2. 北京永定门外

驿差胯下那匹快马，一声悲嘶，口吐白沫，前腿一软，向前瘫倒。

那驿差被掀翻在地。

驿差挣扎着爬起，举着那份已被汗水浸湿的六百里加急奏折，跟跟跄跄向守门护军奔去。

气喘吁吁的驿差："六百里加急……六……"

终于，那驿差也倒在城门洞外。

护军把总从驿差手中抽出那份奏折，一看，大惊。

——奏折的封套上赫然粘着三支羽毛，羽毛下写着：六百里加急！

护军把总急对两名护军："快，搀起他，送午门！"

两名护军架起驿差，紧跟高举奏折的把总，向城内飞奔而去。

彤云密布的天空，一道电光直掣天际：远处传来隆隆的闷雷。天已经黑了。

3. 乾清宫

满殿黑压压的，一片红顶花翎。诸王贝勒在前，众大臣在后，井然有序地跪着，鸦雀无声。

康熙高大的身躯，像雕塑般面对殿侧的大柱，一动不动。

大柱上用颜体楷书铭刻的字迹依旧赫然清晰：平三藩　河务　漕运。

"河务"二字越推越大，渐渐占据整个画面。

康熙倒背身后的手中那串楠木念珠在慢慢转动，越转越快。

……

在上面的场景中，第一段，以快马加鞭及快速叠化洪水咆哮、河堤崩缺、大树摧折、房屋坍塌等一组十分动感的视觉形式，和急促短句组成的画外音及狂奔的马蹄声的听觉效果组成的强烈节奏，立即构成了紧张的气氛。第二段，马累死，人挣扎起，直至昏倒，再到架起人、高举奏折的一组护军向城内飞奔，一个接一个的快速动作，再次将紧张的气势推向顶端。第三段，在一系列动感之后，紧接着一阵雷声大作，突然出现静止的场面，整个大殿是黑压压的人，却一动不动鸦雀无声，一个反常的静态，只有康熙手中的念珠在快速转动。以静显动，更加加强了气氛的紧张。这种有节奏的变化，正是通过一组镜头的组接而成。

节奏是电视剧艺术的重要元素之一，一部电视剧的节奏可以包括很多方面：如镜头运动节奏、人物运动节奏、场面调度节奏、镜头内部节奏等。而所有这些节奏主要是通过蒙太奇来体现。

（四）时空

蒙太奇能把不相同的时间、空间片段有机地连接起来，创造出令人信服的时空真实感，推动情节有顺序地与逻辑地向前发展。蒙太奇手段给创造意识时空带来了前所未有的自由，可以带来时空的压缩、延伸、转换、交叉和并列，乃至创造出现实生活中根本不存在的时间和空间。

故事是按照时间顺序接连发生的，但是讲述故事不一定按照时间的先后顺序进行，叙述者可以根据自己认为最为有效的任何顺序进行陈述。如经常使用闪前（一种在现行情节发展中描述未来事件的手法）来撩拨观众，有点像小说《百年孤独》中"许多年以后，奥雷良诺·布恩迪亚上校面对着行刑队时，准会记起他爹带他去看冰块的那个多年前的下午来……"。或者采用闪回镜头（一种在现行情节发展中插叙往事的手法），补叙前史，或者使观众再度回忆前期的情节，尔后再把观众带回当前。连续剧常常将前几集已经放过的镜头插在中间重复播出。

通常，时间有以下几种变化：

压缩，将历数小时或数日的事件浓缩成了片刻之间发生的事。

省略，每当摄影机将镜头从某个人离开大楼切换到同一个人从他的小车里出来，就意味着将两个镜头之间的全部故事时间省略掉了。将一些司空见惯的事件或无关主旨的持续时间省略掉，这一做法使得电视能在有限于半个小时或一个小时的文本长度内，把一个可能历十几个小时、几天、几个星期或几个月的故事讲完。有时，用一个人物的细节组接，使一个小孩眨眼变成青年，甚至成为老人。

保持时间，当故事发生在不同空间时，可以利用画面蒙太奇，在同一画面出现两个不同空间的人的行动，如此能完整地保持陈述故事的所有时间；或在两个人在对话时，镜头可以任意变换空间位置，而不丢失时间。

延伸，一是在慢动作里，镜头展现的时间要长于事件在故事中原来的持续时间；二是多角度同时间拍摄的镜头组接在一起，无一漏遗的全息展现时间必然大于平面故事的时间；三是经常传达同时发生的事情。在故事世界中，事件可能在同一时刻发生，但叙述者只能一次叙述一件事。另外，有时在定格画面中，尽管画面暂时静止，叙述者却继续说。这类手法都使时间大大扩张延伸开来。

二、长镜头与空镜头

（一）长镜头

长镜头是指较长时值的镜头画面，它是影视表现手段之一。长镜头与传统的蒙太奇理念相对立。长镜头是在一个镜头内部通过演员调度和镜头运动，在画面上形成各种不同的景别和构图；而传统的蒙太奇主要靠不同景别和构图的短镜头之间的外部组接来表达含义。就影视作品本身而言，单个镜头内部的表现力和两个镜头连接而生的表现力都是它本性的基本元素，互为条件，不可分割。有的学者把长镜头纳入了蒙太奇理论的范畴，认为其是一种更为复杂的镜头内部蒙太奇，或称为纵深蒙太奇。

长镜头与蒙太奇，是影视艺术的基本表现手段，也是人们日常生活中视听机制的两种基本方法。人们在日常观察和思考事物时，既可以通过连续的跟踪而不破坏现实的时空统一来"连着看""连着想"，也可以通过分割现实、打乱现实的时空统一来进行"跳着看""跳着想"。连续与离散，完整与分割，静止与跳跃，这是人们日常的活动、情绪、思维和心理的两种表现形态。人们通常总是把这种分割的、离散的、跳跃的思维方法称之为蒙太奇思维，而那种完整的、连续的、静止的思维称之为长镜头思维。

长镜头作为一种理论，是20世纪50年代中期意大利新现实主义电影的产物，是由法国电影理论家巴赞提出的。他主张真实美学，认为电影的画面的独特之处在于其本质上的客观性，提出电影应当用一个长的镜头去拍摄事物的全过程，用景深镜头使事物变化和周围环境都包含在镜头内，强调单个镜头自身的涵义和表现力，反对利用蒙太奇手法随意分切、编排和组接镜头。他贬低蒙太奇功能，认为蒙太奇使画面主观化，把一个统一的思想或含意强加于观众，违反了生活现象的真实性、复杂性和暧昧性，实质是对观众的不尊重，而电影则应当让聪明有主见的观众自己去思考，去领悟。巴赞的长镜头理论是对传统的蒙太奇理论的强有力的挑战。他追求纪实性效果，反对人为的组接画面，认为蒙太奇只能制造虚假的故事。他要求在一个镜头内完成对一件事的叙述，认为用一个单独的镜头（指中间拍摄没有停顿）表现完整事件的动作，靠不停机的拍摄而不依赖上下画面的组接，能显示时间的关联性和空间的完整性，使画面内容具有多元性和多义性。

巴赞之后，许多电影艺术家比较自觉地运用长镜头来达到某种效果。那些使用长镜头的影片，更重视镜头内部的场面调度，并通过变焦距镜头等艺术手段，实现镜头内部的蒙太奇，这在实践中克服了长镜头理论的片面性。

长镜头能记录一个完整的动作，并能记录人物活动的真实环境。这种记录在一个镜头内不断移位，形成不同景别和构图，让这些景别和构图在镜头里连续活动，使观众产生剧情是连续发展的感觉。从审美角度讲，在一个不停顿的镜头里展现一个真实环境中的一个完整的动作，会给观众一种平稳、连贯、柔和和真实的感受。

长镜头不仅有记录功能，而且还有揭示功能，既能对外部世界真实记录，保持空间的真实，又能细腻地揭示人物的心灵世界，让观众非强制性接受长镜头的情绪感染，各得其情而自得。长镜头在表现心理情绪方面自有独到之处，其风格韵味日益为人所知。长镜头以表现心理层次、情绪变化过程而见长，它不像短镜头，跳荡切割，人为"撞击""渲染"看不到人物完整的心理活动过程。

电视剧一般不适合使用电影里常用的手法，细碎的蒙太奇切割，镜头的大幅度跳跃变化，错综复杂的时空组接，这样的画面在屏幕上将闪烁不定，使人眼花缭乱，无所适从。相应而言，电视剧更注重长镜头的应用，以求更平稳地叙事。如美国电视剧《急诊室的故事》经常通过一个长镜头的运动，调度演员和场面，加快内部节奏，既造成了一种紧张的气氛，又营造了一种真实的氛围。

今天的影视作品中，长镜头的技术运用也比过去更为自然、灵活和丰富。由于媒介手段的日趋丰富，蒙太奇技巧呈现多层次的倾向。电视剧不仅有纵向的蒙太奇（如画面与画面），也可以有横向的蒙太奇（如画面与声音，色彩与声音）；不仅有段落的蒙太奇，也可以有总体范围内的蒙太奇或镜头内的蒙太奇等，从而大大地丰富了电视剧的屏幕语言。

（二）空镜头

空镜头亦称景物镜头，指的是"画面中没有人物的镜头"。传统叙事型影视作品往往以人物行动构成叙述的核心，因而以人物缺席的空镜头易被忽视。然而，人物的缺席正证明景物的在场，影视叙事观念的更新使传统叙事中的次要对象上升为叙述的重要方面。空镜头在提供视觉形象信息上有重要作用，与演员的镜头可以互补而不能代替，两者都是阐明思想内容、叙述故事情节和抒发感情意境的重要手段。

空镜头展现景物，具有特殊的审美意境，其本身亦具有审美作用。除了画面的审美之外，空镜头还有如下诸多特殊的功能。

交代环境。电视剧常用空镜头来展现故事发生的环境。这种环境交代在作品中以两种方式起作用：（1）只是一个行动的地点，为情节提供了一个赖以生存的场所，其本身并不是文本的描绘对象；（2）环境常被主题化，自身成了被描绘对象。如工业时代的城市景象成为冷酷和无情的象征，破落的大院表示以往的繁荣和今天的封闭等。所谓主题化环境，即把叙事环境作为一个积极的"行动者"引入表现领域，不再是单纯的"地方色彩""民族风俗"的标志，而且作为"人的本质的对象化"被加以关注和显示。如《围城》主人公所到之处，石库门的弄堂、小镇的六尺宽街道、客栈对面的房间和三间大学的回字走廊，都有意给观众一种城堡的感觉。

变换时空。电视剧还常用空镜头来分段转景，来表达季节变换、昼夜交替和地点转移等。如以桃花盛开表示春天来临，以残荷枯叶表示已到深秋季节；如月上树梢是初夜，漫天繁星是深夜，启明星亮则将是黎明。再如以自由女神像表示在美国，以埃菲尔铁塔暗示在法国巴黎。

外化人物的内心感受。电视剧还用空镜头来借景抒情、寓情于景、托物言情，完成抒情的作用。首先，空镜头的景物本身可以引发情感；其次，人物主观镜头看出去的景往往带有人物的感情色彩。运用空镜头准确地选择与人物感情相通的环境特征加以描写，便能产生景随情至、情由景生的艺术效果。人的感情是看不见摸不着的，但若把它反映在空镜头里，就成了可见的和具象的，感情也就此物化与外化了。环境是人物的外化、人物的衍生物，在一定程度上，景物即人物。马东篱小令《天净沙·秋思》云："枯藤老树昏鸦，小桥流水人家，古道西风瘦马，夕阳西下，断肠人在天涯。"一切景语皆情语，常被用来形容影视剧空镜头展现古诗词写景抒情意境的功能。一组无人物的景物，组接在一起，淋漓尽致地道出了一个旅人凄凉孤独的心情。影视作为一种视听艺术，并非仅仅局限于"视觉叙事"，抒发情感、营造气氛和描述人事几乎同等重要。

如电视电影《王勃之死》[①]在表现王勃在滕王阁题下他的那一句名诗时，运用了大量的空镜头表现了诗人在创作灵感爆发那一瞬间的狂喜诗情。

画外传来两声鹜鸣，沉浸在诗兴中的王勃闻声抬起头来，向楼外望去。

红霞中的滕王阁。

湖边小院，"落霞"姑娘翩翩起舞。

碧湖深处，"秋水"渔翁船头撒网。

银色的芦花丛中惊起一只孤鹜，振翅而上。

笔落。

渔网徐徐落下，帆篷急急升起。

大风起，一片银色的芦花随风摇曳。

"落霞"姑娘迎风撒出红色的窗花。窗花飞向蓝天。

美女风筝扶摇直上，在深蓝色的天空中飘舞。

梦幻中的王勃奔向"落霞"姑娘。

两只白鹜相互追逐、在蓝天中飞翔、于碧水上起舞、鸣叫声在长空与秋水中回响。

笔走龙飞凤舞。

一只白鹜飞翔。

---

① 高峰编剧：《王勃之死》获电视电影"百合奖"。

身穿白袍的王勃如梦如幻般化成一只孤鹜向蓝天飞去。

群鸟飞起。

等候在一旁的小厮看到诗句，惊愕，醒过急走，平道上打了个趔趄，掉落了脚上的靴。他顾不得拾取，光着脚一路奔跑。

小厮跑进后室，喜出望外地说不出话来，半晌才激动地说："落霞与孤鹜齐飞，秋水共长天一色。"

阎公惊起："此二句，乃千古绝唱也。"

芦花、窗花、风筝、风篷……一只白鹜、两只白鹜、一群白鹜……秋水碧而连天，长空蓝而映水，一组美轮美奂的景物镜头，两次插入只露出笔的特写镜头，和只见背影的人物幻景镜头，流畅地组接在一起。此时此刻，空镜头成了叙事抒情的主要手段，其"造境抒情"的功能，极其有感染力和震撼力地表现了沉浸在诗境中那种只可意会不可言传的激情。

此外，通过空镜头还能领悟叙事主旨的枢机。空镜头予以凸显，其能成为观众注意的对象。如多次切入，屡屡断裂连贯情节，会构成间离效果，造成悬念的延宕，并起到调节节奏的作用。

第四章　题材与主题

　　题材，是剧本的内容要素之一。题材有广义与狭义之分：广义的是指剧本所反映的生活领域；狭义的是指剧本中的人物、事件与环境的总和，即剧本中所具体描写的、体现主题思想的一定社会和历史的生活事件或生活现象。题材源于社会生活，是作者对于生活素材经过选择、集中、提炼和加工而成的。电视剧创作选择什么样的题材，受编剧创作意图和所要表现的主题所支配，受电视表现工具——视听手段所影响，也受接受对象——广大电视观众欣赏环境审美习惯所制约。

　　主题，即剧本所表现出来的思想内容。主题是剧本通过描绘现实生活和塑造艺术形象所表现出来的中心思想，是作品内容的主体和核心，是编剧经过对现实生活的观察、体验、分析、研究，经过对题材的提炼而得出的思想结晶，也是编剧对现实生活的认识、评价和理想的表现。主题与题材有密切关系，编剧从题材中挖掘主题或根据主题来选择题材，由于创作观点或创作意图不同，相同的题材可以表现出不同的主题，不同的题材也会产生相同的主题。

　　一个编剧进入创作过程，首先需要解决的是选择什么题材和确立怎样的主题。一部成功的电视剧，题材和主题策划占据极其重要的位置。题材和主题策划成功，就占领了电视剧市场的制高点。反之，就会劳而无获。

　　本章主要介绍电视剧题材的特点和选择，及其主题的确立。

一、题材的选择

人们平时常说的题材，大多是广义概念，即剧本所反映的生活领域。广义概念的题材划分无固定标准，大体上有根据时代划分的：现实题材、革命历史题材和古代历史题材；有根据地域范围划分的：城市题材、农村题材和域外生活题材；有根据人的成长阶段划分的：儿童题材、青少年题材和老年题材；有根据社会三大生活领域划分的：个人生活方面有爱情、婚姻和家庭题材等；工作职业方面有工业、军事、教育、医疗、法制和商业题材等；社会现象方面有知青、留学、下岗和反贪题材等。此外还有诸如"写改革开放的"、"写抗洪救灾的""写艾滋病的""写反腐倡廉的"等说法，这也是一种广义的题材概念。所谓的"题材规划""题材撞车""报题材"的说法，也是这个意义上的题材概念。

狭义概念的题材是指剧本中所描绘的具体生活现象。具体生活现象是剧本中的人物、事件与环境的总和，即剧本中具体描写的，体现主题思想的一定社会和历史的生活事件或生活现象。叙事类作品以人物为中心，通过具体环境和生活事件的描述来完成人物形象的塑造，表达一定的创作意图。人物、环境和事件三种因素有机地构成了剧本的题材。通俗地说，是什么人在什么地方什么时间做了一些什么事。港台电视剧编剧所谓的剧本未动，构思先行，"可无论构思如何精彩，故事如何动人，都必须先将它化成一句话……举例说，《成日受伤的男人》讲的就是'一个丑男和一个美女为了各自的目的假结婚，直到最后弄假成真的故事'。《呆佬拜寿》讲的就是'一个阔少由恶人变成呆佬，又由呆佬变成好人的故事'"。这就是狭义的题材概念的一种表现。狭义的题材，具体、小题目，可以往外伸展，从具体地方做起，然后加以深化。所谓的选材要小，开掘要深，说的就是这个意思。从广义上考虑，似乎已经没有不被写过的题材，但从具体入手，就有许多没有开垦过的处女题材。

（一）电视剧的常见题材
题材源于社会生活，是作者对于生活素材经过选择、集中、提炼和加工而成的。生活是创作取之不尽、用之不竭的源泉。在社会生活中，每个人有每个人的故事，每个时段有每个时段的故事。由于故事的核心是讲述人物和人物的行动，因此所有的人物的行动都与其欲望有关。随意就能举出许多例子，如一个孩子希望得到一个玩具，一个离婚的妇女渴望找到一种新的爱情，一帮歹徒企图抢劫一家商行……总之人总有那么多永远不能满足的欲望，每一个欲望在不同的环境中都会有新的含义，都会以一种独特的方式表达出来。电视剧题材的主体对象是人物，是人物的生活现象以及体现出来的精神和情感现象。因此，从狭义的题材的角度来说，电视剧编剧在选择题材时，是在审视特定环境中个别的人和具体的事，是在审视一定环境中的人们那种独特而又带普遍性的生活、精神和情感现象。编剧面对上下数千年、各种阶层人物的社会生活、人生百态、喜怒哀乐和悲欢离合等方方面面，犹如面对一个浩瀚无际的宇宙，到处都有未被探索并可以开掘的领域。

　　社会生活的广阔决定了题材的多姿多彩，发展迅速的社会生活也决定了题材的不断变化。新时期以来，我国电视剧的生产规模逐年扩大，可以说如今的电视剧所反映的内容已广泛地触及了社会生活领域的各个角落和各个层面，特别是在表现人们的日常生活、家庭生活方面，更是如此。虽然随着社会改革的不断深入，发展着的社会生活中人们的生产方式、生活方式和思维方式在不断地发生变化，使电视剧展现的生活面更加广泛，但是人们仍然可以发现，电视剧创作的题材依旧需要大力去拓展和开掘。不能否认，今天的电视剧，存在着大量的"撞车"现象和"跟风"现象，不能满足随着社会变化而变化的人们精神文化需求。

　　1983 年，全国电视剧题材规划会议创建，之后每年召开一次。题材规划会议，一方面是防止"题材撞车"现象屡屡发生。目前，我国的电视剧生产每年已超过一万部集，题材的重复在所难免。为了消除这一现象，减轻重复生产所带来的人力与财力的浪费，题材规划加强了信息交流和宏观调控，对重复选题作认真筛选，扶植优者，淘汰庸者，或者起着统筹组合作用。另一方面，倡导和鼓励现实题材和新颖题材的创作，真正做到"弘扬主旋律，提倡多样化"。"主旋律"的说法，主要在于提倡创作出一批反映时代风貌和改革历程，体现时代主体意识，反映改革开放和社会主义现代化建设的现实题材的精品力作，提倡创作出一批有利于激发人们奋发图强、开拓创新和积极进取和有利于陶冶人们道德情操的优秀之作。

纵观新时期的电视剧创作，一方面有宏观调控，一方面有市场调节，所以在以下几类题材倍受广大观众的青睐：

反映社会巨变的改革题材。我国电视剧迅速发展的二十多年，正逢改革开放深入的新时期，生活中的热点一个接着一个，承包、改制、打工、出国、下海、炒股、下岗分流，以及知青回城……这每一次潮流袭来，人们的生活和心理便受到了一次强烈震撼。而伴随每一次新词汇的出现，总使一些人经受一次心理承受力的考验。不同时期发生的重大影响的社会生活内容，势必也成为该时期人们关注的主要对象，人们的谈论兴趣常常围绕它展开。因此，几乎所有的热点话题都会出现几部电视剧。这类题材，也一直是创作所关注的题材，并成为一个时期主流意识形态的映射。

涉及日常生活的爱情、婚姻、家庭题材。以人伦亲情、人际关系为核心的爱情、婚姻、家庭题材，一直是电视剧的题材优势。爱情、婚姻和家庭始终是人们在心理上和感情上纠缠不清的问题。人们相信爱情、婚姻和家庭无论处于何种情况，总是互相支持的团体，具有一种充满人情味的深层爱意。但是，在现实的爱情、婚姻、家庭中确实存在较多的模糊性和复杂性，虽然反映的内容大多涉及个人的一些私生活，如婚外恋、第三者、离异、单亲、性爱、未婚同居、青少年犯罪和独生子女教育等问题都具有社会意义。

有关社会安全、廉政的法制题材。近几年的公安戏、法庭戏、警匪片增多，反映了吸毒、艾滋病、走私、金融犯罪等问题，其中反腐反贪的内容特别受到观众关注。法制题材之所以吸引人，首先在涉及的题材范围内，生活提供了大量真实、生动丰富的现实信息。其次是题材禁区不再，过去此类作品对公安内部的矛盾比较忌讳，很少反映，更不用说揭示执法部门存在着腐败分子。如此，内外冲突比较容易构建故事情节，更能够在矛盾中塑造具有鲜明时代特性的人物形象。再者，有警匪片的叙事模式，罪犯作案——隐匿；警察侦破——追捕，侦破是全剧的叙事中心，人物大多在这一中心事件内进行体力、智力、心灵的抗衡和搏斗，剧情容易集中、容易制造悬念。近来，法制题材在思想上和艺术上的探索都有很大的深入，特别是反面角色不再是漫画式概念化，有一定深度。编剧不再抓住表面的东西，而是透过现象去把握人性的复杂和弱点，从人性的角度和社会环境的角度去发掘犯罪和腐败的根源，触及了社会环境和体制方面的原因，从而揭示了我国历史性的社会转型和市场经济过渡的复杂性和艰巨性。

历史题材是电视剧创作经久不衰的热点。通常，我国电视剧的历史题材可以分为革命历史题材和传统历史题材两大类。在革命历史题材创作方面，1987年我国成立了一个重大革命历史题材影视剧创作领导小组，以加强对此类题材创作的宏观规划和统一协调，并审查剧本和作品。20世纪90年代，革命历史题材的作品数目明显增长，同时在塑造重要革命历史人物形象方面取得了几点新突破：（1）深入领袖人物的内心情感世界，揭示其既作为普通人又作为历史伟人的丰富的感情波澜；（2）敢于揭示领袖人物之间对某些问题认识上的差异或冲突，多侧面地展现各个人物的特定性格；（3）以历史唯物主义的观点准确把握对历史人物的评价，对其历史功绩予以恰如其分的表现，正确塑造处于特定历史阶段的人物形象。

传统历史题材的电视剧，通常说的古装戏，其创作活跃有多种原因。如悠久的历史文化为创作提供了广阔天地；新的研究成果和新的史料的发现，能重新认识历史事件评判历史人物，能深层曲折地反映现实生活中的某些问题；没有清规戒律的束缚，创作相对比较自由，故风格类型多样，有武侠片、清官戏、公案剧、神鬼片等。相对一些单纯追求娱乐的戏说型历史剧，一批有着文化底蕴的历史剧更受观众欢迎，因为第一，有着正确的历史观，能实事求是地审视历史事件和评论历史人物；第二，努力寻找历史与现实的契合点，无论是纪实还是虚构，多少透露出时代的影子和民众的呼声；第三，把握历史真实与艺术虚构的关系，不仅规范着艺术的"真实性"，同时也规范着艺术的"假定性"；第四，以人带史，以史托人，塑造了一些栩栩如生的历史人物。

（二）题材选择原则

题材的多样化，是电视剧发展的必然趋势。只有多样的题材，才能满足不同观众的不同爱好和兴趣。

电视剧的题材选择，一般应遵循三个原则：一是编剧从生活中所得；二是符合表现工具；三是考虑接受对象。说透彻点，电视剧创作选择什么样的题材，受编剧个人的创作意图和所要表现主题的制约，受所采用的表现工具——视听手段的影响，也受广大观众欣赏环境和欣赏心情的影响。

因此，电视剧创作选择题材要熟悉、新颖和雅俗共赏。

1. 熟悉。写熟悉的生活，是编剧选材的第一要义。熟悉的生活，其中有作者的观察、体验，已经渗透了作者对人生、对社会的感受和思考，写起来往往得心应手。熟悉，首先是指大量掌握生活素材，其次是指对素材的掌握程度。题材不同于素材。素材是艺术家创作前的积累、收集的无明确意识的散漫的材料。题材则是一方面包含了创作时对材料的理解、把握，像经过 X 光射线一样，透过它的感知部分的血和肉，看到支撑血肉的骨架；另一方面，也往往把材料纳入了创作构思之中，经过筛选、推敲和联想以及安排了它在作品中的作用和位置。素材的积累可以说是创作的准备和酝酿；而题材的确定则可以说是已进入创作的具体阶段。

一提到熟悉，常常有个误区，就是总想写自己曾经亲身经历和过去熟悉的东西。这是一种偏见性认识，因为过去熟悉的东西不一定现在熟悉，过去无意中留下的印象不一定有深切的体验，过去觉得有新意的生活不一定适合现在的创作。

专业的电视剧编剧应该有能力驾驭多种题材的能力，也就是说，要有迅速熟悉生活的观念、能力和技巧。不熟悉的可以去熟悉，集中注意力的观察比平常无意的记忆肯定事半功倍，这是有志搞创作者的基本素质。

熟悉生活的途径，通常有两条。

一条是深入生活。深入生活，进行采访，采访有关人员，调查有关事件，直接从生活中去摸第一手资料。开发自己的创造性思维就一定要重视第一手资料。第一手资料最有生命活力，最容易激发创作热情。深入生活，一方面是寻找新的生活和新的体验，重新激发创作激情；另一方面，要跳出旧的生活范畴回头看原有的生活，寻找旧生活的新意义。过去不知道自己是个黄孩子，一旦漂洋出海到了大洋彼岸，有了新的生活和新的体验，才能对"自己是个黄孩子"有深刻的体会和全新的认识。深入生活，就是打破"不识庐山真面目""当局者迷"的状态，解决在原有的思路里不能自拔的现象，换个角度对自己原来熟悉的素材作重新认识。

另一条是查阅资料。收集地方志、民间杂志、当地作家的著作；查阅第二手资料、历史资料，及同类题材的其他艺术作品，了解别人写过的内容，掌握别人思考过的论点，避免重复，掌握最新的动态。平时要积累资料，注意创作动态，注意电视频道里现在正在播放什么，注意小说创作的当前思潮，注意在社会科学、自然科学领域有什么新的重大发现，有哪些影响人们当前和未来生活的观点和科技发明创造等。如清朝的历史题材电视剧，在风俗习惯、服饰礼仪、语言和心理方面做到如此逼真和光彩，这与古典名著《红楼梦》中那些大量看似平淡，实则真实隽永的生活细节描写有很大关联。再如电视剧《走向共和》对洋务派的历史评价，史界和学界在十年之前就有所争论，并已有了一些公认的新论点新结论。如果编剧在写作前留心注意的话，在对李鸿章、慈禧、袁世凯等历史人物的把握上会少走许多弯路。

2. 新颖。对创作者来说，凡是对熟悉的生活有深刻的认识，有独到的见解，并浸透着自己的激情，都应该是有新意、有价值和有意义的。此外，所谓新颖，也是电视剧的题材不能不受它的表现工具所制约。

相对其他艺术，电视剧是当今受众最多、影响最广、反馈最为快捷和准确的媒体，其对电视剧创作，尤其对题材选择的影响和制约也最为迅速和强烈。第一，电视艺术家在创作准备、构思阶段起，就必须运用电视思维去积累素材，酝酿作品。电视表现工具是摄像机，电视思维的特征是具象可见，声画复合，并富有运动感的电视屏幕中的画面和声音。这一点，决定它取材的"可见性和可听性"。电视的一切都是为了让人"看见"和"听见"，因此电视艺术的题材本身就应该最充分地提供这种可能性。如果说一门艺术成熟的标志之一是看它把自己媒介、工具的特性发挥到何种程度，那么题材的选择最先需要解决这一步，题材能表现电视的那种"可见性和可听性"，而且这种表现要有新的感染力。第二，只有选择反映现实生活，反映生活中不断涌现出来的新人物、新情况、新问题，触及社会生活中的深刻矛盾，给人以深刻启迪的题材，才能成为电视观众欢迎的电视剧。虽然电视剧不是新闻报道，但是作为电视媒体，电视剧传递的信息有新闻的元素，包括人们原先未知的新情况、新知识、新内容和新观点。如反常的事实，引起社会普遍兴趣的新鲜事实，必然会引起社会的共同兴趣，这一部分是与人们切身利益相关的情况变动，一部分是类似奇闻趣事，仅供一般的了解或消遣，以满足人们不同的需要。客观地说，凡是能直接或间接反映社会生活最新最重要的问题，体现出时代精神的题材，都是有价值、有意义的，都能成为电视观众最欢迎的。反之，那些炒冷饭的重复和老生常谈的题材，会损失一大部分观众。这不仅反映在纪实风格上，也反映在虚构作品中。

"新"，意味着别人没有写过，屏幕上没有出现过；"新"，意味着不重复，或在人物、事件和环境方面，不能重复别人。具体地说，新，一是开辟了一番新天地，意味着电视剧在反映生活领域里发现了一块未被开垦的处女地。这也许是一个司空见惯的生活，你有了独特的发现；也许是刚冒出的时尚生活，被你敏锐的眼光发现，但这要防止呈现在生活表层的浮光掠影。如《女记者的画外音》《公关小姐》等作品，就抓住了一种新的生活。二是写出了新意，意味已经有人写过的老题材，你却写出了新意。把人物摸透了，就能写得深，写得深，就能写出新意。电视剧"一次过"的创作，最忌炒冷饭；但电视剧也最容易如同一辙，似曾相识。最可惜的是，有些模仿国外优秀电视剧的作品，把人物、事件和环境一股脑儿地搬来，很容易东施效颦，邯郸学步。总之，每一部电视剧的题材必须与别的电视剧有所不同，或者叙述与别人不同，比别人讲述得好。观众总是要看新的故事，要听新的叙述。

3. 雅俗共赏。雅俗共赏是电视剧题材选择的一个重要原则。雅俗共赏，在某种意义上，是指题材的大众化、通俗性和平民性。

当电视被认为是家庭艺术的时候，电视剧创作题材也被认为应以反映家庭生活为主。但是，随着改革开放的深入，受广大观众欢迎的题材越来越多。于是，电视剧也越来越多地对变革的时代进行全面审视，将镜头伸向更广阔的社会空间。

电视剧题材的选择考虑到题材本身的群众性与较大的吸引力，体现在两个方面：一是题材本身，即先天的自然状态，就受到群众关心、欢迎和喜闻乐见；二是该题材先天不足，未受普遍关注，但可以进行大众化、通俗性和平民性的处理，也就是经过后期加工后，能够得到群众关心、欢迎和喜闻乐见。所以说，电视剧题材选择的原则之一，能否经过加工后达到大众化、通俗性和平民性。所谓大众化，是指把文化艺术从"贵族化"走向大众化，反对只把目光盯在某些所谓的大人物身上，盯在所谓豪门大宅里面，提倡把镜头对准普通老百姓生活中一些看似无关大局的生活琐事。实际上，生活中平民百姓的生活更能体现时代的巨变，反映改革开放的艰难和成果。所谓平民性，就是要有这样一种观念，平民百姓的生活构成了历史。编剧心中一定要有广大观众，要了解观众的物质和精神生活，把握观众的需要和情绪，并竭力成为人民群众的思想感情的代言人。这样，电视观众才会将电视艺术看作是与自己的生活、思想和情感最贴近的艺术形态。

通俗性，主要表现在两个方面：一是注重表现手法上的平民性。无论情节如何富有戏剧性，电视剧往往取材于实实在在的、与大众息息相关的生活方式，特别在细节方面，更是异乎寻常的翔实。虽然，"重大革命历史题材"和某些触及时弊的现实题材，既具有重大的社会意义，又具有非常强的场面观赏性和事件戏剧性。不过，电视剧在处理上述题材时有一个共同的手段，就是注重表现手法上的生活化、言情化和世俗化，努力使现代神话和古今英雄能够接近平民的生活，能够与现代普通观众的情感世界相沟通。二是表现在关心大众所关心的热点。一部电视剧是否有很好的收视率，主要看其内容是否与公众热点的吻合。因此，每一个热门话题差不多都能引发一部甚至几部有关内容的电视剧。由于电视是一种即时传播的现代媒介，即使是娱乐性节目也不能不在一定程度上受到即时传播这一媒介特征的制约。由于这种电视剧制作周期很短，所以总能赶在热点还没有冷却的时刻播放。另一些电视剧则配合着热门畅销书的上市，对某些一度引人注目的事件能旧话重提。即使是一些完全虚构的纯娱乐性故事，编导们也常常会尽可能地同公众热点联系起来，突出电视的即时性。从数量上来看，电视剧中讲述浪漫故事、怪异故事，特别是惊险犯罪故事的纯虚构作品不少（大都由畅销小说改编），但给人留下深刻印象的往往是那些反映真实事件的"纪实剧"。这个特点正是由电视剧这种现代大众媒介和戏剧大众审美相结合而产生的。

在题材方面，一般编剧常犯的错误有故事内容贫乏，素材不够；与现代人的生活脱节，一味地为故事而故事，缺乏有价值的内容信息。当前电视剧创作最主要的通病是，没有生活积累，不会提炼生活，不会塑造人物，不会结构故事，所有这些，恰恰都是缺乏最基本的文艺创作素养所造成的。文艺修养不单单表现在技巧的运用上，更重要的是表现于编剧从生活素材到艺术形象创造的全过程。任何高明的导演也代替不了编剧亲历的这个过程。这也是电视剧大量改编有生活气息的优秀文学作品的一个重要原因。

二、主题的确立

主题，实际上即编剧在题材中挖掘出来的主要问题或基本思想，亦即编剧对人物、事件所表达出来的态度、看法和意向。编剧在深入生活的过程中，对许多具体的、活生生的生活现实、人物形象，以及他们的命运和遭际有所触动，意识到这些生活事实反映着某些深刻的社会思想，具有强烈的思想意义，并感到有责任在剧本中反映出来，以影响广大观众。由此，作者描写这些生活和人物，并试图通过生活和人物表达出自己触发创作冲动的基本思想，这就构成了作品的题材与主题。

题材是从现实生活中选择出来的，而主题是从题材中提炼出来的。因此，题材是第一性的，主题是第二性的。主题寓于一定的题材之中，不能游离题材之外，即主题是在题材的确定过程中和努力开掘提炼其内涵意义才逐渐形成的。一旦主题确定之后，它会反过来制约着创作的艺术构思，又影响着素材的剪裁和取舍，题材的集中和概括。如此，主题的构成一般包括两个方面：就其客观性来说，是社会生活，亦即作品选取题材本身所提供的思想意义；就其主观性来说，是创作者依据自己的立场、观点选择、处理和评价题材的方法。

电视剧的主题与电视剧题材的视听性和运动性是相关的，即电视剧主题的表达需要通过人物的动作来体现。

（一）电视剧的主题通过人物行动体现

叙事类文艺作品主要通过塑造人物形象来抒发感情，阐述主题。主题不是艺术家硬加进去的思想，也不能只靠人物的语言直接倾诉，它必须通过完美的人物形象塑造自然而然地流露出来。对戏剧性结构的影视作品来说，人物形象的塑造则主要是通过人物行动来进行。换句话说，即影视作品的主题是通过人物的行动来体现的。人物的欲望引发人物的行动，人物在行动中显示性格，性格又决定行动的方式。人物在行动中遭遇的矛盾冲突又决定着人物的命运，而在人物命运的展示之中，在人物行动的过程和结局之中，就蕴含着作品的主题。

电视剧的主题通过人物行动来体现，主要表现在以下几个方面：

1. 人物行动目标指向主题方向。主题是编剧支配叙事方式、人物塑造、情节结构，以及画面和声音，推进剧情发展的一个方向。主题给编剧指示了方向，也就是给他笔下的人物制定了一个不可缺少的目标；反过来说，人物行动有了目标，编剧就有了方向。人物有了目标，一方面不会走入歧途，即使行动中遇到的情况非常曲折复杂，都不会迷失方向；另一方面有了动力和活力，人物的行动就不会轻易停止。人物在朝着既定目标前进时，有时快，有时慢，有时顺利，有时艰难，但是不会停止下来。即使当人物顺着目标行进受到阻挠时，剧情的进展陷入僵持局面，不进不退，然而其进展的张力与幅度不但没有削减，反而会更形成高涨与活跃的趋势。因为人物始终朝着这目标在行动，在积蓄力量。

以人物凝聚素材比根据理性观念选择素材更为丰富。人物有目标的行动，是一个过程，是可以有着开端、发展、高潮和结局的过程。根据这个有头有尾的过程，编剧能借此理清头绪，组织结构，安排材料，而不会没有中心地罗列材料，把采访的东西全放上去。面对纷乱无序的素材，人物的行动线像一条红线，可以把符合人物行动的事件、场景和细节都有机地贯穿起来，组织成完整的一个行动线。采访时，素材越多越好；而一旦主题提炼出来后，就不应再堆积素材，相反要选择有价值的、有新意的材料，删除与主题无关的材料。电视剧是根据人物行动来阐述主题，主题蕴藏在人物行动之中，这就必须根据人物的行动来选择素材、安排素材，而不能根据被定为主题的某一种思想来选择素材，否则会损坏人物的塑造，使人物成为主题的傀儡，使人物行动成了某一思想的解释，最终造成脱离形象的图解主题，只有干巴巴的思想而没有活生生的人物，也没有人物根据自身欲望和自身利益的自我行动。

人物行动的全过程能够阐述主题。人物一旦行动，就会遭遇阻力，如此动作与反动作，在全剧中循环往复，紧张度不断加强，直到最后在绝境中发生冲突。有了这一冲突，便产生了高潮。人物行动在最后的高潮动作中得到戏剧性的表现，此时才能阐述全剧的主题思想，才能陈述全剧结论性和决定性的意义。

2. 人物行动起着统一主题的作用。人物行动，还能产生一个最大的作用，促使全剧集中，而不致分散，使主题统一。这表现在：（1）统一具体目标。人物在朝着目标迈进时，在行动过程中必然会遇到一些具体的情况，需要解决才能继续。如此解决具体的问题，就产生了一些具体的目标。这些具体目标不是独立的，而是为达到总目标所采取的步骤。没有总目标，这些具体的目标就失去了意义。从另一个角度来说，如果完不成具体目标的话，就会影响向总目标的推进。剧情的进展就是建立在这些连锁的具体目标之上。一旦总目标设置好了后，就要相应地设置具体目标。具体目标也应一个比一个更有趣地发展，直至到达终点。当总目标到达之时，也是主题完成之时。（2）统一副目标。人物的行动不能总是在一个方面展开。影视剧大多采用双线结构，即人物在爱情、婚姻、家庭等私生活方面有矛盾需要应付，形成一条行动线；在事业方面也存在诸多问题需要解决，同样有着一条行动线。双线有时独立，有时纠缠相互影响，只有解决了一条，才能解决另一条。通常来说，这两条线总是有主有副，主线向前挺进，副线全力辅助，不至于喧宾夺主。

（3）统一多目标。传统的戏剧多数一人一事，"立主脑"比较简单，而电视剧常常反映众多的人物和事件。由此，双线发展的人物行动会产生双目标，多线索的情节发展会产生多目标。如此，双目标和多目标之间有联系而又有区别，在不同的层面上，有时难分主次。此时也需要在众多的人物行动中选择一个总目标来统一主题。如《走向共和》从鸦片战争、洋务运动、甲午战争、戊戌变法、到辛亥革命，涉及慈禧、光绪、李鸿章、康有为、袁世凯和孙中山等一大批历史人物，他们每一个人都有一个自己的目标，并向着这些目标积极行动。为此，编剧给了他们一个共同的目标：找出路。每一个人物都认为不能维持现状了，或为国家为民族，或为个人为家族，必须要找出一条新路来。众多人的找出路，最终走向了共和。这个目标一确立，庞大纷乱的叙事就整齐划一地表达出编剧所想阐述的主要思想。

人物行动起着主题担当的凝聚、集中和统一素材的作用，成了作品整体统一的聚焦点，将作品内容的各个方面组织成一个艺术整体。整体统一在作品中无疑占有重要地位，因为，人们总是最终从作品的整体来接受和评价作品。

3. 人物动作决定主题的客观性。创作是一种复杂的精神劳动，主题的形成情况也是各不相同的。有时，它可以是创作前就已经明确的思想；有时，它可以是在创作过程中逐渐清晰起来的思想；有时，它可以是编剧在创作过程中意识到的思想；有时，它也可以是编剧并不自觉，但却由人物形象实际体现出来的思想。

在创作中，主题明确可以帮助编剧构思，使情节紧凑而具体，但是狭窄的主题常常会引起对思想观点的宣传和争论，或者使思想阐述成了压倒一切的中心，人物的刻画被降到次要位置。为防止这种现象出现，编剧对生活的评价都蕴藏于复杂的社会生活与人物形象的描述之中，使主题体现在人物行动之中。但是，人物动作无论是起点和终点，均有不可预测的复杂的可变因素，故往往使形象显示出更复杂的意义，使主题超越编剧所想到的范围，显示出更多的含义。

从另一个角度来看，艺术作品的主题思想本身就是一个复杂的问题。它与平常人们所说的"思想"概念既有联系，又有区别，它有自身的特点与表现形式。艺术作品中的思想常常不是直接表现出来的，它不是一种纯粹的观念性的理性认识。一方面它是寄寓于形象、情节和场面中的理性认识，通过人物性格刻画、命运转折、形象展示时而鲜明、时而含蓄地表现出来；另一方面，它又是与形象性、情感性水乳交融般地溶合在一起，难以截然区分。它往往是一种感性与理性、情感与理智的混合物。如此，在一些复杂的人物与事件面前，把作品的思想仅仅看成是肯定什么或否定什么是不够的。

艺术形象大于思想，这是艺术规律性的一个重要表现。电视剧的主题常常有主观的与客观的两个方面。它们之间的关系也是既有联系，又有区别。主题的主观性，是指艺术家意识到的，并得到了较为明确的体现的那一部分思想观念；主题的客观性，是指它的客观体现，也指编剧创作时并未意识到的或未能得到明确体现，而实际上呈现、流露出来的思想意义。这一部分，往往是通过人物行动体现出来，由观众与评论家体察、挖掘出来的。造成这种情况，是由艺术创作的特点所决定的。因为艺术创作往往是一种情与理交织和情与理相融的创造性活动。艺术家在创作中充满了激情，他感觉到的事物和创造的形象，有时会淹灭自己的理解，有时可能突破自己的理性认识，而体现为作品的客观的思想性。

（二）电视剧主题的基本要求

与电视剧题材新颖性通俗化定位密不可分的一个问题，是电视剧主题思想表达的探索性与稳态性。

1. 探索性。任何艺术都是一种精神领域的探索，电视剧也不例外。主题的探索含义，在于其本身有一种发现的属性。首先，无论在太平盛世，社会各种价值观念和行为准则被认为是天经地义时；还是在动荡年代，大众的生活和思想受到震撼的紧要关头，文学艺术都应该最敏锐地去发现和表现社会发展中最尖锐的课题。从小处看，这是媒体提高收视率的手段之一，提出发现社会新的问题和深层次的问题与提出一种新的诠释和新的生活观念，均会使观众对自己或平静或激荡的生活状态进行思考。从大处想，有责任感的文艺工作者必须对生他养他这块土地有所回报，为创建良好的社会环境、树立行为典范，以及向真善美的理想境界迈进做出贡献。其次，主题出自编剧个人的生活体验，必然有着个人独特眼光的发现。文艺创作是个体对生活的解读，或者说是个体对个别题材的解读。任何这种解读都会是一种发现。人们解读经典著作，一个人的解读就有这一个人的发现，一次解读就有一次新的发现，否则就没有"一千个读者就有一千个哈姆莱特"之说，就没有"红学""鲁学"之源远流长，经久不息。再者，每个主题都是编剧认为值得要告诉观众的，因为其中包含编剧对历史、现实和对人性的认真观察和深刻认识，内中有一种跨越普遍意义的发现。剧作所展现的新生活是一个层面，对这些生活中蕴藏的各种新观念、新精神有所发现是另一个层面，而这种发现与当前社会人群普遍存在意识有不同之处，更是另外的一个层面。编剧必然认为他的一些发现是普通观众没有发现的东西，值得他去叙说，然后才能投入他的全部情感。当然，作为一个编剧，他应当对自己熟悉的生活现象要比观众想得多一些，站得高一点，看得远一点，思考得深入一点，这样，才能说出广大观众心里有、其他作者笔下无的东西，而不是人云亦云，重复某些已经家喻户晓的道理。

主题的探索性，要求编剧必须对题材进行深层次的开掘，必须引导观众进行认真的思考。从表面来看，这与我们一直提倡的电视大众化、通俗化有悖。有人说，电视剧应该考虑到当代的生活节奏快，多数观众工作压力大，一天 8 小时下来，累得要死，下班后就只是想松松脑子，而不想再动什么脑子。所以，电视剧的定位就是娱乐大众，创作人员应该把主攻的重点放在剧情上，而不是放在思想上。这话有对的一面，但是电视剧的大众化、平民化并不是鼓励人们用最简单的方式构筑大众的休闲生活。电视剧故事的通俗化、娱乐化，也不是提倡用最无聊的思想充实百姓的精神生活。恰恰相反，许多电视剧采用所谓的"媚俗"手法，包括曲折离奇的私情故事、一见钟情的模式套路和煽情的处理，以及制造悬念的叙述方法，目的就是为了让广大观众能在娱乐的形式中更有趣味地加进对生命、对社会和对人性的哲理思考。通俗故事显现深刻的主题，许多电视剧在这方面作出了很好的表率。一些反腐题材的电视剧，在充满悬念的情节之中，不乏对现行制度、对社会、对人性进行了深入挖掘。一些古装戏，既有娱乐性又有文化上的重新思考，从而引导一种全新价值体系下的生存观。

2. 稳态性。电视剧主题必须在政治上、道德上和历史观上与进步的事业或社会的发展要求相一致。一般地说，电视剧的主题，一面要紧随社会观念的变化而变化，一面要考虑社会公众道德与价值观的继承、发扬和遗弃。电视作为一种受众庞大的大众传媒，有传播信息、引导舆论、消遣娱乐三大功能。传播的本意就在思想和信息交流；消遣娱乐要给予观众健康有益的享受；作为舆论引导，"大众传媒的另一重要责任是把舆论引导到有利于社会健康发展的方向来。舆论就是民意的集中反映与表现。民意代表着一种倾向、一种愿望、一种要求和一种无形的力量……电视要完成这一社会责任，就要精心选择事实，妥善处理信息，同时要加强信息的分析与解释"①。电视剧作为一种大众传媒，同样具有引导舆论的作用，所以在反映社会问题的时候，在提出新的价值观念时，编剧要注意掌握分寸，不应采用偏激的态度，有意站在大众的对立面，宣扬一些激进的观点，与社会主流观念发生冲突。

当电视剧题材反映家庭的日常生活时，电视剧所传播的主题必须适合普通家庭能容纳的稳妥和平和的日常心理节奏，符合社会当中最中庸的价值观念。家庭题材的电视剧关注人伦亲情、人情纠葛和人际关系，其普遍主题应该是通过家庭成员之间、邻里之间的矛盾冲突的表现和解决，展示美好的人际关系，在平凡中见伟大，在小事中论崇高，立足世俗超越世俗，发掘那些被世俗生活所掩盖的美好精神，使现实生活中人与人的关系更为融洽、和谐和美好。反之，一切影响家庭心理安全的电视剧都有可能被家庭排斥在外。如苏联名著《安娜·卡拉妮娜》被认为是替"第三者"说话的作品，因而被大多数家庭妇女的情感所拒绝。如王朔的电影作品大多发泄"边缘人"的流浪情绪，有着一种强烈的反讽主题，而他的电视剧《渴望》却是热烈歌颂传统美德，《过把瘾》是大力肯定真正的爱情，提倡的是一种积极、乐观向上的精神。

当电视剧关注社会热点问题，真实反映现实和人们的生态与心态

---

① 孙沛然：《影视文化导论》，浙江大学出版社第 1995 年版，第 78 页。

时，在主题的处理上，要扬美德、鉴善恶、发良心议论、存正义之声、闪民族之光，要与大部分观众的道德风尚保持一致。正如我们通常说的，电视剧要歌颂和谐、友好的人与人关系，彰显"人性的真、善、美"这一永恒主题。文艺创作要能最长久最广泛地争取民众，必须考虑到人类总是在不断追求真善美的精神境界，观众需要艺术给予新颖而深刻的人生启迪和积极向上的精神享受。电视剧主题只有代表了人民利益，代表真善美的希望和理想，代表人类实践生成的历史方向的主题，才能被广大人民所接受，才能产生一种思想魅力。

第五章　戏剧性故事

　　故事由一系列事件组成。一系列事件的组合具有三个原则：（1）事件之间根据时间的顺序进行排列，如 X 发生在前，Y 发生在后，这样的联系是最基础最严格的故事定义。（2）事件不仅按时间顺序连接，而且按因果关系连接。如因为 X 发生在前，所以 Y 发生之后，叙事作品中的故事通常是指这一种。在文学术语运用上，有人将仅仅是按时间顺序连接的事件称为故事，而将按因果关系连接的事件称为情节。一般来说，通俗化小说、传统舞台剧、好莱坞电影及大多数电视剧所指的故事，是指这一种情况，即所谓有情节的故事。（3）事件不仅按时间、因果关系连接，而且按特定的内在规律组合。所谓的内在规律，即有开始、发展、高潮和结局。一般来说，大多数剧作的开始会交代第一个事件的产生，然后此一事引发彼一事，经过复杂的一系列曲折变化进入高潮，然后经过最紧张的突转和激变，最后落入尾声。这种以"一系列时间顺序排列的"，又遵守"前因后果、因果互动、环环相扣的"，并具有"危机发展和高潮转折"的结构模式的组合事件，通常人们称之为戏剧性故事。其构成整个情节发展的弧形，即典型的"戏剧三角"。

　　传统的戏剧创作和影视剧创作，重视典型的"戏剧三角"本身具有相对独立的艺术效能和美学价值，讲究由因果关系组合事件的统一性和完整性，强调矛盾冲突的层次发展和出乎意料的突转，从而突出故事情节曲折、人物发展弧线，使作品达到思想深度，发挥出扣人心弦的艺术力量。

　　20 世纪有些创作，提倡"反情节""非线性"，排斥"戏剧三角"的写作模式，甚至极端地追求事件无状态变化，无因果联系；人物无动机和行动，语言无理性逻辑；使整部作品成为无头无尾无发展的碎片化状态描写。其实，这些"反情节""非线性"和排斥"戏剧三角"的叙事组合机制大多有赖于传统的故事概念，它们是站在传统的故事建构基础上尝试着否定和突破，这正是戏剧性故事的辩证发展。

一、故事与事件

（一）故事的概念

故事的概念至少有三层含义：一是指过去已经发生的事；二是指一种文学体裁；三是指叙事作品中的事件。

故事的本义，是指"旧事"或过去已经发生的事。司马迁说的"余所谓述故事，整齐其世传，非所谓作也"（《史记·太史公自序》），就是指的这一含义。不但《史记》等史书所记独到是这类"故事"，而且在我国古代志人或志怪的笔记小说中，上自《搜神记》《世说新语》，下迄《阅微草堂笔记》及其流裔，也都是记这类"故事"的。大率世有所传，耳有所闻，据以命笔。[①]

故事的第二层含义，是指一种文学体裁。人们把一种专重叙述事件过程、结构简单而又以曲折动人取胜的虚构作品称为"故事"，这种故事较适合口头讲述。如《盘古开天地》、《女娲补天》、《精卫填海》等神话故事；如《狼外婆的故事》、藏族的《候鸟故事》等动物故事；如《阿凡提故事》、《巴拉根仓的故事》、《孟姜女的故事》等民间故事。此外，我们通常说的将小说戏剧等作品改编成故事，这"故事"指的也是这层含义。

故事的第三层含义，是指叙事作品中按一系列时间顺序排列的事件。美国的小说理论家利蒙·坎南把故事定义为"一系列时间顺序排列的事件"，相应地将事件定义为"一种情况到另一种情况的转变"。而理

---

① 陈炳熙：《论"聊斋志异"的故事性》，《钱谷融先生教学著述六十周年纪念论文集》，浙江文艺出版社 1998 年版，第 22 页。

论家萨拉·科兹洛夫认为事件是不能在真空环境下发生的，事件一定是既定的一组人物在某种环境里活动的结果。他给故事的定义是："既定的一组人物在某种环境里活动的事件。"① 我国《辞海》给故事的定义是："叙事性文学作品中一系列为表现人物性格和展示主题服务的有因果联系的生活事件，由于它循序发展，环环相扣，成为有吸引力的情节，故又称故事情节。"②

现代叙事理论对故事的定义为：故事是人物引起或经历的一系列时间顺序排列的事件。

美国叙事学专家查特曼将故事具体划分为：

故事：1. 事　件：（1）状态（2）变化
　　　2. 存在物：（1）人物（2）环境

根据他的解释，故事可以分成两个部分：（1）事件，事件又可以分为两个亚部分——状态和变化。如此，事件即形态的变化，是指一种状态的变化，是一种状态到另一种状态的变化。

（2）实际存在物，有的翻译为"实存"，存在物也可以分成两个部分，即人物与环境。如此，结合以上对事件的解释，故事就是人物和环境状态的一系列变化。

（二）事件是变化

事件是形态的变化，其包含了三层意思。一是最初形态的确定。中国传统叙事认为，万物最初形态的认定是创作的基础，其中在这阶段的创作过程中涉及两个具体技巧：（1）名实。古人认为，人的周围充满了混沌一片的外在世界和内心情绪，弥漫着许多无可名状的状态，有的不可分辨，有的无法用言语表达，首先需要寻找、发现、确立，给它一个精确的命名。这里蕴含着，一要学会观察生活；二要理解"文变染乎世

---

① ［美］萨拉·科兹洛夫《叙事理论与电视》，爱伦等编著：《重组话语频道》，中国社会科学出版社 2000 年版，第 48 页。
② 引自《辞海》，上海辞书出版社 1979 年版。

情，兴废系乎时序"的演变。面对复杂、神秘、广大无限的，我们有许多不知道，也有许多知道错了，需要有所辨别细化和确定。(2) 化境。写这个状态就突出这个状态，写那个状态就突出那个状态。尽全力在可能中寻找最简单，最基本的叙事方法，如不行，只好用喻义方法，试着把它形象化。在具体描写中，中国传统手法讲究"不着一字，尽得风流""曲径通幽"，与编剧直接相关的有"目注此处，手写彼处"等特定的技法。

　　写为富，句句是个为富；写不仁，笔笔是个不仁；写不富，处处是个不富；写为仁，字字是个为仁。把文章只作到个化境，却又合制艺两截之法，此所谓为奇也。
　　从为富转到不富，不仁转到为仁，乃两截过渡之法。

——张书绅《新说西游记》第 69 回，总评

　　二是形态终结的确定。中国传统哲学认为，事物变化存于两截，犹如阴阳的转换。人有悲欢离合，月有阴晴圆缺，人的生死离合、悲喜交集、祸福相依、顺逆得失、成败盛衰，均有强烈反差，跌宕鲜明，正反对比的变化，并且连绵不断。"制艺两截之法"的提出和运用，正是体现了这种阳刚阴柔相反相成的美学观。

　　两截之法，是在无中生有确定了最初状态的基础上，再按照阴向阳转化、或者阳向阴转化的规律，推测这个点的对立面，阴的对立面是阳，反之，阳的变化之端是阴。如《三国演义》开篇所言：天下大事，分久必合、合久必分。如《红楼梦》的"好了歌"所解：陋室空堂，当年笏满床；衰草枯杨，曾为歌舞场。蛛丝儿结满雕梁，绿纱今又糊在蓬窗上。

　　钱钟书先生说，小说创作不外乎"外则人事，内则心事"。中国人认为心之变化，在于"定"与"乱"之间。大学之道，在明明德，在亲民，在止于至善。知止而后有定，定而后能静，静而后能安，安而后能虑，虑而后有得。人心"定"了，便生出来真诚心、清净心；人心不"定"，心乱了，失去控制和自律，对外可以紊事，对内打扰血气，使失

正常，生出许多嗔、淫、忧、愤怒、劳虑、恼怒。

今天的人们，一方面害怕变化，面对挑战与机会，产生惧怕，如害怕失去，不敢拥有；害怕失败，不敢尝试；害怕责备，不敢负责；害怕丢人，不敢上前。另一方面，身处压力之下，焦虑不安。繁忙的交通、拥挤的人群、无处不在的噪音、污浊缺氧的空气；另外一些特定的诱因：即将面临重要考试、需要付清的账单、爱挑毛病的婆婆、工作狂的老板……这一切使人紧张、烦躁、厌恶、身心疲惫不堪。

从哲学的意义讲，世界上没有绝对的静态。从叙事的意义讲，所有的动态都提供了具有故事材质的素材。

三是两截过渡之法。"渡法"，又称"勾连法"，原指八股文写作中的"截搭题"的几截自然有机地"搭"起来的方法。借鉴截搭题常用的"勾连法"来绾合不同事件，将不同事件勾连在一起。

所谓的状态变化，可以用"一生二，二生三，三生万物"的道家之语来解释。原来存在一个 A 状态，欲变化成为 C 状态，必须经过一个被称为 B 状态的变化过程。A 是此岸，经过 B 这条大河，到达 C 彼岸。这此岸、过河、彼岸，即事件的 ABC。

中国传统审美，注重"将萎之花胜于枯"，重视"若将飞而未翔"这种"神光离合，乍阴乍阳"临界状态的转换。水边的鸟扑着着双翅，一边快跑一边扇动翅膀，突然凌空一跃，双爪收拢双翅放平，腾飞起来。将飞，是双翅动开始放平，双爪还在地上跑，飞而未翔，是身体刚刚离开地面，之后才是翱翔。鲜花凋零、美人迟暮，从绚烂之极到略输文采，到平淡寂寞、黯然失色，最终归于衰败之极，这种变化的过程是最美的，最感人的。

从叙事的角度，叙事重点就在于看到状态的变化阶段。需要调动所有的感觉，看到、听到、触摸到状态阶段性的变化，或者说，将变化过程构成系列段落的划分。如结婚要经过感情、性生活、法律程序、经济支撑、家庭承认等阶段；离婚要经历否认、面对并承认现实、愤怒、接受、悲痛、重生等阶段。

如，《西厢记》，张生惊艳莺莺，整个窈窕淑女，君子好逑的过程，细分为一系列事件：惊艳、借厢、酬韵、闹斋；寺警、请宴、赖婚、琴心；前候、闹简、传书赖简、寄方后候；酬简。即便是张生惊艳一节，由静到动的过程也是多变。原本随意观光，满眼阿弥陀佛泥塑菩萨，不料"谁想到寺院里遇神仙"，一惊莺莺弹着香肩，只将花笑捻，灵魂儿便飞到了半天。远望近瞧，身影容貌，刚刚打了个照面，一刹那，莺莺不见了。"空留下杨柳烟，只闻得鸟雀喧。"好一个不动则已，一动则惊，一动则美不可收。

（三）事件的叙述

事件是形态的变化，首先要坚持动态的叙述。

从故事叙述的来看，戏剧和影视剧的叙述不同于小说，是展示，是模仿人的动作；从戏剧表演的角度来看，任何人物的行动均是表演。人物的动作，无论是外部动作还是心理动作，无论何时何地大多处在一个动态过程中，这比较容易以动态描绘之和叙述之，但对环境内的景物、器物等静物，如何处之，一般容易疏忽。

这里介绍化静为动的三种方法：

（1）以动作过程，来描绘静止的物体。如《伊利亚特》中打造盾，莱辛解释荷马为何要用一百多行诗句来描述阿喀琉斯的盾牌："荷马画这面盾，不是把它作为已经完成的完整作品，而是把它作为正在完成过程中的作品……我们看到的不是盾，而是制造盾的那位神明的艺术大师在进行工作。"莱辛赞扬荷马，"荷马描绘的是持续的动作，他只是用暗示的方式去描绘物体"。

（2）以他人的动感反应，来描绘静止的人物。如中国古诗文《陌上桑》中，就是通过他人的视角和举动来描写女子的美貌。其中，行者见罗敷，情不自禁地放下担子，捋着胡子欣赏。少年见罗敷，脱帽重整头巾，希望引起罗敷对自己的注意。耕者忘其犁，锄者忘其锄。往来的人相互埋怨，但坐观罗敷。罗敷的美貌，甚至惊动了太守，五匹马驾驭的车停下来徘徊不前。太守派遣小吏过去，问这是谁家美丽的女子。小吏回答："是秦家的女儿，自家起名叫做罗敷。"太守又问："罗敷多少岁了？"小吏回答："不到二十岁，过了十五了。"

荷马史诗中，为了夺回私奔的海伦，希腊城邦出动了千艘战舰，特洛伊战争打了十年，当所有的长老们看见海伦出现在城墙之后，点头称赞，理解了这场连年的战争确实有价值和意义。海伦的如此美貌，恐怕不用此方法，也是绝不可能达到高度描绘的。

（3）以人物的主动动作，来描绘静止的景物。如《红楼梦》中，林黛玉进荣府用的是互见法，从黛玉感觉中看到贾府诸人，又从贾府诸人的眼中审视了黛玉。黛玉曾听母亲说过外祖母家与别人家不同，所以步步留心，时时在意。她拜贾母见姐妹，未见其人便闻其声，听到了王熙凤在后院的一阵笑声；她见千呼万唤始出来的宝玉，仿佛眼熟，没料到他的举动却痴狂。而对黛玉的描写，一是贾母初见，思及亡女；二是王熙凤的细细打量；三是宝玉的留心，便多角度把一个多愁善感的美貌少女生动地描绘出来。

至于大观园，侧是通过宝玉试才进大观园；元春探亲进大观园；刘姥姥三进大观园，通过众人在其活动才一点点的"千呼万唤始出来"。作为景观的大观园，不再是一件件眼花缭乱的物事，而是时间的纵深，行动的持续，随着这个过程，开始有了人之为人的精神发展。

通过人物的动态来介绍环境的静态，并使人物的动态反映出环境之变化，是环境叙事的一个主要方法。

二、故事与情节

（一）情节的解释

根据以上对故事的定义，有一个问题需要加以说明，即"故事"与"情节"这两个术语的区别。在术语运用上，有人将仅仅是按时间顺序连接的事件称为故事，而将不仅按时间顺序连接，而且按因果关系连接的事件称为情节。

情节与故事的区别：故事是指处于时间秩序之中的系列事件；情节则是由因果关系构成联系的事件编排。例如："国王死了""王后死了"是故事；而"国王死了，王后因为伤心过度也死了"就是情节。现代叙事理论认为，故事中事件的排序：a1、a2、a3、a4、a5、a6……；情节中事件的编排：a1，所以a4，所以a8，所以a9……。情节对系列事件的有机联系，有的是加以选择甄别，将不利于结构安排和意义表达的事件剔除出局；有的甚至颠倒时间顺序，将原本发生在后的事件提前叙述，或者反之。

情节对系列事件的有机联系，使作品构成有机整体，以便塑造人物，表现出某种特定的主题、感情和艺术效果。

对此，有些专家认为，故事是指未经过作者艺术加工的生活事件，而情节则是一种艺术结构。他们认为，所谓的故事意指简单连接的事件。所以，故事总是与提纲、梗概、骨架、架子、事件的总进程，扼要地说明动作的发展等有关。这样就造成了一种印象，仿佛在某种程度上故事只具有辅助性的、技术性的职能。起码，故事要想变成一种高级的艺术成分，就需要发展成为情节。而对于情节的实质理解上，问题就要比较复杂些。情节总是与复杂、生动、曲折，人物关系的纠葛等结合在一起。是作品中形象、生动、完整地表现出来的动作，在某种意义上讲，情节与剧本是一回事，具有形象复杂性。

（二）情节的功能

情节是指戏剧作品中一组由因果关系联系起来的有目的性的事件，其主要功能是构成了故事的统一性。

西方编剧理论中最早提出情节概念的是亚里士多德的《诗学》。亚里斯多德将整个悲剧划分成"形象""性格"、情节、言词、歌曲与"思想"六大元素，认为其中最重要的是情节，他说"悲剧艺术的目的在于组织情节（亦即布局），在一切事物中，目的是至关重要的"。"情节乃悲剧的基础，有似悲剧的灵魂。"

一部叙事作品有许多事件，具体说，每一部电视剧都有一个或数个由许多小事件连接组成的大事件。或者说，电视剧中每一个人物都经历着一个或数个由许多小事件连接组成的大事件。如单本剧《新岸》就由归家、下乡改造、鸡蛋风波和回城考验等一系列小事件，组成脱胎换骨重新做人的一大事件。再如《康熙王朝》系由擒鳌拜、削三藩、收台湾和灭准噶尔等一系列大事件所组成。还如《雍正皇朝》前20集的主要事件是赈灾修河堤、追缴国库债、争太子之位、夺《百官行述》和抢大将军王。后20集的主要事件是河南假案、西北用兵、推行新政和最后以整顿旗务引发八王议政的宫廷政变；而《乾隆王朝》则选择了查王禀望案、参十督抚案、处理江南名媛黄杏儿父冤案，以及远征缅甸和云南救灾等重大事件结构故事。

这些事件的安排基本上遵循了一般叙事的规律。

1. 灵活的时间。事件是依照时间顺序接连发生的，但是讲述者在叙述时，却相当自由、灵活。依照时间顺序接连发生的事件，不一定按照时间的先后顺序讲下去；事件可按故事讲述者认为最为有效的任何顺序进行陈述。情节的发展并不像日常生活一样，随意性地按时间的流动形成自然状态。首先，叙述者可以改变那些事件持续时间的长短。有话则长，无话则短；疏可跑马，密不漏针。其次，叙述者可以重新排列故事事件的先后顺序，经常使用闪前或闪回等技法，来撩拨观众或使观众适应情节的发展，尔后再把观众带回故事发生的时间中去。再者，可以按照人物的心理的感受处理物理时间。如瞬间千变，在恋爱中的时间与磨难中的时间有一定的相对性。

人对于宇宙万物的观察与体验，虽然不知多少次感受到无数事物从诞生、发展到死亡的过程，但每个人能够亲自验证的东西非常有限，为了在有限的生命中增长见识，任何能够压缩时间的方式对人都有诱惑力。

时间只能在虚构中变化。故事既能改变时间，又能使人产生与现实生活中相似的时间感。同样，人们对于受空间所限制也永远感到不满足。但是，人自知不能事事亲身经历，退而求其次，凡是能够提供类似感受的事物，都会感到欢迎。

在想象中重新安排一系列时间顺序排列的事件，是故事存在的根据。

2. 严格的因果。依照时间顺序接连发生的事件，既然在时间处理上有如此的灵活性，给了叙述者极大的自由，这一点恰恰说明了事件并不是按照时间的顺序来连接，其真正的连接不是按时间顺序连接，而且按因果关系连接。也就是说，事件之间的连接必然要在心理上和逻辑上有严格的因果关系。

事件之间的连接，（1）必须有理由，即有着因果关系。因为 X 发生在前，所以 Z 发生之后。X 与 Z 这种因果联系，通常有三种情况：明显的直接的因果、隐性的间接的因果、深层的心理的因果。第一种是 X 直接作用于 Z。如 X 杀了 Z。第二种 X 与 Z 没有直接关系，但是因为 X 发生了，影响到 Y，而 Y 与 Z 有关系，所以 Z 也发生了变化。其中，Y 的作用是虚写的，是在幕后的。第三种则完全没有关联，只是心理上有影响。如前面举例的"国王死了，王后过度伤心也死了"就属于这样的情况。（2）理由必须具体，遵循"一因一果"原则。在逻辑学上，一般将造成因果关系的条件分为三种类型：充分条件、必要条件、充分必要条件。"一因一果"原则，保证造成结果是充分必要条件。所谓充分条件，是指能产生某种结果的条件。客观充分条件的基本特点是"有之必然，无之未必不然"，它反映的是事物之间的多因关系，即此种条件存在，就足以产生某种结果，但此条件不存在，也不一定不产生某种结果。所谓必要条件，是指某一结果所不可缺少的条件。必要条件反映是客观事物之间的复因关系，几种原因复合起来的必要条件可以产生某种结果，其中每一个原因都是这一结果的必要条件。必要条件的特点是：缺乏此条件，就一定不能产生某种结果；但只有这一条件，也未必就能产生某种结果。它是产生某种结果的若干符合条件中的一个必不可少的条件。"无之必不然，有之未必然。"所谓充分必要条件，是指产生某一结果的唯一条件。有此条件，就一定有某种结果；无此条件，就一定没有某种结果。"原因"既是"结果"的充分条件，同时又是必要的条件。人们把充分必要条件简单表述为"有之必然，无之必不然。"

"一因一果"简约化的原则有利有弊。现实世界充满了纷乱的事物，每个事物的产生都有着复杂的原因，每个事物发展过程又有着多种可能，每个事物的存在和消亡也都有多义性。如果不加选择地描绘，很可能让观众摸不着头脑。所以要求在解释事物产生、发展和变化时，抓主要的因素，这就必须相对简约和进行选择，力求使其简约化，使之易于理解和把握。虽然这种简约化排除了事物原由的丰富性，但是这样把其中之一的发展可能性变成唯一的必然性，便于观众接受。

情节的构成原则主要有两类，显性和隐性。显性的构成可分为两种，一种是事件的起承转合；另一种是人物的行动及其发展。隐性的构成大致可分为三种，一种是根据主题思想需要；一种是依据情感发展变化和心理（动机）的深细度；另一种则借鉴和运用意识流。

系列事件构成的次第聚合，形成不断发展的脉络，亦称情节线。简单的情节，可以"一人一事"的单线发展；复杂的情节，可以构成"一人多事""多人多事"的双线、多线和网状发展。复杂的情节的线索有主、次之分，伴随着主要人物的主要活动而展开的、贯串全剧的情节线称为主线；而其他人物或其他活动展开的、枝蔓性的情节线称为副线。副线需与主线形成有机联系，服务于作品的统一性和完整性。

三、情节的段落

故事中的事件是自然顺序，情节中的事件是按照实际发生的顺序重新进行梳理排序。情节相比故事，就像是海洋中露出水面的冰山，故事是在水面下稳定的部分，情节只是冰山一角，其整体的结构框架实际上是故事的映射。

情节在结构上有着多种阶段的变化，需要划分为不同的段落。

（一）传统的情节结构，通常为起、承、转、合

从情节结构的组成看，其必须遵守一种戏剧性的结构模式：起、承、转、合。这不是通常意义上的故事有头有尾，而是说事件的发展必须有开端、发展、高潮和结局。其开端必须逐渐向高潮发展，一到高潮的顶点后即告结束。数千年以来，戏剧理论家一直注重这种描述故事的潜在结构。亚里士多德率先指出这样一个看似平常实则重要的事实，凡是戏剧性的情节，均有这种被称为典型的戏剧三角（Dramatic Triangle）。德国的剧作家兼小说家古斯塔夫·费雷塔格通过对典型的"戏剧三角"进行描述，透彻地论述了这样一种见解：成功的剧作一开始总有一段说明性的片断，交代故事发生的背景，然后经复杂情节的曲折变化进入高潮，最后在剧情最紧张之处落入尾声，尾声叙述危机得到解决，新的情

况产生。

全剧的动作线发展如此，具体局部的动作也如此。

起：开端，破题，第一印象，第一回合斗争。它要求使人物迅速行动起来，再引出规定情境，使之明确情节展开的时空环境；它要求尽快进戏，进入规定情境，说明时间地点，介绍主要人物和人物关系，交代戏发生前的先行事件，引出中心事件并形成悬念。与此同时，还要或交代事件的背景、人物关系和环境氛围，或抓住一个具体事件、一个细节将矛盾展开。

承：进展，层递，深化，人物以自己独有的方式，经历一次又一次、一次重一次的考验。它有两个基本要求：一是矛盾冲突层次分明，不断深化；一是情节的因果关系，即连贯性、顺序性和逻辑性非常明确。向前发展，要求人物投入越来越大的能力，越来越强的意志，并步入越来越大的危难之中。一个没进展的故事，从一个场景到另一个场景，从一个事件到另一个事件，中间没有连续性，不能为后面的高潮积蓄力量。进展有四个主要技巧：（1）向社会进展，扩大人物动作对社会的影响范围；（2）向个人进展，将动作深深楔入人物的私人关系和内心生活之中；（3）象征升华，使故事的意象的象征意义从个别的发展为普遍的，从具体的发展到原型的；（4）以反讽方式转折进展，反讽升华。

转：意为转折点，是剧作总悬念得以解决的时刻，是主要人物性格完成的关键，也是充分揭示主题思想的地方。一系列进展所达到的顶峰，也是动作的顶点。它是冲突的最后晚餐，是命运的大决战大转折，也是感情的大起大落的谷峰。人物用尽了一个又一个行动，达到他应达到的极限。通常有个从正面到负面，或从负面到正面的、朝着反方向的出乎意料之外的逆转。

合：即结局。它集中于主要事件的发展结构的交代和突变后的新的认识，以最后一笔留给观众一个最终难忘的印象。其主要作用是渲染、强调和突出主题思想。其形式有动作收尾，语言收尾，正面点题，则笔留味；首尾呼应，开放式，引出新的事件。

（二）现代叙事的情节结构

叙事学研究一直注重叙事结构的研究，他们从分析叙事作品的内容入手，从中抽出常用的深层结构，来寻找故事的表述逻辑。其中，根据对情节中事件基本序列的不同分析和解释，涌现出一些经典性的论说。

1. 菲尔德的三段式

康斯坦斯·纳什和弗吉尼亚·奥克利的《编剧手册》，悉德·菲尔德的《剧本》都提倡采用三幕结构。第一幕介绍主人公所面临的问题，以危机和主要冲突的预示为结束；第二幕包括主人公对面对的问题进行持续斗争，以更为严峻的考验为结束；第三幕呈现主人公对问题的解决。

一部故事片是一个视觉媒介，它是把一条基本的故事线加以戏剧化。如同所有的故事一样，它有一个明确的开端、中段和结尾。如果我们拿来一个电影剧本，把它像一幅画那样挂在墙上来审视，那么它看起来就像下面那个图表。

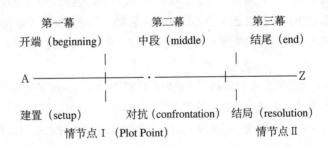

第一幕　　　　　　　第二幕　　　　　　　第三幕
开端（beginning）　中段（middle）　　结尾（end）

A ——————————————————— Z

建置（setup）　　对抗（confrontation）　结局（resolution）
　　情节点Ⅰ（Plot Point）　　　　　　　情节点Ⅱ

——悉德·菲尔德的《剧本》

影视作品的三段式，既有叙事结构起承转合的元素，又有来自舞台剧分幕的影响，理论上被称为情节拐点。拐点是一种转向，情节不再沿着原来的习惯动势发展，出现新的情况，一般指的是上了一层楼，在初始情境的基础上进入了新的层次，三段式意味着在原有基础上至少要进两层，而且从一个阶段进入到另一个阶段要显而易见，清晰可见。

编剧找到具有故事材质的事件，选择和确立核心，挖掘其意义，然后从头开始，到意义显现的时候结束。本来是一个简洁的情节线，如果分段，就要增加新的因素。三段的过程，首段通常是情境迫使人物选择目标，其后是别人为他指出方向，最后是他自己为自己设计行动纲领。换句话说，从没有明确目的到有了改变现状的明确目的；从多个目的，如黑格尔所说"中间的则是不同的目的和互相冲突的人物之间的斗争"。到消失了目的，不知所措；第三阶段则是历经时间的经验，最后选择了正确的目标，完成目标或者落空。

2. 布莱蒙的基本序列

法国的叙事学家布莱蒙提出了一个展示叙述可能发生的基本序列：①

可能性（要达到的目的）——没有变为现实（没有采取行动，没能采取行动）；或者变为现实（为达到目的采取行动）——目的没有达到（行动失败）；或者目的达到（行动获得成功）

根据以上的基本序列，人物为达到目的，采取行动，目的达到或没有达到，三个功能性的事件组成一个基本序列。如果第一次基本序列没有达到目的，继续采取行动，便产生第二个基本序列。

如电视剧《甄嬛传》——

第一序列：后宫失衡，华妃专宠。皇帝选秀，不愿嫁入帝王家的甄嬛被选上。第二序列：华妃嫉妒甄嬛尚未入宫便得皇上欢心，处处刁难。甄嬛经历了受惊、背叛，首度获得皇帝的恩宠。第三序列：主人公遭华妃嫉妒并且被下毒，之后找到下毒者且惩罚之，给幕后主使华妃第一次打击。第四序列：主人公二度遭受对立者的攻击，同时巧妙地度过险关，再次赢得皇帝的恩宠。

以此类推，一个接一个基本序列，基本序列之间可以相互结合，从而产生复杂序列，这些结合的实现会呈现不同的形式，由此推动故事情节不断发展。

---

① 谭君强：《叙事学导论》，高等教育出版社 2008 年版，第 24 页。

3. 沃格勒的"英雄之旅"

20世纪80年代，神话学者约瑟夫·坎贝尔和他的助手认为，神话之旅的模式是叙事承续的故事渊源。他们以这样的观念来撰写了教授编剧课程的《千面英雄》。电影《星球大战》的编剧卢卡斯，正是读了坎贝尔的书，发现神话之旅的功能说，使他重振精神，觉得可以创造一个新世界，于是他调整了故事，影片耳目一新。①

1993年，克里斯托弗·沃格勒出版的《作家之旅——源自神话的写作要义》中指出：所有的故事都是由几个常见的结构组成的，它们出现在各国的神话、童话故事、戏剧和电影故事里。它们被统称为"英雄之旅"。

沃格勒从现代编剧角度分析《千面英雄》中英雄的跋涉经历，认为非常符合普洛普的神奇故事公式。2011年，福格勒与他人合著的《编剧备忘录——故事结构和角色的秘密》②几乎完全采用了普洛普的角色理论与功能框架，将普洛普的功能项构成了英雄之各个阶段的结构框架。可以说，"英雄之旅"编剧原则，一经提出，便被广泛应用，成为好莱坞电影的新编剧法，成为继"幕式结构""人物弧线"之后的第三种创新。

沃格勒的英雄之旅路线图，将三段式分解成12个阶段：

第一幕：

1. 平日的世界；

2. 冒险的召唤，明确了英雄的目标；

3. 拒斥召唤，行动前的犹豫徘徊；

4. 高人指点，来自超自然的帮助；

5. 越过第一道边界，全身心地投入危险。

第二幕：

6. 迎接挑战，与他人结成伙伴与敌手；

---

① [美]大卫·波德维尔著，白可译《好莱坞的叙事方法》，南京大学出版社2009年出版。

② [美]沃格勒和麦肯纳著，焦志倩译《编剧备忘录——故事结构和角色的秘密》，电子工业出版社2013年出版。

7. 接近最深的洞穴，做好了死亡威胁的准备；

8. 磨难，黑暗时刻，命运难测；

9. 获取报酬，有了武器，掌握了取胜法宝；

第三幕：

10. 返回的路，被报复者追击；

11. 复活，针锋相对的较量，高潮；打败了敌人，也战胜了自我；

12. 携带着宝物回归，结局。如果没有带回宝物、教训等万能灵药，英雄之旅就失去了任何意义。

　　无论是起承转合的段落，还是三段式、系列基本序列、三个部分12个情节点，情节的分段，不仅仅是简单的数量问题，不仅仅是功能性事件能发挥重要的钩连、关锁作用；而且，不同部分的功能性事件直接影响到故事发展的可能与方向；不断地触发故事的张力，形成了故事情节的丰富变化，使故事叙述更加细腻、丰富、深刻，不断深入触及更广泛的领域。美国理论家克林斯·布鲁克斯说：如果一个人物轻而易举地走向胜利或走向灭亡，老实说，那也就没有故事可讲了。单讲一只圆木桶滚到山脚下去，也就不成其小说了。小说之所以令人感兴趣，就在于遇到了各种阻力，克服或者克服不了，必然使阻力引起了许多反应，于是回过来又产生了新的阻力，需要加以对付。

　　情节注重分段，其意义就在于在事件变化过程中尽可能发生出曲折的张力。

第六章　人物的塑造

人物与情节在戏剧创作中的地位排序，戏剧理论通常分成两类。

一类重视情节，亚里士多德认为人的存在要由其行为和活动来体现，因此情节优于人物，因为如果没有情节，人物就没有存在的意义。布莱希特则从建立效果、破除"情感共鸣"体验出发，主张把事件过程置于艺术表现的中心，人物在他看来只是一种符号，目的在于展示现实的发展过程与趋势，并不一定要有鲜明的个性。在20世纪关于人物的讨论中，结构主义学派的观点，强调叙事的语法顺序，认为人物只是情节的产物，人物的作用是功能性的。

另一类则强调人物塑造，认为一切艺术均是以塑造形象为出发点和归宿点，戏剧艺术的魅力就是人物形象塑造。现实主义戏剧应该以刻画个性鲜明的人物为中心，来达到真实地再现生活的目的。戏剧作品应该塑造独一无二的、不可重复的"这一个"个性人物，同时又能反映出与人物的个性互相制约、互相影响，纽结在一起的不可分割的环境和社会关系，并体现出超越具体人物本身的普遍的生命意义，如俄狄浦斯、汉姆莱特、崔莺莺、张生、崔莺莺、红娘、杜丽娘等。

以人物心理和个人性格发展为根基进行创作的戏剧家，强调艺术形象的塑造要遵循人物本性和人格，并不是忽视情节的重要性，而是希望将人物塑造和情节叙事两个并行不悖、并不唐突的审美创造融合在一起，使得各自独立的天衣无缝地组合在一起，从而塑造出具有审美价值的艺术人物。

现代主义戏剧受哲学思潮的影响，荒诞派戏剧、超现实主义戏剧中人物仅仅成为一个抽象的角色概念，没有动机和历史，但是从这些艺术人物身上，观众仍可辨识出现实生活中熟知的对象，感受到来自人性冲突的困难，和人物内在的难以解决的自身问题。

一、人物的塑造

"文学的对象，文学的题材，应该是人，应该是时时在行动中的人，应该是处在各种各样复杂的社会关系中的人，这已经成了常识，无须再加以说明了。"①描写人物，塑造人物，是包括电视剧在内的一切叙事艺术的最高追求。

德国艺术史学家格罗塞在《艺术的起源》中说：文明民族的叙事诗，好比宽阔而平缓地流着的江河；反之，野蛮人的叙事诗，好比狭隘而水流湍急的溪涧。他们的故事只有一个方向。诗人和听众的兴趣，完全注重在动作的进展，其余的一切，他们很少顾到。现代最好的小说，是动作不过用来显示人物的个性的。在原始的故事里，却是人物仅仅用来展开动作的。所以，那些人物，他们决不加一描写，仅仅加以指示，且通常不过用极粗忽和最肤浅的方法来指示。②

戏剧人物的概念最初来自希腊文，古希腊戏剧里意为面具，戴在演员扮演的角色脸上的假面，在戏剧起源时被看成是一种叙述的声音，一个"真实"人物的替身。

古代版的剧本里，戏剧人物（或戏中假面人物）被列成表放在剧本前面。这个人物表包括：用寥寥数语概括人物的姓名和性格，说明作者对上场人物的观点，并引导观众对戏剧评论的方向。

西方剧评里，戏剧人物有时被定义成主角或主要人物；有时成为表示人物的一种最宽泛的同类术语（如性格、人物形象、类型人物、角色、英雄）；有时指演员——一个具有特殊性格的人。

戏剧人物的塑造，从表演角度出发，主要是运用演员的形体、服

---

① 钱谷融：《论"文学是人学"》载《艺术·人·真诚》，华东师范大学出版社1995年版，第62页。
② ［德］格罗塞，蔡慕晖译：《艺术的起源》，商务印书馆2010年版，第194页。

饰、动作、语言等表演要素来塑形；从艺术形象出发，主要是要塑造出各具特色、栩栩如生的个性形象，并在这些个性形象身上，各个打上他们自己所生活的那个时代和社会的印记，即具有典型意义的"这一个"；从戏剧叙事出发，主要是通过对人物行动的模仿，人物在规定情境中产生目的的动机，激发具体行动，由动作引起反动作，在系列矛盾冲突中发展情节，从而完成人物性格变化发展的弧线。

"这一个"人物形象的实现，通常有三个步骤：人物性格的选择、性格的发展弧线、人物的环境和社会关系。

（一）人物性格的选择

创造人物的第一步就是选择和确立该人物的核心性格。作为选择的基础，就需要对人物进行初步分类，从各种类型中选择一种接近人物的性格，为人物找到核心性格。

英国文学批评家福斯特将叙事作品中的人物区分为扁形人物和圆形人物。[1] 扁形人物具有类型性与漫画性，围绕着单一的特性或素质而构成，可以用一句话来概括。这种人物，在戏剧中常常用来刻画非主人公人物。而圆形人物，必须具有人性的深度，具有多重性格侧面，并且随着情节的发展而发展。通常而言，主人公均具有圆形人物的特征。

刘再复的《性格组合论》，提出"性格的广义"说。按照广义的性格概念，小说不仅描绘人物性格，还探索和分析形成这些思想、情感、行为、精神习惯过程的心理机制和意识活动。在人物的性格地图内，具有探索人物的行为方式、实践方式以及思维、意志、情感等心理活动方式等多方面的内容。

《经典人物原型45种》[2] 提出，原型就是构造栩栩如生人物的蓝图。作者以荣格心理学里谈及的代表角色原型的希腊诸神中，构建了男女主角的八种原型。

---

[1] ［英］福斯特著，方士人译，《小说面面观》，载《小说美学经典三种》，上海文艺出版社1990年版，第255页。

[2] ［美］维多利亚·林恩·施密特著，吴振寅译：《经典人物原型45种》，中国人民出版社2014年版。

女主角：诱人缪斯与蛇蝎美人的阿芙洛狄忒；亚马逊女子与蛇发女妖的阿尔忒弥斯；父亲的女儿与背后中伤者的雅典娜；养育者与过度控制型母亲的得墨忒耳；女族长与被嘲笑之女人的赫拉；神秘主义者与背叛者的赫斯提亚；女救世主与毁灭者的伊西斯；少女与问题少女的珀耳塞福涅。

男主角：商人与背叛者的阿波罗；保护者与角斗士的阿瑞斯；隐士与巫师的哈迪斯；愚者与无业游民的赫尔墨斯；妇女之友与引诱者的狄奥尼索斯；男救世主与惩罚者的欧西里斯；艺术家与虐待者的波塞冬；国王与独裁者的宙斯。

美国杰夫·格尔克著的《情节与人物》[①] 极力推荐的麦布二氏人格类型量表。MBTI，全称 Myers-Briggs Type Indicator，是一种迫选型、自我报告式的性格评估工具。

麦布二氏人格类型量表把所有人格类型划分我四种非此即彼的性格构面。比如说，一个人或者是外向的，或者是内向的。为了便于运用，用大写字母表示。

- 外向（E，Extrovert）或内向（I，Introvert）
- 理性（S，Sensing）或直觉（N，Intuition）
- 思考（T，Thinking）或感受（F，Feeling）
- 判断（J，Judgment）或意识（P，Perception）

根据这个这个系统，每个人都有自己的一面或几面。有人可能既有 E，又有 S、T、J，即外向的、理性的、思考的、判断的核心性格。4 种构面交互形成 16 种性格类型。当然，现实生活中不止这 16 种类型。

MBTI 性格类型详述：

1. INFP——理想主义者。通常灵活多变、具有忍耐力和适应性；赞叹世界总是充满了奇迹，戴着玫瑰色的眼镜看世界；工作一定要有意义。

2. ENFJ——做事有条理、有决断；工作中重视人际关系的和谐；感情充沛；能看到他人的潜力。

---

① [美] 杰夫·格尔克著，曾轶峰、韩学敏译：《情节与人物》，中国人民大学出版社 2014 年版，第 17—19 页。

3. ISFJ——务实主义者。他们忠诚、有奉献精神和同情心，理解别人的感受。善于观察他人；具有强烈的服务他人的热望；经常抢占先机；有责任心。

4. ESTP——现实主义者。随遇而安、天真率直，信任和依赖于自己对这个世界的感受。包容、灵活；行多于言；主动性强；友善，富有魅力、轻松自如而受人欢迎。

5. INFJ——有独创性的思想。敢为正当的理由付出行动；能记住对自己重要的人的特质。他们往往有一个交往深厚、持久的小规模的朋友圈，在合适的氛围中能产生充分的个人热情和激情。

6. ESTJ——有责任感，信守承诺。喜欢条理性高效率地工作，自我负责，监督他人工作；人群中自立为管理者和引导者；强调事实大于意见；重视尝试和真相。

7. ENFP——好奇，喜欢理解，有想法的人。视灵感高于一切，富有创造性和自信；温暖热情；喜欢有变化和带有试验性的工作。

8. ISTJ——有责任心的和通情达理的社会坚定分子。安静周密，谨小慎微，可靠；总是试图弄清楚每一件事；对错误锱铢必较；看上去比较冷漠。

9. ESFJ——慷慨好客之人；喜欢节假日和特殊时刻；天生的领导者；优秀的代表；擅长鼓励他人；合作者。

10. ENTP——健谈而乐观，具有幽默感。独创性强；坦率；厌烦惯例和常规；喜欢突破现状；促成变化的第一人；聪明；敏锐。

11. INTP——思维开阔，兴趣在于理解事外之意。乐于为解决难题而进行思考；在意保持逻辑思维的连贯性；天生的有创造力的科学家；事事寻求合乎逻辑的解释。

12. ENTJ——善于组织团队以完成任务为导向；目光长远；总是处于领导者的位置；能发现低效率值处并设法补救。

13. INTJ——完美主义者。思维严谨、有逻辑性、足智多谋，具有原创精神；强烈地要求个人自由和能力；创立系统的人；既有想象力又可靠；天生的战略家；善于长远规划。

14. ISTP——现实主义者。能很好地利用可获得的资源，善于把握时机，很讲求实效。不愿把精力花在小事上，只有在大事上愿意百分之百投入；解决"重大问题"的人。

15. ESFP——享受主义者。擅长交际，常常是别人的"注意中心"；生气勃勃；热爱生活；派对动物；对一切"新"东西感兴趣；善于抓住机会；健谈。

16. ISFP——谦虚缄默，实际上有巨大的友爱和热情。敏感；有同情心；在意别人的感受；情绪化；不喜欢冲突；需要自己的空间；经常是忠诚的追随者和团体成员。

（二）性格的发展弧线

性格的发展弧线，指的是人物随着剧情的展开，必须发展、成长、学习或者改变，从而在结束时，人物的状况与开始不同，有所变化。

苏联文艺理论家巴赫金最早提出"性格弧线"说。他认为"大部分小说（以及小说的各种变体）只掌握定型的主人公形象……除了这一占统治地位的、数量众多的小说类型之外，还存在着另一种鲜为人见的小说类型，它塑造的是成长中的人物形象。这里的人物形象不是静态的统一体，而是动态的统一体。主人公本身、他的性格，在这一小说的公式中成了变数。主人公本身变化具有了情节意义；与此相关，小说的情节也从根本上得到了再认识、再构建。"①

巴赫金指的是成长小说，青年期的成长主人公从幼稚走向成熟，并发展出典型性格的一种现代小说类型。青春期，从心理学意义上讲，指13 岁到 35 岁之间，是一个宽广的时间段。如今对人物弧线，可以说是人生需要终身学习，成长无止境的变体。在具体写作技巧上，有了两步，第一是明确人物性格的缺陷，第二步人物如何醒悟自身的缺点，加以改正。

现代叙事学提出，人物塑造需要区分什么是人物想要的外在目标，和什么是他或她需要的潜在动机，受其缺点或幽灵驱使的动机。每个主要人物都有缺点。既然有缺点，英雄就必须去征服。因此，性格弧线就

---

① ［俄］巴赫金著，白春仁、晓河译：《小说理论》，河北教育出版社 1998 年版，第 229 页。

是要让每个人物都去学习某些东西……当人物为了解决外部问题而被迫直面他的内心冲突之时，需要解决性格的发展完善。最后，主人公性格发生变化，他将想要的和需要的融为一体。

（三）人物的环境和社会关系

现实主义戏剧以刻画个性鲜明的人物为中心，来达到真实地再现生活的目的。戏剧作品应该塑造独一无二的、不可重复的"这一个"个性人物，同时又能反映出与人物的个性互相制约、互相影响，纽结在一起的不可分割的环境和社会关系，并体现出超越具体人物本身的普遍的生命意义。

从社会学角度分析，每个人是社会时代的一分子，是自然世界的一部分。从文艺学角度审视，恰恰相反，社会和自然是一个人世界中的一分子一部分，这一分子一部分是通过具体的艺术形象，通过个人所拥有的物质存在和精神存在，而反映出来的具体的可以感受得到甚至触摸得到的自然存在和社会存在。没有人物就没有一切。"我们说文学是反映现实的，但是文学作品中的现实，却决不是抽象一般的现实，它必须转化为人的具体活动，转化为人和人的具体关系；必须结晶为人的生动的思想感情，结晶为人的独特的、活生生的个性。一个作家，即使对某一时期、某一地区的现实生活非常熟悉，他心目中要是没有一个或几个使他十分激动、一刻也不能忘怀的人物，他还是不能进行创作的。一部世界文学的历史，也就是一部生动的、各种各样的人物的生活史、成长史。在历代文学家所合力建造的文学的巍峨殿堂里，陈列着的主要就是他们所塑造的许许多多各具特色的、栩栩如生的人物形象。在这些形象身上，都各自打着他们自己所生活的那个时代和社会的印记。一提起哈姆雷特、堂·吉诃德、贾宝玉、阿Q等，我们也就仿佛看到了他们所生活的那个时代，看到了他们当时的现实。如果把这些人物形象从作品中抽去了，当时的现实生活，还剩下什么呢？"①

此外，人物作为叙事的重点，因为"每个人都是一个深渊，当人们

---

① 钱谷融、殷国明：《中国当代大学者对话录，钱谷融卷》，中国文联出版社2000年版，第16页。

往下看的时候，会觉得头晕目眩"（毕希纳）；"每一个人的生命都值得仔细审视，都有属于自己的秘密与梦想"（基斯洛夫斯基）；"叙事伦理学在个别人的生命破碎中呢喃，与个人生命的悖论深渊厮守在一起，而不是像理性伦理学那样，从个人深渊中跑出来，寻找生命悖论的普遍解答"（刘小枫）。[①] 这些现代的叙事理论家认为，个体的内观世界，相对具有普遍意义的外观宇宙，是一个具有布满许多深不可测黑洞的神秘之处，更值得人们去探索。

人物塑造的成功与否是衡量一部电视剧艺术成就高低的最重要标志。

二、人物的功能

中国传统戏曲根据行当分工，即承载具体的表演功能，将戏剧人物分为"净"、"末"、"生"、"旦"、"丑"五大类别。而根据承载具体的叙事功能，戏剧人物被划分的类型，有主角、配角、穿线人物等。

法国叙事理论家格雷马斯，根据人物在叙事作品中承担的作用，做出的分类：主体、客体、发送者、接受者、反对者和帮助者六种不同的类型。

叙事学对人物的分析，首先不是人物的个性性格，而是人物在故事中承担的具体功能，即担当什么角色做什么事情，如何推进故事情节发展。

1928 年，俄罗斯民间文艺家费拉迪米尔·雅·普洛普，为了弄清"故事是什么"这个问题，在故事的源头——民间故事领域对形式进行考察。

他首先对故事类型进行划分，选择了研究重点。他说："故事是如此丰富多彩，以至于要想充分彻底地研究所有民族的故事的左右现象是根本不可能的事。因此对材料应加以限定，我将材料限定在神奇故事的范围内。"

---

① 引自刘小枫著《肉身的沉重》，上海人民出版社 1999 年版，第 4 页。

他选择了结构形态的角度，对"神奇故事"进行了解释，他说，"从形态学的角度，任何一个始于加害行为或缺失，经过中间的一些功能项之后终结于婚礼或其他作为结局的功能项的过程，都可以称之为神奇故事。"①

那种始于遭受某种损失或危害（被劫或被逐等等）或希望拥有某种东西（国王派儿子去找火焰鸟），接着通过主人公离家而展开，碰到赠他宝物或相助者的赠与者，他借助这位相助者找到了所寻找的对象。后来故事里出现了与敌手的决战（它的重要形式为与蛇作战），归来和追捕。这一结构常常会复杂化。主人公已经回到家里，兄弟们却把他扔进了深谷。后来他又重新归来，经受了难题的考验，接着或在自己的王国，或在他岳父的王国登上王位并结婚。这是在众多纷繁故事基础上的结构主干所做的一个简短的公式化叙述，体现了这一公式的故事再次将被称为神奇故事，正是它们构成了我们的研究对象。

普洛普分析了千余种俄罗斯神奇故事，发现以下事件："1. 沙皇赐给一名英雄一只雄鹰，雄鹰驮着他去到另一个王国……；2. 一位老人送给苏森科一匹骏马，这匹骏马驮着苏森科去到另一个王国……"②

显然，这些发生着令人费解的相似的事情，尽管表面各有不同，但是这些人物都按各自推动故事向前发展的"功能"服务于可识别的目的。

由此，普洛普得以系统地列出如下的"规律"，提出"功能"这一概念，并关于"功能"，得出如下四条结论③：

（1）人物的功能是故事中恒定不变的因素，无论这些功能是如何以

---

① ［俄］弗·雅·普洛普著，贾放译：《故事形态学》，中华书局2006年版，第87页。

② 费拉迪米尔·普洛普著：《民间故事形态学》，得克萨斯大学出版社1970年版，第19—20页。

③ ［俄］弗·雅·普洛普著，贾放译：《故事形态学》，中华书局2006年版，第18—22页。

及是由谁来完成的。它们构成了故事的基本成分。

（2）对于童话故事而言，功能的数量是有限的。

（3）功能的排列顺序是完全相同的。

（4）所有的童话故事在其结构上属于一个类型。

功能构成了故事的基本组成成分。功能构成了任何俄国神奇故事的深层结构的基本成分，而且没有一个功能排除其他任何一个功能，它们当中的许多可以出现在一个单个的神奇故事中，而且是以一种同样的顺序出现的。它们的数量是有限的，共有 31 种。[①]

普洛普进一步的结论，31 种叙事功能分别是由 7 种角色完成的。虽然不同的故事可以塑造不同的人物，但完成这 31 种叙事功能的人物跳不出 7 种角色的范围，一定是其中的一种。

7 种角色：

英雄、坏蛋、赠与者、信差、假英雄、协助者、公主及其父亲。

由此，普罗普建构了一个功能表：7 种角色，历经 6 个叙事单元，完成 31 种叙事功能。

（准备）：1. 家庭成员离家出外；2. 对主人公下了一道禁令和规定；3. 或者主人公或者别的人物，打破了禁令，或遵守了规定；

（纠纷）：4. 对手刺探消息；5. 对手获取了受害人的信息；6. 对手为了骗取财物，给受害人下了一个圈套；7. 受害人上当受骗；8. 对手给受害人的家庭带来危害或损失；9. 主人公被请求离家出发；

（转移）：10. 最初的反抗；11. 主人公离家出发；12. 主人公经受了考验；13. 主人公对考验做出了反应；14. 主人公掌握了武力；15. 主人公被引领到所寻宝物的所在之处；

（对抗）：16. 主人公与对手正面交锋；17. 主人公被打上了印记；18. 主人公打败了对手；19. 最初的灾难被消除；

（归来）：20. 主人公归来；21. 主人公遭受追击；22. 主人公从追捕

---

① 谭君强著：《叙事学导论》，高等教育出版社 2008 年版，第 22 页。

中获救；23. 主人公以新的面貌回到家里；或者去了另一个国度；24. 假冒的主人公提出非分要求；25. 给主人公出难题；26. 难题被解答；

（接受）：27. 主人公被认出；28. 假冒的主人公或对手被揭露真相；29. 主人公改头换面；30. 对手受到惩罚；31. 主人公成婚并加冕为王。

普洛普对人物功能的分类，尽管是针对俄罗斯神奇故事的结论，但是他采用的分析故事构成单位及相互关系的方法，对其他叙事文体的分析有着重要的参考价值。它的重大突破在于他确立了故事中十分重要的基本因素——功能，提供了按照人物功能和它们联结关系研究叙事体的可能性。电视研究学者指出，普洛普最初的分类向我们提供了一条由栩栩如生的人物形象组成的宽敞的画廊，一些电视故事中完全可以看到这类角色与功能。

如：（1）家庭主妇 X 厨房里的洗碗池阻塞。管道工建议使用清淤药液。这种药液清楚淤塞物，问题得到解决。（2）顾客 Y 由于洗盘子双手干燥、皲裂。指甲师建议使用 P 碗碟洗洁剂。顾客 Y 怀着感激的心情来到美容店，其双手已恢复原状。（3）家庭主妇 Z 煮的咖啡很糟，其丈夫常常抱怨。朋友建议换用 F 咖啡。家庭主妇 Z 试用 F 咖啡，赢得了丈夫的称赞和青睐。

在上面的每一个故事里，女主人公均有缺陷或遭遇某种不幸（属普洛普功能表中的第 8 种功能），引起旁人注意（第 9 功能）。女主人公与捐赠者（第 13 种功能）接触，后者建议使用具有奇效的宝物（第 14 种功能）。原先的不幸或多或少缺陷被清除干净（第 19 种）。到了后来，女主人公往往受到家人的表扬和感谢（第 31 种功能。）

显而易见，试着拿电视叙述去套普洛普的功能表和人物形象分类，这件工作本身是非常有吸引力的。①

同时，普洛普对人物功能的分类，将故事中出现的规定动作简化为一种顺序组合，使叙事体的研究更趋科学化。这样的系统，也给予编剧在进行表层的经验描述时，有了一个踏实的深层解释。

---

① 〔美〕罗百特·C·艾伦编，麦永雄，柏敬泽等译《重组话语频道》，中国社会科学出版社 2000 年 10 月版，第 51 页。

三、人物的设计

编剧在写故事大纲之前，应该对剧中人物逐一作个体探寻研究，把人物认识清楚，对人物了如指掌，让人物在自己的脑海里活跃起来，行动起来。

这样就需要对剧中人物进行具体设计。他／她是一个怎么样的人，性别、年龄、面貌、身高、志愿、禀性、性向和能力怎样，智商、情商和人生态度等怎样，以及受教育的状况、教养程度、特殊身世和职业状况怎样，甚至有什么爱好、兴趣和生活习惯，如有什么口头禅，爱什么样的颜色，爱吃什么菜等都要有所考虑。总之，编剧对人物想得越细越好。然后将这些特征，尤其是一些有意义的重要特征反映出来。

人物设计涉及很多方面，基本上要注意的几点是：人物本身的特征和生活环境，人物与事件的联系和人物与人物之间的关系。

（一）人物的特征和生活环境

1. 人物本身的特征，包括人物的型、人物的体态动作和人物的语言习惯。（1）人物的型，即人物的肖像特征和身材特征。人的型，本身就含有性格属性。中国戏曲的脸谱，就是人物性格的艺术化的表现。（2）人物的体态动作，包括眼神、表情、身势、手势等。眼睛是心灵的窗户，眼神能鲜明而又微妙地传达出人物的思想、意志、愿望、情绪、情感，以及同他人交往中的种种关系；面部表情往往是人物情绪的一面镜子，时刻反映着人的内心世界，人的喜、怒、哀、乐、忧、惊、恐，在面部上都有种种不同强度和色彩的表露；人的身势、手势自觉或不自觉地反映出人的性格和素养，并且总是随着人物的内心活动在变化。有些人物不经意中表露出来的习惯性动作反映了人物的潜意识活动，如理一理发、挠一挠痒、清清喉咙，或是无目的地玩弄手上的笔和纸等小玩意儿。比如，他是一个内心焦虑的人，手指就情不自禁地做些类似不停地敲打桌面等小动作。或者本来是喜欢叠折纸条的手指，在遭遇紧张时会突然停止。比如一个个子矮小、貌不出众的人物，平时在人群中总是不显山不显水地被埋没了，所以他有一个习惯动作，就是在讲话前先拍一下手，将他人的目光先吸引过来，然后再出声。人物的体态动作透露出内心的真意，比语言更容易被人识别，比语言更为强烈和真实，并且随时随地在进行，不会像语言一样受人物自觉意识的控制。(3)人物的语言习惯，包括语调、语气、用词和口头禅习惯。

2. 人物的服饰。俗话说，"穿衣戴帽各有所好"。人物的服饰反映了人的生活习惯和对时尚的态度。如爱穿运动衣的人在性格和爱好上往往与常人有所不同，追求名牌和时尚打扮的在价值取向也有自己的想法。与此同时，不同的交往场合中，人们也会注意自己的形象。服饰在反映人物自身心态的同时，也常常表达出与不同交往者的情感关系，正如老话说的"女为悦己者容"。

3. 人物的物件。除了家庭内的小摆设，人们日常生活中经常使用的物件，如打火机、烟斗、茶杯、自行车等，也在显示使用者的地位、身份和爱好。另外还有一些物件，与人物的重要信息联系在一起，如定情的信物，如世传的珍宝等也传递人物的信息。人物是有质感的，个人的爱好，潜意识的东西丰富了人的质感。有些对情节上说是闲笔，但对人物性格有用。物件的细节描写，选择什么，对其什么态度，显示人物的性格。

4. 人物的个人环境。如住宅和室内陈设。在现实生活中，由于经济条件、职业、性格、生活方式和审美趣味的差异，个人环境中的基调大不相同。如家内的小摆设，诸如字、画、古玩、工艺品、挂历、明星照等，都表现出人物的喜好趣味和价值观。平日里，她是一个严谨的人，家里的东西就会干净整齐；如果他是一个懒汉，家里就会乱七八糟。特殊的日子，如在特定的时间或接待一个特定的人物，插了花，换了台布，可以显示人物的生活态度和对客人的关系。编剧设计一个生活场景时，常常考虑到人物性格，具体地说就是一个房间在它的主人尚未出现在室内前，就能让观众凭房间的装潢摆设猜出主人的性格来。

人物本身的特征，与人物的独特的性格有密切联系。有时，发现和表达出这个人物的特征就写出了一个独特的性格，而写出了独特的性格就写出了这个人物的独特命运，也基本确定了剧情。如作家王安忆对一些演员的型的描绘，就是通过人物的型，进而推之人物性格，以及这种性格在一定剧情中的命运。

    法国著名女作家玛格丽特·杜拉斯的小说《情人》，改编成电影，其中女主角的型就有着独特的含义，在她那张绷紧的小脸上，一双格外大的眼睛，下巴收尖了，鼻梁上似乎横着青筋，大人们观察孩子是不是要生病，就看这：青筋暴鼻头。她就像一个濒临生病的孩子。还有，她的尚未发育好的身体，虚弱、稚气、四肢细长，胸呢，好像有些鸡胸。这一些，都透露着消耗过早与过度的迹象：紧张。她显然已经遭受欲念的折磨，身体又没有成熟，荷尔蒙就有些紊乱，于是，精神焦虑，抑郁。她真的有些像雏妓，可又没有职业化的沉着与从容，看上去相当的不幸。于是，命运便从她的脸上显现了征兆。

    ……

    型里所包含的戏剧性，有时可与情节相敌，在一个特定的背景，说不准就自行演绎成了故事。王志文，最初我是不怎么看中的，看《过把瘾》，觉得此人的作派里似乎隐着什么习气，辨不出究竟，就觉着有些"做"。突然有一日，看到了电视剧《无悔追踪》，王志文演那潜伏下来的蒋匪特务，便看懂了。原来，这是一个旧式的男人，在五十年代，甚至六十年代，还比较常见的保守的男性市民。我小学里的许多同学的爸爸就是这样的。有些庸俗的脸相，眉间，颊和腮，都比较狭，额角略微窄平，梳分头最合适。他们很注意自己的仪表，走路行动有些板，但"板"中又别有洒脱，表示出他们虽然生活严谨负责，但亦是开放的，见过不少世面。旧时代不像现今这么随便，所以，人就有了分寸。即便到了新时代，规矩和时尚变了，习惯也还在。穿人民装，领口一定扣好，棉布衬衫的袖口也扣好，即便袖口卷起来，也卷得板板正正，一点也不走样……这时，王志文也是梳分头，发脚推得上去了些，留下发青的鬓角，有点乡气，但因为受过教育，又有良好的职业，面色很清爽。老式男人，都带着些乡气，哪怕是在上海，在洋行里做的，因是从家乡出来不久，联系未断，往来还很热络。

5. 人物的社会环境。包括：（1）人物的家庭状况，父母、妻子或丈夫，以及孩子们的教育、经济、社会地位、社会阶层和宗教信仰情况。（2）人物从事的职业与追求的事业。德国哲学家恩斯特·卡西尔指出：我们不能以任何构成人的形而上学本质的内在原则来给人下定义；我们也不能用可以靠经验的观察来确定的天赋能力或本能来给来给人下定义。人的突出特征、人的与众不同的标志，既不是他的形而上学本性，也不是他的物理本性，而是人的劳作。正是这种劳作，正是这种人类活动的体系，规定和划定了"人性"的圆周。① 人物形象正是从"劳作"的意义上确定的。人劳作，才与外界发生关系；与外界发生联系，才能确定自己。特殊的"劳作"，才产生特殊的伦理道德，才树立特殊的人生价值。

6. 电视剧中有四种人物需要重视：（1）担任主角的人物。一般来说要经得起评论家的人物分析，经得起导演和演员进行性格研究。（2）出场不多的人物。这要有明显的外部特征和鲜明的性格特征，能让观众在短时间内认得清，记得住。（3）主动性人物。主动性人物与主要人物是有所区别的。主要人物不一定主动。如《围城》中的方鸿渐是主要人物，但在一系列事件的发生、发展中，他不是主动性人物，挑动事件的总是他身边的人。人物遭遇了什么事，一是无意之中被动地被什么事件卷入，不能自拔；另一是有目的地主动去做什么事，不屈不挠。一般地说，在事件的描写中，对事件中起着主动性作用的人物详细写，对处于被动状态的一方略写。当然，主动与被动是相对的。当事件发生后，被动方也会有反应，或主动反击，或主动逃避。主动逃避也是一种主动。但是无论主动性到了谁的头上，叙事的视点就要跟随着他。因为从叙事的角度出发，惟有如此，才能使观众对整个事件的全貌有条不紊地进行认识，对于事件的来龙去脉有一个明确的概念。（4）同情性人物。如何运用各种技巧让观众随着故事的进展，喜欢剧中人物，如何运用叙事技巧"诱使"观众对人物的认同，是影响并引导观众接受故事内容的一种基本策略。有一些观众喜欢英雄，剧中如果没有清晰的英雄，他们就会

---

① 见恩斯特·卡西尔著，甘阳译：《人论》，上海译文出版社1985年版，第6页。

迷惑不解，不知所措。有一些观众喜欢女孩，没有娴淑温厚、任劳任怨的女孩，他们就会情无所托，不知滋味。虽然评论家们从文学史的角度，往往更注意那些复杂的人物，喜欢甜中有酸，辣中有苦的多滋味奶糖，但对绝大多数观众来说，他们偏爱界线分明的人物，好人就是好人，坏蛋就是坏蛋。好人就要捧在手里，爱到心里，替他流泪，替他担忧。坏蛋就要恨之入骨，恨不得寝其皮，食其肉。需要同情性人物，这也是"冷媒体"需要观众情感加入的一种体现。电影属于"热媒体"，观众能比较客观地欣赏作品；而电视剧是"冷媒体"，则需要观众的感情投入。所以同情性人物是电视剧必备的元素。同情性人物产生的一个必要条件，就是人物的行为要被观众认可，人物的遭遇要有被观众值得同情的地方。

人物引起同情的小技巧：(1)"天降横祸"。不该遭受的不幸，人在家中坐，祸从天上降，主角的整个人生被各种不该遭受的不幸层层包围。不该遭受的不幸使观众立刻对主角产生了同情心。(2)"拯救猫咪"。让主角对小动物、孩子或者老人、弱势群体表现出友好、善良的一面来。反之，虐待猫咪，脚踢狗狗，欺负老弱病残会使观众从心里反感。(3)"古怪搞笑"。无论面对顺境或逆境，始终以乐观的心态对待，幽默诙谐，使观众站在他的这一边，陪他一起同悲共苦。

(二) 人物与事件的联系

电视剧有许多事件，但并非所有的事件都同等重要。从故事的角度看，我们往往将那些对情节的发展起积极作用和导致不同悬念的事件作为核心事件，而将那些没有直接与情节发生作用的生活事件作为附属事件。对那些核心事件，作者一般小事大作，往往直接（实）写，而将那些附属事件大事小作，常常间接（虚）写。

事实上，主宰故事内容的是其中的人物和人物之间的关系。从艺术创作的角度看，有事才有人，相同的事件中可以表现出人的不同性格，不同的事件中可以表现相同的性格，在同与不同处有辨；见事才见人，有事才看得见人背后的关系，平时谁跟谁好或谁跟谁过不去是看不出来的，但一到有事的时候就显现出来了。只有在事件中才能真正凸显人物内在的真实情况。

在事件中，人物的塑造应该注意以下几个方面：

1. 人物的事件小传。人物的事件小传，即人物过去、现在经历的一系列的事件。每一个人物都有自己所经历的事件。无论是大事还是小事，其构成了人物的历史，也构成人物的故事。人物的过去经历过的事件不一定与现在有关联，但至少这是人物的前史，与人物的性格形成有联系。人物经历的事，不一定都写，即使是现在发生的事，有的可以是实写，有的可以是虚写。但具体有些什么事，哪些是需要详细写的，应该在人物小传中有所表现。从人物性格的冲突中导出冲突，导出故事，又从故事情节的发展中渲染人物；人物在故事中一面解决旧冲突，一面又产生新冲突，于是再导出新故事；新故事在其发展中，一方面发展人物的原有性格特征，另一方面又给人物赋予某些新的性格特征。如此循环往复，就着重写好了人物——在事件中出场，写好人物的第一个动作和最后一个动作；在冲突中选取最富有人物性格特征的行动，用最后行动来完成人物形象的塑造。

2. 人物在事件中的心理。所谓事件中的心理，是要步入到人物卷入事件中的内心深处，充分展示人物在现实世界的碰撞中，所迸发的心灵的感觉、冲突、痛苦和磨难，从而让观众感悟到一种精神。通过人物在事件中的心理描述，要引发、延伸到一种有意义的精神的探索。在电影和舞台剧中，人物性格的揭示比较快，比较明显，因为它们没有时间慢慢地积累人物的特质和本性。相反，电视剧则有相当的篇幅，特别适合对人物复杂感情和丰富内心的刻画。所以，不要急于一个接一个铺排故事情节，而是要注意故事中的人物内心的感受。

3. 写正事，也写闲事。写闲事是一种侧笔之法。塑造人物，要注重主要性格，注意主要事件，但也要注意展示人物性格的另外一面和生活中的一些琐碎小事。这些内容可以使人物的主要性格特征更突出，更丰富，也能给观众留下十分深刻的印象。如关公的"刮骨疗毒"，鲁智深的"倒拔垂柳"，照样显示出英雄的本色。此外，电视剧的情节一般都很紧凑，一环扣一环，一浪高一浪，有时候让人气也透不过来。此时，最容易形成一种"多公家之言，少事外远致"，写得太实在，太就事论事，缺乏高远超妙的思想情致，不能滋生出一种迷人的诗意，不会在观众的心头自然而然地激发起一种对美，对理想的无限向往和追求。这时候需要有一些非情节内的东西。非情节因素能"闲处出奇景"，提供故事以外的审美因素审美画面；能丰富故事情节，增强故事情节的生活实感，做到"文情如绮，事情如镜"；非情节因素虽然游离故事情节的因果链，却是人物和事件的有机构成部分，具有闲中铺引、闲处映带、闲处着神、闲处交卸、闲处别成异样色彩、闲笔舒气杀势等作用。写闲事，能挣脱了故事情节的约束，向新的审美层次跃进。闲事有时像川流不息的溪水中一块滚动的鹅卵石，没有它，不影响小溪的流向和速度。有了它，会不知不觉地多了个波痕，多了道色彩。

4. 人物在事件中的性格变化。选择对人物生命历程有影响的事件经历，和这些经历所激发的独特的思想、情感变化，来展示人物的性格发展是编剧常用的手法。一个人物对某个事件的态度，说明他的性格。当事件在变化时，人物也不能老是在一个方面兜圈子。人物的情感、态度不变，会使剧情重复，让观众失去兴趣。人物不能一成不变，不能处于静止状态，这与事件的进展不能一直平铺直叙是一样道理，两者相互依存。剧中人物的成长，最重要的因素是人在事件发展中的动机、决策、彻悟、顿悟，造成性格的变化和发展。可能由坏人变成好人，由好人变成坏人。由朋友变成仇敌，由慷慨变成吝啬，由小气鬼变成大方。

5. 人物的动作组成的叙事。以亚里士多德《诗学》中有关"行动置于人物之上"这一说法为据，20世纪初美国戏剧教育家贝克教授在他的戏剧编剧教材《戏剧技巧》中提出"动作说"，突出通过人物的动作来为戏剧结构谋篇布局。具有实战经验的编剧指南，麦基的《故事》也提出从动作出发。他以具有大情节意义的经典故事为例，说"经典设计是围绕一个主动主人公而构建的故事，这个主人公为了追求自己的欲望，经过一段连续的事件，在一个连贯而具有因果关联的虚构现实中，与主要来自外界的对抗力量进行抗争，直到以一个绝对而不可逆转的变化而结束的闭合式结局"。麦基甚至认为，这个设计超越时间，超越文化。他指出"远在四千年前，当史诗《吉尔伽美什》被用楔形文字刻在12

块泥板上，第一次将口头故事转为文字时，这一经典设计的原理就已经完整而美丽地存在了"①。

（三）人物与人物关系的搭配

相对电影与舞台剧，电视剧的"实存"较少精心捕捉环境的每一个细节，总是表现有明确心理动机的个人，剧情的主要内容围绕人物与人物的关系，反映人物之间的冲突或人物与外部环境的冲突。故事总是在他们的冲突中去解决一个明显的问题或达到特定的目的，或者相反。电视剧的人物关系，是主要的因果动力，叙事基本维系在其中。

与人物有关的人物关系——主要包括血缘、社会和利害关系等，具体涉及父母子女、亲朋好友、战友同事、左邻右舍及情仇恩怨等关系，也涉及与以上有关的人物之间的对手关系、三角关系和多边关系。

1. 设置对手人物。主要人物与对手人物，是电视剧的中心和焦点。戏中一切动力，事端的兴起，纠纷的来源，都由他们所引起。影视剧常常描写人与人的斗争，其双方力量的代表人物，主要人物与对手人物，或对抗或交流，但他们肯定是截然不同的两个人物。他们的思想、作风和行为，不仅格格不入，而且针锋相对，各不相让；他们碰在一起，势必形成水火不相容的局面，而且冲突迭起，非有败下阵去才罢休。将要良才，棋逢对手，他们是互相给对手制造困难的人，他们的水平代表了作品的水平。总之，一方绝对不能比另一方愚蠢无能，不堪一击。如果一方较弱的话，那么他必然占据有利的环境，使得对方要与他做对手就要与环境一起作战，这样才能保持双方力量的平衡对称。2. 搭配陪衬人物。电视剧不只是仅有男女主角，还有一些与他们紧密联系的次要人物。所谓的陪衬人物，就是在正面人物和反面人物身边各自搭配的次要人物，这些次要人物在全剧中占有一席之地，有时也能起到推动剧情发展的作用。即使在情节中没有作用，他们也有存在的价值。没有他们的存在，主要人物形影孤单，无所靠托。有了他们，主

---

① ［美］罗伯特·麦基著，周铁东译：《故事》，中国电影出版社2001年出版，第54页。

要人物的才华可以得以伸展发挥，使剧情趋向复杂多变而生动。电视剧很少让一个人唱独角戏，正面人物总有一两个知心朋友，他可以向他们吐露心事；反面角色也总有些狗朋狐友。如两个小偷合伙偷一件珠宝，假如两个人都一样，剧情就很单调；反过来，如果两个小偷个性不一样，一个大胆包天，另一个胆小如鼠，一方面可以衬托对方，另一方面还可能产生更多的冲突。电视剧的人物设计常常用陪衬的方法来鲜明人物的性格。如一个文静，另一个活泼；一个憨厚，另一个精明；一个理智、另一个冲动。陪衬人物搭配得好，不论主角还是配角，都会呈现出多彩多姿的风貌。3. 设置三角关系和多边关系。三角关系和多边关系有两种表现功能：（1）它可以较为从容而充分地表现人物的感情世界。借助主人公与不同上下的两个人的纠葛，打破单一的思维线索，突出人物内心的混乱、活跃和复杂。（2）它有利于编织一个阔大而密实的人物关系网，从而引发更多的情节线。如一种是以家族血缘为基础延伸的历时性关系，另一种是以同事、朋友等在空间纬度展开的共时性关系等。

中国是一个重人际关系，重伦理，重情义的国度。人的变化，首先影响的是人与人的关系，特别是时下社会转型期中人与人关系的变化，有着时代的灼痛和人性的温暖，更是一直为敏锐的作家作为考察的对象。

通常，复杂的人物关系还需要构建一个人物的关系图，使他人一目了然。一般来说，有了这些文字和图表，别人就能够理解你的创作构思，你对自己要写的人物和故事就有了一个详细的提纲。与此同时，你可以在具体的材料中细细挖掘潜力。

电视剧故事是多姿多彩的，其中的叙事方式不乏编剧个人在语言、风格、技巧和情调上的特色，但是如果没有一个稍稍让人有咀嚼兴致的人物，不能为文学艺术的人物长廊增添几个令人流连忘返的新形象，其创作终究是难以真正崛起。

此外，人物是通过扮演这一角色的演员表现出来的。演员希望通过扮演剧中角色能被观众记住，甚至希望通过自己的演技去拿最佳男

（女）演员主角奖、配角奖。这样，明星制就成为影视商业化的需要。观众有自己的喜爱的演员，制片人知道明星可以招徕观众。好作品能制造出光彩夺目的大明星，明星则借具有感人的人物形象功成名就。如果发现对观众具有广泛吸引力的角色，聪明的演员往往会不计一切地去争取。特别是一些有支配权的演员，他们还会特别关照那些常能写出出彩人物的编剧。

第七章　人物的言语

　　人物的言语，对白、独白和旁白是影视剧的基本表现手段。人物的言语是人的一种行为方式，是人物动作的一个部分，其和表情、形体姿态一样，是人物行为的外显形式。言语与思想感情骨肉相连，"言为心声"，"情见乎词"，没有感人的思想内容，就没有感人的言语。

　　人物的言语，作为一种有声言语，其基本要求是口语化。口语化，不仅仅是指大白话，而是指个人化、非社会化、非书写的言语。索绪尔在语言学理论中将语言现象分成两个部分：语言和言语。语言指比较科学的语言系统，是一种社会化的书写现象，而言语就是平常使用的口语。索绪尔认为书写的过度使用对口语带来三种后果：一是书写的视觉印象比口语的音响印象更清晰，当书写形象专横起来时，就贬低了语音的价值；二是文学语言更增强了文字不应该有的重要性，最后使人们忘记了一个人学习说话是在学习书写之前，而它们之间的自然关系就被颠倒过来了；三是语言与言语发生冲突时，总是语言学家有发言权，结果自然是书写形式占上风。因而，索绪尔提出书写不要僭越，口语应当尊重自身的价值。影视剧人物言语的口语化要求，首先是要注意重视运用口语的语音效果，改变书写的视觉印象的习惯；其次是要注意日常生活中口语应有的真实感、亲切感和易被广大观众了解的特点；再者要注意书写语言的无意识渗透，不必经常使用非常书面化的词汇。如"如果……但是……""因为……所以……"等虚词连接词；如专用学术术语，即使是说明高深一点的道理，也尽量少用专用学术用词。

　　除此以外，影视剧的人物言语作为推动故事情节，塑造人物形象，调动观众审美享受的有效手段，还有其特殊的要求。

本章主要介绍对白的要求及独白与旁白的形式与作用。

一、对白的要求

对白，即剧中人物之间的对话。对白在电视剧中所占的比重较大，它对表现人物性格、显示人物关系、推动情节发展和直接揭示主题，有着十分重要的作用。

对白，通常涉及两个方面，即说话者（言语主体）和听话者（言语对象）。说话的主体是谁，接受的对象是谁，说话者真正的意图是什么，话语的环境如何，这些都是编剧处理对白时必须考虑的因素。一般来说，写对白时，编剧需要考虑四点：一是说话者为什么要对听话者说这些话，也就是说要明确说话者的动机和目的。二是说话者的性格，什么样的人说什么样的话，不能全是一个调儿。编剧必须选择人物最合适的、最有性格的和最有表现力的言语，设身处地写出人物的话语来。三是在什么环境中说话。对白不是独白，不是一个人自言自语说给自己听，要看对什么人说什么话，要看在什么环境下说什么话。在不同的语境中，即使是同样的人物也会用不同的语态说话，俗话说到什么山唱什么歌，在什么地方说什么话，指的就是这个意思。在某些语境下，对白会表现出丰富的潜在意义。四是要考虑对白与全剧的叙事风格相吻合。总之，编剧处理对白千万不能掉以轻心，不可随便抓来就用，不能自己想说什么就说什么，想怎么说就怎么说。

对白的具体要求很多，如要有诗意、情趣、生动、准确鲜明等，但是其最基本的要求是要有动作性、性格化、潜在意义和风格化。

（一）对白的动作性

对白必须富有动作性。电视剧中无论谁与谁对话，都不能漫无边际的插科打诨，张口闭口来一套不着边际的大道理。人们日常讲话，有时候确实是侃大山，摆龙门阵，开无轨电车式的闲聊，毫无意义。即使传播一些社会信息，也是饭前茶后增添谈兴，聊过了就聊过了，没有什么要达到的目标，也不会引起什么麻烦事端。但是，电视剧中的对白，必须具有一定动作性，即说话者对他人说话是为了要达到一个目的，编剧使用对白是把人物言语作为一种推进剧情的手段，不是仅仅为了闲聊。

对白的动作性主要表现在三个方面。

1. 对白是一个有目的的行动。对白的说话者应该有着明确的意愿、意图或意志，而且这种意愿、意图或意志决不只是向对方交代已经发生的事情，叙述已经发展过的情节，尽管这样的交代叙述有时是必要的。编剧应该牢记，首先，影视剧中的对白是用言语表示为了达到一个目的的行动，这种行动是有着一定要求的行为。如请求、探询、调查、质问、商议、讹诈、诱惑、责备、控告、欺负、凌辱、挑战、攻击、警戒、劝告、劝阻、辩护、命令，等等。其次，这种目的的指向性非常明确具体，即为了打动对方，影响对方的决策和行动，绝不是泛泛而谈。

请看下例。

楚怀王时，派昭阳为将统兵攻打魏国，昭阳英勇善战，连破魏国八城，取得了胜利。在伐魏成功后，昭阳忽然起心准备进攻齐国，齐王得讯后十分着急，召集文武大臣商议。这时，恰巧秦国的使者陈轸访问齐国，他得知消息后面见齐王主动请缨，表示愿意只身去见昭阳，请他退兵。陈轸见了昭阳，对昭阳讲了这么一个小故事：

> 楚有祠者，赐其舍人卮酒。舍人相谓曰："数人饮之不足，一人饮之有余；谓画地为蛇，先成者酒。"一人蛇先成，引酒且饮之，乃左手持卮，右手画蛇，曰："吾能为之足。"未成，一人之蛇成，夺其卮曰："蛇固无足，子安能为之足。"遂饮酒。

昭阳听了陈轸的话，第二天就退兵回国了。

这里，陈轸说的小故事不是我们通常理解的成语故事，传递的也不仅仅是这么一个带有普遍意义的哲理：做多余的事，不但无益，反而不当。陈轸对昭阳说小故事的目的非常具体，有着明确的功利性。他的意图就是劝阻昭阳，让昭阳明白在伐魏取得胜利之后，他已经是大功告成，如果接着再去攻打齐国，万一失败，前功尽弃。即使侥幸胜了，也是做多余的事，不但无益，反而多余。他的目的是让昭阳退兵，最后果然达到了目的。

在影视剧中，我们需要的是人物对白的动作性，即他说话的意图，至于他说了什么，怎么说这是第二步目标。换句话说，像《画蛇添足》小故事内含的哲理就远远没有它含有的动作重要。如果没有动作，仅仅是个泛泛而谈的小故事；而一旦有了动作，就成了非常有表现力的手段。

2. 对白是引起一定反应的言语行为。它是言语作用于话语对象后所引起的反应，而不是指言语对象对话语的理解。如一定的要求、提问或威胁会引起言语对象的一系列变化。如高兴、怀疑、激怒和恐惧，就是沉默也可以表示意图，表示反抗，表示不屑作答，等等。说者有意，听者有心。对白是一个刺激与反应，动作与反动作的过程，尤其是进入冲突状态的时候，更是如此。在产生冲突的地方，往往是人物与人物以不同的形式处理矛盾的地方，也往往是双方台词最能显露个性光彩的地方。

如果剧中人物彼此之间尽管表现了思想和感情，但是互不影响对话的双方心情自始至终没有变化，那么，即使对话的内容值得注意，也引不起戏剧的兴趣。对白的动作性，正是让人物在对话中以各人的见解、情操和情感，相互刺激，相互影响，并断然决定他们的相互关系。对白作为戏剧动作的一种方式，不仅应该体现出人物潜在的意愿，而且应该展出对谈话的另一方具有一定的影响力。这种影响有两种可能：(1) 对抗性。对抗性，是争吵、争辩、争论，但又不仅仅是就事论事的唇枪舌剑。如果两个人争论着某个问题，那么这对白不但没有味，而且也没有戏的因素。但是，如果争论的双方彼此都想占上风，努力刺痛对方性格的某个方面，或者触伤对方脆弱的心弦，通过如此对心灵的矛与盾的对峙，并在争论中暴露了各自的性格，且争论的结果又使他们产生了新的关系，这就是戏了。(2) 非对抗性。非对抗性的对白大多指人物内心情感的交流。交流同样具有影响力，能够导致双方的心情以及相互关系的发展变化。对话意味着交往，真正具有戏剧性的对话应该是两颗心灵的交往。对话的结果，必须使双方的关系有所变化，有所发展，因而成为剧情发展的一个组成部分。

这样的对白，双方充满了真实的感受和激情，不断产生有刺激的反应和激起攻击对方或吸引对方，以及转变对方的欲望。这样，即使是最平常的语言也会冒出耀眼的火花，演员们一定会觉得过瘾。俗话说，武戏怕闹，文戏怕闷，两人对白最易犯的错误是过于呆板，没有激情；或势均力敌，不输不赢，造成一种稳定、静止的状态，引不起和反映不出对话的内在情绪的莫测变幻。

3. 交代性叙述要在动作中进行。对话的动作性，表现在说话者的愿望和目的，泄露人物的内心活动，因而对别人起到刺激作用，能激起言语交锋，推动剧情的发展。但是，有时说话者的意愿、意图或意志只是向对方交代已经发生的事情，叙述已经发展过的情节，这样的交代叙述在剧情发展中也是必不可少的。

对白中一些交代性的叙事，如对局外人作一些前史的介绍、分析，令情节变得复杂的解释，解决问题的抽象言论，对某一事件和人物的评价、虚写，或对在幕后发生事件的说明和尾声中结论性的发言等都是必不可少的。

但对这种必不可少的交代，也不能想交代就交代，它同样要在动作中完成进行。贝克提出"好的交代方法应具备下述特质，第一是意思清楚；第二是交代必定有充分理由，就是说，交代要自然，这些事实就应当这样交代出来；第三，这是最重要的，交代应使人发生兴趣，使必需交代的事实能抓住观众的注意，乐意记住它；最后，必须使必要的说明迅速地交代清楚"。[1]

在一些剧本里，编剧会用两个人的闲聊来交代，或者用剧中人物甲向人物乙来说明某种情况。虽然，剧中人物不会不知道，但是编剧不能不通过这种方法讲给观众听。这样的说明不自然，也不合情理，观众听了也不感兴趣。碰到这种情况，有的编剧还会增添一个不知情况的人物上台来问，等情况问清楚了，他就下场不再出现了。这是一种笨拙的补救方法。

---

[1] ［美］贝克著：《戏剧技巧》，中国戏剧出版社 1985 年版，第 179 页。

正确的处理应该在动作中进行。如《雍正王朝》第38集"八旗议政"对此就处理得符合要求。八旗议政是满清早期的一种摄政形式，允禩借雍正召旗主进京商议整顿旗务之际，打出这一张牌，企图以八旗议政削弱雍正的权势。此时，双方的争斗的焦点集中在八旗议政上，但八旗议政究竟是怎么回事，观众并不清楚，应该作适当解释。对此，编剧安排张廷玉对八旗议政作了详细的介绍。此时，其实他的目的不是为了解释，而是为了打击允禩一伙对雍正的围攻。

张廷玉："刚才几位旗主王爷都提到了八旗议政。请问，什么叫八旗议政？"

永　信："这还用问？八旗议政就是当年太祖爷封的八个铁帽子王共同商议政务，因此也叫八王议政。"

张廷玉徐徐摇了摇头，说道："不对。什么叫八王议政，我来说说吧。"他两眼微微上翻，像是在国子监给众贡生讲学，款款讲了起来，"己未天命四年，太祖令褚胡里、鸦希诏、库里缠、厄格腥格、希福五臣带誓书，与喀尔喀部五卫王共谋联合反明——注意，这不是八王，而是十王，因此叫'十固山执政王'。到天命六年，情形又是一变，就是隆科多刚才说的太祖与诸王盟誓的那一年。参与……"

洋洋洒洒的近三千字的台词，详细地讲述了八旗议政的来龙去脉，再由八旗议政的弊多利少说到允禩借用八旗议政的本意，新政推行的种种好处，最后落到不应该反对新政上。这段台词淋漓尽致痛快酣畅，充分地展现了一个朝廷老臣的学识、忠诚和勇气。此时的每一字每一句都是驳斥对方的利箭，所有的信息都是集聚的子弹。这里，编剧让张廷玉如此详细地追述每一件往事，是合情合理的，观众也急于要知道什么是八旗议政，也想知道围绕这个冲突的进展。观众觉得张廷玉不只是在叙述往事，而且是在激动地反驳，在和"八王党"发生尖锐的冲突。如果这段解释不在动作中进行，随便在什么时候，让两个人在私下里作一番交代，也无不可。但交代不在动作中，就没有戏。如此长的交代会停止了情节的进展。而现在在动作中进行，再长也不觉得乏味。

（二）对白的个性化

对白的个性化，是指话语要体现人物的性格，展示人物的生活和工作，反映人物的职业特征，传达人物心理情感的变化，同时能揭示人物的内心活动，塑造出个性鲜明的人物形象。

1. 符合人物性格、身份。编剧写人物对话的时候，眼睛要盯紧人物，不仅要熟悉人物的思想感情，而且要熟悉人物的声音、语调、习惯用语和说话的神态、手势。人物在剧中说话，必须根据他自己的生活、思想和感情来说话，根据他所处的时代、生活环境、教养、传统习惯和个性特点来说话。编剧不能让许多人物说同样的话，也不能让他们做作者的传声筒。

老舍说得好："剧作者则必须在人物头一次开口，便显出他的性格来……闻其声，知其人。"有人说话直率坦诚，快人快语；有人说话吞吞吐吐，不清不楚；有人声情并茂，自然幽默；有人常用典故，知识渊博；有人则常用口头禅，歇后语。

2. 符合人物所处的特殊情境下的特殊表现。对白的个性化不仅表现在说话者的言语特点上，也表现在说话者在不同情境中的说话方式上。

请看《人间四月天》中梁启超的贺词。

- 烫金的双喜字挂在礼堂的正中心，徐志摩挽着陆小曼站在礼坛前面。老金任男傧相，对面礼坛坐的是双方的家长和胡适之，梁启超板着一张脸也入座了。

司仪：恭请证婚人梁启超先生致贺词。

- 梁启超站起来，一脸的严肃的表情，拿出备好的讲稿，戴上花镜，咳了两声，想了一下，又把讲稿收起来。

梁启超：我今天来做这场婚礼的证婚人，心里是一万个不情愿。

- 在座的宾客立刻起了一阵骚动。陆小曼望着徐志摩，志摩安慰她仿佛早料到梁启超会口出训言。

梁启超：我来是为了要讲几句不中听的话，好让社会上知道这样的恶例不足取法，更不值得鼓励——徐志摩，你这个人性情浮躁，以至于学无所成。做学问不成，做人更是失败，你离婚再娶就是用情不专的证明！陆小曼，你和徐志摩都是过来人，我希望从今以后你能恪遵妇道，检讨自己的个性和行为，离婚再婚都是你们自己性格的过失所造成的，我希望你们不要一错再错自误误人，不要以自私自利作为行事的准则，不要以荒唐和享乐作为人生追求的目的，不要再把婚姻当作是儿戏，以为高兴了可以结，不高兴可以离，让父母汗颜，让朋友不齿，让社会看笑话，让……

- 梁启超越说越来劲，志摩不得不开口阻止。

徐志摩：恩师！请为学生和高堂留点面子吧！

- 梁启超想到背后还有双方的父母，这才收住火气。

梁启超：总之，我希望这是你们两个人这一辈子最后一次结婚！这就是我对你们的祝贺——我说完了。

- 梁启超讲完，司仪也瞠目结舌，忘了下面该接什么。
- 满堂宾客有人鼓掌，鼓了掌的又觉得好像不该鼓掌，于是厅里稀稀落落的掌声，宾客顾盼的尴尬神情。

梁启超作为学者，书生意气，面对后辈的新郎新娘，不管对方处在什么场合，想说就说不吐不快，而且用词典雅出口成章，四个"不要……"和四个"不让……"的排比句，更是一气呵成。但他一考虑到对方的父母在场，立即收了火气，口气变得平缓，将几句不中听的话换成了得体的祝贺。如此寥寥几句"贺"词，一个具有鲜明个性的一代鸿儒的道德风范立显眼前。

再请看《辘轳·女人和井》中的一场戏。

狗剩儿媳妇家的里屋。

狗剩儿媳妇一边倒酒一边说：铜锁啊，本来，人到难处不能挤，马到难处不加鞭。你眼下正在难处，我实在不应当多说少道。可我是个直肠子人，肚子里留不住话。你呀，不能再这么下去了。这么下去，姥姥不稀罕，舅舅不爱，别人都会当狗屎臭你！

铜锁默默点点头。

狗剩儿媳妇振振有词地：男子汉大丈夫，要勤劳致富。你想啊，就是天上掉馅饼吃，也得人起早，你晌午歪才起来，还哪儿能捡得到？！

　　铜锁又默默点点头。狗剩儿媳妇对他这样的表现挺满意，微微一笑，又继续说下去：所以说……。

　　狗剩儿媳妇突然停住了，支棱起耳朵，警觉地听着什么。她听着听着，突然猛一回手，啪地推开窗户。此刻，正在窗外偷听的苏小个子躲闪不及，被窗子狠狠撞了一下……

　　狗剩儿媳妇出口不逊：你爹你妈说话，你也偷听？

　　苏小个子理亏气短地：狗剩儿媳妇，你别骂人哪！

　　狗剩儿媳妇火气更大：我没骂人，我骂狗！

　　苏小个子：你……

　　铜锁：老苏大哥呀，今天这事儿，可是你的不对。

　　苏小个子：呦，我跟她说话，有你缸，有你碴儿？她是你什么人？你哈巴狗儿啃脚后跟——亲的不是地方啊。

　　狗剩儿媳妇：苏小个子，你少胡诌八扯，有啥话，对我说，黑灯瞎火的，你偷偷摸摸地干这种事，砢碜不砢碜？我要是你，就自个撒泡尿——浸死！

　　苏小个子吼了起来：你，你别太过分啦！

　　狗剩儿媳妇：呀，你这头瘦毛驴，嗓门儿还不低哩！怪不得人家都说你是属蛤蟆的——物小动静大！

　　苏小个子：你，你，你嘴也太损了不得！你是寡妇心，绝户肺，这辈子尖尖嘴儿，下辈子还得当寡妇！

　　狗剩儿媳妇：你呢？这辈子缺德，下辈子缺德，大下辈子还得缺德！你祖祖辈辈像耗子，代代都像武大郎！

　　苏小个子：武大郎怎么了？我偏偏要收拾你这个潘金莲儿！呸，兴你招野汉子，就不兴我偷听？

　　狗剩儿媳妇：招野汉子，我乐意！我还想跟他结婚哩！

　　看人说话，能更全面地反映出说话者的个性。这一段戏中，"肚子里留不住话"的狗剩儿媳妇，同样满口乡村味的歇后语、俚语，对憨直拙讷的铜锁是满腔体贴，怕自己话多会伤了他；却对苏小个子完全是另一种表现，奚落嘲讽，火起来得一种泼辣劲，毫不留情。而苏小个子呢，对铜锁嘴尖舌快，随意数落，而对比自己更厉害的狗剩儿媳妇却只有招架，句句落下风，没有反击之力。

（三）对白的潜台词

人物的言语要有明确的目的，又要有鲜明的个性，同时还需要"心曲隐微"。"语忌直，意忌浅"。对白不能直奔主题，又要把复杂的内心动作充分体现出来，这就涉及对白的潜在意义，即通常所说的潜台词。

潜台词，指人物台词中潜在的含义和实质。它既包含了说话者的动机、目的与愿望，又蕴藏着话语表层下的"言下之意"和"弦外之音"的真实内含。潜台词寓寄在说出的台词之中，而台词又依靠潜台词的内涵，表达出更为深刻的含义。因此，潜台词和台词像一对孪生子，共存于一体。潜台词是台词底下不断流动着的潜在思想实质，并赋予台词以内含和生命；台词则为潜台词不断地寻找着相应的传达手段，并赋予潜台词以外化和形式，两者都通过对白的动作性而获得统一展现，直接向对手发生刺激作用。

对白的处理，交流的内容必须清楚、精炼，使观众即刻明白，包括潜台词。清楚、精炼，不仅指观众要明白言语的表层词意，而且指要让观众理解言语背后隐藏的东西。如果观众不能理解人物的言谈话语中的潜在意义，就不能知道角色最隐秘的想法，也就失去潜台词的作用。观众只有清楚了台词的潜在意义，才能结合人物的行为举止、表情动作，感受人物的感情倾向，揣度人物的动机，并从中得到极大的艺术享受。

一般来说，对白中台词的潜在意义表现在三个方面。

1. 暗转话语的接受对象。潜台词是人物在一定语境下的产物，其言语的内在含义常常隐含在非常自然的叙事过程中。潜藏在语言的表面含义下面，同时还暗示了人物之间存在着的一份若隐若现的牵绊，引发观众深入思考人与人之间在多种偶然性混杂之下的微妙关系。这犹如人们平常说的指桑骂槐、声东击西和指着和尚骂秃驴等。

请看《红楼梦》王熙凤见林黛玉的一席话。

这熙凤携着黛玉的手，上下细细打量一回，仍送至贾母身边坐下，因笑道："天下真有这样标致的人物，我今儿才算见了！况且这通身的气派，竟不像老祖宗的外孙女儿，竟是个嫡亲的孙女，怨不得老祖宗天天口头心头一时不忘。只可怜我这妹妹这样命苦，怎么姑妈偏就去世了！"说着，便用帕拭泪。贾母笑道："我才好了，你倒来招我。你妹妹远路才来，身子又弱，也才劝住了，快再休提前话。"熙凤听了，忙转悲为喜道："正是呢！我一见了妹妹，一心都在她身上，又是喜欢，又是伤心，竟忘记了老祖宗。该打，该打！"

王熙凤夸黛玉这样标致，通身的气派，为什么"竟不像老祖宗的外孙女儿，竟是个嫡亲的孙女"呢？其实她这是转着弯儿赞美贾母。表面看来王熙凤的说话对象是林黛玉，其实她内心的用意全在贾母身上。这段话语的真正接受对象是贾母，贾母听了这话果然也很受用，高兴了。而黛玉在这段对话中，实际上是被排除在外的。至于王熙凤说什么"见了妹妹，一心都在她身上，又是喜欢，又是伤心，竟忘记了老祖宗"，是一句"此地无银"的招供，是有意提醒观众感受她话内的心里动作。

2. 隐藏话语的真正含意。潜台词要求在于，在讲出来的台词下隐藏着的人物没有说出来的言语，必须使观众不仅听出台词的潜在含义，而且看到人物更为丰富的内心活动。在生活中，人们不是任何时候都把心中的意思说完的。有时说一部分，隐藏着大部分；有时说着正面的言语，心中却隐藏着相反的意思；有时用平常的语气说出来的话，却包含着很不平常的意义；有时镇静的话语中，却掩盖着激动的感情……电视剧中，观众通过剧情的上下文，通过演员对台词的处理及面部表情，不仅能感受到台词本身的含意，而且可以感受到话中之话和弦外之音，从而探索到人物灵魂深处的隐秘。

如《走向共和》中有一场戏，说李鸿章推荐袁世凯到小站练新军，袁世凯为保自己掌握军权，看李鸿章失宠失势，便投靠新主子，借机杀了李鸿章派来的石三俊。石三俊死后，剧中插了一个很短的场面：李府花园内两句对话。

> 小红含泪问：三俊哥是怎么死的？
> 李鸿章沉思半晌，抚摸着小红的头：苏东坡有朝云姑娘，我有小红，老天对我不薄啊。

这句话，值得大大的咀嚼。这里，作者以"沉思半晌"作了铺垫，以突出这话语的重要。然后以短短的一句话，似像回答小红，又像是自言自语，含糊其辞却清晰地道出了李鸿章彼时彼刻的复杂心情。这句话的内涵很丰富：苏东坡的使女朝云姑娘，对苏东坡忠心耿耿有情有义，无论苏东坡是高居庙堂还是流放天涯，她始终不渝地相伴左右，使得红袖伴读的千古佳话多了一层忠奴义仆的含义。小红，是慈禧太后送给李鸿章暖脚的丫头，她天真无邪，善良质朴，不解世态炎凉，成为李鸿章晚年人生的慰藉。李鸿章借古论今，以苏东坡的朝云姑娘来赞扬面前的小红，又以她们两个的善良对比袁世凯的卑鄙。袁世凯原来是李鸿章手下的人，李鸿章一手将他提拔起来，在李鸿章得意时，他似乎非常忠心，待李鸿章一落势，他就投靠新主子，出卖旧主人。后来听说慈禧太后相信李鸿章，又回头来苦苦哀求。李鸿章不念私恶，仍向太后保荐了他去练新军。也许李鸿章还存有一个念头，以为袁世凯会感恩报德，没想到这个奸雄非但没有一点情谊，反而过河拆桥，落井下石。人心如此阴暗险恶，使李鸿章这位历经沧桑的老人无话可说，沉思半晌才吐出一句，为老天对自己不薄来安慰自己，庆贺幸亏还有小红这样的人在身边，同时也表达了他对袁这种人物的寒彻之痛。潜台词，是那些在讲出来的台词下隐藏着的人物没有说出来的言语，但其必须致使对手不仅听出台词的潜在含义，而且要看到人物更为丰富的内心活动。

3. 委婉表达话语的目的。一方面，根据目的不同，目标达到的难易程度不同，说话者下心琢磨、推敲和说话的方式也不同。一方面，对一些难以启口的事，说话人会十分注意用词的内在含意，对方也会对词的感觉非常敏锐；另一方面，除了最亲密、最亲昵的朋友，人们的会话总是考虑自己和他人的身份、关系和所处的境遇。总有一些不能直接说出的话，要让对方去猜测、触摸到自己的真正含意。所以，具有潜在意义的对白，真意总是被防护着、看守着和监视着，话意总是虚饰的、简略的和暗示的。

如《走向共和》中"大参案"之后，袁世凯五十诞辰，李莲英送去太后以自己和皇上的名义送的贺礼。袁世凯知道皇上对自己恨之入骨，绝对不会做出如此的举动，明白太后想调解他与皇上的感情。为什么此时太后出这一张牌，他知道太后身体不行了，于是他与李莲英有这么一段问话：

袁世凯：请公公再留一步？

李莲英：什么事儿？

袁世凯：没什么大事儿，就宫里一点小事儿，我总有点弄不明白，又不能找别人问，只能请教公公。

李莲英：那……说吧。

袁世凯：听说太后找臣下说话，常常在颐和园边走边说，那臣子自然不能和太后并排走，在这个情况下，是太后走在前面，还是臣子走在前面呢？

李莲英：当然是老佛爷走在前面，作臣子总是跟在后面，不离不散，跟在老佛爷后面靠侧一点。

袁世凯走上前去，站在李莲英身后，把李莲英当作慈禧，站在后面靠侧：是这样？

李莲英不转头：不错，是这样。

袁世凯：如果，我说的是如果，如果说话的不是臣子，而是皇上，那么请问公公，太后和皇上，谁会走在谁的头里？

李莲英满脸惊异，并没有回头，两人站在那里。

李莲英：慰亭，怎么问这个呢。

袁世凯：唉哟，公公，这种宫里的事儿，我不问公公，我能问哪个呀，请公公直言相告，太后与皇上，谁会走在前面？

李莲英仍没有回头，侧身一拱手：告辞。

李莲英走出。

袁世凯一脸冷峻。

太后老了，每天在花园长廊里散步，坚持走 999 步。她散步的时候，时常找一些大臣边走边聊，似乎在不经意中处理国家大事。一开始，观众与李莲英一样，以为袁世凯真的在准备等待太后如此问话时的琐碎礼节。问到最后，"是皇上走在前面，还是太后走在前面"？李莲英突然明白了袁世凯问这话的真正意义。观众也一下摸到了袁世凯的心灵深处的惧意。难道一个重臣仅仅在关心一个无足轻重的礼仪问题？袁世凯以"走"这个双关意思，表面上是问两人在谈话时谁走在前面，实际上是打听太后与皇上究竟谁死在前面，这是袁世凯的一块心病。由于自己在戊戌变法时出卖了皇上，从此得到了太后的宠信。此时听说太后身体欠佳，皇上一直在养病，谁会走在前面，成了袁世凯的头等大事。如果太后"走"在前面，皇上重新执掌朝纲，第一个开刀的必定是他袁世凯，所以他急于知道内情。但作为一个臣子，这种事又绝对不能打听，尤其是不能向曾与自己有过结怨的李莲英直接对话。于是，袁世凯便借"走"这一字的多层含义，问得十分巧妙，说得非常委婉。

（四）言语的风格化

电视剧创作过程中，在处理题材、塑造形象、运用言语等多个环节上，创作者的个人生活经验、立场观点、艺术素养及个性特征，无不渗透于创作的各个环节，最后统一在作品整体形式中，使其表现出一种带有综合性特点的总体特点，这就是风格。

风格，一方面受时代和地域的影响；另一方面，是作家自己在反映客观的同时融进自己的个性、情感，或者根据创作素材有意或无意地突出某一种贯穿于整个作品中的特点而致。历史上各个时期的名著不仅有着不同的时代风格，而且还有着作家个人的独特风格。如莎士比亚的鲜艳而奔放、契诃夫的朴素而深沉、曹禺的清丽而含蓄。近来，我国电视剧在追求人物言语的风格上有不少新的尝试。如《宰相刘罗锅》的亦庄亦谐，貌似正经的荒唐和充满睿智的言语格调；《大明宫词》对盛唐时期"绣口一开，便是诗意"的那种诗化情调；《过把瘾》中一系列俏皮幽默、暗藏反讽的调侃言语，都取得了可喜的成功。

影视剧是一种假定性艺术，允许和需要人物言语有一种独特的表现力，只要符合艺术真实的思维逻辑，言语的风格化就成为突出语言表现力的一个很好的途径。鲜明的地方色彩、独特的个人风格，或严谨含蓄或诙谐成趣，或平淡朴素或豪迈爽朗，或谈笑风生时出惊人之语，作者都应善用其所长，并开拓出新境界。

《编辑部故事》中"我不是坏女孩"那一集，李冬宝和戈玲到一个因为暗恋老师而绝望，准备自杀的女孩家中，进行劝慰，其中的一段言语风格就十分鲜明。

李冬宝：我是李冬宝，刚才在电话里和你聊过的那位。这位是我的搭档，戈玲——戈编辑。

戈玲向刘小红微笑：看到你还栩栩如生的，我们挺欣慰。

刘小红：我说过我和今晚的月亮一起消失，我是那种……

李冬宝：比较认死理的，讲究酝酿情绪的人。

刘小红：你们是不是觉得我不够果断，临终前拖泥带水的。

戈　玲：不不不，我们还是觉得你应该先抒完了情再谢世。像先驱赴刑前一样，全嘱托完了再笑迎屠刀。

李冬宝：对对对，这样比较容易把悲痛深深地埋在后人的心中。你看咱们是不是好好聊聊，等鸡叫头遍你慷慨赴死，我们洒泪告别。

刘小红：咱们说好了，你们要是心存侥幸，憋着劝我，那你们现在就走。

李冬宝：不会不会。我们来帮你下决心的。

　　　　　〔刘小红让开门，李冬宝和戈玲进屋。

刘小红：喝茶吗？

李冬宝：喝——吧。（问戈玲）你说她有没有和咱们同归于尽的意思么？

戈玲指着放在桌上的几瓶敌杀死说：还没有开瓶呢，她爱的又不是你，干嘛要跟你殉情。

刘小红：你放心吧，我不拉垫背的。

戈　玲：就是，知心也不见得非得换命。

李冬宝：茶色这么重？

刘小红：这茶叶反正我也用不着了。噢，原来你们俩长的是这模样儿。想象和现实会有那么大的差距。

李冬宝：是不是比你想象的器宇轩昂，仪态万方得多？让你一下肃然起敬，都不好意思说心里话了？

刘小红：反正我要死了，也不怕得罪你们，我是没想到，你长得那么有喜剧效果，而且是强买强卖的那种。

戈　玲：小红的目光挺锐利的。接触时间长了，你还会发现李编辑身上有许多常人不具备的东西，像移花接木、巧取豪夺什么的。咱们还是谈谈把你领进死胡同的老师吧？

李冬宝：他长得什么样，你有他的照片吗？

刘小红伤感地摇了摇头：那是我梦寐以求的事，可是我没有。但是我把他深深地印在心里了。

戈　玲：你能不能试着形容一下他的音容笑貌么？

　　　　[墙上贴了许多张高仓健的画像。

刘小红：他身材伟岸、平头、长方脸、眉毛是平的，眼角有点下垂但目光深邃，鼻梁是笔直的，嘴唇很薄而且略有点倾斜。在我的印象里他没有笑过，他给人一种坚忍不拔的感觉，对所有和他接触的人都不卑不亢。有点像日本电影的……

李冬宝：山本五十六？

刘小红不容置疑地：不，是高仓健！

李冬宝：咱们姑且把你倾慕的人称为"高桑"。可"高桑"已经结婚了，他不属于你。

刘小红：但我依然爱他。

李冬宝：你觉得自己成为了不光彩的第三者……又没有享有第三者的待遇。

刘小红：哪怕他仅仅是注意我一下。

戈　玲：开张空头支票什么的。

刘小红：可他没有。

李冬宝：唯一的希望就是"高桑"夫妇之间出现裂痕。

刘小红：他们夫妻感情很好，我也无意破坏他的家庭。

李冬宝：你就像一个善良的猎手，躲在暗处永久地瞄准着一头雄狮，又始终不忍心扣动扳机。

刘小红：嗯。

李冬宝：你觉得追求的东西近在咫尺，却又只能望洋兴叹。

刘小红：嗯。

李冬宝：所以，你想到了死，以死来表达对猎物的爱恋和对猎物的失望。你是在进退维谷中绝望地死去的。

刘小红：嗯。

李冬宝：可又觉得就这么死了有点冤。

刘小红委屈地：嗯，咦？不，不冤。甭往里绕我，我死定了。

戈　玲：李编辑的意思是，是不是你真太偏爱雄狮了，不妨瞄准头公鹿试试。赶明儿我们《人间指南》给你搭桥，寻觅一未婚的、阿兰·德隆似的硬派小生，你要是喜欢大和民族的气质，中国人里也挑得出来。

李冬宝：这我不骗你，光在我们"鹊桥"那个栏目里备案的就有好几位自称可以乱真的"三浦"，现在极缺"百惠"。戈玲，你实说，小红应该属于沉鱼落雁、秀色可餐的那种吧？

戈　玲：起码可比"斯特里普"青年。

刘小红：别想把我夸晕了。我知道自己长什么样儿，也就是身材比较匀称，五官搭配得比较舒服。顶多是比较清纯的那种女孩子。我的心已经属于他了，可他却不属于我，这就是单相思吧？

李冬宝：比较典型的那种，咦，你全明白呀。

刘小红：那有什么用，我依然爱他，至死不渝。得了，我们也别白认识一场，一块儿喝两杯酒，给我壮壮行吧。

情景喜剧依赖言语幽默和表演夸张的结合，言语的逗人非常重要，这种逗乐与喜剧风格有着密切关系。这一场戏中，编剧充分发掘了环境和人物的矛盾，给予喜剧处理。剧中人物，一个是正处失恋绝望之中要自杀的人，两个是前去劝说进行人生指南的人，面临的处境严肃、紧张，本来应该有些教育训导之类的正经话，而他们却都玩世不恭，幽默讥讽，妙语连珠，对话与处境形成鲜明对比，打破了沉闷，给观众带来感官上的享受。情景喜剧，要求剧中任何人在任何情境下，言语都要有喜剧的色彩，并不断地出彩，这是编剧尽最大努力追求的目标。该剧编剧最初的设想，是希望不要搞一出靠逗贫嘴取悦观众的滑稽剧，落为"强买强卖的那种"喜剧效果，而是应该成为一部言语机智、幽默，有点文化品位的喜剧。的确，本剧的创作尽量避免了一些油嘴滑舌的贫嘴，注意使用符合人物和语境的喜剧语言。而且，该剧的语言还不仅仅具有喜剧风格，其中还具有浓郁的个人语言特色。在一系列语境中，人物的言语均有强烈的反讽含义，如将为情自杀与赴刑前的先驱笑迎屠刀混为一谈，把认真严肃的政治用语与嬉皮笑脸的轻松调侃互相套用，这不同于通常的喜剧，也不同于一般的北京胡同言语特色，所流露出的是编剧一贯的独特风格。这种反讽，言在此而意在彼，赞美背后隐藏了讥讽，颂扬应当解读为挖苦，佩服或者恭维的言辞却在表示莫大的轻蔑，表层的辞令后面寓有丰富的潜台词，使两者出现一种嘲弄式的反衬。这种讥讽，突破了某些呆板的程式化言语，有着一种独特的表现力。可以说，该剧的成功因素很多，其中很重要的一点在于人物言语的成功；而言语的成功，正是其有着独特而又受观众喜欢的风格。并且，这言语特色正是全剧反讽风格的反映，连一份杂志都支撑不下去的一群人在做"人间指南"，不是极具反讽意义吗？

二、独白与旁白

电视剧中人物的言语除对白之外，就是独白和旁白。独白是剧中人物的心声，比较好掌握。相对而言，旁白内涵较多。

（一）独白

独白，是指人物独自表述或倾吐自己内心活动的人物言语，是人物在屏幕画面中对内心活动的自我表述形态。独白有两种表述方式：一种是以自我为交流对象的独白，即通常所说的"自言自语"，是剧中他人听不到的心声。如《今夜有暴风雪》中裴晓芸在站岗时的断断续续地说给自己听的话。另一种是有其他交流对象的述说。独白，是人物内心情感处于复杂矛盾冲突下的产物。编剧在运用独白时，应深入体验人物产生独白时的心理契机和情绪脉络。

（二）旁白

旁白，是指以画外音形式出现的解说性言语。旁白有两种表现形式，一种是以剧作者口吻出现的形式，也称客观式、第三人称；另一种是以剧中人物的口吻出现的形式，也称主观式、第一人称。以剧作者口吻出现的旁白，往往在某些人物的行为需要加以解释、一些剧情的发展转折和衔接关口给予说明，有些则是思想内容需要深化提高时给予使用。以剧中人口吻出现的旁白，评论着剧中人的一举一动，借以加快剧情的推进。有时是"闻其声而不见其人"，人物的声音从画外传来，而画面展现的却是另外有关的人、事、物，对这个人物的旁白起着回应。这种旁白一般用来交代原因，说明事实，推动情节向前发展。选择哪一种形式的旁白，要服从于剧作结构。采取客观视点进行叙述的结构形式，通常宜用第三人称；采取主观视点进行叙述的结构形式，通常宜用第一人称。在一般情况下，应该避免在同一剧本中两者混用，造成视点混乱，使观众感到不知所云。

旁白也是电视剧最常运用的表现手段。许多编剧利用旁白这一形式，进行叙事解说、人物评述，甚至发挥类似节目主持人的职能，直接与观众进行交流，使观众感到有人在直接给自己讲故事的亲切。

有时，电视剧的旁白完全担当了小说叙述的作用。或以第一人称从当事人的角度，或以第三人称从旁观者的身份，用解说来描绘风土人情和日常生活的丰富细节，或直接深入人物的精神世界阐述人物的内心活动；甚至可以打断故事的进展来给观众讲课，来一段抒情性或思考性的抽象议论，解说一下事件的意义，或者提醒观众某些应该注意的事情，澄清某些争端，解释某些观念，告诉观众正在发生什么事件。

如电视剧《围城》运用大段旁白，替代原小说夹叙夹议的叙述，效果颇佳。请看第一集结尾的旁白。

张文蓉家，闺房，方鸿渐环顾四周，打量着室内的摆设。梳妆桌上并排放置着张家小姐和头戴博士帽的方鸿渐照片。

方鸿渐拿起自己的照片。

闪回：德国，熙熙攘攘一群身着博士服正在拍照留念的学生。

字幕：柏林某大学

图书馆，方鸿渐面前堆着一叠书籍和报刊，他正在寻找着什么。

旁白：留学四年，他兴趣颇广、生活懒散，并未着意去攻读什么学位。但是父亲、岳丈不断来信，询问他是否得到博士学位。好叫他们失望吗？没有文凭，就像精神上赤条条地没有包裹。归期快至，怎么办？这里有个旧广告，说美国纽约什么克莱登大学，愿给有志而无机会的青年函授，并给予博士证书。方鸿渐决定试一试……

纽约。自由女神像。大楼。一个爱尔兰人走进大楼，打开信箱，掏出信，看。

室内，爱尔兰人用一架老式打字机上打字。

旁白：这个穷困潦倒的爱尔兰人，决心做成这笔生意。他自赠了自己四五个博士头衔，说是只要寄一万字论文一篇，并交美金五百元，审查通过，即可寄克莱登大学哲学博士文凭一份……

德国大学走廊。方鸿渐读信，从口袋里摸出三张十元的美元。

旁白：信纸上没有印学校名称，方鸿渐一看就知道是骗局，便回信说最多一百美元，先交三十，文凭到手，再寄余款；此间尚有中国同学三十余人，皆愿照此办法向贵校接洽……

美国某邮局。爱尔兰人取出三张十元的美元。

室内，爱尔兰人伪造一批证书，签名，封信。

德国某照相馆，方鸿渐手持证书，身着博士服拍照。

旁白：没想到事情办得如此顺利，得意有余的方鸿渐又给那爱尔兰人去了一封信，说经过详细调查，美国并无这个学校，文凭等于废纸，希望悔过自新……

美国，室内。爱尔兰人拿着瓶往口中灌酒，喝得醉醺醺地将余下的证书扫在地上。

旁白：这事也许是中国自有外交或订商约以来唯一的胜利。其实他无意骗人，买张文凭全为了去哄父亲和岳丈，好比前清时代化钱捐个官，或英国殖民地商人向国库报效几万英镑换个爵士头衔，光耀门楣，也是孝子贤婿应有的作为。反正他打定主意，在社会上做事，履历上决不开这个学位。

闪回完。

张文蓉家，闺房。方鸿渐取出照相框内的照片。

阳台。方鸿渐走出，将照片撕成碎片，丢出。

旁白：下船不过六七个钟点，但船上的一切已如隔世。留学就像地面上的水，化汽升上天空。现在汽又变成雨回到地面。方鸿渐没想到自己被人家吹成了一个大肥皂泡。没破时，五光十色，被人一碰，就会不知去向了。

在这里，旁白和画面有机融合，共同协力发挥作用，让观众知道在看什么，或者告诉人们要思考些什么，同时向人们提供了他们从叙述者那里业已适应的评注和说明。《围城》的旁白，不仅起到了简约叙事的作用，由"头戴博士帽的照片"起，到"照片撕成碎片"落，迅速交代了方鸿渐博士文凭的来龙去脉；而且不局限于叙事，是跳出画面，评述了人物的思想行为和社会的时尚观念："他兴趣颇广、生活懒散，并未着意去攻读什么学位"，"没有文凭，就像精神上赤条条地没有包裹"。并且在这一评述中保留了原小说作者对故事的注解和眉批："这事也许是中国自有外交或订商约以来唯一的胜利"，"买张文凭全为了去哄父亲和岳丈，好比前清时代化钱捐个官，或英国殖民地商人向国库报效几万英镑换个爵士头衔，光耀门楣，也是孝子贤婿应有的作为"。这些妙语连珠的言语，反射出作者对人生思索的睿智和幽默诙谐。本来属于文字的魅力，现在通过旁白，出色地转化为声音与画面，别有一番韵味。

第八章　戏剧性动作

　　电视剧是通过电视屏幕传播演员扮演角色，进行表演故事的。所以，作为演剧艺术之一，电视剧真正的活力和生命力，不是叙述，而是表演，是由演员扮演角色去塑造人物、叙述故事、抒发情感和阐明哲理。演员扮演人物表演故事，是依赖演员再现人物自身的动作来展现人物，以人物自身的动作来演绎事件发生的过程。

　　人物自身的动作，是演剧艺术的基本表现手段。人物的动作，其本意是人物有意或无意地改变原来的位置或静止的状态，而狭义的理解是指人物的外部形体动作。戏剧性动作是在人物的外部动作基础上发展出来的一种人物有目的的行动，通过人物的外部动作直观地反映人物的内心活动，人物的内心活动主要表现在有意识的行动上，人物一旦行动起来，就会产生冲突，冲突构成的动作与反动作会形成动作的变化，促使情节发展。

　　戏剧性的动作对故事的发展有着重要作用。

　　编剧讲故事，要逐渐养成用"动作"去思维和表达的习惯，即尽量让自己从文本中消失，隐蔽起来，让故事内的人物通过自身的动作去自我呈现正在发生的事件，不能靠人物的叙述来讲故事，更不能自己出面进行道德评论，理想阐述和人物鉴定。

　　本章主要介绍戏剧性动作的概念、作用、基本要求及戏剧冲突的几种类型。

一、动作的概念

早在 2000 年前，古希腊的亚里士多德在《诗学》中就指出，动作是戏剧的特殊表现手段，动作是支配戏剧的法律。他说：戏剧模仿的对象（内容）是行动，而模仿的方式则是动作。从表现的内容来说，戏剧是行为的艺术；从表现手段来说，戏剧是动作的艺术。戏剧是用模仿人的行动，或者说是模仿"行动中的人"[①]。

上世纪，美国哈佛大学戏剧教授贝克在《戏剧技巧》中进一步指出，动作是演剧的中心，动作和感情是一切好戏的基础。为什么动作那样重要呢？他认为，因为动作是激起观众感情最快的手段。他以演剧的历史证明，演剧从一开始就以动作为主。最原始的戏剧只有动作，没有语言和诗歌。如阿留岛上的主人演出打猎，一个土人扮演猎人，另一个扮作鸟。猎人用手势表现他遇到那只漂亮的鸟，非常高兴。扮演鸟的人表示害怕，设法逃避。猎人弯弓打鸟，鸟倒地而死。猎人大乐，跳起舞来。后来他想起不该打死这只漂亮的鸟，便又哀悼起来；忽而死鸟站了起来，变成一个美女，投入猎人的怀抱。[②]

从戏剧实践来看，动作不仅仅是激动观众感情最快的手段，而且在刻画人物性格、展示情节发展等方面均有十分重要的作用。如要知道一个人的性格，最好的方法不是知道他怎么想，而是看他怎样做和做些什么。如一个人在做事时，遇上了什么困难，进入什么情境，怎样从绝境中挣脱等，这些也必须由动作来为他们准备道路。

动作如此重要，那么动作是什么，戏剧性动作又是指什么，包括哪些内容，它们究竟有哪些具体作用。

前面已经提到，动作的本意是指人物有意或无意地改变原来的位置或静止的状态，而狭义的理解仅指人体外部形体动作。纯粹的外部形体动作是一种生活原生态的动作，是人物在生存状态下的本能和习惯，大

---

① 《大百科》《戏剧》卷，第 436 页。
② 贝克引自马休斯著《戏剧发展史》。

多表现在日复一日简单地重复吃住行上，很少传达人物内心信息，又被称为日常性动作。戏剧性动作是剧中人物有目的的行动，是指通过人物的外部动作表达人物为达到某种特定的目的而采取的一系列手段和行动，以及这行动有变化的发展过程。这是对动作本意"人物有意或无意地改变原来的位置或静止的状态"的一种广义解释。戏剧性动作包含日常性动作，没有日常性动作就没有真实的生活感。但是，戏剧性动作不仅有现实生活的一面，而且还有戏剧家的主观创造的一面，它是戏剧家与观众经过长期的戏剧审美过程磨合而产生的一种审美规范。

（一）戏剧性动作概念

戏剧性动作绝对不是在写台词时加上诸如"点点头、耸耸肩、起身、坐下、微笑和叹息"这些动词。戏剧性动作有着人物、时间和空间的联系，它不是一个平面的词汇概念，而是一个整体和系统，一种过程和活动，也是一种开放的、动态的，在与环境进行各种交流中实现的有序的系统。

1. 戏剧性动作是一个整体概念。戏剧性动作包括人物外部动作与内心活动，具体又可分为：（1）纯粹外部动作。如身势、手势、眼神和面部表情等形体动作。有的戏剧家还把动作缩小到更具体的范围。戏剧家叶涛说："动作是指看得见的、具体的、身体四肢的活动。如提手旁的动词：打、拉、扯、推、扔、摸、扭、挖等；足字旁的动词：跑、跳、踢、跌、趴、跨、跪等；还有：走、爬、滚、吃、喝、写等，我们称为动作。"① （2）言语动作。这包括对话、独白和旁白等。（3）静止动作。如停顿、沉默等。（4）理性的内心活动。如想象、思考、责怪、抱怨和怜悯等心理活动；如喜怒哀乐等情感冲动；如激动、骚动和涌动等内心不平衡、不平静的状态。（5）深层心理活动。如无意识领域的幻觉、梦境和双重自我等。

在戏剧性动作内，人物的外部动作与内心活动是一个统一体，两者相互依存，缺一不可。外部动作的产生和进行必须以内心活动为依

---

① 引叶涛著《话剧表演艺术特征》，刊登在《话剧艺术》1985 年第 2 期，第 69 页。

据；内心活动必须通过外部动作显现出来。外部动作是内心活动的外化方式。如果一个人物内心世界丰富多彩，没有外部动作就根本无法向外人传递他的思想感情。反之，如果一个人的外部动作多姿多彩，但是没有内心依据，也仅仅是一连串无意义的活动图案。外部动作与内心活动紧密联系，相互制约相互影响，不仅外在动作给人以感性享受，新鲜更有影响的感官刺激；而且内心活动给人以强烈的情感宣泄和深刻的思想内涵。

2. 戏剧性动作是有指向性的行动。戏剧性动作是为达到某种目的而进行的行动。"动"是改变原来的位置或静止的状态；"行动"是为达到某种目的而进行的活动。戏剧家叶涛先生说得好："行动是指一个有目的、由动作和语言去完成的活动过程。如等待、躲避、训斥、请求、拒绝、鼓动、制止、说服、威胁、安慰、帮助、阻拦、压制、救援、破坏、拉拢、煽动、揭发、侦察、追捕等。"[①]

所谓指向性的行动，首先有一种激发动机的意识活动过程，有了意志和目的，才能预计行动的步骤，进行有计划的自觉自愿的行动。其次，人物一旦将自己的意志付诸行动，就会与外界发生交流，这种交流往往引发冲突。在冲突中，行动者要不断调整动机，不断明确动作的指向。动机有始发、继发之分。始发动机，是指最初激发人物行动的动力。继发动机，指被始发动力激发起行动以后，不断补入以保证行动不断深入直至成功的动力。继发动机不仅是最初的单一原因，而且加入了外界的影响，受个人精神和社会利益等多元因素的制约。

3. 戏剧性动作是一种冲突过程。戏剧性动作是一种有发展有变化的活动过程。首先是个时间过程。完成一个行动，一般都不是很快完成的，需要较长的时间。如侦察一桩案件，追求一个女孩，实行一次报复，以及教师讲一堂课或进行一次短途旅行，这些都是一个完整、有一定长度的行动过程。其次，人物的行动必然是个冲突过程。影视剧中，人物有目的的行动，往往不能马到成功，哪怕一件平时看起来很容易办到的事情，也会出现意想不到的问题。这些问题引发冲突，促使动作向

---

① 引叶涛著《话剧表演艺术特征》，刊登在《话剧艺术》1985 年第 2 期，第 69 页。

困境发展。当然，出现的一些问题，是编剧根据冲突的必然规律特意设计的。在这一点上讲，编剧是个发现问题和制造麻烦的专家，而不是一个解决问题的能手。再者，冲突过程充满了变化。行动引发冲突，主动一方的动作引起被动一方的反动作，主动方不断根据新出现的情况，主动调整自己的行动计划。如此，行动的双方不断地产生动作与反动作，一个动作接着一个动作，延续发展，推动剧情。如多米诺骨牌，一块紧随一块，构成事件的发生、发展和消亡过程，并由于不断加入的新因素，必定形成会一个难以避免的复杂的变化过程。

（二）戏剧性动作的作用

1. 戏剧性动作是视听特性的最主要表现。电视依赖于画面与声音，电视剧扎根于可视可听的动作基础上的人物及其命运。戏剧性动作直观地展现人物的生活和工作，具有日常生活的真实感，冲击观众的视觉和听觉，因而调动和激动观众的感情情绪就更加直接、集中、强烈、迅速。

相对舞台剧与电影，电视剧画面善于选择人物的"微型"动作，并且能够运用无限多样的手法自由地从全景转换到近景与特写。这样，即使是最狭义的动作，如身势、手势、眼神和表情等形体动作都能通过电视屏幕，传达着种种信息，能够鲜明而又微妙地传达出人物的思想、意志、愿望、情绪、情感，以及同他人交往中的种种关系。那些形体动作，作为一种体态语言，一般具有三个特点：一是能经常地透露出人物内心的真意，甚至比口头语言更易被人所识别。二是口头语言的一种有力注释。在多数情况下，这是为了从正面支持或强化口头语言所表达的含意。如愤怒时拍桌子，高兴时笑逐颜开等。但在少数情况下，也有"反意"之意，即人物的动作姿态否定自己的口头语言所说的意思，暴露出言不由衷的态度。三是往往自觉或不自觉地随时进行，可以永远不间断地传达出信息，而口头语言可以像电灯开关一样自我控制。

此外，在形体动作基础上的人体动作的广义延伸，可以扩展到武打片、枪战片及其小车、火车、飞机追逐场面的动作片。这些大动作，利用电视剧的全景与特写的任意转换，凝聚起众多的细节信息，具有极强的视觉冲击力。

视觉的冲击力，首先是吸引观众的注意力。人的注意力，对运动物和运动过程的注意往往超过静止的物件。这种兴趣似乎来自生物的本能。任何物体在空间运动都会产生新的信息，而新的信息意味着新的事件。人们对运动画面的关注，会延长对运动的过程的注意，事实上也反映了人们对运动结果的期待。其次是造成美感和快感，即使有的动作没有表达任何内容上的意义，目的仅仅是为运动而运动。因为运动本身常常表达了人们的某种感情：绝望、快乐或者别的什么。一位在积极行动的人物通常就带有一种爆发力的动感和强烈的情感。电视剧很适于表现这种带有动感和爆发感的动作细节。如日本电视剧《小鹿纯子》在奔跑中随着头部摇晃的马尾辫，充满了青春的朝气。以至于在中国播放阶段，一度成为少女喜爱的时尚发型。对这种微型动作的撷取，不仅反映在电视剧中，而且在其他电视节目也是屡见不鲜的。如《财富大考场》中主持人那种以敬礼式的大幅度手势，《开心辞典》中主持人以突然翻掌跷起大拇指的小手势，都有加强效果的作用。更不用说电视剧中那些众多的武打、歌舞，以及风俗仪式等大场面动作所具有的视觉效果了。

2. 戏剧性动作是塑造人物的最主要手段。虽然人物的塑造有多种方法，但通过人物自身的动作去塑造人物却是最主要的一种手段。我们所知道的叙事方式有两种：表述式，即那种对客观存在的现实或知识进行的描述，也即对事实的陈述；表演式，即那种实现其自身意义的陈述——如承诺、威胁、忏悔和道歉等。后者不是描述，而是产生一个行动。即使他采用表述的方法，也"不仅仅是在说，而是在做某件事"。行动，是具有一定动机和目的并指向一定客体的运动系统。首先，行动是角色有意识有意志的动作，或者是他们自己想说想做，或者是他们不得不说和不得不做的，这些都表现出他们自身的性格和所处的环境及它们间的相互影响。其次，人物在有意识的行动中，常常会展现出无意识的内心活动，释放出潜意识中具有重要象征意义的本能的冲动和莫名的情绪等。这些无意识的内心世界，有些对人物行动毫无意义，有些甚至不能用准确的语言表述，但它们能表现和确证出人的本质，更深刻地表现出人的意志、力量、能力、感情、情绪、理想和追求。

从观众角度说，通过人物在一定环境中的自身行动，观众能看得见客观存在，又能通过可见的外部动作洞察人物隐秘的内心活动，理解剧中人物的内在关系，考察发生的事件，同时引发深入思考，区分真假是非，辨清曲直诚伪，善恶荣辱。而且，一些动作的内在含义常常潜藏在这些动作的表面含义下面，隐含在非常自然的表演式叙事过程中，观众从人物的行为举止、言谈话语、表情动作中感受人物的感情倾向，揣度人物的真实动机，这也为观众提供了并不多见的观赏乐趣。

所以，让人物行动起来是编剧的主要任务之一。这里需要说明一点，让人物行动起来，需要一个强大的至关重要的推动力，这推动力有时是本人内心欲望的驱动，有时是外界的情势所迫。或者说，剧中主人公有时可以作为事件的原动力，有时可以作为事件的被动方。主人公不仅不是主动的，而且总是被动着，是在被动中保持一份欲望。如《阿信》的童年在帮佣时最怕被主人赶走，但她却总是被同年龄的加代小姐所欺负，一会儿诬告她偷书，一会儿要抢夺她的口琴，而每一次阿信被欺负时都要被赶出来，可她总是在这些不幸的事件中保持一种欲望，祈望从不幸中挣脱出来，围绕着这个欲望而采取的忍耐、辩解和恐慌成了她对付他人行动的一个反动作。

二、冲突的种类

冲突，又被理解为分歧、争斗和差异等，它是表现人与外界之间矛盾和人自身内心矛盾的特殊艺术形式。

虽然"没有冲突就没有戏剧"这一戏剧创作规律已经被戏剧实践所打破，一些现代影视剧，尤其是话剧在情节处理上追求反情节，不讲因果关系；在人物塑造上，注重刻画人物无意识领域的深层心理活动；在反映生活方面，讲究再现人的幻觉、梦境、双重自我，超越生活自然状态，但是电视剧作为一门新的演剧艺术，一方面吸收了现代派影视剧的新潮观念和表现手法；另一方面传承了传统戏剧艺术的审美规范，并把它发扬光大，特别在运用"冲突"这一元素方面。

冲突与动作有着血缘联系。戏剧以人物的行动来推进剧情、揭示性格和阐述哲理；人物的行动出于动机，而动机本身又是人物的现实状态与理想境界存在着差异和冲突而产生出来的。并且，人物一旦行动，必然打破原有的平衡，造成现态的不平衡，引起新的冲突。新的冲突会导致人物调整原有的行动步骤，新的行动又将引发新的冲突。如此反复循环，直至抵达冲突的理想境界——高度混乱的"湍流"状态，以致多种冲突在快速流动中不断激起新浪花，产生新事件，激发新思想，而且汇聚在一起，迅猛地积蓄起一股颠覆所有的力量。

冲突，有的来自外在因素，如社会的（社会环境、与社会群体意识）、物质的（自然环境、自然条件）、人物自身能力及其他条件的限制；有的直接或间接地来自他人有意或无意的干扰，与他人发生冲突，而人与人的冲突是戏剧冲突中最基本的冲突；有的出自心理因素，即人物内心的道德观念、价值标准、人生观和自我意识的干扰等。这几方面的冲突，有时单独展开，有时则交错在一起，相互作用，互为因果。

冲突有着多种表现形态和形式，在戏剧中常用的有意志冲突、性格冲突、社会冲突、角色冲突和心理冲突。

（一）意志冲突

法国戏剧理论家布伦退尔在《戏剧规律》中，最早明确地把冲突作为戏剧艺术的本质特征，形成冲突说。他把冲突的内容看作是意志冲突，即人的意志与神秘力量和自然力量之间的冲突。

意志，是自觉地确定目的，并为达到一定目的，支配、调节自己的行动，从而克服各种困难，实现目的的心理活动。意志是意识推动行动，意识转化为行动，即意识能动性的具体表现。良好的意志应具有自觉性、坚定性、果断性和自制力等品质。意志常与行动相联系，其在行动中可分四个层次：（1）与不同欲望、企图和动机作斗争，权衡利弊，作出抉择，确定目的。（2）比较不同的行动方式、方法的有效性、合理性和难易度，安排计划，选出最有利的行动方案，或临渴掘井，或退而织网。（3）把愿望付诸实施，变成具体的实际行动，发展成一个连续不断的实践过程。在这过程中，人物的活动难免要与自己内心或外界发生冲突，遭遇重重困难。意志坚强者，不管遇上多大困难，都能以顽强的毅力和坚定的信念，克服和战胜行动中的各种困难，得到成功；意志薄弱者，即使作了决定，也会在行动中左右摇摆、彷徨犹豫，或畏缩不前，或三天打鱼两天晒网，或干脆放弃决定。在百折不挠克服困难的坚韧行动中，包含着自觉意志的作用。(4) 冲突的尖锐程度，也往往取决于冲突中人物自觉意志的强度。意志是人们改造客观世界和主观世界，发展能力的不可缺少的心理因素。意志是在实践中不断克服主客观的困难的必须因素。心理学的研究证明：许多有成就的人物，他们之所以在事业上取得巨大成就，起作用的不仅是他们的聪明才智，更重要的是他们有坚忍不拔的毅力和勇气；他们的聪明才智往往是在战胜挫折和失败中得到运用和发展的。他们的意志也是在长期的逆境中得到磨练和坚定起来的。古希腊剧作中的人物，几乎都是意志力顽强的人，他们动机具体，明确，不折不挠地向目标逼近。

（二）性格冲突

性格，是个人在对人、对己、对事物，乃至对整个环境适应时所显示的独特的心理特点。

有人认为，在具体的作品中，某一人物要与他人发生冲突，虽然总是包含着自觉意志的作用，人物之间冲突的尖锐程度也往往取决于人物自觉意志的强度，但是，在很多剧中，人物自觉意志形成的过程，意志和行动的关系，却往往显得复杂得多。人物受特定情境的影响，往往要经历复杂的内心活动过程才凝结成意志，并且在意志形成以后也不一定就直接采取行动。从意志到行动的过程，以及行动过程中由于心理活动的复杂性而形成微妙多变的状况，是经常发生的。决定人性格的因素很多。如人的性别、年龄和文化水平；家庭、居住社区的环境；时代和社会的大环境等。性格，是表现人的态度和行为方面较为稳定的心理特征，它是在一个人生理素质的基础上，同时在社会实践活动中逐渐形成、发展和变化的。因此，尽管编剧在处理戏剧冲突时不可避免地会涉及人物的自觉意志，然而在冲突的实际过程中，它并不是单一的决定性力量。而且，真正具有强烈戏剧性的剧作，冲突的开展都是有独特性的。而这种冲突的独特性，恰恰来自独特的性格。从性格出发构成的冲突，不仅可以使冲突和情节具有真实性和必然性，也是医治雷同的最好处方。过于情节化，人物会显得太单调。没有意志的人不行动，行动的最初起源来自意志，但这容易形成观念冲突。惟有通过性格冲突来揭示人物的精神世界，才能克服冲突的单薄肤浅。据此，他们主张用性格冲突代替意志冲突。

（三）社会冲突

美国戏剧电影理论家约翰·霍德华·劳逊试图从社会学的角度发展意志冲突说，把戏剧冲突的内涵延伸为社会性冲突。他认为，"戏剧冲突也是以自觉意志的运用为根据的。没有自觉意志的冲突一定是完全主观的、或完全客观的冲突"。同时，他又发展了布伦退尔的理论，指出"戏剧的基本特性是自觉意志在其中发生作用的社会性冲突"。他说："由于戏剧是处理社会关系的，一次戏剧性冲突必须是一次社会性冲突。我们能够想象人和人之间的、或者人和他的环境——包括社会力量和自然力量——之间的戏剧性斗争。但我们要设想一出只有各种自然力量互相对抗的戏，可就困难了。"由此，劳逊给戏剧冲突律下了这样的定义："戏剧的基本特征是社会性冲突——人与人之间、个人与集体之间、集体与集体之间、个人或集体与社会或自然力量之间的冲突；在冲突中自觉意志被运用来实现某些特定的、可以理解的目标，它所具有的强度应足以导致冲突到达危机的顶点。"动作，是具有一定动机和目的并指向一定客体的运动系统。人的动作不是孤立的，而是包括在人的整体活动之中，是活动的组成部分，它是以自觉的目的为特征，并且总是由一定动机所激发，因而具有社会性。

社会冲突可以理解为一种超越个体的广义的冲突，过去有人解释为阶级冲突，现在有人转换成文化冲突。如中西方文化的冲突，如先进文化与落后文化的冲突，甚至南北地域文化的冲突等等。

（四）角色冲突

角色冲突是个体在群体的位置和作用的冲突。角色是一个表示关系的术语。人们在现实生活中，面对不同的社会关系，以不同的社会身份出现，表现为不同的角色。

角色可以区分为以下几种类型：（1）先赋角色。如儿子、父亲、哥哥、弟弟、姐姐、妹妹等，是从出生时就获得的。血缘关系大多属于此类。（2）自致角色。如大学生、博士生、工程师、教授等，是个人在社会活动中，以某种力量或某种方式争取得到的。（3）指定角色。如厂长、经理、科长、局长等，是由社会机关、社会组织、政府部门所指定或任命的。（4）伴随角色。如同学、病友、战友等，是伴随着人们的某些共同活动自然而然出现的。此外，还有些特定场合的角色，如顾客、乘客、当事人和目击者等。

角色理论属于伦理学范畴，它包括角色期待和角色冲突。一个人处于某一社会地位时，人们便希望这个人表现出相应的行为，这就是角色期待。在角色期待中，应对角色作出不同层次的区分：一是理想角色。这是整个社会为某一个角色所确立的，表明该角色应达到的理想的行为模式，为社会大众所公认。如"三纲五常"就是旧文化表明该角色应达到的理性的行为模式。如"大公无私"就是广大百姓对人民公仆的理想要求。二是领会角色。这指的是个人对角色的不同理解所导致的行为模式。如有的人认为官员就是能让人死也能让人活的差使，是个能捞钱的角色；而有的认为做官是为了为官一任、造福一方，成就一番事业。三是实际角色。这是人们在充当某一角色时所表现出来的行为。一个人的实际角色行为，除了受制于理想角色和领会角色之外，还受个人利益、工作能力、个性气质，以及外在环境的影响，因而表现出角色的具体性和个人局限性。

在现实社会生活中，每一个人都担任着多种角色，人们所具有的多重角色常常会导致角色冲突。角色冲突大致包括三种类型：一是角色本身的冲突。这是由角色要求不同造成的。如实际角色与理想角色有着很大的差异。二是不同角色之间的冲突。这是由某个人在同一时间内，分别扮演不同角色造成的。三是角色组织与单一角色之间的冲突。每一个角色都附属于一定的角色组织，而后者往往为处于该组织内的角色规定相应的行为模式，如果角色行为与组织规定相矛盾，也会酿成冲突。如警察抓自己干坏事的儿子，小偷盗自己家里的钱财。

过去，每个人的意义在于他所处的特定的角色中，都具有固定秩序中的规定心理。如他是父亲，他就应该严；如果她是母亲，她就应该慈；如果他是儿子，就应该孝。反过来，如果他是一个臣，就应该忠；如果他是官，就应该威。个人的心理、意愿与情操，往往被纳入统一规格，不易形成特异的内心世界。现在，随着社会伦理的变化、个体意识的增强，角色冲突也成了戏剧冲突的一个重要方面。

在《儿女情长》《咱爸咱妈》中，老夫妻之间充满浓浓温情，惦念、重逢、关切，以及不用一句语言的默契。但他们是次要角色，是戏剧冲突的起源。因为他们年老得病卧床不起，并处于临终状态，使得家里的儿女们必须放弃自己的生活，专门照顾他们的起居与治疗。在父母的病床前，儿女们演绎了一场角色冲突。《咱爸咱妈》中的大儿子乔家伟是个省城一家物理研究所的副研究员，《儿女情长》中的大儿子是名海军军官，他们两个在各自的工作岗位都是骨干，在各自家庭都是长子。根据传统道德，长子如父，他们要负起照顾弟妹的责任，起到一个顶梁柱的作用。但他们在自己家里，又均是丈夫和父亲的双重身份，而且都面临一个不愿意遵守自己原本角色身份的媳妇。如《咱爸咱妈》中家伟的妻子罗西一切为了自己的小家，与传统的媳妇要求很远，她既不愿意将自己家里的钱拿出来，又不能尽一个儿媳妇的孝道，与丈夫闹到离婚的地步。总之，面对社会的压力和家庭的诸多问题，这些"长子"们思考着这么一个严肃的主题：当你已经竭尽全力在社会中拼搏时，一旦你的父母需要你的时候，你是否愿意为他们而牺牲自己的利益和时间，去尽一份儿女们应有的孝心。

（五）心理冲突

人物同时存在两种或两种以上的动机需求，而这些动机彼此之间是相互排斥的、矛盾。这种人物受多种因素影响，产生难以选择的矛盾心理，我们称之为内心冲突，心理冲突。

动机，行为发动的原因，也即个体进行某种形式活动的主观原因。它可以是有意识的，也可能是无意识的，又可分为内在动机和外在动机。最基本的内在动机是本能，和某种从生理需要出发的内驱力，如

"食色性也"之说。外在动机，是以外界刺激为诱因的，如物质刺激等。外界有些刺激能引起冲动，造成不良行为后果，这时又需要用惩罚的手段，以取得抑制效果。无论是激发行为的赏，或是抑制冲动的罚，都属于外界刺激。外在动机更多的是来自社会刺激，诸如名誉、地位和友爱等，这些对人来说往往更为重要。内在动机与外在动机可以相互促进，在一定条件下又可以相克。

人在现实生活中，尤其在进行改变现状的行动中，往往有两种以上的动机，因此心理冲突不可避免。这种心理冲突，存在四种状态，其每一种状态都会使人物陷入进退两难的尴尬境地。

双趋冲突。此类冲突系指人物面对两个具有同等吸引力的选择，人物对此两种选择怀有同等强度的动机，但因条件限制，只能选择其一，不能同时拥有两者，会产生鱼与熊掌不可兼得的矛盾心理。如一个男孩想踢足球，又想玩游戏机，但时间就这点，踢了足球就没时间玩游戏机。一个女孩想买这件红衣服，又不甘放弃那件蓝衣服，但钱就这点，买了红的就要放弃蓝。怀有这种心理冲突的人往往在选择一个以后，会对另一个未得到的萌生珍惜、怀念与更有价值之感，因为那一个也是他所喜欢的，"得不到的东西都是好的"，人们常常会有这样的心态。

双避冲突。此类冲突是指人物面对两个具有威胁性的目标，此两个目标皆为人物所恶，但迫于情势，必须接受其中一个才能避免另外一个，结果造成选择时左右为难的困境。这时就会滋生前无去路、后有追兵的心理状态。如一重伤病人须锯掉一条腿才能保命，死亡与残废之间，他必须选择一种。面对此种选择，人物应遵循"两害相权取其轻"的原则，视伤害较轻的作为选择的依据。通常人物做了一个决定之后，越趋近其中一个不愉快的目标时，会变得越紧张，并做出反常的举动。

趋避冲突。此类的冲突情境系指人物面对单一目标，而同时产生两种动机。此目标对人物而言，同时具有吸引力与排斥力，造成人物进退两难的矛盾心理。如男孩子想追女朋友，又怕被拒绝。酒鬼喜欢喝酒，又怕得肝癌。越被吸引越想逃避，越想逃避反越被吸引。

双重趋避冲突。指人物同时具有两个或多个目标，每一个目标对他都形成趋避冲突，无法作出决定，但他仍必须就两者或多个中作一抉择，于是所产生心理状态。此类冲突的解决，往往视目标所具有的价值及个体的需求强弱而决定。

我们可以从日剧《新闻女郎》举出一些运用心理冲突的例子。女主角麻生环如愿成为"第二频道"新闻女主播，并顺利跟工藤教授结婚。在婚礼庆祝会上，工藤将自己与前妻所生的儿子北原龙介绍给她，但两人对彼此都没有好感。两人个性都很倔强，互不相让。翌日，正当麻生环在报道插播新闻时，得知新婚的丈夫与前妻死于交通意外中。痛苦不堪的麻生环恪守职业道德，还是冷静地报道了事件经过。之后，工藤的好友九保田来拜访麻生环，希望她能照料失去双亲的北原龙……两个水火不容的人，要共居一室！麻生环的态度很坚决，不愿妥协。但是，作为律师的九保田告诉她，北原龙拥有这房间的一半，如果麻生环不愿意，只有自己搬出去。这样，这位新闻女郎就遭遇了第一个左右为难的选择。这是一个双避冲突，人物面对两个具有威胁性的目标，麻生环不愿意别人搬进来，又不高兴自己搬出去，但迫于情势，她必须接受其中一个才能避免另外一个。编剧抓住这个过程，着意刻画了像麻生环那种现代知识女性自私而精明的个性。

同样的双避冲突，后来又发生在麻生环身上。麻生环在不得已的情况下，收容北原龙，但是一开始他们无法好好相处。北原龙作为父母离异又失去父亲的孩子，与一个造成父母离异的第三者，自然无法亲近。两人老是意气用事相互作对。但是经历了种种有趣又感人的接触，两人从陌生到互相信赖。有一次，北原龙郑重其事地找麻生环要她说一件事，九保田猜疑北原龙是爱上麻生环了。麻生环不愿意接受这样的事实，但又不想直截了当地加以拒绝，怕伤害对方的自尊心，如此她就又处于一种尴尬境地：越是想找一个合适的机会拒绝，越是紧张，越做出一些反常的举动。以至于在北原龙开口之前，她反复打断他的话，几次欲言又止，只得以一口一口地喝酒来掩饰自己的内心慌张。虽然这最终是一场误会，但编剧却是通过内心冲突，淋漓尽致描绘出一个女孩在冷漠自私的表面隐藏着的善良温柔和体贴细微的真实本性。

在该剧中，麻生环最后遭遇的是一种双重趋避冲突。由于麻生环的一次私自报道新闻，被上司停职处分，撤换主播。她无法安于家中的平静生活，九保田介绍她到一家社区有线电视台上班，但是麻生环对于收视户只有几百人而感到不满，希望回到原先的主播台。但经过一段时间工作后，麻生环发现在社区有线电视台工作，民众的声音与反映比在以前来得直接，而且受到电视台同事、九保田和北原龙的影响，她渐渐感觉到需要反省自己。后来，麻生环所作的专题报道被社区电视台的同事拿去参加比赛，获得新闻奖，因而"第二频道"希望她能回来重新工作，此时麻生环的心动摇了："第二频道"是大台，具有影响力，但回去后还会重蹈覆辙，受收视率的制约；社区虽是小电视台，却能真正报道新闻。新闻不一定都是要重大新闻，告诉大家想知道的事情才是重要的。加上此时九保田和北原龙的沉默，社区同事和居民的真心流露，"第二频道"的高薪聘请和原来同事的热情欢迎，促使麻生环内心的冲突更为激烈。究竟如何，编剧一直让她处于缜密的考虑中，直到最后才让她在发表得奖感言时，表达了她想去地方服务的决心，完成了这位新闻女郎的成熟之路。

三、基本的要求

从实践的角度，一些编剧喜欢把戏剧动作分解为：做什么、为什么做和怎么做。做什么，指动作的具体形式，如喝茶、舞剑等。为什么做，指动作的心理动机，如为什么喝茶，为什么舞剑等。怎么做，指具体的动作方式，以揭示动作者的性格特点、文化素养和生活背景等。做什么、为什么做和怎么做是一个完整的动作概念。

从理论的角度，有些学者要求戏剧动作具有：统一性、层次性和情感性。

（一）完整统一

剧中的人物行动的完整和统一，要求动作前后贯串，因果相承，有头有尾；要求不同人物的多个动作线有内在联系，不能彼此无关；要求整个电视剧无论多长多复杂，是一个行动。

约·霍·劳逊认为亚里士多德把整个一出戏当作"一个行动"，是向有机的戏剧理论跨出了第一步。

动作的统一性，在于动作是趋向一个单一的目的。从初次决定行动到终于付诸执行之间的一切现象则构成了动作的完整性……动作有着明确的目的，表现人物明确的意向和愿望，为此而行动，那么这个行动的结果如何，就成为观众最关心的问题。如果露头断尾，就会使观众失望。此外，动作整一律能完整地展示人物性格的发展变化的整个过程，因为动作是塑造人物的过程。如果动作散漫，头绪庞杂，顾此失彼，观众则会如坠烟海。艺术要求统一，统一才能立主脑。全剧动作保持了主题的统一性，同一主题就可以通过不同的安排事件的方法来表现。

有人认为，只要集中使用素材，便可以获得统一性。如把动作集中在某个人或某个集团身上，再不然就集中在某一个事件或几个范围极狭小的事件上。但是，一个人在生活中遭遇的事件是各式各样的，因而不可能归纳出统一性来。所以，我们也不能将一个人的许多动作归结为一个动作。有的剧本处理许多事件和人物，但仍然获得最高度的主题的集中。有的虽然只是处理一个简单的故事，结果却显得非常松散。

有人认为应该从高潮中看统一性，所以，有的编剧喜欢把高潮先想好后，然后才设计前面的情节。也就是说，有了高峰，然后才决定山坡的高度，而不是从平地慢慢向上爬坡，以保持一口气到达顶峰。

实现行动整一的具体方式多种多样，其中主要有（1）通过情节的一致；（2）通过情节、地点和时间的一致；（3）通过人物的一致，"一人一事"；（4）通过内在情绪一致。不论通过哪种方式，都须和主题思想的统一结合起来。

（二）层次分明

作为一种结构，戏剧需要分场分幕，电影需要分镜头分场景，电视剧需要分场分段分集；事件的叙述需要分段落分篇章，人物的动作也需要根据动作的进程有层次的发展。

人物在事件中都有一个主要目标，在最终达到他这个目标之前会有许多带引他并最终引导他逐渐走完整个过程的小目标。有学者把这些小目标比喻作为"脊柱骨"。编剧在明确了人物主要目标之后，需要去分解每一场戏，以推动人物行动的具体的次要目标。

然而，戏剧性动作具有流动性、阶段性，一个动作接着一个动作，延续发展。但这个流动有个基本要求，即目标明确，线条清楚，层次分明。层次分明要求在单色中分出层次来，过程不能一个动作直上直下，没有起伏。层次分明要求表现细微感情的微妙变化，有阶段地积蓄情感，最终抵达爆发的临界。层次分明要求动作线连贯不断，但有分段落，既一气呵成又有所分割。

有层次感的递进过程，将人物与事件从一般状态推到比较高级的状态，从一个简单的状态推到一个复杂的状态。

戏剧性动作存在着一种激变，这种激变要通过逐步推进来层层加深的。席勒在《论悲剧艺术》中说："一个新手，就会把惊心动魄的雷电，一撒手全部朝人的心灵扔去，结果呢？是毫无收获。而艺术家呢？则不断发出的小型的霹雳，一步一步向目的地行走。正好这样一来，完全穿透别人的灵魂。只有逐步推进，层层加深，才能够感动别人的灵魂。"

（三）感情用事

"动作说"，自亚里士多德提出后，一直是很多编剧教学都公认的理论。美国戏剧编剧理论的教育家贝克[①]反对单纯的动作说，提出了"动作"与"情感"并在一起说，他根据长期教学经验的总结，在那出版于1919年的《戏剧技巧》高等戏剧教育的教材中，提出"动作与情感说"，其中主要突出"情感说"。

贝克认为，真正的戏剧，以动作为起点，以感情为主旨，以剧场为归宿。他为了突出情感说的重要性，首先驳斥了单纯的动作论，他说：动作能否成为戏剧性的，要看它是否能激动观众的感情。不能产生感情的动作，谈不上什么戏剧性。

贝克认为，动作不能说明戏剧性。比如说，极端静止也可能使其成

[①] G.P. 贝克（G.P. BAKER），1866—1936。1887 年毕业于美国哈佛大学，留校担任戏剧文学和戏剧史等课教学工作，后主持一系列戏剧课程，总名为"课程第47号的实习工场"，简称"47SHOP"。1925 年转入耶鲁大学，任戏剧史和戏剧技巧课的教授。他的著作大多与教学相联系，其中出版于 1919 年的《戏剧技巧》（*DRAMATIC TECHNIQUE*）是他长期教学经验的总结。

为"戏剧性的"。比如说：有位老人，他的亲人的遭遇已经赢得了观众的同情。有一天房子起火了，这位老人坐着一动也不动，火越烧越大靠近了这个老人。这个场面富有戏剧性，因为我们通过对他亲人的同情而对这位老人产生具有戏剧性的同情。第二，他反驳冲突是戏剧的中心的说法。他说，近几年的戏剧中，冲突只是戏剧的一大部分，而不能涵盖它的全部。第三，他反驳危机是戏剧的中心的观点，他认为构成危机的是什么，这样的定义不能算是定义。

贝克设立了这样一个逻辑论证：戏剧性应该包括外部动作和内心活动，但外部动作和内心活动未必有戏剧性。这就是说，不管哪一种动作都解释不了戏剧性的问题。动作能否成为戏剧性的，要看它是否能激动观众的感情。贝克认为，戏剧性的奥秘所在主要在动作是否有感情，他说：动作虽然被一般人认为是戏剧的"中心"，但感情才真正是"要素"。如果我们焦点集中，承认"戏剧性"只能专用于"能产生感情反应的"，那么各种混淆也就一扫而清了。

对此，他对戏剧性动作提出了一个"情感外化"的问题，即如何让剧中人物深藏在内心世界的情感以外显的形体动作流露表现出来。

贝克的论说：准确传达的感情，是一切好的戏剧最重要的基础。

动作的感情说的提出，有几个原因。

1. 感情的抒发既是目的又是手段。艺术源于情、传于情。艺术审美，悦目悦耳、悦心悦神，总之是愉悦心情。即便是哲理阐释，也是寓教于乐，感情是调动观众，说服观众最迅速最有效的手段。有力地凝聚感情，准确地传达感情，是一切好的戏剧最重要的基础。正如贝克所说，通过人物之表演，由所表现的各种感情，能使聚集在剧场里的一般观众发生兴趣的东西，就是戏剧性的。当然，"能产生感情反应的"，不是指在戏剧舞台上要"煽动感情"，"装腔作势"和"矫揉造作"。

2. 人物形象的塑造离不开情感的参与。（1）人的内心蕴藏着一个比外部世界更为丰富的世界。主宰这个世界的，不是任何的科学规划与定律之真理，甚至不是严谨有秩序的理性思考，而是一种偶然、神秘的情绪和感情，随时随地都会起伏变化的喜怒哀乐等情感。（2）情感作为认识外部世界的主体之一，渗透于人的认识的全过程。从选择认识对象，到分析、加工、综合各种客体信息，整个认识过程无不受到情感因素的影响。人的认识，由于情感的弥漫而显得被情感所涵盖，因而显示出强烈的情感特征。(3) 情感在认识中起着比理性更为重要的作用。第一、对认识活动的激励作用，情感激发人的认识活动，是人探求真理的动力之一。第二、对认识对象的情感取舍，直接影响着认识对象的选择。第三、情感作为认识的主体之一，具有非理性因素。这种非理性因素与理性因素常常不是统一，而是充满互动，社会越组织得规范，人的柔弱的心灵越会感到压抑，越需要进行情感宣泄，越会爆发出超常的激情。而且，在感情与理性的战争中，激情往往战胜理性。如果代表感性的酒神比代表理性的日神所战胜，人的生命将是一片苍白，人的活动将会陷落到一切循规蹈矩之中，而不会爆发出比天堂里的奇迹更伟大的创造力。

3. 无论在人物之间，还是人物与观众之间，起着纽带作用的都是表露感情的地方。影视剧艺术的情绪冲击力，涉及的问题诸如复仇、犯罪、背叛、欺骗、愤怒、挫折、爱情和失恋，以及人物之间和人物内心的感情关系等，都是极其动情的。影视剧的叙事以冲突为基础，以描写人物感情的细致变化为目的，着意于场面的积累，在段落与段落之间，无论有没有冲突的不断深化，都是通过一个个场面，着力去刻画人物自身的情绪和人物之间感情的细致变化。这种感情的内容材质，主要不是以冲突造成的紧张感去抓获观众；而是以生动、细致、丰富的人物感情描写，唤起观众的共鸣，从而一波三折地把剧情引向高潮。

贝克的"感情说"，在后来的编剧理论中没有被普遍采用。没有采用，并不是这不重要，而且是因为太重要，感情之说已经长期被认为是普遍真理。大家认为，所有文艺作品的创作和欣赏都会激荡创作者和接受者的感情，一个普遍性的东西，不能作为某一个艺术门类的特性。比如抒情诗歌，有感情，却没有戏剧性，所以"感情说"不能单独作为一个领军人物来进行引领。

感情说的淡出，不等于"感情"不是基础，可以否认它的存在和重要性。许多编剧理论和技巧书中，缺少这一元素，使某些编剧在选择和安排内容的时候，有意无意地突出了行动中人物的理性作用，而忽视了感情的主宰地位。所以，麦基的演讲，其中就有以"复杂感情""情绪高潮"为主题的。

一旦准备行动时，必须把理智的东西抛在一边，以造成激动人心的瞬间。

动作可以是形体的或精神的，但它必须能引起情绪上的反应。为什么求爱、复仇、追捕这些动作更容易被编剧选择，因为其本身就含有强烈的情感因素。而那些理论研究、科技实验，哪怕是能引起画面感很强的原子弹爆炸和万吨轮试航等，反使编剧望而却步，原因在于这些动作很难渗进个人的情感因素，往往是理性大于情感。

就如台词处理一样，当两个人为了某个他们认为是重要的论点争执不下时，你绝对看不到一场有趣、刺激或引人入胜的戏。而只有当他们尽量想压倒对方、刺激对方、击中对方情感痛处时，观众才有一场好戏可看。动作的意义也是如此，编剧只有表现人物激怒、恐吓、困扰，或者慰惜、鼓励等情绪、目的和欲望时，动作才有意义。

当编剧笔下的人物有目的，并开始为实现这个目标积极行动的时候，编剧最大的障碍是完全理性地计算人物动作有层次有发展的步骤。

有些文学爱好者在初接触剧本创作时，善于作者本身的阐述，不习惯通过描绘人物的动作来叙述。特别是有些大学生，在高中阶段经过了议论文、说明文、记叙文的严格训练，重视文字写作，因而有正确地理解、使用和欣赏评价文字的能力，但他们却缺乏通过文字来表达活动图本的兴趣。或者说，他们中的某些人对戏剧有过研究，知道戏剧性动作在戏剧创作中的重要性，但由于没有经过严格的系统训练，结果总是先写了叙述再找动作。这种情况，等于有些成年人学外语，眼睛看着英语，脑子里想着汉语，联系着英语和汉语的概念翻译，进行着母语的推理。这一进一出，不仅浪费时间，而且缺少精确到位的思维表达，以致无法养成良好的创作习惯。

第九章 戏剧性情境

　　戏剧性情境是指剧中人物所处的具体处境和心境的一种有情之境。其主要表现出一种力量，从而影响人物的生活，激起人物的欲望，促使人物的行动。通常，电视剧在开场时要设置情境，构成全剧的推动力量，作为一种外在客观的推动力，促使人物的心理活动凝结成具体的动机，并导致具体的行动。由此，主要人物的行动牵动其他人物的行动，引起新的冲突，构成新的事件，导致局部情境变化，使全剧的情境加强推动力度，使主人公采取更有力的行动，以造成一连串的反应，层层递进，通向高潮，从而完成情节的发展。戏剧性情境，对电视剧的艺术构思——特别是矛盾冲突的内容及其展示方式——有着重要的影响和制约。

　　戏剧性情境是影视剧创作的一个重要元素。它引发戏剧性动作，规定动作的发展方向，成为动作产生和发展的必要条件。在情境的建构阶段，情境和动作两者互动，既可以先有情境后有动作，也可以先有动作后追根溯源，补上情境，或者在情境和动作两者多次互动作用下同时完成。

　　本章主要介绍戏剧性情境的基本概念、具体内容、主要作用及常用类型。

一、情境的内容划分

　　影响人物行为的情境因素很多，并且这些因素并不是孤立存在，而是相互依存，相互作用，即每一方面都会影响其他方面，同时被其他方面所影响。如人所处的空间、气候、温度等物理环境，对人的心理影响是不言而喻的。在人民大会堂的庄重，在咖啡酒吧的轻松，情境是迥然不同的。人所处的不同年龄阶段，对事情的感受会截然不同。在一定的社会关系中，上级与下级、长辈与晚辈之间往往比较严肃，相反朋友之间、兄弟之间就比较轻松自由。但是，同样是亲朋好友，处在不同的场合中，行为方式又会出现不同的表现。如在丧事活动中不会用比较欢快的语言。在轻松活泼的场合则没有必要用很庄重的语言。以上几个方面的规律，在不同的社会规范和文化习俗的背景下，也不能一概而论。

情境影响人物行为，要从两方面去考虑。一是有些情境对大多数人都有影响。某些尖锐的情境，如生死考验、肉体痛苦、苦难折磨等，就很少有人不受影响。二是有些情境只对少数人有影响。它的尖锐性是从人物性格出发的。这种尖锐对张三是尖锐的，对李四则未必。如请客送礼，对没有财力的人，对不善交际的人，有时就觉得难以应付。

影响人物行为的情境因素很多，作为戏剧性情境，主要由具体时空、激励事件、与人物关系三方面因素所组成。

（一）具体时空

每个人都生活在一定的时空下，一个时代有一个时代的社会背景，一方地域有一方地域的文化背景，每一个时代和地域的经济、政治、司法、教育、家庭等等各方面的状况，都会显示出与其他不同时代和其他不同地域的差异，这是情境的一个方面。针对这个方面，同一题材随时代地域的不同就有不同的处理。如没有照顾到必要的活动背景和社会时代气息，其结果必将失去观众对作品内容本身的信任感。

所有的人都生活在环境中，每个人所有的言谈举动均与环境有密切关系，人总是根据自己所处的社会和时代的生活条件来思考和决定表达意志方式的。人不能离开他生活的社会和时代，如同没有人能拔着自己的头发离开地球一样。因此，我们也不能脱离生活环境来描写一个具体的人。但是，普遍的社会环境和时代背景还不能显示出个别人物在现实生活中的活动。黑格尔认为要使人物摆脱一般和普通，进入个别和特殊，获得"本质上的定性"，就必须借助于具体情境的力量。"情境就是更特殊的前提，使本来在普遍世界情况中还未发展的东西得到真正的自我外现和表现。"黑格尔给我们指出，处在普遍的世界情况与包含着矛盾冲突的具体动作这两端的中隙，还存在着一个空间，这个中间阶段就是情境。情境既是普遍的社会环境和时代背景的局部、个别与特例，又是具体个人生活、冲突与激发其动作的具体宇宙。[①]

戏剧性情境是普遍世界与个别人物的中间环节，不单单指一种物质的具体处境，还包括在这个具体处境中人的心境。余秋雨说："剧本提供的戏剧性情境，可说是一种有情之境，或者说是一种与情交融的环境承载。许多艺术作品都会有情与境的组合，当这种组合呈现为一种显豁、凝练和激烈的状态时，便构成戏剧性情境。"[②]真如历史学家寻找旧时代的器物、制度、政治文献，是为了考察曾活在那个时代的精神一样，文学艺术家在塑造人的历史时，描绘人所处的外部环境，着眼点也是一种活的精神的物化。

另一方面，剧中主人公与他所接触的每个人都有某种个人的感情包袱，或处在某种说不清的复杂的情绪状态。每个人都有需要解决的问题，或正在面对不可解决的困惑。当这些问题人处在一起时，是充满温情还是互相折磨，如某个家庭和公司的团体氛围，或亲密无间，或相互侵扰，或四分五裂，这就是"人生"，这就是剧中人所处的一种情感动态的生活，如平静地壳的深层有火浆在涌动，无浪海洋的底部有暗流在奔腾。

具体时空可理解为故事发生的具体时间和地点，人物活动的场合，包括时代、地域和社会等的时、空关系；又可理解为在故事发生的具体时间和地点中的人的具体心境。一人向隅举座不欢，反之亦然。实际生活中有各种各样的家庭氛围，融洽的家庭帮助家庭成员解决问题，创建事业；专制、冷漠的家庭会将家庭中的人推向深渊，把家庭搞得七零八落，灾难重重。

我们不能说，比起时代和地域环境，个体的感情和精神问题对人物的行为更有举足轻重的影响。如民族危亡时期，"文革"动乱年代，这

---

① 黑格尔著，朱光潜译：《美学》第一卷，商务印书馆 1997 年版，第 251—254 页。
② 余秋雨：《戏剧审美心理学》，四川人民出版社 1985 年版，第 50 页。

样动荡不安的外部环境必定会给身在其中的每一个个体带来不可磨灭的情感回忆；同样，今天的改革开放、经济大潮的冲击，如此巨大的时代变革对我们精神面貌变化的影响，怎样估量也不过分。但应该承认，具体的个体感情对人的行为同样具有一种非常深刻和非常广泛的支配，虽然这些个体感情并非来自于外部空间。如学者朱学勤在看了电视剧《十六岁花季》后说："从某种意义上说，某一代人十六岁的外部空间，总是容易流逝的，而十六岁人历代不易的内心空间，却是永久的。歌德那部《少年维特之烦恼》之所以历久长新，获得了代代人的认同，其秘密恐怕就在于他抓住的是人物内心空间语言，而不是人物所处的外部时间特征。"[①] 这句话指出了一个事实，远离外部时空的某些内心空间，同样表现了文学艺术的生命力。也许这里我们还可以走得远些，有些个体感情，如狂热、复仇、疯狂、卤莽、悔恨、恐惧等，不仅并非来自什么外部时间，而且也并非来自什么某个年龄段的内心空间。它们像幽灵一样，飘浮在具体的时空之外，随时会将人推向深渊，改变他们的人生。

（二）激励事件

激励事件，顾名思义，是一种激发动力，促使人物进行活动的事件。情境常常由事件构成，但构成情境的事件与戏剧情节发展过程中出现的事件在性质和功能上都有所不同。情境中的事件只是作为缔结人物关系和引出矛盾冲突的手段，给人物所处的常境或困境给予一个有理性、能逻辑判断的理由，剧作家并不着力表现它。而戏剧情节发展过程中出现的事件，是情节基本内容的事件，是剧作家着力表现的对象。

当生活尚可以控制，或者不需要特意去关注，可以预料到如何的时候，相对而言是一种平衡的生活。然而，就在突然间，一个事件发生了，首先打破了主人公的生活平衡，将主人公生活现实中的价值钟摆，或推向负面，或推向正面。一个事件把主人公的生活推向混乱，然后在他心中激起平衡的欲望，使他力图找寻他认为能够整饬这种混乱的东西，并为得到它而采取行动。出于这种考虑，主人公的下一步行动，通

---

① 朱学勤：《如花之季梦未然》，载《十六岁的花季》，上海人民出版社 1991 年版。

常是非常迅速，偶尔也深思熟虑地构想出一个欲望对象。

激励事件推动主人公去积极地追求一个欲望对象或目的。但激励事件不仅激发出一个自觉的欲望，还会激发出一个不自觉的欲望。一些复杂的人物感受着激烈的内心斗争，因为这两种欲望构成了直接的冲突。无论人物自觉地认为自己需要什么，观众却都能感觉或意识到，在其内心深处他有一个完全相反的不自觉的欲望。

事件可分自然事件、人为事件、必然事件、偶然事件、过去时态事件、现在时态事件等。激励事件的发生大多是自然事件、偶然事件。由于巧合，人在家中坐，祸（福）会从天而降；由于外部环境聚变，引起人的命运转变。如美国电视剧《战争与回忆》中，一条主要情节是描写拜伦·亨利的妻子犹太姑娘娜塔丽在德军占领区的逃亡经历。该剧的开场，就是美国对德、意宣战，娜塔丽带着小孩正滞留在罗马。作为犹太人，又是美国军官家属，他们能不能逃出法西斯的魔掌？美国对德、意宣战这个外部事件给娜塔丽带来了生命危险，引起了其家人的救援行动。激励事件也可以出于主人公本人的决定，是人为事件或必然事件。如《北京人在纽约》和《上海人在东京》，均是主人公主动进入一个陌生的不同文化背景的生存环境，而一进入这种环境，他们第一件事就是不得不努力地适应这种环境。

但是，造成情境的激励事件应该是现在时态的事件，不是过去时态的事件，过去时态事件常常作为故事的前史，叙述而不展现。现在时态事件把事件当着观众面前展现，让观众亲眼目睹，亲身经历，从而相信剧中人物的选择，逐渐进入剧中情境。

（三）人物关系

人物关系是流动于戏剧性情境中的血液，是最富有活力的因素，它能起到使戏剧动作产生连锁性反应的效果。

电视剧中常用的人物关系有血缘关系、社会关系和利害关系等，并常用三种方式处理。（1）相连，使本来不相干的人迅速结识；（2）叠加，使原来正常关系上突然又加上另一层关系，如本来是朋友亲友，现在成了竞争对手；（3）相连加叠加，使人物关系更加错综复杂。

在重亲情、重人伦的社会环境中，每每以曲折复杂的血缘关系来增加故事的容量，从亲人相逢到最终相认，往往是扩充故事情节的良机。如在医院接生时婴儿被抱错，若干年后父母要为受伤的儿女输血时，发现血缘遗传不符，然后寻找自己的孩子。如《渴望》，刘慧芳与王沪生、宋大成的情感纠葛结成了三家理不清、剪还乱的感情关系。再用丢孩子——捡孩子——养孩子——还孩子的情节串起了刘家和王家的另一重情感关系。

缔结关系，是奠定人物发展基础。情境设置的第一个作用，就是要在开幕后的很短时间内，立刻让人物缔结关系。有了关系后再添加条件，使这个人物关系有发展的基础。

如日剧《悠长假期》的开场，过气的模特山南在举行婚礼时，等新郎朝仓不来。穿着婚纱的她赶到他的住所，发现新郎已不辞而别。为了在住所等朝仓回来，也因为自己婚结不成回不了娘家，所以不打招呼地就搬进了朝仓的旧住所，要求朝仓的室友秀俊让她住进朝仓的房间。于是造成了山南与秀俊两个本来完全不认识的人开始聊起了感情问题。再如日剧《恋人啊》更是一个巧妙的设置。宾馆里，新娘爱永已经着好盛装，婚礼还有三小时就开始了，但此时的新郎还在外面为赚钱奔波。在这段时间里，一个自称是新郎前任女友的姑娘闯进房间割腕自杀。而此时在同一个宾馆内，另一对马上要举行婚礼的新娘向新郎航平坦白说出自己已怀上了别人的孩子。苦闷的航平在宾馆的花园里相遇同样没法发泄的爱永，他们相互安慰，仍然接受了各自的对象举行婚礼。婚后，在航平的第一个生日那天，发现爱永竟然成了他的新邻居。他俩装成互相原来不认识，暗暗地交往。同时，航平的新妻子也装成不认识爱永的丈夫，开始了两家的往来。看起来，这先前婚礼的相遇和现在成了新邻居，是过分的巧合设计。但实际上，这全是航平妻子有意所为，因为与她发生关系又抛弃她的人就是爱永的新郎。她之所以要选在和他同一天同一地点举行婚礼，故意要住在他家的隔壁，让抛弃她的人看看自己和他所生的孩子。如此，四个人缔结了双重的关系，就有了发展的条件。

小说家王安忆说，编故事有四个要点：首先，决定性的就是要找到一个好的人物关系，故事先要有个核，这个核就是人物关系；其次，要找到因果关系，使故事发展，即故事发展要有因果逻辑，跟着逻辑走；第三，故事升级，然后走到哪儿去呢？走向升华，人物升华和主题升华；第四，升华的依据是什么？家常之理。走向升华必须要有现实的常理做依据。这里，首先是人物关系。对此，她进一步发挥说，好的人物关系有两种情况：（1）先天很好，如根据李碧华小说改编的电影《霸王别姬》。先天就带有两重性，一重是一个男人和另一个男人的关系；同时又有一重是戏台上的一个男人和一个女人的关系，可以说所有的故事都是从反自然的关系里发出的。戏台上的一个男人和一个女人之间就可能发生故事，然后加进了一个女人，和其中一个男人发生了情爱。另一个则拒绝接受这个现实，要坚持舞台上的关系，戏就来了。（2）后天努力，如根据李碧华小说改编的电影《胭脂扣》，写一个阔少和一个青楼女子的爱情关系。这个关系太常见，它的特别之处，给这个关系添加了一个条件：他们殉情了，但其中一个人没有死，然后在他们约定的时间里，死去的人变成鬼去人间寻找没有死的情人。这样，这个故事就非常戏剧化了。[①] 这里，王安忆所说的人物关系，实际上正是涉及了影视剧创作上一个有着悠久历史的审美规范：戏剧性情境。

二、情境的具体作用

戏剧性情境主要作用有激化冲突，催化人物的动作；规定剧情的走向，加强情节的集中性；复合情境，复杂丰富多彩的性格和环境；假定情境，推测人物可能的行动；以及调动观众的审美心理，并为悬念的形成和发展铺展道路。

（一）激化冲突，催化人物的动作
电视剧不能像小说那样从从容容地将矛盾酝酿、潜伏和发展的过程写出来，而必须以"爆发"的方式展开。所以，情境首先应该成为激化矛盾冲突的机缘，就像催化剂加速物质的化学反应一样，打破平衡、恒

---

① 1999 年 10 月，王安忆在上海戏剧学院戏文系所作题为《编故事》的讲座。

速和常规，以加速生活中的矛盾发展和激化，使人物冲突迅速爆发，立即展开。

"情境在得到定性之中分化瓦解为矛盾、障碍纠纷以至引起破坏，人心感到为起作用的环境所迫，不得不采取行动去对抗那些阻挠他的目的和情欲的扰乱和阻碍的力量，就这个意义来说，只有当情境所含的矛盾揭露出来时，真正的动作才算开始。"（黑格尔《美学》第一卷，第275页）

戏剧性情境，内有一股推动力，能激发矛盾，使人物迅速从静态到动态，犹如一头雄狮出现在山冈，本来悠闲嬉戏的群鹿撒腿狂跑。在任何时刻，人都是在某种情境中生存着的，任何有目的的行为都不能简单地被认为是人随心所欲的一种机能。戏剧性情境的主要功能在于刺激人的意识，作用于有逻辑性的思维，以及根据这思维而采取的行为。如此，人的目的行为应被理解成是人的意识与人的情境的相互作用，并作为一个整体加以不断地调节的过程。在这个过程中，人所处的文化和物理环境、社团和社区组织、个人生理和心理因素等彼此联系不可分割，形成一种相互依存的力量。这种力量或以此一种方式表现出来，或以彼一种方式表现出来，不断影响人物生活，激起人物欲望，促使人物做出或是"正常"，或是"反常"的行为和动作。

戏剧性情境不仅能激发人物意识的行动，而且能激发人物无意识或潜意识的冲动。人物行动（动力）原因很多，大部分都带有明显的功利性，为了达到某个目的而行动。但是，也有一些非目的或者说是无动机的行动，如来自人的原始动力。这种隐藏在精神深处的原始动力，具有以下几种特征。（1）自发性。人的潜意识中常常会有一时放纵，这种放纵会突然改变人们的行为，促使人们打破自己建立的规范；（2）攻击性。人的潜意识中有一种侵犯心理，一旦放纵常常体现出超乎常人的攻击性力量，而且满足人类普遍的原始动力中攻击性的释放需要；（3）情绪性。人的潜意识没有意识成分，不循理性秩序。一些盲目的冲动，常会使人采取非理性的、非功利的行动。这种无动机的行动的产生，同样不是无缘无故，而且更需要具体情境的作用。如果没有外界的刺激，这些隐藏在潜意识深处的原始动力是在意识的监控下，很难爆发出来，但一旦遇到合适的机会，它们就会冲破理智。如足球比赛现场看球容易引起球迷骚乱，说明人们在特殊的情境中会有些违反常理的感受和表现。

一般来说，最初的动机，也就是动作的起因，都是有意识的有目的的。但在继发动机中，人物的动作难免掺有一些无理性的冲动。

如《大宅门》的第一集，京城百年老店"百草厅"的大宅门内发生了两件事。第一件是白家老二媳妇白文氏生下一个男孩，虽然这男孩生下来不会哭反而笑，引起了全家的怪异，但并没有影响白家的平静生活。第二件是白家老二白颖轩去詹王府为大格格看病，诊出喜脉。他的恭喜反遭王爷家砸车杀马。原来大格格尚未出嫁，怀上的是私生子。这第二件事就是激励事件。此事砸了白家在京城老字号的金字招牌，激怒了"百草厅"的掌门人白荫堂。他立即行动起来，亲自去詹王府，明为赔罪，暗中却为大格格下了安胎药，欲使王爷家丢脸出丑，以报仇雪耻。如此的动作，造就了白家与詹王府两家的恩怨。以后，两家的报复行动不断，有些就完全属于是一种失去理智的行为。

再如《雍正皇朝》开篇，连日大雨，黄河暴涨，河南、山东多处河堤决口，淹没田土房屋无数。六百里加急奏折，康熙急召众臣商议，独独太子和四皇子胤禛没有到。因为太子正在和康熙的嫔妃偷情，胤禛正在户部查账。后来太子赶上殿去，但却毫无主张。八皇子提议朝廷拨款，一救灾民，二修河堤。正当满殿认为此议甚好时，胤禛上殿说已查出邻近省份已无粮可调，国库空虚，户部也无款可拨。闻听此言，满殿虚惊！胤禛提议立派钦差前往江南筹款购粮，赈济灾民过冬，抢修已坏的河堤。于是胤禛和十三皇子成了办差阿哥。胤禛一到江南，就罢了阳奉阴违不肯筹款的八皇子门下车铭的官，开始了与八皇子的明争暗斗。

在此剧中，连日大雨、黄河暴涨和国库空虚、无款可拨，成了胤禛被派当办差阿哥的起因。而胤禛的此行，又促使他与八皇子产生直接的矛盾冲突。

（二）规定剧情，加强情节的集中性

戏剧性情境一旦设置起来，就会使人物处于某种状态中，也使人物

的动作重复而递进，直至冲破这种情境或者这种情境消失。如人物一旦处于复仇的情境之中，仇就不能轻易解开，复仇的行动常常要一而再、再而三地进行。如人物一旦堕入磨合的情境之中，磨合就成两个或一组人物既要保持独立又要融合的长期过程。同样，误会一旦造成，就必须越解释越说不清楚，让人物在误会的情境之中行动、蹉跌、挣扎与感受自身的喜怒哀乐。

所以，编剧的任务，第一步是想方设法地设置一个情境；第二步就是让人物在这个情境里跌爬滚打，始终保持着一种动作的状态。

如《大宅门》中，编剧第一步是让白家与詹王爷家结下世仇，以后就让这种情境不断发挥作用。五年后白家老大白颖园去宫中为皇妃看病，皇妃因得罪老佛爷被治死，但死因却推在白家的误诊上。正巧这妃子是詹王爷的二女儿，詹王爷虽然明白真正的死因，但乘机报一箭之仇，发誓要置白家于死地。二奶奶白文氏为息事宁人，将詹王府上次赔偿的车马送了回去，可是詹王爷报仇心切，再次杀马砸车，穷追猛打不甘罢休，终于使"百草厅"被查封，白家老大被判斩监候。白家连连败北，白老爷荫堂心力交瘁不能管家……这一系列的报复行为，均是人物在进入了一个复仇的情境中所为。

再如《还珠格格》第一部中，小燕子得知紫薇父亲是当今皇上，便仗义相助，带着信物私闯皇家猎场，不料被正在狩猎的五皇子永琪射出的箭所伤，昏迷过去。皇上见到信物，追忆当年的恋情，误认小燕子为自己的亲生女儿。编剧在这里设置了一个误会的情境，然后就在这个情境上做足文章。

紫薇于祭天大典时发觉小燕子竟成了格格，这使她惊讶不已，认为小燕子背叛了自己，因而在街上情绪失控的大吼，结果换来了官兵们的一阵毒打。小燕子为能见紫薇说清楚，化装成小太监，打算趁深夜里偷溜出宫，但皇宫禁卫森严。在尔康及尔泰的建议下，众人决议将事实告知永琪，通过永琪的里应外合，尽快让紫薇及小燕子见面，好让事情及早水落石出。永琪分析了事情的严重性，小燕子这才知道自己犯下了欺君大罪，还不能说出真相，把格格的身份还给紫薇。

在误会情境中，编剧不时地掀起风波。尔康与紫薇的恋爱秘密；小燕子与五皇子永琪的"兄妹"之情；小燕子与皇后的争斗，小燕子一进宫，皇后就对她的身份产生了怀疑，处处与她为难，时时想弄清她的底细；紫薇的"恋父之结"，她以宫女的身份进宫后，生身父亲近在咫尺却不能相认，投入了太多的感情，以至皇上在不知情的情况下要娶自己的女儿。

同样，在《还珠格格》第二部中，编剧千方百计地让最亲近的人反目成仇，逼他们进入一个"追逐"的情境。然后大部分情节就在"追逐"中进行了。

（三）复合情境，塑造丰富多彩的性格

实际生活中，人们常常根据自己所处的具体环境不同，来决定表达意志的方式，调节和变化自己的行为。"上什么山唱什么歌，遇什么人说什么话"，在婚宴上，人们通常不会说那些令人沮丧的事；在丧礼上，人们通常也不会嘻嘻哈哈说笑话。在人群熙熙攘攘的大街上表达爱情的方式，会与在幽静的花园里的表达不一样。同样，一对有感情的恋人意外重逢，一定会激动万分真情流露。但此时如果旁边有一个朋友，他们就会根据与这个朋友的相知程度，适当调整各自的举动，表现出更加丰富的内涵。此外，人们还会在特定的环境下产生有力的动作。所谓"酒逢知己千杯少，话不投机半句多"，说明人们在不同的情境中会有截然不同的感受和表现。如此，一个人如果在某一时段，不间断地进入各种不同的情境，他就会有更多的表现。

电视剧情境设置大多采用"复合原则"，让主人公处于一种多重情境和情境多变的状态中。单本剧的情境比较单一，有时也会让主人公处在几个不同的情境中而风风火火。长篇电视连续剧为了塑造人物性格，情境常常比较丰富。如恋爱的人要经过恋爱、恋爱被阻、失恋、关系破裂、重新燃起渴望和单身贵族、结婚、离婚的多个变化；如主人公对敌人要"复仇"，对同伙有"磨合"，对女性有"恋爱"，而且，在这过程中"复仇"转化成了"追逐"，"磨合"变成了"竞争"，"恋爱"有时反成了"复仇"等。"复合原则"允许更多的现实进入虚构，有意让人物置身于丰富多变的复杂情境中，使人物处于各种不同的情况、环

境，和不同的人物交往，为了人物充分展现其性格中的复杂因素提供条件。

如《大宅门》中，白家与他人的争斗两败俱伤，老爷子心力交瘁，老大被判斩监候，老二懦弱胆小怕事，老三吃里扒外败家子，这使老二媳妇二奶奶脱颖而出。二奶奶接过白家钥匙后，既要面对白家与詹府、关府的旧仇，又要处理家族财产矛盾，还要应付自己那个顽劣成性的儿子景琦以及他的各种女人。与此同时，她还要对付众多的同行竞争者，维持这个老字号"百草厅"。正是处在一个"复合"情境中，二奶奶这个人物的才干才得到多方面的展现，发出了光彩。

（四）假定情境，推测人物可能的行动

戏剧性情境，虽然基本都具有假定性，但一种是现实中可能发生的，比较特殊，如《泰坦尼克号》中一个井然有序又稳定的世界，突然毁于一瞬间，使所有船上的人都处于一个无能为力的情境。另一种是非现实的，或超过现实经验范畴的，即现实中以前没有发生，以后也不可能发生的。如《还珠格格》和《射雕英雄传》等，就构建出了一个虚拟的生活环境，甚至塑造出虚拟的人物。

特定的情境——特定的心理内容——特定的动作，这是一根因果性链条。特定的情境，推动人物行动和规定人物行动的走向，使人物异常行为合情合理，从客观上为剧中人物的种种行为找到合理的解释。创造性的假定情境，虚拟出现实中没有发生，或不可能存在的一些环境，以探索、推测、想象人类在"如果……"的情况中的特殊心理、可能的行为，和人在实际生活中没有发生或不可能发生的动作。

电视剧的戏剧性情境和其他文艺作品一样，如马丁·艾思林所说，不仅是人类真实行为最具体的（即最少抽象）艺术的模仿，也是我们用以想象人的各种境况的最具体的形式。屏幕和剧院一样，是检验人类在特定情境下的行为实验室，实验的前提是：如果……人会怎么样？事情会怎么样？

在假定的情境的条件下，按照逻辑准确地设计人物和情节，是创作的快感之一。

（五）调动观众审美心理，并为悬念的形成和发展铺展道路

戏剧性情境主要作用是影响人物生活，激起人物欲望，促使人物行动，但它同时也是电视剧叙事艺术一个吸引人的重要因素。"剧本所提供的戏剧性情境，为充分调动观众的多项审美心理机制创造了条件。戏剧性情境的不可缺少，根本意义就在这里。"①

如《阿信》和《上海一家人》等着重描述剧中主人公在生存劣势中艰难地踏上了迷茫的、不知尽头的旅程，在厄运的纠缠中走过了不幸和苦难重重的人生。她们这种在逆境中的奋斗，在泥淖中的自救，在被动中的主动，完成生命中不可挣脱的情感因禁，以及不得不经过由人间到地狱的堕落，再由地狱升腾到天堂的精神磨难历程，其实是人类普遍存在的一种基本情境。据此，深深吸引观众的不完全是人物本身，也不完全是人物的行动，而是有另外一种神秘的东西，即任何人都有可能不得不面对种种不可知的处境与心境，以及在这种有情之境中的挣扎、奋斗所显示出来的一些无可奈何和说不清的宿命。

电视剧展现的这种种戏剧性情境，从叙事的表面来看，是剧中角色所处的命运，并没有发生在观众自己的身上。但是从人所处的生活深层考虑，每一种情境都与观众有关，都会引起某些观众产生联想。如结束混乱，恢复平静；如打破束缚，争取自由；如消除误会，达到理解等，都会发生移情作用，使观众设身处地地进入角色所处的"混乱""束缚"与"误会"的世界，将心比心地换位思考，追随角色的思路，理解角色的动作选择，为角色也是为自己激动、感伤、兴奋和悲哀。

三、情境常见的类型

情境的实际应用，早就在古希腊戏剧中就存在。但"戏剧情境"这一概念，在戏剧理论史上提出仅仅两百年。

18世纪法国的戏剧理论家狄德罗在提倡严肃剧（即正剧）时指出，

---

① 余秋雨：《戏剧审美心理学》，四川人民出版社1985年版，第59—60页。

在过去的喜剧中，性格是主要的对象。在严肃剧中，情境却应该成为主要对象。①狄德罗在谈到人物形象的塑造时指出："应该成为作品的基础的就是情境"，"情境要有力地激动人心，并使之与人物的性格发生冲突，同时使人物的利害互相冲突"。"真正的对比是人物性格和情境之间的对比，是不同利害之间的对比。"②

黑格尔把他的美学观念运用于戏剧艺术，也指明戏剧作品的基础在于情境。他提出的"情境"说对后世产生了深远影响。他认为，人的行为作为生命的基本反映，变化着，发展着，它只能发生在人和情境这样独特的结构性形式之中；一方面，由于人们受到出生时代或生活地域等偶然因素的制约，人只能发掘出很有限的一部分潜力；另一方面，由于人受追求目标的影响，追求目标最终可以使人的潜力与情境可能性得到无限的充分发展。黑格尔指出：情境是各种艺术共同的对象，只是在不同的艺术中有不同的要求。他在讨论戏剧特性时，把情境、冲突动作联系起来，构成一个完整的内容体系，并指出："情境供给我们以广阔的研究范围，因为艺术的确最重要的一方面从来就是寻找引人入胜的情境，就是寻找可以显现心灵方面的深刻而重要的旨趣和真正意蕴的那种情境"。③

在实践方面，小仲马说"剧作家在设想一个情境时，他应该问自己三个问题：在这个情况下我该做些什么事？别人将会做些什么事？什么事是应该做的？谁不觉得这种分析是必要的，谁就应该放弃戏剧，因为他将永远不会成为剧作家"。劳逊在引述这段话时补充说：小仲马首先应该问：这个情境是如何设想出来的？是什么东西促使剧作家想起或想象起这个情境，使他选择它作为戏剧结构的一部分？④

"戏剧情境"提出后引起了越来越多的戏剧家的重视，并且对其价值不约而同地都给予极高的评价。但是，我们也应该看到各位戏剧大师对情境的理解和解释也有不同：他们中有的将情境说成是作品的基础；

---

① 《西方美学史》上卷，第 279 页。
② 《狄德罗美学论文选》，第 179 页。
③ 《美学》第一卷，第 254 页。
④ ［美］约翰·劳逊著，邵牧君、齐宙译：《戏剧与电影的剧作理论和技巧》，中国电影出版社 1961 年版，第 222 页。

有的认为是一个不可缺少的环节；有的看做是戏剧的本质；有的则把其看做是对象。在具体的范畴，有的认为推广到剧场，有的局限在舞台演出；在剧本创作上，有的提出在设置情境时要设身处地地想问题；有的提出要从社会的角度给予考虑。

寻找引人入胜的情境，寻找可以显现心灵方面的深刻而重要的旨趣，和真正意蕴的那种情境，可以说一直是戏剧家们努力的目标。其中一些成果，至今仍为当代的戏剧、电影和电视剧的编剧们在反复运用。

如"36 种戏剧境遇"就是如此。

一个世纪以前，法国戏剧家的乔治·普尔梯引证了一千部戏剧、两百部诗歌小说，寻出 36 种戏剧境遇。他认为，人生的滋味尽在这里了，它像海水一样潮起潮落，编织了历史的永恒，构建了人生的终极。人类从与猛兽徒手肉搏时代，到那无穷无尽的遥远未来，或在非洲森林的林荫里，或在柏林人行道的菩提旁，或在巴黎大街的路灯下，都逃离不了以下的种种境遇：机遇；求助；救援；竞争；反叛；复仇；追逐；绑劫；奸杀；诈骗；冒险；不幸；灾祸；壮举；革命；恋爱；不成功的爱情；恋爱被阻；偷情；寻找；发现；释谜；取求；野心；牺牲；丧失；误会；过失；重逢；磨合；疯狂；卤莽；嫉妒；悔恨；恐惧；滑稽。

乔治·普尔梯所举的境遇，一种着重在矛盾冲突中纠缠于人际关系。如"求助"是求助的人与威权者的动作与反动作；"援救"是援救者、不幸的人与威胁者的利益联系；"复仇"有复仇的人与作恶者的斗争。另一种是在思想或感情发生变化的过程中而使人物关系发生变化的。如"疯狂""卤莽""悔恨"和"因为错误而生的嫉妒"中，悔恨者、狂者与被伤害的人等。

当然，乔治·普尔梯所说人生的滋味尽在这 36 种戏剧境遇里的话，未免有点过头了。每个时代有每个时代的生活，而且人生的奥秘不能穷尽。既然在人的生命中，每天的太阳都是新的，那么把丰富多彩的人生局限于某些境遇内，实际上扼杀了人类的发现、创造。这绝对不是影视剧创作应该有的意义。但是，我们也应该看到，这些境遇在今天的生活中还没有完全失去他们的魅力，还可以借用。

再如"36 个喜剧情势"也是如此。

1981 年，在南京举办的电影剧作讲习会上，电影演员兼编剧李天济在《电影喜剧纵横谈》中谈到，在戏剧上应怎样来制造一种笑的情势，为此他把人物、情节或者冲突和悬念概括在一起称为情势。因为情势是一定的冲突、或者一定的悬念，而且是几个人之间的冲突，或者几个人之间的悬念所形成的一种情势，好像有点动感。假如编剧把人物放在这个情势里面，那么就有可能引发笑声。他的喜剧情势是这样的：追来追去追不着；躲来躲去躲不掉；男扮女装或女扮男装；双胞胎辨不清；以其人之道，还其人之身；弄假成真，真假不分，把真的当成是假的；竹篮子打水一场空；绕地球一周回归原地；打鸭子上架；坐享其成；善有善报；恶人自有恶人磨，强盗遇窃贼；因祸得福，逢凶化吉；错中错，巧中巧；两面夹攻，左右为难；两个都要，结果是驼子摔跟头两头不着地；求死不得，阴错阳差，绝处逢生；七十二战，战无不胜；有情人终成眷属；好心成了歹意，事与愿违，帮倒忙，越帮越忙；以小逆大，以弱胜强；一场虚惊；急惊风遇上慢郎中；迷恋成痴；拍马屁拍到了马腿上；无意得罪了不能得罪的人；不懂装懂，还自以为是；言行不一，自我暴露；落花有意，流水无情，或者说自作多情；欲盖弥彰；有意栽花花不发，无意插柳柳成荫；自己吓自己；心不在焉，错误百出；冤家路窄，狭路相逢；平常人当作英雄；让不可能的事变成可能。

　　相对其他戏剧元素，电视剧在借用传统戏剧性情境方面，做得最为成功。正因为戏剧性情境是一个中间状态，所以大量的电视剧作品在时代社会背景一端，从传统的精神界面转移到世俗甚至时尚；在个体一端，人的思维和行为更有现代工业时代的特殊的样式变化，塑造着当代人的价值观念与生活方式。而在中间环节戏剧性情境上，却是尽量挖掘传统戏剧的财富，从而提出新的问题和新的可能性，且从新的角度去看旧的问题，从而发挥有创造性的想象力，在一些有着明显复制印记的基础上，不断地赋予新的内容和形式变化。

　　但是，我们也应该看到，电视剧写作中存在着大量的虚假冲突的情境。有些反映现实生活的电视剧，由于编剧未能对所表现的生活作沉潜的考察和体验，抓不住生活的本质，自然也找不到有现实依据、能够代表时代特征的冲突。结果，人为设置的动作和反动作就显得虚假、庸俗。如有些题材的电视剧，不管干什么，总是这个男人追那个女人，而那个女人又去追另一个男的。有的编剧为了掩盖情节单薄，冲突无力等先天不足，在一些无谓的小事上大做文章，明明是一捅就破的小小误会，也要故意让当事人蒙在鼓里，以便编剧呼风唤雨，造成冲突激烈的假象。有的是表面五光十色的，生活背后是单调、乏味和格式化，因为剧中人没有内心生活，时尚信息一大堆，精神世界反被大大忽略了。

第十章　戏剧性突转

人物在一定情境下采取行动，行动整一而有层次地发展，形成了一条起伏的递升线或递降线。这条行动线逐渐进入高潮，或者说走入危机，通常会在即将到达目标前的最后一刻突然转向，出乎意料地来个180°大转弯。

戏剧性突转，就是指这种剧情向相反方面的突然变化。突转，由逆境转入顺境，或由顺境转入逆境等，是人物动作、戏剧情境、人物命运和内心感情向着期待结果相反的方向转变，又解释为突变、激变、倒转、逆转、颠倒和反向，它是通过突然间的根本转变来加强戏剧性的一种技巧。在创作实践中，突转通常总是与发现相互联用或者同时出现。发现，指从不知到知的转变，它可以是主人公对自己身份或者与其他人物关系的新发现，也可以是对一些重要事实或对一种理性认识的新发现。

戏剧性突转是一个传统编剧技巧，通常在舞台剧或电影最后一幕高潮中使用。电视剧由于注重各条动作线的交替出现，注重在每集中每条动作线上造成小高潮，所以更多地运用突转技巧来加强戏剧性。

本章介绍突转的理论、作用、种类和它们在突转中的作用。

一、戏剧性突转

运用转向、变化，表现奇巧变幻的冲突，达到出乎意料的效果，这是文艺家常用的技巧。我国传统文艺理论认为，文艺创作非功名之途，不需要史家的直笔，而需要才子的变幻之笔。如何变幻，关键在于一个"转"字。"文忌直，转则曲；文忌弱，转则健（矫健之文笔）；文忌腐，转则新；文忌平，转则峭；文忌窘，转则宽；文忌散，转则聚；文忌松，转则紧；文忌复（重复），转则开；文忌熟，转则生；文忌板，转则活；文忌硬，转则圆；文忌浅，转则深；文忌涩，转则畅；文忌闷，转则醒。"[①] 这一个"转"字，作为一种写作技巧，包括了渐变、突变和激变手法。

"突转"的理论，早在亚里士多德的《诗学》中就有详细的阐述。他说："'突转'指行动按照我们所说的原则转向相反的方面，这种'突转'，并且如我们所说，是按照我们刚才说的方式，即按照可然律或必然律而发生的。例如在《俄狄浦斯王》剧中，那前来报信的人在他道破俄狄浦斯的身世，以安慰俄狄浦斯，解除他害怕娶母为妻的恐惧心理的时候，造成相反的结果。"[②]

为了便于理解，我们可以简单地回顾一下《俄狄浦斯王》的剧情。忒拜城发生了瘟疫，神示说要追查出杀死先王的凶手，瘟疫才能平息。俄狄浦斯王便竭力追查凶手。凶手是谁？先知说凶手就是俄狄浦斯王，说俄狄浦斯王已经犯下了杀父娶母大罪。王后安慰俄狄浦斯，叫他别信先知，她和先王的儿子早就扔进了山沟，因为他出生以前，阿波罗曾预言这孩子将来会杀父娶母。所以，当孩子出生以后，他们就叫人把孩子抛弃在峡谷里，并把他的左右小脚钉在一起。后来先王是在路上被一伙强盗杀死的，与那儿子没有关系。俄狄浦斯是科任托斯王的嗣子。他长大以后，得知自己注定会杀父娶母，便只身出走。在路上，他撞见一伙不相识的人，因故争吵，结果把他们杀了。后来他到了忒拜城，替忒拜人除了人面狮身怪兽的大害，被拥戴为国王，并娶了国王的妻子。正在追查真相之时，科任托斯城来人报信，说科任托斯王——俄狄浦斯的父亲病死了，俄狄浦斯和王后大为高兴，因为这消息证明俄狄浦斯王不可能杀父。报信人要俄狄浦斯王回去继承王位，但俄狄浦斯王害怕会娶母，于是，报信人说了一句话："你与父亲没有血缘关系！"他说出了当

---

① 引《聊斋》第十卷"葛巾"的但明伦评语，上海古籍出版社 1978 年版。
② 亚里士多德著：《诗学》，人民文学出版社 1962 年版，第 33 页。

年是他从忒拜城牧羊人那里接过他，然后送给科任托斯王为养子的。

先是听到父亲去世的消息，俄狄浦斯王从长期困扰他的恐惧心境里一下解脱出来，他终于逃脱了可怕的命运。他和王后为此激动万分，相互祝贺。但是，报信人的那句话，仿佛把他高高举起后又猛地将他摔进万丈深渊。

在以上一段话中，亚里士多德所说的"我们所说的原则"，是指事件须意外的发生而彼此间又有因果关系。这里，我们可以理解为事件在遵循因果关系向前发展时，必然或者可能有个出乎意料的"突转"。

在戏剧史上，还有不少有关突转的经典范例。如《玩偶之家》最后一幕中的最后一场戏就是如此。

三年前，娜拉为了救丈夫海尔茂的性命，秘密地向海尔茂的老同学柯洛克斯泰借钱，并在借据上冒名签字。她不知道这是违法的事，相反地却感到骄傲，因为她做了一件对丈夫有帮助的事。为了还清债务，她费尽心机节省家用，甚至在夜晚偷偷干一些抄写工作。后来，海尔茂将出任银行经理，决定辞退原来在银行工作的柯洛克斯泰，于是柯洛克斯泰就以借据要挟娜拉，要娜拉设法为他保住在银行里的职位，否则就要把娜拉的犯罪行为告诉海尔茂。娜拉竭力为柯洛克斯泰向海尔茂求情，但遭到拒绝。娜拉想问阮克医生、林丹太太借钱还债，都失败了。

娜拉非常热爱丈夫，过去她一直认为丈夫是一个正人君子和理想的丈夫，以为他在紧急关头会"奇迹"发生，会像一个男子汉一样拒绝柯洛克斯泰的要挟讹诈，把伪造签字的责任全揽在自己身上，以致身败名裂。她宁愿自己去死也不愿看到心爱的丈夫为了她遭到这样的结果。她是这样对待丈夫，以为丈夫也会这样对待她。想不到，海尔茂知道后大发雷霆，将娜拉辱骂了一顿。

这出戏在这里至少发生两个转折，而且均出意外。第一个转折，娜拉没想到海尔茂非但不挺身而出保护她，而且会怨恨她；第二个转折，当娜拉的老同学林丹太太说服了柯洛克斯泰，使他同意把借据还给娜拉。海尔茂见自己的名誉已能保住，立刻改变面目，又对妻子温柔起来。可是，这一次是海尔茂没想到到娇小的娜拉决定离家出走。娜拉已经发现自己的丈夫是个自私自利的伪君子，发现自己从小是父亲的玩偶，结婚之后是丈夫的玩偶，于是她开始觉醒，并把这一种强烈的情绪上升为深刻的理性认识，意识到这不仅是自己一个人的问题，而是包括"千千万万的女人"的问题。

> **娜　拉**：这正是我盼望它发生又怕它发生的奇迹。为了不让奇迹发生，我已经准备自杀！
> **海尔茂**：娜拉，我愿意为你日夜工作，我愿意为你受穷受苦，可是男人不能为他所爱的女人牺牲自己的名誉。
> **娜　拉**：千千万万的女人都为男人牺牲过名誉。

从娜拉准备为了不让丈夫受到委屈而自杀，到看出了丈夫卑鄙的灵魂而离家出走，戏直转而下，产生了一个逆转，从逆转中达到认识的顿悟和思想的升华。这一场戏一直被认为是戏剧性突转的一个成功的范例。

戏剧性突转，在实践中有很多例子。在理论上，许多戏剧家对此技巧非常重视，有很高的评价，其中首推的是英国戏剧理论家威廉·阿契尔。他认为，戏剧本质就是一种激变艺术，将"突转"视作戏剧艺术的基本特征。他提出了激变说，以求超越戏剧摹仿说、冲突说的理论。他说："说戏剧的实质是'激变'，也许是我们所能得到的一个最有用处的定义。一个剧本，在或多或少的程度上总是命运或环境的一次急剧发展的激变，而一个戏剧场面，又是明显地推进着整个根本事件向前发展的那个总的激变内部的一次激变。我们可以称戏剧是一种激变的艺术，就像小说是一种渐变的艺术一样。正是这种发展进程的缓慢性，使一部典型的小说有别一个典型的剧本。如果小说家不利用他的形式所提供给他的、用增长或者衰退的方式来描绘渐变的方便，那么他就是放弃了他天生的权利，而去侵占了剧作家的领域。大多数伟大的小说里都包含了许多人的大量生活片段，而戏剧却给我们展示几个顶点（或者是否可以说——几个交叉的顶点?),展示两三个不同的命运。"[1]

尽管阿契尔把戏剧的实质归结为激变,片面性是明显的。一次地震、火灾、车祸,都是激变,但它们并不能表现为戏剧,只有加入了人在这些灾难中的行动,加入了这些灾难所引起的主观世界的变化,才算具备了戏剧因素。但是他的激变说,指出激变是戏剧的生命,认定一出戏剧必须要有一次总激变,而且一个场面又是那个总的激变的一次具体激变。这无论在理论和实践上,均给予"突转"以十分重要的地位,为戏剧创作提供了一个新的空间。在某种意义上,编剧为了实现"激变"需要设计和编排情节。

以上所述,我们可以看见总"突转""激变"通常与全剧高潮,或者说顶点连在一起的,而小的"突转""激变"几乎在每一场面内都有。电视剧,有整剧的高潮,也有一段戏、一个动作的顶点,无论是整出戏还是一个动作的高潮或顶点,都有突转的可能。所以,电视剧的"突转"几乎分散在各集各片断之中。

我们举个《大明宫词》中太平公主结婚的一段戏为例子。

太平公主在一次偶然的机会,再度相遇心中思念的意中人,她喜出望外立即向母亲求婚嫁,盼望着爱情来临。从向母亲恳求结婚作为这一个动作的起点,初看没有引起冲突,武则天虽然没有立即答应,也没有明显反对,但却马上召见了薛绍,经一段问话后,当即把他从七品提到了三品。薛绍回到家后,又接到皇上的第二道旨……

一行人疾步而入,为首的是宣旨官,声到人到。薛家人赶忙跪下接旨。

宣旨官:赐左金吾卫将军薛绍府地一千顷,房宅三百间,绫绸五百匹,
　　　　玉带一百,骏马五十匹,黄驼二百峰,家奴一百,钦此。

薛　绍:……谢主隆恩!

一行人风一样转了出去。留下薛绍仍跪在那儿怔怔地看着他们出院,不知所以。薛父母已站起身,返回座位。薛绍回头,挂着一脸疑惑

---

[1] [英]威廉·阿契尔著,吴钧燮、聂文杞译:《剧作法》,中国戏剧出版社1964年版,第29页。

的笑容。

薛　绍：今天这是怎么了？哥哥打了胜仗？……父亲，您怎么了？
　　　　你们怎么都不说话？

薛　父：你被宣进宫有何事？

薛　绍：是封官，无由地封了三品左金吾卫将军，这究竟是怎么
　　　　回事？

薛　父：没有再提别的事？

薛　绍：没有。

薛父长叹一口气。

薛　父：这已经是今天第二道旨了！

薛　绍：那第一道旨是什么？

薛母终于忍不住抽泣起来。

薛　父：第一道旨是婚旨！太平公主看上了你，要你当驸马！

薛　绍：驸马？……开什么玩笑！我与大唐公主素不相识，她与我
　　　　连面儿都没有见过，怎么会看上我！再说，我已是有家室
　　　　的人了，我当驸马，那慧娘怎么办？

薛母哭得更伤心，薛父在一旁烦躁不安。

薛　父：（对薛母）你别哭了，哭有什么用！

薛绍疑惑地望着伤感的父母，视线终于落在了桌上的一条白绫上。
他冲过去，抓住白绫。

薛　绍：这是什么？……这不可能！这不可能！慧娘呢？慧娘在
　　　　哪儿？……

　　薛绍回家，从一脸疑惑的笑容到终于明白遭遇到什么，一个情感的
大起大落。编剧在安排动作的时候，这还仅仅是薛绍的命运和情感的一
个激变。接着，为了挽救慧娘怀着的小生命，奴婢小红报恩自杀替死，
又是一惊。薛母看到灵柩里躺着的是小红，为欺君立刻昏了过去。接下
来气派豪华的新婚之夜，太平公主独守空房，薛绍彻夜未归，慧娘产子
而亡，又是一变。一边是太平公主皇家荣耀的失落，一边是平民夫妻
的生离死别，两者构成了极大的反差。这种冲突形成山雨欲来风满楼的

紧张气氛。之后，失去爱妻的薛绍悲愤欲绝，终于爆发，太平公主伏在桌上委屈地痛哭。作为这一动作主动性人物的太平公主，从幸福的顶峰跌落进深渊，这是编剧在安排这一段动作的最后顶点。在这之后，薛绍面对太平公主，这位夺妻害妻的仇人，两人的关系进入了一个新的情境，感情纠葛形成了又一条新的动作线，情节在这基础上又开始向前发展。

这里，我们看到了一个典型的戏剧突转，造成突转的原因在太平公主本人身上，或者说是在她周围的人身上。如果她不是一见薛绍就要嫁给他，如果武则天不是不顾一切满足女儿的欲望，不同意这桩婚事，太平公主和薛绍的婚姻悲剧，便不会在最兴奋最得意的时刻来个 180° 的大转弯。

二、顶点与发现

突转是使剧情急转直下的转变，使剧中人物的命运和处境整个地颠倒过来，当一个人走投无路受尽折磨的时候，突然苦尽甘来；或者马上要得到一笔财产要享受荣华富贵时，忽然一无所有，而不是让剧情和人物命运稍有改变。

从表面看来，突转没有过渡，是一个瞬间即逝的动作。如日剧《爱情白皮书》中，那个招许多女孩子喜欢的挂居保和女友在一起吃饭，刚说出要分手，女友问了一句"真的吗？"随即拿起桌上的叉一下子插进挂居保的手掌。如韩剧《火花》中，之贤逃离家庭自己在外找了一个小公寓住，忠赫打电话给妻子过去的情人康旭，康旭说最近没有见过之贤。忠赫彬彬有礼地挂上电话，转身就把电话砸了个粉碎。这些动作突然变化，没有预感，仿佛心血来潮一时冲动。可实际上，所有的突转都不可能由编剧随意地转来转去。突转的出现，与顶点和发现有紧密的联系。

顶点和发现是造成突转的条件。

1. 顶点。突转需要冲突，但光有冲突是不够的。我们每天都生活在矛盾冲突中，可它们并不都能够构成戏剧，只有当动作在冲突中接近高潮进入危机，到达动作顶点，才可能引起突转，才具有戏剧性。

从戏剧审美角度说，剧情越是接近高潮，越能造成观众紧张、焦虑和期待的心理。从心理学的角度说，这种心理状态使人们的注意力慢慢集中在某一点上，形成视野狭窄、心无旁骛，有意排斥和忽视其他方面信息的侵袭，即使这些信息非常重要，也在所难免。只有出现一种新刺激，打破这种状态，人们才会放松注意力，回视所有的信息，然后根据全面的信息作出新的判断。

所以，编剧时常会把每一个动作的尽量推动得不能再继续的时候，才开始安排转变。我们可以举例说明这种情况。

《宰相刘罗锅》中刘墉与和珅的斗法，每一次都是到了山穷水尽的地步才又峰回路转的。如第一集，刘墉到京城赶考，恰遇六王爷之女摆擂对弈择夫婿。刘墉棋高一着，没料到微服出行的乾隆不服，定要与刘墉决一高下，结果被刘墉赢了。乾隆恼羞成怒，在一旁的和珅极力怂恿要杀刘墉。此后，刘墉一会儿因揭露和珅弄权，将考场"贡院"改为"卖完"，引起轩然大波，被绑入法场；一会儿因庙中寻友被剃了光头，和珅以此告发，险些被斩；他在与和珅发生冲突中，为了替民申冤，一会儿被贬为庶民，一会儿又被赐投湖自尽，一会儿带枷示众，刘墉与和珅的斗争，可以说，每一次都是被逼到绝路上才反败为胜的。虽然和珅最终被赐死，刘墉则终其天年，在全剧结束时体现了"好人有好报，恶人有恶报"的民意。但在每一集戏和每一个冲突，都在往顶点、高潮发展中导致情节的起伏，人物意志、情绪和命运发生转折，或者人物与人物之间、人物与环境之间的关系得到反向调整，从而改变观众对剧情结果的期待。

转折点，不仅是情节的变化，也是快感与痛感的三岔口，是正面价值与负面价值的分水岭。快感有欢乐、爱情、幸福、狂喜、愉悦等，痛感有痛苦、害怕、焦虑、恐怖、悲伤、屈辱、失落感、不幸感和愤世嫉俗等。正面价值是乐观主义、希望和人类的梦想，对人类精神的一种正面的看法：爱情能战胜一切，人类能战胜大自然的肆虐，肯定善良、忠诚和荣誉的价值。负面价值是对文明的堕落和人性的阴暗面的一种看法，是我们所害怕发生而又知道它是时常发生的人生境遇。转折是快感突然向痛感变换，或者痛感向快感转移，或者是正面价值与负面价值互换——从正到负，或从负到正，朝着不可逆转的价值两端进行摇摆。除此而外，还有第三条路，即有时主人公得到了他想要得到的东西，但是他也因此走到了自我毁灭的边缘。或者正面反讽，对当代价值——成功、财富、名誉、性和权力——孜孜追求，将会毁灭你。但是，只要你能即使看清这一真理并抛弃你的执着，你便能拯救自己。或者负面反讽，如果你一味地痴迷于你的执着，你无情的追求将会满足你的欲望，然后毁灭你自己。所得和所失比肩而立，没有任何模棱两可。

把人物放在危机中考验，主要是放在精神危机中，主要是放在转折前的情境中——矛盾逐渐积累，直到最后主人公面临抉择，发生突转。开始一个新的动作。观众感兴趣的是两个动作之间，是剧情处于歧路面前，是人物处于过去和将来之间的那种时刻。

动作发展的顶点，也是转折点。有的编剧在构思阶段有时会这样安排：先决定了转折后的方向，如果是向负面转折，那就从正面开始，将正面文章做足；如果向正面转变，就从负面开始，将负面文章做足。

2. 发现。亚里士多德在谈到"突转"时，同时给"发现"作了一番说明。他说："发现"如字义所表示，指从不知到知的转变，使那些处于顺境或逆境的人物发现他们和对方有亲属关系或仇敌关系。"发现"如与"突转"同时出现，为最好的"发现"。此外，还有其他种"发现"，例如无生物，甚至琐碎东西，可被"发现"，某人做过或没有做过的事，也可被"发现"。这是前面所说的那一种"发现"，因为那种"发现"与"突转"同时出现的时候，能引起怜悯或恐惧之情。按照我们的定义，悲剧所摹仿的正是能产生这种效果的行动，而人物的幸福与不幸也是由于这种行动。这个说明给我们对"发现"与"突转"的认识奠定了基础。

戏剧性突转，主要造成突变的因素有外部环境的因素，也有动作的本身——内因在发生作用。按阿契尔的说法，戏剧性突转的原因是内在裂变，是由于人物本身及他周围的人产生了一种内在的裂变，而不应由外在的突然事件来决定。

发现的方法有以下几类：

（1）对人物、事件本身有所发现。人物行动是一个过程，这个过程是一个情节展现过程，也是一个性格展现过程。在这感知的积累过程中，必然会产生一种由表及里、从量到质的飞跃。在真实生活中，常常有这样的情况：一种是疾风知劲草，患难见真情，讲人处于特殊的情境下，会表现出平时不易显示的一面；一种是日久知人心，路遥知马力，说的是经过一段时间的考验，对人有更深一步的认识；还有一种情况，即俗话说的有了老王嫌老王，没有老王想老王，意为换个角度看问题，得出来的结论会不同。比如，一个对男人有偏见的女权主义者的搭档正好是一个大男子主义者，两人在一起总是产生摩擦，甚至影响到工作，最后不得不分手。但在分手后，女权主义者发现这个大男子主义者对女人的态度非常优雅和彬彬有礼，解决问题得体和极端负责任。这种发现，很容易引起女搭档对这个大男子主义者的态度突然转变。对人物的发现是如此，对事件的认识也是如此。有些事情，本来是个坏事，换个角度分析，会发现其对自己有利的一面，实际上是件好事。

（2）从物件、标记中产生的发现。这些发现中的物件、标记，往往与人物以前的生活中发生的重大事件有着密切关系。通过它们的发现，可以揭露出长期隐藏的真相。换句话说，这些物件、标记具有强有力的揭示作用，人物和事件的一些前史必须通过它们来交代。

这类发现，有的是一些标记，如身上的胎记、伤疤等；有的是一些物件，如项圈、戒指等纪念物。如《俄狄浦斯王》中将一个婴儿的小脚钉在一起，就是有意地为将来"发现"做一个有力的证据。据说那时丢弃不健康小孩的现象屡有发生，为了让观众不产生疑惑，确认两个牧羊人交接的小孩是俄狄浦斯，不可能搞错，编剧就加重了这个肿脚的重要细节。这种发现，在影视剧里可以说已经成为用烂的老套子。但大多数编剧还在使用，因为它实用。比如，在自己心爱的人身上发现了他爱上另外一人的信息，如合影的照片、网上的情书和日记里的真话等。比如，主人公之间过去是走散的兄妹，或者是离别多年的母女父子，通过一个偶然的机会，发现对方家里有着自己过去家传的宝物。如《九九玫瑰》中，扣娣与区大伟的情感关系突变，是因为床上的那一枚家传的鸡血石印章，印章上的姓名是扣娣的外婆，即区大伟的妈妈。

而东方玫瑰和李心远的关系确认，也是通过物件，一顶三十多年前的皮帽。

（3）由联想、推断而来的发现。有的是由联系现在的回忆所引起的发现，如由一个人看见了什么，联想到什么，于是有所领悟，引起发现。有的是根据现有的零碎信息，把它们联系起来加以逻辑推理，而得出结论的发现。

通常，由联想、推断而来的发现，除了侦探破案和法庭调查中的那种严密推理外，大多安排旁观者对当事人叙说自己的发现。

如《外来妹》，从大山里走出来的小云到南方打工，由于她的勤劳善良，在竞争中脱颖而出，成为公司总经理江生的得力助手。她误把老板江生对她的一系列感情投资当作爱情，当她主动为他献身时，遭到他的拒绝，她为此反而不能自拔。

小　云：我爱他，我不管他有没有妻子，家庭，我不管他会不会和我结婚，我爱他！

小云两眼燃烧着爱情的火焰，痴痴地看着桌上的一张照片，那是江生和拉长们的一张合影，小云紧挨着江生站着。

杨帆被小云的表白震惊了。

杨　帆：可是，江生爱你吗？

小云把床上那个八音盒拿在手中上弦，盒上的小姑娘立即在悦耳的音乐中翩翩起舞。

小　云：他什么也没对我说过，可他心里有我。这不？只有他记住了我的生日。

杨　帆：就这一点吗，小云？这可不足以说明他爱你。在现代社会里，许多经理、厂长都能对部下做到这一点。

小　云：他和他们不一样，他不是在例行公事，这我看得出来。我累了，他比谁都关心，我心情不好，他比谁都着急，我遇上麻烦，他比谁都担心，昨晚我突然失踪了，他比谁都紧张，就是昨天夜里，他把我从身边推开的时候，他仍然是在为我着想，他说，你总要回去嫁人的……

小云又哽咽起来。

杨　帆：小云，我没有想到你在感情上已经陷得这么深了，我真的没想到你会犯傻，我该早和你谈谈的。江生是喜欢你，关心你，那是因为建达现在不能没有你，企业需要你，你是他的生产部主任。小云，你很聪明，不要在这个问题上不用脑子。他的事业需要你和他需要你，可是两回事。他对你做的这一切，依我看，不过是一种感情投资。

小　云：感情投资？你是说他在利用我的感情？不，我不相信，我不许你说他的坏话，他决不是那种唯利是图的小人！

杨　帆：这也不是说他的坏话，我要在他的位置，我恐怕也会这样做的，重要的是你别犯傻，想想，为什么他和你约会出去都是我通知你，而且我都在场？因为都是他让我安排的，他把这个规定在我的工作范围里。即便出现偶然现象，就像他受伤以后，你一人去水上别墅看他，你前脚进去，我后脚就到了，就是他给我打的电话。

小云呆怔片刻：不，不，他不能不这样，他有妻子，而且，他一直顾及我的名誉，这恰恰说明他是个好人，是个有责任心的男人，不像精仔。我不能要求他像我爱他一样的爱我……

小云又痴迷地拧响了那只八音盒。

杨　帆：唉，女人一恋爱，智商就等于零。

小　云：你说什么？

杨　帆：什么也没说。

　　小云，作为一个淳朴的山区妹子，在她的人生经历中也许从来没有过"感情投资"这个词汇。尤其在江生因为她的贡献情不自禁地当众亲吻她时，她怎么也不会认为那只是一种同事之间的感情。实际上，即使她有这种悟性，能自己根据种种现象去联想、去推测，编剧也会安排别人将这些现象联系起来推出这个"发现"。否则只能用小云独白的叙述形式，而不能是让别人的动作性言语解决这个问题。事实上，她在听了杨帆这番话后，还不敢相信，之后她试着以要加薪这一动作去证实江生对她的真实感情时，才相信"感情投资"的事实，才开始从感情的沸点跌落到感情的冰点。

三、突转的作用

1. 完成动作。突转是完整的戏剧动作中一个不可缺少的组成部分。戏剧性动作经发生引起冲突，层递加剧向着一个目标发展，达到一个高潮后转折。戏剧性动作大体都要经历这么一个起承转合的过程。在这个过程中，高潮中的转折是一个关键。

首先，这个转折点是个标志。在这之前的动作是缓慢逐层上升，在这之后是急剧下降。可以说，在这之前是渐变，在这点上是激变，是最后一个巨变。这个巨变，既是这条动作线的终点，又是下一个动作发展的起点。其次，这个转折点是整个动作的有机组成部分，是检验其他部分的试金石。在动作的整个过程中，没有一处是不重要的。动作的起因——动机，也是转折的最初起点。尤其是动作引起冲突后的层递式发展，不可以忽视，这些发展为最后的突转作了铺垫。如果没有前面的发展，突转就成了无源之水，绝不可能水到渠成。我们现在有一些剧本，表现突转，往往只是曲尺形的，即直线上到高潮处一折而已。例如写主人公要做一件事情遭到他人反对，双方打了一阵嘴仗。冲突没有充分的展开，动作没有曲折的发展，只是平直地进行。到了高潮处，主人公突然认识了自己不对。如此而已的写法，往往不能引人入胜，戏一开头就使人料到了未来的结局。所以，写好"突转"，就要从写好整个一个动作上去考虑。

编剧常用先诱使观众走入歧途，如声东击西、暗度陈仓、围城打援等，并在歧途上设置种种障碍、险势，让观众把歧途当作正途，待到观众要顺势走下去的时候，再大喝一声，令观众陡然止步，悟得正途所在。从头到尾，所以有一种有了结尾才构思开头的思维习惯，逆向工作。不可避免，而又出乎意料，必须充满意义。

2. 打破预料。发现与突转，关键在"转"，转是一种变化。换句话说，突转就是要打破常规，突破预料，恰如平沙千里，陡有峭崖扑面。

预料，意指"预先抓住"。当观众看戏时，往往根据先前发生的事件和自己曾有的人生经验和观剧体验来进行预测。如果剧情的发展与观众的预料完全一致，观众排除了发现新东西和新经验增长的可能，那么这种艺术欣赏就会缺乏生气，难以激发激情。突转就是要彻底打破这种预料，让观众发现自己先前所认为的似乎是贴近现实的真理，实际上是偏见或偏执的判断，是思维的惰性和一种不可救药的习惯。

所以，当情节的发展按常规的路走着走着，马上就要到达希望的顶点，让观众看见航船的桅顶冒出地平线，并有所预料将要发生什么事的时候，编剧必须要在这里使用突转，来个180°的大转弯，把剧情的"因为……所以……"变为"应该……但是……"。"因为……所以……"仅仅是解释和说明。而"应该……但是……"却是增加了变数。

3. 冲击情感。突变达到"情理之中，意料之外"的效果。突变最有价值的心理效能就在于为观众看戏设计了簸荡而强烈的心理感受轨迹，大开大阖的剧情造成观剧心理的由喜至悲，由善至恶，心理活动非常活跃。

观剧之乐，不大惊则不大喜，不大疑则不大快，不大急则不大慰。这实际上是涉及了鉴赏中的审美心理问题。大起大落、急起急伏、时沉时升的情节对象，引发起惊、喜、疑、快、急、慰的主体情绪反应；而惊后喜、疑后快、急后慰，又包含着审美的情绪转换和变化的过程与形态。只有通过这样急剧的变换，才能获得情绪上的最终满足。它包含着审美对象引起主体鉴赏的流动性原理。

4. 产生顿悟。顿悟，是指突转在理性思维上的一种作用。人们在日常生活中发现问题和解决问题，是在渐渐看清问题与各种错综复杂的关系后发生的，而这种对关系的最终了解是突然发生的，所以叫顿悟。

突然发现先前看来没有关联的一系列事件有着密切的联系，甚至是互为因果的关系，一些原本杂乱无章的事件中理出了头绪，一切本来不可解释的事情变得可以如此理解。这一时刻往往导致一个"智力爆炸"，开启了被封闭的头脑和智能，揭示了一种对世界对生活新的意义和感觉。这就是所谓的内裂。这一时刻的激动，会使人打开情绪记忆，立即回顾前面的情节，包括一些被忽略的细节，以重新审视原来和现在的想法。

这种或自我醒悟，或对他人有新的认识，由此使人物升华，意义凸显。

在前面我们所举的话剧《玩偶之家》中，娜拉的第二次转折，就是一次顿悟。她的惊醒，不仅是看清了海尔茂的自私心理，更重要的是看清了自己在家的地位，继而将这个发现推广到整个社会的女性遭遇。她由此从一个天真烂漫的"小蜜蜂""小宝贝"，变成了一个成熟的女权主义斗士。

同样，我们这里再举一个例子。电视剧《人间四月天》在渲染徐志摩和林徽因的真诚感情时，凸显了在他们背后的张幼仪，一位传统的女性的痛苦。张幼仪为了照料丈夫，跟随丈夫来到欧洲。在这举目无亲的地方，她知道志摩的感情不在自己身上，又没有一个知心的朋友可以吐露心中的痛苦，甚至在生育孩子时，还要独自一人去面对语言不通的环境。孩子出生后，志摩不去医院看望，张幼仪心里流泪。与此同时她还要顶着来自家乡的压力，因为她的家庭认为志摩之所以产生遗弃她的心思，在于她没有尽到一个做女人的责任。为此，张幼仪隐忍着和坚持着。过去坚持着，现在有了孩子更需要坚持着。她不能离婚，为了家中的父母，为了怀中的孩子。

- 幼仪震慑地看着志摩，泪水挂在脸颊上，她从来没想过什么是追求自己的人生，自由对她而言比什么都可怕，因为她将失去一切的依凭，但她似乎明白，依附是可耻的，苟且，她不要。
- 志摩掏出手绢，递给幼仪。

志　摩：——世间不是只有一种情分，不爱并不是无情，更何况我们曾经是夫妻！——可是爱情——只能是爱情！它是那么绝对，那么独占，而且是无可取代！——我已经决定了我的人生要服从爱情，我就再没别的选择了！

幼　仪：——而我一直以为，我的人生是服从你就别无选择了——即使是离婚——

- 泪水使她的眼光模糊，而她却因此能正视志摩，从来她没有这样直接地好好看过他，她总是在他要开口说什么以前把眼光转开，幼仪突然想到，一种莫名其妙的自卑使她在决定要离婚这一刻才发现，她从来没有舒展自己迎向志摩。而此刻志摩在她眼中逐渐变得清晰……

- 幼仪的目光也让志摩感到不寻常，他同样感觉到幼仪并非如自己定义之下一个感觉迟钝的女人，他为自己并没有真心了解过她感到抱歉。
- 幼仪有一种反转的情绪，是了结痛苦，是断念心死，抑或是她所谓的服从，无论如何，她开始想着半年中没有徐志摩的音讯她依然是活下来了，证明她不需要依附他也能生存。幼仪翻开协议书，看见志摩的名字已经写在上面。她看着志摩。

幼　仪：这就是你问我要的自由吗？

- 志摩怔然看着她。
- 幼仪拿了笔，签下自己的名字。

幼　仪：好了！是不是这就表示从现在起我们再也没有任何关系了——

- 幼仪努力保持自己的平稳，表现出自己是一个可以坚强承受命运的女人。
- 志摩也有些错愕，一切难关竟在弹指间越过了，志摩不知该如何反应。

志　摩：谢谢你！

幼　仪：我该要谢谢你——因为这是我第一次知道，我张幼仪这三个字能完整地代表我自己！

- 幼仪起身要离开，转过身才让眼泪掉下来。

志　摩：幼仪！

- 幼仪回头看他。
- 没有更多的话可说了，幼仪转身开门就走了。

幼仪进门时，听到志摩的朋友称呼她为张女士，特意提醒：我相信你应该知道我是徐志摩的夫人！用这句话表明了自己来的动机和决心。进门后，她希望能说服自己的丈夫，她害怕失去一切的依凭，但是一翻开协议书，她居然迅速地在上面签下自己的姓名。这出乎徐志摩的意料，也出乎观众的意料。编剧在这里用了一个戏剧性突转，并在发生转折的当口，用了两个发现，幼仪发现自己"从来没有舒展自己迎向志摩"，而志摩也第一次感觉自己并没有真正了解过自己的妻子。在这个女人"坚持"动作的最后一个举动上，这个人物升华了。在转折前，她是一个痛苦的弃妇，转折使她从战败者成为了战胜者，成了一个战胜痛苦的勇士，身上有了一种独自上路的光辉。

第十一章　电视剧场面

　　场面，作为构成情节发展过程的基本单位，一个场面只表现一个局部的事件或动作，俗称"一场戏"，指在一定时间和环境中由人物的一定行为动作构成的生活段落。

　　场面，原为戏剧中的术语。戏剧的场面，通常以人物的上场和下场为划分界限。因为场上人物的出没更迭，总会带出新的行动，把情节推进到另一个发展阶段。场面转换的内在逻辑，依据于动作和事件的变化及其发展。有的剧本，尽管场上人物进出频繁，由于动作和事件没有变化，因此在结构上仍属于同一场面的范畴。传统舞台剧受布景的限制，幕的空间很少变化，通常整部剧分为三幕至五幕，每幕若干场戏。

　　影剧视的场面，则是以空间转换来划分，即在同一空间中展示的内容为一个场面，换了一个空间为另一个场面，因而常常又被称为场景。影视中，场面可由多个镜头以蒙太奇手法组接而成，也可由场面调度与摄影机移动相配合一气拍成，由于不断改变景别、角度、纵深和焦点，两者的画面的内容、形式、节奏都不断发生变化。镜组（或系列镜头）主要通过一系列镜头表现某一动作的起讫，场面可以包含一个或者许多镜组。影视作品的场景描写，由于不受舞台空间的限制，场景的大与小完全根据剧情的需要变化，场景与场景的转换可以频繁而灵活。通常，一部90分钟的电影有一百多个场景；一集电视剧有20至40个场景。

　　场面的写作，最能体现剧作者的创作功力。一个导演选剧本，常常是看你有没有几场精彩的场面。一集电视剧一般25到35个场面，如果有四五个能吸引人的主要场面，这集戏就算基本成立了。

一、场面的选择

场面，叙述时间和事件发展变化的时间比较接近，所述事件正在观众眼前发生，观众亲眼目睹角色的言行举止，对具体的内容有直观印象。由于它们能以直观的方式述说具体事件，容易使观众对之产生情感反应，引起更多关注。

要想把事情叙述清楚，影视剧与小说一样，叙述的方式是多种多样的，常用的有叙述与展示两种。从叙述方式的角度，小说叙事是叙述中夹有展示的场面，而戏剧和影视是展示中有时运用叙述的方法。

戏剧影视等演艺类的叙事，是一种对真实生活的模仿、展示和物质的再现。其叙事的方法：一是直接展示，通过镜头，或者说通过剧中人的视角，看到动作正在进行；二是在展示中间出现口头讲述，由剧中人物来交代某些已经过去的事件。

1. 展示与叙述

场面的描写，首先要确定直接展现什么，间接叙述什么。

这概念比较接近舞台剧的术语，明场与暗场。凡通过演员在舞台上直接表演，通过视觉形象可供直观的戏，统称为明场；不在舞台上直接出现视觉形象，由人物在台词中叙述交代，或通过幕后的音响效果，基本上诉之于听觉形象的戏，称为暗场。明场戏与暗场戏的选择处理，和戏剧场面的主次划分以及舞台形象特殊的审美要求有关。剧中的主要场面，一般都作明场处理，次要场面或有碍于舞台表演的情节场面，则作暗场处理。

有戏无戏的原则。从时间上看，有戏则长，无戏则短。从空间上看，有戏则有，无戏则无。

《绝望主妇》中，编剧通过哀思会，以食物细节来做文章，介绍了剧中的主要人物，四个家庭主妇。按照叙事重点放到最后的原则，最后一位介绍了苏珊。

〔苏珊家。苏珊捧着用保鲜纸盖着的菜，和女儿朱丽亚匆匆走出来，穿过街道。

叙述者：苏珊，住在街对面，带来了通心粉和奶酪。她的丈夫卡尔
　　　　总是笑她做的通心粉，说这是她唯一会做的东西，而且她
　　　　还做不好。她和卡尔搬来那天晚上做的，太咸。

[闪回。

[苏珊和13岁的朱丽亚，坐在桌前，通心粉和干酪摆在桌中央没
人碰。

叙述者：当她发现卡尔的衬衫上有唇印的那天晚上，做的通心粉又
　　　　太糊。卡尔告诉说要离开家，去他的女秘书那里的那天晚
　　　　上，她把通心粉倒了。

[卡尔下楼梯拿走了手提箱，从厨房门走了过去。苏珊开始哭泣，
朱丽亚摇她的手臂，表示安慰。

[闪回结束。

叙述者：她已经离婚一年了。苏珊开始觉得生活中有个男人是件美
　　　　好的事情，就算是一个只会嘲弄她的厨艺的男人。

朱丽亚：妈妈……为什么有人要自杀？

苏　珊：嗯，因为他们太不快乐了。他们觉得这是他们解决问题的
　　　　唯一方法。

朱丽亚：但是，杨太太看起来一直很开心啊。

苏　珊：嗯，是的，有时候有些人在外人面前的表现和实际上是完
　　　　全不一样的。

朱丽亚：哦，你是说爸爸的女朋友总是表面上看起来很好。但是实
　　　　际上，她只是个婊子？

苏　珊：我不喜欢这个字眼，朱丽亚。但是，是的，这个例子棒
　　　　极了。

　　通过苏珊的三次烹调，非常简洁地介绍这个人物的特点。她烹调手
艺极差，不是一般的不行，而是连最普通的通心粉也烧不好，一次没
盐，一次不熟，最后一次，彻底烧煳了，没法入口。三次烹调，象征了
她与丈夫感情的三个台阶：没味、不合、彻底离异。

一个没有烹调手艺的女人，希望生活里有个男人。

接着，这个欲望就具体化了，理想中的欲望对象就出现了，一个年龄相当的帅小伙。不知这个小伙子哪里来哪里去，不管怎样，他是苏珊喜欢的那种类型。看到这个年轻人想尝试自己的菜肴，苏珊立即上前阻拦。从后面的情节来看，苏珊对迈克的劝止，完全是有感情支配，看人下菜的。邻居胡柏太太吃了通心粉，胃一直不舒服。苏珊当然也看到了，并没有去劝止。

〔杨·玛丽家。一个年轻人要吃苏珊放上的通心粉，苏珊忙上去阻拦。

苏　珊：如果我是你，我一定不会吃。

迈　克：为什么？

苏　珊：这是我做的，相信我。（迈克准备尝一口）嗨，嗨，你有什么遗愿么？

迈　克：不，我只是不相信有人会做不好通心粉和奶酪。

〔迈克咬了一口通心粉，像吞了一口毒药，脸色顿时僵住了。苏珊尴尬地笑了笑一副表示道歉的样子。

〔苏珊让迈克将他满嘴的通心粉和干酪吐在她递过去的纸巾上。

迈　克：哦，上帝，你怎么——感觉好像烧焦了，又像没有煮熟。

苏　珊：嗯，我提醒过你。

迈　克：我是迈克。我刚搬来，就在隔壁。

苏　珊：我叫苏珊。我住在对街。

迈　克：哦，是的，胡柏太太跟我提起过你。说你给孩子们的书画插图。

苏　珊：是啊，那些给五岁以下孩子看的。（迈克大笑）你呢？

迈　克：水管工。如果你的水管被堵了……或是其他什么。

苏　珊：现在，大家都看到我带来什么了，我最好还是扔了它们。

〔苏珊毫不犹豫地端起带来的通心粉，把它扔进了垃圾箱。女儿朱丽亚远远地注视着。

当小仲马要求他的父亲，那位处理戏剧变化的大师传给他戏剧技巧的秘诀时，大仲马用这样一个简洁的公式来回答他：让你的第一幕清楚，最后一幕简短，整个戏生动有趣。①

应该清楚，清楚什么？清楚首要人物是谁，主要人物是谁，人物之间他们相互有什么样的关系，他们生活的环境是什么。但在介绍中，不应使观众过分花费心力去探究那种毫无必要的弄得十分复杂的家世和亲戚关系，最重要的是清楚人物的欲望。

2. 主次的划分

事件是叙事作品真正的环节，根据功能的不同，事件可以分为核心事件与催化事件。

核心事件可以在情节发展中出现一个新的选择，或者说，在故事的进一步发展中，它结束一个即将定局的变化或者开启了一个未定的局面。换句话说，核心事件是破坏性的创新，目的是以推翻这个动作的行进为出发点，实现跨越式的发展。维持或延缓原有情节进程的事件则属于催化事件，是现状的改进和缓进。

核心事件在故事的发展中既具有连续意义，同时又产生具有后果的意义。而催化事件只具有连续的意义。

核心事件与催化事件都是不可或缺的成分，在叙事中所起到的作用有所不同。核心事件决定故事情节发展的基本架构，它们自身按照特定的规则构成一个自足的结构链，并在这一结构链上起到它们各自独特的作用。催化事件伴随着核心事件，对其加以充实、补充。

故事的发展就在核心事件与催化事件交替出现的过程中进行，使得剧情有始有终、有起有伏，波澜壮阔。催化事件不仅描绘丰富多彩的生活场面，还能丰富和发展人物性格，是促进人物之间交流所必不可少的条件。

必需场面，观众预见、期待的场面和编剧必需撰写的场面。

根据阿契尔的《剧作法》，主要有五种情境会产生必需场面：(1) 由主体自身逻辑的必然性造成；(2) 因表达特殊的戏剧效果的需

---

① ［英］威廉·阿契尔著，吴钧燮、聂文杞译：《剧作法》，中国戏剧出版社 1964 年版，第 112 页。

要；（3）作者必需写这类场面；（4）外显地证实人物和愿望的改变；（5）历史和传说所必须再现的场面。

主要场面与次要场面。

主要场面指与表现主题、主要人物性格、人物关系和情节发展有关的部分；次要场面一般用于介绍次要人物性格，烘托背景、气氛，过渡时间、空间，引进、连接主要场面。次要场面亦称穿插性场面，它有时出现于两个主要场面之间，有时也穿插在一个比较长的主要场面中间，起调节作用。

必需场面与高潮场面。

必需场面是 19 世纪末法国著名戏剧批评家沙珊提出来的，主要指剧作者通过悬念造成观众期待以后，为满足观众期待而设置的一场戏，一般出现在情节、冲突发展到临近小高潮或高潮场面之前最紧张的危急时刻。由于它靠近高潮，因此两者在概念上容易混淆。必需场面是人物行动上极其激烈的一场遭遇战，而高潮场面是决定全局胜负的最后一次决战。如 H. 易卜生的《玩偶之家》，全剧让观众最担心的是柯洛克斯泰的信是否会落到海尔茂手里，因此，第三幕中海尔茂拆信以后与娜拉的冲突，就是全剧的必需场面，而到女仆送进柯洛克斯泰第二封信，夫妇最后决裂，则是全剧的高潮。英国戏剧理论家阿契尔对沙珊的"必需场面"的理论作了进一步的引申和发展，把它分为逻辑性的必需场面、戏剧性的必需场面、结构性的必需场面、心理性的必需场面、历史性的必需场面。

关于"必需场面"的理论，解释虽不统一，但它们对如何根据剧本的内在逻辑和观众的心理要求来安排戏剧场面，对理解所谓主要场面，是有参考价值的。

依然以《绝望主妇》为例——第一次约会失败。

苏珊遇上了强劲的对手，甚至怀疑自己容貌，要去做一个整形手术，希望能在外表上占一点优势。这个小小的念头，在理论上，有的称为"兴奋时刻"，有的主张为"引线点燃的时刻"，也有的"争端提出的时刻"。

上一次的行动是送一件小礼物，这一次的行动是发出一个不正式约会邀请。

[苏珊家。
苏　珊：（大叹了一口气）我用给你留的钱来做整形手术，你会怎么想？
朱丽亚：别这么紧张，你不过是请他吃晚餐，这不是什么大事。
苏　珊：说得对。这是你学校的作业？你知道的，我五年级的时候，用方糖做了一个白房子。
朱丽亚：别拖拖拉拉的，走吧。在迈克发现他能找到更好的之前。
苏　珊：（朝朱丽亚打哈欠）再说一次我为什么要这么做。
朱丽亚：打击爸爸。
苏　珊：没错。
[苏珊亲了亲朱丽亚的头发，打开厨房的门朝外面走出。
苏　珊：哦。上帝。
[朱丽亚笑了，回头看她的方案。

[迈克家，前院，夜晚。
[苏珊上阶梯，按响了迈克的房门。他打开了门。
苏　珊：嗨。
迈　克：嗨，苏珊。
苏　珊：你忙么？
迈　克：不，一点也不，怎么了？
苏　珊：呃，我，我只是，想知道，呃……我，我只想问问你是否……（尴尬地笑）……
[伊蒂从迈克身后闪出，她手里拿着啤酒。
苏　珊：（惊讶地看到伊蒂）伊蒂，你怎么……
伊　蒂：我做些可口的食物，做了很多，所以拿点过来给迈克。怎么了？
迈　克：呃，苏珊说有点事情要问我。
苏　珊：……我的水管堵了。

迈　克：什么？

苏　珊：你会修水管，不是么？

迈　克：是啊。

苏　珊：我家的水管堵了。

迈　克：是啊，总是这样。

苏　珊：呃，没错。

迈　克：等等，我拿点工具。

苏　珊：现在？你现在过来么？你有客人。

伊　蒂：我不介意。（对着苏珊纯洁一笑）

迈　克：等我两分钟，我马上就过来。

［伊蒂朝苏珊假笑，然后把门关上，苏珊小声地狂叫着向家冲去。

　　苏珊有了欲望，没有行动，还在那里培养感情，犹豫不决。如果不是女儿的催促，她还在那里等待机会。

　　她不行动，她的竞争对手就体现不出作用。

　　她一旦行动，就看出距离了。她还在门外徘徊犹豫，她的竞争对手早已经在闯进了屋内了。她还想彬彬有礼地发出约会邀请以求共同进餐，她的竞争对手已经手里拿着啤酒，畅饮同乐了。要知道，三杯浊酒下肚，一片桃红上脸，酒可是"性"的媒介。而且，伊蒂因为烧了一点可口的菜，以这个理由闯进了这位帅哥的领地。烧菜，这可是触及了苏珊的软肋，不会烹调是这位淑女的致命伤。看起来，她刚起步，对手已经到达，已经输在起跑线上了。这一惊实在不小，实在是震动太大，可以说苏珊被对方这样的出现冷不防地打懵了，她一下子说不出上门的理由，结结巴巴，居然急中生智地运用了伊蒂上一次用过的技巧。

　　苏珊狂叫着，什么复杂的心理都有。

［苏珊家厨房。苏珊和朱丽亚两个人在水池旁，疯狂地将一把把头发塞进通水管道里。

苏　珊：我完了，把这些头发全塞进去。

朱丽亚：我塞了，但是还不够。

苏　珊：好吧，那用这个，把这个花生酱倒进去。（从柜子里夺出一罐食用油）还有食用油。还有橄榄叶。

朱丽亚：妈，我说了，这不行。

[门铃响了。迈克通过窗户看到厨房，他笑着给苏珊打个招呼。

苏　珊：哦，天哪，他来了。怎样才能把它堵上。

[苏珊看到了桌上的朱丽亚的特洛伊木马模型。

[苏珊家，厨房，深夜。

[迈克躺在地板上，看着厨房水池的水管道，苏珊斜靠着厨房柜台。

迈　克：嗯，找到了问题，（从管子的横截面拿出一把冰棒棍，瞧了瞧把头发都扎向耳朵一旁的苏珊。）看起来有人把冰棒棍子扔了进去。

[朱丽亚蹑手蹑脚地从楼下走下，窥视他们。

苏　珊：我跟朱丽亚说了很多次，要她别在厨房玩。（笑）孩子，知道么？

[迈克把头仰望着苏珊笑，朱丽亚对着苏珊怒目而视。苏珊做出抱歉的手势。

　　朱丽亚手工制造了一个特洛伊木马的模型，暗示了面临着一场充满阴谋的攻城掠寨的战争。希腊人靠着木马，偷偷进了特洛伊坚固的城墙，在里面打开了紧闭的城门，最后取得了战争的胜利。但是，为了弥补谎言，朱丽亚精心制作的木马被牺牲了，肢解后被塞进了下水道。这个道具有着暗喻的作用，比喻她和她的母亲这一次行动是彻底输了，她们设计的木马没有进入对方的私人领地。

　　第一个场景，苏珊家里，苏珊与女儿的谈话，是一个催化事件，将苏珊的欲望转变成立即行动。第二场，苏珊的原本的动作是请吃饭，突然遇上她的竞争对手已经在施展她的烹调手艺，她立即转了方向。第三场，她的动作转向如何掩饰自己的谎言。

　　这种效果，正如麦基在《故事》中所说："讲故事的人把我们引入期望之中，让我们以为自己一切都明白，然后撕裂现实，制造出惊奇和好奇，把我们一次又一次地往故事的继续部分送。""试想，我们若要设计出一个故事，其中的场景都要有细致、适中或重大的转折，如此往复三十、四十、五十、甚至更多回合，而且每一个转折都要表达出我们看法的一个方面，那将是一项何等艰巨的任务。"①

发现与突转是情节的主要成分。长期以来，这两种手法被认为是编剧艺术中最富于戏剧性的技巧，被广泛使用。在剧本创作中，好的突转场面不光着眼于剧情的起伏跌宕，而且立足于人物刻画，力求通过情节的合情合理的突转刻画出人物剧烈丰富的心理变化与感情起伏。

二、整体与节奏

戏剧场面作为剧本情节结构的有机组成部分，既要求有自成起讫的完整性和节奏感，又要求相互之间的连贯性。如《北京人在纽约》第一集展现的故事，王启明和郭燕初到美国，人生地不熟，下了机场等姨妈来接机。姨妈帮这对小夫妻在贫民窟地区租下一间地下室，还联系了一个名叫"湘院楼"的餐厅，介绍王启明去打零工。

"接机""落脚""去工作"，一切在日常秩序之中，没有超出普通老百姓的经验生活范畴。机场、住地，到打工点，似乎完全顺着时间进行一个空间的转移。但却清楚地表现了剧中人物关系的微妙变化，王启明和妻子郭燕由信赖到发现被人漠视后愤慨、失望、疏远，这是一个完整的戏剧场面，表现了一个戏剧动作从发生、发展到变化转折的过程，在全剧的情节发展中，起到了加剧人物彻底转变的作用。

纽约机场，王启明签证进关，海关人员猛地在护照上蔽了章，说了声"Welcome to New York！"王启明愣了一愣，费力地咀嚼了一会，终于弄懂了这一句常用英语。

以这样的英语水平去闯荡美利坚合众国，需要一点勇气。王启明自

---

① ［美］罗伯特·麦基著，周铁东译：《故事——材质、结构、风格和银幕剧作的原理》，中国电影出版社 2001 年版，第 276—277 页。

恃自己有依靠，认为美国是真诚地欢迎他的。王启明的妻子郭燕，有个美国的姨妈。有一次姨妈回国探亲访友，听了王启明演奏大提琴，称赞了一声"Very Good！"她曾自耀自己有十多间房，想必也说过"欢迎来纽约"诸如此类的客套话。

1. 纽约，我来了！

王启明和郭燕出了海关，在机场大厅没有看到姨妈。由于语言不通，不能问询，不能打电话，不敢坐出租，两人一筹莫展相互埋怨，发生了一场口角。她怪他只知道请客吃饭告别，他怪她只知道逛商店卖衣服，都没有在国内学好外语。事实上，两个人不单在语言上没有做好准备，在心理上和物质上都没有做好充分的准备。

等到姨妈来了，马上情况就不同了。等人那点小小焦虑，说不上是挫折。开车进市区的路上，两人一扫心头的乌云，快乐得如雨后天晴出了彩虹。

（1）车子驶向市区。

（2）镜头由王启明的特写拉至王启明与郭燕的近景，两人相互对视拥抱微笑。王启明兴奋地抱着郭燕喊，"纽约！曼哈顿"。

（3）俯拍纽约城夜景。

（4）车子向前。

（5）车内，旋律起，王启明随着无声源音乐兴奋起来，挥舞双手作指挥状。郭燕向外张望，目不暇接。

（6）纽约夜景，高楼大厦林立。

（7）王启明仿佛指挥着一支乐队。

（8）纽约街道夜景，灯火辉煌。

（9）王启明继续指挥，郭燕兴奋地微笑。

（10）纽约街道夜景。

（11）王启明大声喊："美国，纽约！"

（12）纽约街道夜景，霓虹灯广告牌。

（13）王启明高声喊："王启明来了！"郭燕高兴地依偎着。

（14）镜头跟随车子向前推，路边行人的全景移动。

（15）王启明向车外招手。

（16）姨妈的后脑勺，她微转头瞧后面，她有点奇怪这对年轻人的大惊小怪。

（17）王启明和郭燕丝毫没有感觉到姨妈的反应，全身心沉浸在兴奋中。

（18）仰视纽约夜景。

（19）王启明在车里更加起劲地伴着无声源音乐指挥。郭燕仍然自顾自地到处张望。

（20）车子向前。

这场戏被一些电影评论家赞许，认为是一场没有台词的视听叙事典范。确实，有几处可圈可点。

（1）展现了异域风光

大量的空镜头，或航拍的客观镜头，俯瞰城市的车水马龙；或借人物的主观镜头，仰视着森林般的高楼大厦。这些展现街景的镜头大多采用全景远景，夹杂一些建筑群和人流车流的细部。这些美丽的纽约都市风光，带给观众视觉的震撼。而且，这里的景色与故事情节有明确的关联，避免了有些影视剧中，光注意纯粹的异域风光，使风光的展示与故事情节、人物心理存在着两张皮，不能交融。这段戏，真实地展现了人物一路的所见所闻，同时，展示街景的大远景与展示人物的特写反复交叉，借景抒情，情由景生、景随情至，直接表示了人物的内心喜悦，景色的转换反映了人物心情的变化，情和景达到了高度统一。

（2）设置了意象音乐

主人公王启明本来的身份是一位艺术家，在专业乐团拉大提琴。夜幕中灯火辉煌的摩天大楼，一下子刺激了王启明。面临向往的摩登世界，他出于职业习惯，内心顿时爆发出艺术的激动和兴奋，内心涌起的音乐旋律逐渐明朗，瞬间轰然鸣响。

《新大陆》交响乐，似一股感情的洪流，奔腾而不可抑制，小提琴在低音区奏出一个美丽的旋律，辉煌而嘹亮，接着被大提琴代替，制造出一种令人着魔的气氛，向欢迎他的大陆表示敬意，表现了发现美洲大陆当时的激奋昂扬。此时此刻,《新大陆》极佳表达和极力渲染了人物的感情波澜。

这段音乐担负了叙事的功能,作为贯穿全剧的听觉形象细节。在剧的后半部,《新世界》交响乐的重新完整呈现时,王启明已经历经坎坷。他事业获得了成功,但与理想更远了。他花了5万美元跟一家交响乐团一同演奏,空空的音乐大厅里,听者只有一个阿春。此时,王启明的大提琴,同一旋律已经没有当年的激动和兴奋,只是发出缓慢和悲哀,以追忆自己以前的艺术家之梦。旋律还是那个旋律,但悲哀而沧桑,遥遥呼应着开场时的那种辉煌的憧憬感受。

(3)变化了叙事节奏

这场戏,色彩由单一转向丰富;空间由机场内的封闭,转到街道上的开放,这里的外空间有别于一般电视剧的室外景拍摄,进行了航拍;有别于一般电视剧常用的中景和特写,而是从大特写到极远景镜头;以及使用了长时间的手持摄影。使镜头运动由静止到流动,交融着高楼林立,灯火辉煌,异国风调,新奇感受迎面扑来。将人物刚才在机场无人接待的失落感一扫而尽,将长久埋在心里的热情猛然地爆发出来。

节奏的变化,由机场的压抑转到街道的高扬,也为后面到贫民窟地下室的进一步压抑作了充足有力的铺垫。叙事技巧上,这一段情节完全是为了衬托着下一场戏。路途上的尽情高扬仅仅是视听感觉,目的地的含蓄沮丧却是实在生活。

车驶入昏暗的贫民区,停下。

姨　妈:到了,下车吧。

郭燕怀疑地:姨妈,咱们就住在这儿吗?

姨　妈:不,你们住在这里,考虑到你们的经济情况,这里的租金
　　　　比较便宜。启明,过来一下。这儿有一份为你联系的工
　　　　作,明天一早就能上班了。

王启明:哎呦,姨妈,你这让我说什么好呢。

姨妈递给启明一个信封:噢,对了,信封里还有我借给你们的五百
　　　　元钱,加上房屋的四百元,一共是九百元。先不要着急

还，你们先安定下来再说吧。

王启明愣了一下，明显地低了声调：噢，好吧。

姨　妈：对了，今天晚上我和你姨夫还有应酬，就不陪你们进门了。有什么问题，我们在电话里联络。威廉姆，咱们走吧。

威廉姆：启明，这是地下室的钥匙。楼上太贵了，你们就住在地下室。52号地下室，记住。

王启明：好，谢谢你。

姨妈开车走了，留下了冷冰冰的900元借债和打工的介绍信。这是郭燕他们没有想到的实际的欢迎仪式。这场戏，犹如一个乐队指挥把指挥棒从低处拉起，高高举起，然后挥臂一划而下。

2. 我隐隐约约有种感觉……

郭燕姨妈给王启明和郭燕安排的落脚点，不是自己的家，而是一个贫民窟。昏暗的灯光、流浪的黑人、破落的地下室，王启明和郭燕面对想象不到的实际情况，一下子从兴奋的云雾中跌落下来，说不出的失望。

于是，有一段床上对话的戏。

王启明：怎么还不睡？

郭　燕：睡不着，现在北京正好是白天的时候。这个屋子哪儿都脏，我先把它收拾一下。以后这就是咱们的家。

王启明看照片：看，这臭丫头。我还真挺想她的。

郭　燕：启明，你别抽烟了。明天一大早还要去打工呢。

王启明：嗯，打工?!

郭　燕：姨妈不是给了我们一个地址吗？让你明天一大早到一个叫"湘院楼"的餐馆去打工。

王启明：嘿，我说你可别弄错了。我来美国是奔着这个来的?! 啊，刷碗啊？咱也算是个白领阶层吧？

郭　燕：王启明，我隐隐约约有种感觉，这儿很多事情跟我们过去想得不一样。

王启明： 那年你姨妈回国，看我们团演出，她不是说我那琴拉得特 very good 吗？

郭　燕： 人家当时给你客气两句，你就当真了啊。

王启明： 郭燕，我可是学了 12 年音乐的人啊。我千里迢迢来美国刷碗？这可是个原则性的问题。

郭　燕： 什么原则问题啊。你不觉得你现在的原则问题就是要吃饭吗？我们刚来一天就背了几百元的债。要是你我都不出去干活的话，拿什么还人家啊。

王启明： 都说这美国人特有人情味。一来就让咱们给赶上了。还说他家有十几间的房子。

郭　燕： 得了，得了。人家有再多的房子，人家也不欠咱们的啊。

王启明： 谁，谁说她欠咱们的，我就说刚一到美国，就跟扔垃圾似地给扔到这么个地方。郭燕，你也别怪我说，你姨妈啊，哼，真够仗义的。

郭　燕： 可不管怎么说，姨妈还是给咱俩买了机票。又给你找了份工作，你还希望人家怎么样。我们对人家的要求总不能太高吧。

王启明： 不是说了吗？还她。

郭　燕： 还了钱就可以了啊？我们还得给自己挣。这样才能把明明接来。你说这样老是把她放在邓瑞家，总不是个事啊。

王启明： 这邓瑞啊，可不是你姨妈，那是我哥们。再怎么说，他不能亏待了我闺女。

郭　燕： 再好也不是亲生的。你想想，明明会多想咱们。

王启明： 唉，得，明儿我去，成吗？啊。睡觉吧，来。我们三口一块儿睡。我把灯光关了啊。

郭　燕： 嗯。

王启明： 明明在中间。

郭　燕： 今天你都冲我吼了两次。

王启明： 哪两次？才一回。

郭　燕：机场呢。

王启明：呵呵呵，这还记得，没劲。

　　自下飞机，敏感的郭燕就充满了不安，有一种不祥的预兆。地下室里，满墙的涂鸦、满地的垃圾，郭燕触景生情，尤其在国内怎么想也想不到的"借债"。当时在国内的人对几百美元的债这件事情看得很重。那种说不出的委屈和郁闷，情不自禁地涌上心头，伤心流泪，以至夜不成寐。

　　没心没肺的王启明仍然沉浸在美好的希望之中。他念念不忘自己的音乐艺术，学了 12 年，那琴已经拉得非常好，如今到了一个自由王国，眼看能得到一个艺术家应该得到的礼遇，只要努力就能走进神圣的艺术殿堂。虽然有点不舒畅的事情，明天要去餐馆打工，但那毕竟是暂时的不足挂齿的事情。

　　这里，编剧注意到了人物那种混沌一团在心头萦绕不去的小感觉、小情绪，注意到了在平淡、温馨的夫妻夜话中透露出来的情感激奋与呻吟，注意在表现两人琴瑟相和的恩爱场面中，展露出两股不同朝向涌动的暗流。

　　说一些无关紧要的话，做一些没有联系的事情，表现一种无关紧要的感觉，不是戏剧叙事的关注点。那些零星的碎片，回忆的感受、未来的担忧，一种温柔的失败感，没有明确表达的意念，没有可以察觉的因果联系，不可能推动情节发展，故事本身被冷落到一系列琐碎的日常生活中。但是，这种散文式的叙述，流露出的矛盾感情，看似闲笔，却是静止胜动作，走向浪漫、模糊、随意，具有特殊的审美价值。

　　《北京人在纽约》剧的这场夜谈，在没有事件的地方写出心理来，在安静的环境中写出心动来，在没有激情的地方写出情绪来。情绪是心境的一种状态，最会传染于人、感染于人。

　　3. 这叫派，艺术家，知道嘛！

　　仅仅一个晚上，郭燕已经认命了。她明白自己是穷亲戚，重新调整了自己的心态，准备适应这个环境。王启明不是不知道，而是不愿意去明白现实与理想的差距，他希望能坚持。所以，第二天一早，有这么一场戏。

厨房。

王启明给自己的长发在后脑勺扎了一根小辫，显摆地：瞧瞧我的
头，怎么样？

郭　燕：你怎么弄这么难看的头，难看死了。

王启明：不懂，这叫派，艺术家，知道嘛?！不信，你到大街上去
　　　　　瞅瞅。

郭　燕：你今天是第一天去找工作，你应该系个领带，穿个西装，
　　　　　显得正式一点。

王启明：干嘛啊，咱们去打工，穿得那么正式干嘛，不是接客。

郭　燕：那信封，姨妈给的地址。

王启明拿过信封，看：你瞧，湘院楼，这名活像个妓院。

郭　燕：你这个人说话怎么这么难听，又不是姨妈请我们来的，本
　　　　　来我们就是穷亲戚，要什么威风。

这一段，王启明有三处小戏点，一是对自己头发的处理，脑后扎了
一个小辫，特意以显眼的文化符号，坚持表示自己的艺术家派头；二是
对"湘院楼"名称的挑剔，无意中反应出对俗生活的不屑；三是不愿穿
正式的西服，流露出对饭店工作的轻蔑。

这一段戏，虽然是过场戏，却有实在意义。王启明从一出场就有明
确的目标，他来美国是为了发展自己的音乐才能。但是，编剧让王启明
夫妻俩一到美国就遭遇到债务，根本无暇去照顾到原有的音乐情结。这
样的安排，其意义在于启动主人公赚钱的欲望和行动，是将人物的深层
欲望有力地转移到具体的生存目标上来。

12 年的音乐学习，不仅仅是技巧上的积累和成熟，更重要的是一种
人生观和价值观的树立。要王启明放弃音乐，等于要他丢弃生命，所以
这个转变显得非常艰难，表现这个转变也显得非常重要。王启明后来决
然剪去了象征艺术家身份的脑后小辫子，放弃保护自己那双拉琴的艺术
之手，做出了第一反应。

4. 很简单，你给我打工！

打工者见老板，是一次随时间发生的日常化动作。按照常理，这次见面几乎没有什么值得期待。因为有亲戚事先作了安排，已经虚席以待，王启明去餐馆，只要安排一下，关照一下，所有的戏在后面呢。剧中人物也是这么想的，第二天，王启明十分轻松，导演给了一个长达一分半时间走过马路的镜头，他边寻路边逛街，充分表现了他没有准备，没有压力，心理没有任何包袱的一种精神状态。这样的剧情，也使观众松懈了观赏的神经，将期待降到了零。

作为编剧来说，这一场戏必须下功夫，因为这一场是：

- 重要对手戏的第一场戏，有着引领全剧的标志性作用。王启明与阿春，是《北京人在纽约》这部电视剧的主要人物，他俩的第一次见面，具有试看和引导的作用。一旦兴趣确立，观众就会有期待，等看以后他俩在工作中发生摩擦，钉头碰铁头，强手遇对头。
- 这一场作为第一集的压轴戏，具有诱惑下一集观赏的功能。电视剧集结构中的最后一个段落，是重要的观赏兴奋点，并起着设置悬念的作用。而通常第一集的结尾，是表示全剧问题的引导，有全剧冲突高潮路程的指向作用。

为了把这一场戏做足写好，编剧不断地做铺垫。王启明轻松地穿越马路，边走边看，悠然自得，没有一点紧张感。王启明进餐厅后与大李一番谈话，流露出他乡遇故人的亲热，用了一个反衬法。

湘院楼中餐馆。

王启明推门进。

大 李：Welcome.

王启明：Good morning. Thank you.

大 李：You are welcome. Can I help you？

王启明一下子没有听明白，没有反应过来……

大 李：You are Chinese？？

王启明：对，Chinese，中国人。

大　李：听你的口音，你是北京人？

王启明：我操，对不起，我说话有点糙。北京人，你在什么地方？

大　李：中关村。

王启明：我知道，我在和平里，三环路里面，知道嘛？

大　李：我知道，我弟弟住在那里。

王启明：是吗，来几年了？

大　李：五年了。

王启明：老美国了。

大　李：你呢？

王启明：刚来，不错吧？

大　李：不错。对不起，有什么事？

王启明：老板在里面吗？

大　李：在，什么事？

王启明：我姓王，是他的一个朋友让我来的，办点事。

吧台

大　李：来，来，里面来。

王启明跟着走进。

大李对Frank介绍：老板的朋友。（对王启明）你先坐，我给你找老板去。

王启明：谢谢。

Frank 对王启明指指可乐，王启明摇摇头。Frank 拿出一瓶啤酒，王启明点点头。Frank 打开啤酒盖，倒了一杯给王启明。

编剧引人物进入吧台，埋了一个伏笔。这里，巧妙地使用了物件细节，新添了一杯啤酒以便推动后面的情节。送上一杯啤酒，本来在一家饭店里不会引起注意，尤其是代表老板招待一个远道的朋友，一个平常的人情所为，很难作出什么文章。但在这场戏里，这一杯啤酒作为暗藏的由头，串连起一系列精致的对话来，使故事增加了灵性和质感。

　　阿春走进：你好！

　　王启明：你讲北京话？

　　阿　春：我说的是国语。

　　王启明：你不是从北京来？

　　阿　春：未必只有从北京来的，才会说国语吧。王先生，做什么
　　　　　　　生意？

　　王启明：我不是生意人，我是拉大提琴的。

　　阿　春：这么说，你是位艺术家。

　　王启明：算是吧，但谈不上。

　　阿　春：我可以理解你是一个很有品位的人，而且很有艺术家的气
　　　　　　　质。你是第一次来我们这里吧？说说你的印象。

　　王启明：总的来说，不错。我觉得，你们这里的音乐……你们是不
　　　　　　　是逮着什么放什么？！

　　阿　春：怎么讲？

　　王启明：实话实说，我觉得有点太闹，不讲究。

　　阿　春：哦，Frank，请你照顾一下王先生。对不起，失陪了。

　　Frank：是，经理。

　　第一回合，阿春碰了一鼻子灰。本集开头的时候，简单介绍了阿春
正处在不顺心的状况，吃软饭的伙计偷拿了店里的钱。这个偷窃，不仅
仅是钱物的损失，而且是阿春的感情遭到了欺骗。阿春为此感到心烦意
乱。这段戏，阿春是带着情绪出场的，当王启明要套近乎的时候，她一
下子顶了回去，明确表示，你是你，我是我，彼此之间保持距离，而不
是像老李那样，三句两句就套了近乎。但是，阿春毕竟是开饭店的，像
阿庆嫂一样，在场面上混过的人。她感觉那话有点拒人，于是推了一把
后立即拉了一把，礼节性地打招呼，顺手奉承两句送上一顶高帽，"我
可以理解你是一个很有品位的人，很有气质，你是第一次来我们这里
吗？觉得这里怎么样？"请对方给自己提意见，实际上是一种客套。

王启明毫不留意地顺杆爬，更多的是想显示自己的高雅，以掩饰自己的落魄尴尬。他居高临下的口气，无意之中奚落对方是个艺盲，这伤了阿春的自尊，毕竟这里的一草一木是她的领地，打狗还得看主人面呢。而且，阿春是一个非常注意外表的女人，修饰得一丝不乱，这种完美主义者对自己一手创造的环境相当满意，哪里容得半点批评，她以此提出话头，也是以此感到骄傲，想不到得到如此低下的评价，顿觉扫兴，拔腿就走。

王启明：经理?！你是老板娘？
阿春停下脚步。
王启明：我是不是可以见你老板？
阿　春：这里的事，我做主。
王启明：是这样，孙先生让我来找你一下，带一封信给你，说这儿
　　　　　有一份工作……
阿　春：你想干什么？
王启明：当然啰，我不想在你里面拉大提琴，怎么说呢，随便找一
　　　　　个……就算是个过渡吧。
阿　春：总会干点什么吧？
王启明：其实也无所谓，你看着安排。抱歉，我以前到餐馆来，总
　　　　　是吃饭，从来没有想到……
阿　春：那就请你马上离开这个地方。

第二回合，阿春从客气变成了生气。阿春问王启明能干些什么，是一种规矩，也仅仅是看在熟人嘱托，给予一定的适合位置，给予熟人一个面子。没想到，这位打工者非但不领情，而且还端起了"艺术家"架子。王启明这位大爷，话语之间还流露出干餐厅是丢脸的事，坚持着那份可怜的自尊，好像来这里打工委屈了自己。阿春非常反感这种态度，连着逼问，话说得越来越直接，一点婉转的口气也没有。你这个来找活干的大陆打工仔，先是批评我店的音乐，然后还这样地摆谱，又不是我请你来的，要干不干的。

阿春是个人物，说翻脸就翻脸，一下子揭开温情脉脉的面纱，冷酷地下了逐客令。

王启明愕然：你这是什么意思？

阿　春：我的意思是说，坐在这里要付钱的。

王启明：你可以从我工钱里扣。

阿　春：我并没有说要付给你工钱呢。

王启明：这么说，你是不想要我？

阿　春：我的意思是，如果你还能唱两句的话，我真的可以考虑。

众人哄笑。

王启明压低了火气，问：你贵姓？

阿　春：叫我阿春就行了。

王启明迸发地：你还知道你叫什么！

王启明转身就走。

第三回合，阿春开始了攻击。阿春的口气中明显地有讥讽有嘲笑，有一种攻击性。在这店里能受到尊重的人，只有客人和工人。当然，客人在这里要花钱消费的，工人在这里也是要得到老板我点头的。现在我不欢迎你，说得这么清楚，你还不明白?！"还能唱两句的话"这话完全带有一报还一报的意思。你不是音乐家吗，你不是很有艺术品位吗，那么就请你唱两句，我也是逮到什么要什么，这话语中狠狠地打击人的自尊心。

众人哄笑，阿春达到了自己的意图。

此时此刻，这两个人的对话，不是在商谈事情，而是在交流情感。这种交流既是吸引也是排斥，是深深地刺激和刺痛。

王启明受不了嘲弄，马上进行反抗。你一个小店主，狂妄地不知道天高地厚，不知道自己姓什么。不进行反击就离开，不是王启明的性格。

阿　春：哎，你回来。

王启明：干什么？

阿　春：你还没有付酒钱呢。

王启明：我会付的。

阿　春：我相信你的能力，但是本店概不赊欠。

王启明一时被窘住了，情急之下一把脱下手表，往吧台上一搁：这……总可以了吧？

阿春接过看了一眼：嚯，还是瑞士的呢。（递给身后看热闹的店伙计）你们看这只表值多少钱？

店员跟着搭腔：两块钱。

王启明：我可以走了吧？

阿春把表扔了过去：对不起，王先生，我们这里不是当铺。

王启明横下心来：那你到底想怎么着？

阿　春：很简单，你给我打工！

阿春说完扭身就走。

王启明无奈的脸。

　　第四回合，阿春暗生欣赏之心。一杯啤酒也不是免费的午餐，出于职业习惯的阿春急中生智，一下子抓住了理由，没料想到虚晃一枪，正好击中王启明这个天不怕地不怕大男人的要害。见他陷入身无分文的尴尬，老板娘含喜不露，好不得意！

　　这个男人没有一点媚态，相对自己喜欢的小白脸来说，更有男子汉的味道。她欣赏这种男人，于是大声地"哎，你回来。"这个回来，不是受了一拳后寻找回手的机会，不是应对挑战不肯罢手，而是表明了她的变化。她没有直接吐露出要留下他的话，而是借着酒钱说事，说酒钱符合她的身份和职业。

　　所以当王启明以表抵账，阿春不再跟随伙计们的起哄，把表丢了回去，"对不起，王先生，我们店里可不是当铺"。走投无路的王启明最终摊出了痞子的脾气："那你到底想要我怎么着？"对这句问话，阿春接得飞快，根本用不着再考虑，心里早就完成了暗转："很简单，你给我打工！"

从这一片段看，四个回合，四个节拍。两个人的对手戏，内心丰富多彩，变化层次分明，句句台词有闪光。

阿春从虚情接待，到发火轰人；从咄咄逼人有意刁难，到暗暗欣赏巧妙收留，充分调动一个掌控他人的优势地位，把一个女强人表现得淋漓尽致，也把一个外表冷如冰霜，内心热情如火的冷美人演绎得惟妙惟肖。她当着人面时，脸上始终带着微笑，但一背过身的时候，迅速地收了笑意，这瞬间的剧烈变化，张弛之间具有很强的张力。

王启明的自尊，则被层层剥落。本来认为有熟人嘱托，这件事不会有什么难处，想不到一句话没有说对，就被别人赶走，丢了面子不说，工作也没有找到；更没有想到为了还一杯啤酒的钱而留下来打工。王启明从一个自视清高的艺术家到一无所有的打工者，居然会这么丢份，英雄傲气在这里打了个趔趄。

本集，主人公听懂的第一句话是："美国欢迎你！"而主人公最后听到的一句话："你给我打工！"从第一句话到最后一句话之间，一集的主要片段形成了几个点，每个点都做在王启明到美国后的感受上。"欢迎你"词义的真正含意是"给我打工"，当王启明理解了这句潜台词后，立即从自我感觉最为膨胀的顶峰，跌落到自我感觉最受伤害的谷底。这样的台词，看上去好像是巧合，是偶然，但有现实根据和人物基础。

编剧确立起点和落点，然后一张一弛，从容不迫，形成一个过程。这个过程，从美好的想象到严酷的现实，从艺术理想求发展到打工赚钱求生存，跌宕起伏落差很大。通过几个地点的转移，把王启明高高抛起，又狠狠摔下。这个过程的最后一点，编剧是无论如何不能轻易放弃，让其顺着时间的自然秩序进行的。

本集到了这么一个戏剧之点，戛然而止。

以上举例可以看出，该剧叙事采用了顺叙手法，顺着时间秩序按着空间的转移，如玉兔东升，光照廊檐，度曲栏，转朱阁，低绮户，最后床前明月光，低头思故乡，跟着主要人物，一步一个脚印地进入境界。

以上举例也可以看出，四个片段，围绕着情节的进展，呈现了人物感情丰富而细腻的变化，采用不同的表现手段和方式。

第一个片段，省略了初次见面的寒暄，改变了在车内没办法展现动作的静止状况，运用了航拍全景、交响音乐，极尽视听效果，具有好莱坞电影大片的气派，不遗余力地高扬一种初见新大陆的狂喜，仿佛非如此不得尽兴。

　　第二个片段，在地下室的一场戏，人物已经结束了所有的忙碌，今夜无事可做，进入静止的状态，睡觉前增加了一场散文式的夫妻夜谈，寂寂然如闲花落地，细细然如毛雨湿人，把一种悠悠的思念和隐隐的担忧，表现得淋漓尽致。

　　第三个片段，突然间平中出奇，出了一个险怪迢递的高招，人物之间蓦地冲突起来，一招一式形成了紧张的对手戏，产生了强烈的戏剧性效果。

　　三个片段，如果以叙事风格类型的区分，可以把第一片段的叙事类型为视听叙事，运用影视语言，抓住视点，展现了视听效果；第二片段为散文叙事，运用了文学技巧，抓住了情点，展现了一种微妙情绪和感情；第三片段为戏剧叙事，运用了编剧技巧，抓住了剧核，展现了一种戏剧性的冲突。

　　戏剧性场面与抒情性场面。

　　戏剧性场面主要指冲突尖锐、情节紧张、变化激烈、斗争处于白热化的场；抒情性场面是人物处于极度激动、兴奋、紧张或内心充满激烈斗争情境下抒发感情的场面。两者时常相辅相成，紧密相联，甚至同时出现。如初见的狂喜、落夜的思念、打工的尴尬等场面，都达到了戏剧性与抒情性的高度结合。

　　阿春这个小老板居高临下的当头一棒，使王启明终于意识到，在这片土地上金钱不仅仅是生存保障问题，而且是人格自尊和社会地位问题。这个"欢迎"的洗礼，使效果各异、各领风骚的零碎片段，张弛有序形成一气，形成一个复合的整体。

　　电视剧的片段，在集的结构中，需要形成一个复合的整体。这句话有两种理解：一是片段可以运用各种不同艺术手法，追求电影、散文、戏剧的不同效果；二是片段需要服从一个统一的涵义，服从集段的意义，服从全剧的意义。

此后，王启明开始跟阿春做跑堂，随妻子打毛衣，做自己本来完全不屑做的事，做出了积极反应。但是，他仍然没有丢弃音乐的梦想，以至于准备打道回国。只是在临上飞机之前，约见阿春，被阿春的轻蔑深深地刺激了。

阿　春：告诉你，美国既不是地狱，也不是天堂，是战场！

商场如战场。到了这时，他幡然醒悟，决心弃艺从商，成为商海的弄潮儿。他义无反顾撕了回国的机票，在美国留了下来，告别妻子，投入情人怀抱，甚至为了击败竞争对手，不择手段地利用前妻的感情窃取经济情报。可以说，到了王启明被骂了"失败者"这个时候，编剧才给了主人公一个清晰的奋斗目标，要做成功者！北京人在纽约才真正开始了一个曲折有序的奋斗故事。

三、场面的作用

场面是组成故事情节的最小单元，它的实质是为故事情节的组成服务，而不是独立法人，可以自主行使责权。对全剧而言，一个场面是整体中的一个零件、因果链上的一个环节、全息图景中的一个局部、云雾神龙的一鳞一爪。

场面的主要作用，是：

- 承上启下；
- 推进情节；
- 延宕悬念；

延宕悬念，不是结束悬念；推进情节，不是展现情节，才能够做到承上启下，一道到下一个场面去。如果它不能起到这些作用，即使它再好再精彩，也是巴尔扎克塑像的一双手，破坏了整体的美，必须删去。如由于这个场面有着一个很明显的结尾，就不能产生下一波的风浪，这使这一个场面和下一个场面的衔接产生了一道明显的裂痕，从而把连续剧变成了系列剧。

大多数场面的作用在于推进情节的发展，但我们也不能认为大多数场面是一块用过即扔的抹布，它的作用仅仅在为高潮作铺垫。这是一个巨大的、致命的错误。剧作的每一个部分都相互依存有机连接，不可缺少或不可代替的。如果一个场面没有发挥作用，成一个薄弱环节，就没可能有效地走到终点。

尤其在揭示和发展人物性格方面，这是每一个戏剧部件都应承担的主要责任，场面应抓住一两个人物，集中和强化某一个性格侧面，创造鲜明生动的瞬间印象，成为让人物从 A 点行进到 B 点时踩下一个个深深的脚印。

《战争与回忆》，这部根据小说改编的大型电视连续剧，写了第二次世界大战期间美国的参战——从珍珠港到广岛一段历史。剧中情节线主要有三条：一是以美国海军军官维克多·亨利为中心的有关战争内幕和决策；一是以他的儿子拜伦·亨利所在的潜艇参加的战斗；另一条主要焦点落在拜伦·亨利的妻子犹太姑娘娜塔丽在德军占领区的逃亡经历上。

娜塔丽在哪儿？她能不能逃出法西斯的魔掌？

美国对德、意宣战，正在罗马的娜塔丽和儿子很快陷入了法西斯的魔掌。娜塔丽被抓后，被关进了"犹太乐园"，这是纳粹为掩盖大量屠杀犹太人的罪行而经营的一种内紧外松的集中营。欧洲的杂志上经常刊登新闻图片，显示这些犹太人在那里自由自在地生活，或在图书馆做学问，或在剧院排练歌剧，或坐在咖啡馆里消遣。

一天，为了应付"美化运动"的检查，纳粹决定遣送一批犹太人去奥斯威辛集中营，名单中有娜塔丽和她的儿子路易斯。得知这一消息，娜塔丽的叔叔埃伦积极活动，到处求情，到处碰壁。

到了最后的期限，埃伦决定去见"犹太乐园"的最高长官，盖世太保司令官拉姆。拉姆是一个杀人不眨眼的刽子手，想要让他放一个犹太人几乎不能想象，而且娜塔丽还被他们列入了不合作的黑名册内。

埃伦没有其他办法可想了，只能走这一步。他出门前，让娜塔丽在寝室等着，他知道自己是把死马当做活马医，尽没有希望的努力。

埃伦唯一能鼓励自己的，自己是个世界著名的学者。盖世太保为了装门面，发挥点名人效益，让他在"犹太乐园"当一个傀儡长老。埃伦想凭借这空头政策，去求司令官拉姆撤下娜塔丽母子去奥斯威辛的命令。

埃伦赶到盖世太保总部要求见司令官，拉姆的副官命令他在外面过道里等候。埃伦等着，但司令官似乎忘了他，时间半个小时半个小时的过去，他一动也不动地等着，走不能走，催不能催，进也不能进。

被通知集中的犹太人已经离开了房间。眼看最后时限逼近，娜塔丽得不到埃伦的消息，不敢留在寝室里再等下去，领着路易斯出了房门。路上，他们融入了背着行李去报到的犹太人行列。

临时营房的门口，集聚了被遣送的犹太人。盘问，点名，分号数，盖章。轮到娜塔丽和路易斯了。办事人员给他们一人一个写有巨大号数的硬纸板，娜塔丽把一个号码套上自己的颈子上，把另一个挂在路易斯的脖子上。

到了这个份上，即使埃伦能说服拉姆撤了命令，也晚了。

司令官办公室的门打开了。

埃伦一进门，拉姆就嚷道：你到底想要什么？

埃伦：司令官阁下，我可以恭恭敬敬地……

拉姆：恭恭敬敬地干什么？你以为我不知道你干嘛上这儿来吗？替你的那个犹太婊子侄女儿说一句话，你立刻就会浑身是血，从这里给扔出去！你明白吗？你以为自己是个狗屁的长老，就可以闯进总部来，替阴谋危害德国政府的一个犹太母猪求情吗？

埃伦有点垮了。

拉姆拍着桌子，站起身来："怎么样，犹太人？我给你两分钟。要是你哪怕提上一次你那个婊子侄女儿，我就把你的牙齿敲下你这猪一样的喉咙去！快说！"

埃伦：我犯下了一项大罪，想向您坦白说出来。

这个回答实在出人意料之外，拉姆的面孔慢了起来，显得有些迷惑：什么？什么？大罪？

埃伦从衣袋里掏出一个小荷包，放在办公桌上。拉姆有点莫名其妙，睁大眼睛望望埃伦，又望望小荷包，然后拿起小荷包，倒出六颗闪闪发亮的钻石。

埃伦：1940 年，我在罗马用两万五千美元买下来的，司令官阁下。那时候我住在意大利。墨索里尼参战以后，我采取了预防的办法，把钱换成了钻石。作为一个知名人士，我到达特莱西恩施塔特时并没有受到检查。条例规定得把珠宝交出来。我知道这一点。我犯下这个严重的罪过，自己很后悔，所以来坦白认罪的。

拉姆两眼注视着钻石，咧开嘴，怒气渐消。

埃伦：由于它们的价值，我认为最好直接把它们交给司令官阁下。

拉姆对埃伦嘲弄地看了半天，蓦地纵声大笑起来：价值！你大概是从犹太骗子那儿买来的，全是玻璃。

埃伦：我从比尔加里那儿买的，司令官阁下。你保管听说过意大利最好的珠宝商。商标就在这荷包上。

拉姆：你把它们一直藏在哪儿？

埃伦：藏在鞋底里。

拉姆：哈，犹太人的老把戏。你还藏了多少？

埃伦：我什么也没有了。

拉姆：要是去小堡把你的鸡巴蛋拧一拧，你也许会想起你忽略了点儿什么。

埃伦：是没别的啦，司令官阁下。

拉姆把钻石一颗颗地拿起来，对着亮光看看：两万五千美元吗？不管你在哪儿买的，你瞎了眼，受骗了。我认识钻石。这些全是废料。

埃伦：买下一年后，我在米兰请人估过价，说是值四万，司令官阁下。

拉姆：你那婊子侄女对这些钻石自然全知道啦？

埃伦：我从来没有告诉过她。这样比较聪明点儿。世上没一个别人知道这些钻石，司令官阁下。只有你和我。

拉姆弄清楚了情况后，收起了钻石。但他并没有像观众估计到那样，吃了人家嘴软，而是挑明了自己遣送娜塔丽的强硬态度：唔，那个婊子和她的坏种这次可得给遣送走。

于是，两个人开始了直接的较量。

埃伦：司令官阁下，据我知道，征召通知发多啦，有好多份都得取消。

拉姆固执地摇了摇头：她得走，没有送进小堡去枪毙掉，她已经幸运啦。现在，快出去吧。我说了，快给我滚出去！

埃伦：司令官阁下，要是我的侄女儿给遣送走了，那我不得不告诉您，我就辞职不当长老啦，我就辞职不管图书馆啦，我也决不参加美化运动，我不在我的住处向红十字会客人们谈话，随便什么也不能强迫我改变主意。

拉姆：你对自杀感觉兴趣了？马上就要自杀？

埃伦：司令官阁下，大队长艾克曼费了很大的力气把我从巴黎弄到这里，我成了很好的橱窗陈列品！德国记者拍下了我的照片，我的书在丹麦出版了。红十字会客人们对于会见我会很感兴趣，可……

埃伦亮出了杀手铜，提醒拉姆，自己在他的上司眼中的作用，以及没有他的配合就会打乱他上司的计划。

拉姆用一种冷静得出奇的神气说：闭上你这唾沫四溅的臭嘴，马上离开这儿，要是你想活命的话。

埃伦：司令官阁下，我并不十分珍重我的生命。我已经老了，身体又不好。把我杀了，你就得去向你的上司解释，他的橱窗陈列品怎么样了。对我用刑，那么要是我活下去不死，我会给红十字会客人们一个什么样的印象呢？要是你取消我侄女的征召通知，我保证红十字会客人来访问时一定和你合作，我保证她决不会再做什么蠢事了。

拉姆撅了撅一个蜂鸣器。副官把门推开。埃伦看见拉姆作了一个打发他走的手势，便走出了房间。

这一个的场面可分四个小节。第一节，拉姆给埃伦一个下马威；第二节，埃伦给拉姆六颗钻石；第三节，拉姆给埃伦一个答复；第四节，埃伦给了拉姆一个回马枪。

拉姆此人脾气非常粗暴。当埃伦刚进门时，他气势汹汹暴跳如雷，又是拍桌子又是吼叫；但当埃伦出门时，他却冷静得出奇。而埃伦进去时已经绝望，出来时也没有丝毫希望。

这场战争似乎没有输赢。

拉姆与埃伦的心理较量在前一场面开始。拉姆让埃伦在门外等两个小时，绝不是无意的。拉姆脾气粗暴，但不是个鲁莽的人。他喜欢在心理上打倒对方，希望自己能不战而胜，埃伦能不战自退。

埃伦的耐心很好。

拉姆当然很生气。

埃伦没想到一进门就遭到迎头一棒。本来观众也认为，这长老的头衔可能还会发挥一点作用，否则这老头早就没有了信心。拉姆的一顿骂，实际上把观众的幻想打破了。这把前面一段看似平静的气氛突然转化为剑拔弩张、一触即发的紧张场面。

埃伦：我犯下了一项大罪，想向您坦白说出来。

这个说法实在出人意料之外。

埃伦献出钻石，对话由紧张转缓解，逐渐平和。

异峰突起。

拉姆的色厉内荏，贪婪狡猾、粗暴，埃伦的沉着冷静、机智无畏。看上去，拉姆完全清楚埃伦的来意，掌握主动权，实际上他处处被动，谈话内容完全被埃伦牵着鼻子走。埃伦主动献出钻石，解决了被动局面，另外站在对方的角度，为他解围。他向拉姆提醒：征召通知发多啦，有好多份都得取消，主动帮助拉姆解决难题。即使在他提出辞职的情况后，他还是给拉姆一个保证，保证红十字会客人来访问时一定合作，保证娜塔丽决不会再做什么蠢事了，以消除拉姆的担心。

但问题不能这样解决。

编剧在组织这段"求救娜塔丽"的情节上共分了五个场面。一，娜塔丽接到通知，埃伦外出活动，无收获；二，埃伦去见拉姆，娜塔丽带孩子去报到，埃伦还在门前等候；三，埃伦与拉姆在办公室发生冲突，使矛盾更加激化，问题似乎不了了之。

第四个场面，埃伦被赶出了司令部，紧接着，临时营房内探照灯以下全亮起。"起来，起来，所有的人走出营房！到院子来！站队！赶快！三个人一排站队！"在一阵阵吆喝声中，被遣送的人仓促地穿上衣服，蜂拥进院子，排成列队绕着院子拖拖沓沓地走动起来。

院子的中央，拉姆持着酒瓶喝着，不时地举起手杖指点一个，让豁免的人出列站到角落。娜塔丽终于从被遣送的队列中走出，被列入了计算错误的征召人员，作为后备，等明天再计算一次。

这个事件表明，埃伦的话起作用了。

拉姆东点西点，就是不指抱着路易斯的娜塔丽。拉姆东张西望，就是不瞅在面前走过的娜塔丽。观众知道，他心里有娜塔丽，就是娜塔丽。拉姆和埃伦较量继续，没有对话却胜似有声。娜塔丽前面一个走了，娜塔丽后面一个也走了。最后，拉姆似乎醉了，似乎醉得糊里糊涂地倒在桌上不醒人事。

娜塔丽在恍惚绝望中，忽然感到有人粗暴地将她拉出了行列。

拉姆在车站临时营房挑选人，并没有结束悬念。拉姆没有放了娜塔丽和孩子，而是把他们送进了地堡。

第五个场面：

地堡是一个秘密屠杀场，进来的犹太人没有一个活着出去。

这个杀人不眨眼的魔头，不会甘心丢失脸面，不会轻易地放过娜塔丽。卫兵将娜塔丽和路易斯一押进地下室，拉姆就暴跳如雷，叫督察从她怀里夺过路易斯："他死定了，动手，把这小孩一扯两半……"

戏顿时进入了高潮。

埃伦能不能从拉姆的魔掌下救出娜塔丽？围绕着这一个悬念，三个人连了五个场面，情节一而再，再而三地大开大阖跌宕起伏。五个场面都没有结束悬念。娜塔丽从地堡一出来之后，立即与外界的救助组织联系，希望能尽快地转移孩子。接着又是一场惊心动魄的斗争，但编剧起了下一个悬念后，马上把话题转到主战场上了。

第十二章　电视剧悬念

电视剧，尤其是长篇连续剧，如果没有好的人物和吸引力的情节，几乎没人能坚持不懈地一晚一晚地看下去。然而，剧情是否有吸引力，是否始终能吸引观众，使戏剧冲突具有扣人心弦的效果，这就需要运用好悬念的技巧。

电视剧有许多悬念设置的经验。如开场三分钟必须抓住观众，然后每15分钟来个小扣子，每集结束时再卖个大关子。开场要有悬念很好理解，是骡是马，关键在刚拉出来溜溜的几分钟。几分钟内你讲不好故事，抓不住观众的注意力，引起他们的期待，就只好请你靠边站。至于要每15分钟要有个悬念，过去是为了插广告，编剧要考虑广告穿插时间去构建叙事；现在是考虑剧集中的分段，以15分钟时间为一个情节点，构建成所谓的"片断戏剧结构"。也就是说，每个段落都要有一个"局部的生动点"，要不时地收紧放飞的风筝，掀起一个个小高潮，这样观众才能紧跟情节的节奏，始终关注进展。此外，集尾的悬念也很重要。马上要爆炸造成血肉横飞的血腥事件了，即刻要引发一场令观众为之动容的情感高潮了，对不起，请明天再说。

另外，电视剧在家庭屏幕播放的开放环境，相对剧院和影院的封闭环境，特别需要利用观众关切故事发展和人物命运的期待心理，维持收视的注意力和连续性。

本章主要介绍悬念的概念、悬念与惊奇和电视剧悬念的设置和延宕技巧。

一、悬念与惊奇

悬念，是通过对剧情作悬而未决和结局难料的安排，以引起观众急欲知其结果的迫切期待心理的一种编剧技巧。

在西方编剧理论中，最早涉及悬念的是亚里士多德的《诗学》。在中国戏曲理论著作中，虽无悬念一词，但所谓的"结扣子""卖关子"，以及李渔在《闲情偶寄》词曲部格局一章中提出的有关"收煞"的要求："暂摄情形，略收锣鼓……令人揣摩下文，不知此事如何结果。"其内涵就与悬念基本相似。

余秋雨认为："悬念，往往被人看作是一种客观的戏剧性技巧，与'巧合'、'转折'之类相提并论；其实，戏剧家设置悬念的时候，与其说是着眼于对剧作内容的精巧处理，不如说是纯粹为着对观众心理的收纵驾驭。如果说，一切戏剧技巧最终无不出于对观众心理的把握，其中又以悬念为最明显。其所'悬'者，乃观众之'念'。严格说来，这应是戏剧审美心理学中的名词，而不是编剧技巧上的名词。编剧学所用，只是一种借用，即为了造成悬念的效果而采用悬置的技巧。在一般情况下，这种技巧要求把问题的提出和解决拉开距离，从而使观众的注意力在这个距离内保持住。由于注意力的保持是戏剧这门过程性艺术的基本课题，因而在世界各个古典戏剧的发祥地，悬念的技巧都被较早、较普遍地运用。"[①]

悬念的设置意味着打破常规的叙事逻辑，将可以正面、直接铺叙的内容、情节和人物，用暗示、隐喻、烘托等方式，或暂时搁置，或引而不发，造成完整叙事中一个不确定的因素。悬念的设置往往在常规叙事被中断后，可以引发观众强烈的期待欲望，从而达到极佳的叙事艺术效果。

悬念的实质就是对观众心理的收纵驾驭。其作用有以下几点：（1）既能有效地使观众产生注意力，同时又能保持这种注意力；（2）是

---

① 余秋雨：《戏剧审美心理学》，四川人民出版社 1985 年版，第 200 页。

情节发展的指路标，能使戏剧结构紧凑而精巧；（3）提出问题和解答问题，能更好地阐述主题思想。

关于悬念与惊奇。

18世纪英国有一出戏剧《造谣学校》中有这样一个情节：两位先生在谈论一件桃色纠纷，突然屋内一张屏风倒下，露出藏在屏风后面的那桃色纠纷的女主人公。对这一个情节的处理，曾有过很多争论，是让观众知道屏风后有人好，还是让他们大吃一惊好，也就是说，是要一刹那的惊讶意外，还是要自始至终保持吸引观众的那种紧张得透不过气的兴趣。应该说，两种艺术处理方法均有各自的独特艺术魅力，采用哪一种，主要根据具体情节而定。但毫无疑问，让观众提前知道在屏风后面躲着一位夫人，在桌子下面藏一枚炸弹，在王位上方高悬达摩克利斯之剑，是唤起他们的紧张感觉，集中和保持他们高度注意力的有效方法之一。

希区柯克小时候在学校里做错了一件事，出乎意料，老师没有罚他站，也没有留他学，只是写了一封信让他带回家交给父母。这封信写了些什么？要不要交给父母？父母看了信后会怎么样？在回家的路上，希区柯克忐忑不安地拿着这封信，反复猜测着老师写下的内容，反复推测父母看信后的反应，越想越紧张。

如果这封信不是老师让希区柯克本人带，而是让别的同学悄悄送交给他的父母，那么希区柯克在回家的路上就不会感到紧张，等待他的将会是吃惊。而对于观众来说，无论这封信是他带还是别人送，不管剧中人物是否处于紧张状况，他们都会期待知道希区柯克回到家后的遭遇。但是，如果观众同希区柯克一样不知道这封信已经送给了他的父母，那么观众也和他一样，知道后大吃一惊。

这个小故事，给儿童时代的希区柯克留下了深刻印象。日后，希区柯克在电影执导生涯里，经常精心设计和营造一种气氛，让观众置身于高度的紧张状态中。对此，他做了自己的理解和解释。他说：一列火车上有两个旅客在闲谈，桌子下面隐藏着一枚炸弹，一切都在平静中进行着。突然，一声巨响，炸弹爆炸了。这个情节，有两种不同的处理方法。一种是在爆炸之前，只是索然无味的谈话，没有任何离奇的事情。

观众在爆炸的一刹那时会受到突如其来的惊吓；另一种手法是运用悬念，让观众事先看到一个恐怖分子把炸弹放置于桌子下面，并且设定还剩下15分钟时间引爆，于是两位旅客的闲谈就变得特别引人注意，观众忍不住要告诉旅客，赶快逃走吧，不然就没命了。他认为，在前一种叙述方式下，观众只在爆炸的几秒内感到震惊，后者却能给观众留下15分钟的紧张。

以上的例子说明两个情况。

1. 悬念建立在对观众不保密的基础上，是观众对人物的处境有所了解，并对人物命运和事态发展有一定预感所造成的期待；而惊奇则主要依靠对观众保密，通过使观众大吃一惊来加强戏剧效果，是剧情发展过程中出乎观众意料之外而又在情理之中的复杂情况和险要转折。

2. 悬念又是以某种对观众的信息保密为前提的，倘若剧情早已为观众一览无余，悬念就无从谈起。悬念的要义正在于信息的保守与释放之间，不断地释放有关秘密的信息，保持正确的导向，吊住观众的胃口，而又不急于一下子打开。顾仲彝在《戏剧编剧理论与技巧》中说："悬念的造成绝不是观众完全无知……而是略知端倪，先有预兆或预感，或早在预料之中。'早在预料之中'是悬念中最重要的一种。"

在实际创作中，不同风格类型的剧本，对悬念和惊奇的运用也各不相同。侧重于性格描写的多用悬念，情节戏剧更多地采用惊奇。在实际运用中，二者有相辅相成的关系。一般情况下，作者总是通过悬念维持观众的情绪，又通过惊奇造成戏剧情节和观众情绪上的跌宕，从而进一步加强冲突的紧张性。

二、悬念的设置和延宕

悬念技巧是在漫长的叙事艺术中积累起来的。早期有的悬念或故弄玄虚，或故作惊人之笔卖弄技巧，单纯追求离奇情节。后来开始注重营造合乎事物发展规律的紧张，渐渐发展成为着重于性格刻画的方式，从而由意料之外到情理之中，赋予了更多更广泛的人生思考，内涵也就更深刻丰富了。因而，悬念的设置要求以人物为基础，跟随动作进行，并要具体明确。

（一）悬念的设置

1. 悬念的设置以人物为基础。影视剧的人物主要建构在人物动作上，人物如何行动，人物行动的结果怎样，是观众最主要的一种期待。人物一旦行动起来，发生了冲突，观众必然会怀着惴惴不安的心理，紧张地关注冲突的双方将如何进展，怎样收场。在情节发展过程中，观众在等待结果的过程中，会欣赏、揣摩各当事人发生冲突时的内心活动，如果编剧对各色人物琢磨得非常透彻，雕刻得活灵活现，人物互相之间的关系安排得妙趣横生，人物必然会成为观众最值得急切关注的对象。此时，情节也因受双方不同性格的驱使和制约变得扑朔迷离，而主人公的命运吉凶如何、生死如何，结果难测。还有，剧中被观众同情的人物面临危机时，内心那种紧张也会感染给观众，使观众产生共鸣，吸引观众一起去体验这种心理情绪。

当观众被人物所吸引的时候，即使是很平淡的情节也有着巨大悬念。

由此而来，悬念设置必须具备两个必要条件：一是情境、动作、冲突必须交代清楚，尤其是情境中的时空、事件、人物关系必须让观众了解，如此才能吸引观众进入规定情境，去猜想人物的行动和剧情的发展趋势；二是人物必须赢得观众的感情。观众对剧中人物的兴趣与强烈的爱憎情感，是吸引观众观剧的主要因素。舞台剧和电影不一定要有一个惹人喜爱和讨人厌烦的人物，但是电视剧却十分重视，当剧中主要人物能引起观众在感情上的爱憎，当主要人物的行动能引起观众在理性上的关注，悬念也就有了牢固的基础。

2. 悬念的设置跟随情境同行。悬念和情境、动作、突转有密切的联系。有时，情境、动作和突转本身就具有悬念的功能。特别是情境，情境一旦完成，悬念也随之而来。所以，当设置情境时，同时也在设置悬念。悬念与情境同行还体现在整体和局部的分别，情境有总体和具体之分，悬念在剧本中的运用，相应地也分为两类：总悬念和小悬念。总悬念与小悬念，亦称整体悬念与主要场面中的小紧张格局。总悬念是全剧主要冲突的焦点所在，在剧本开始即要提出，并随着冲突的上升而不断加强，一直到高潮。它是贯穿全剧的戏剧性结构的情绪支柱。（1）建立一个整体性悬念作支撑全剧的基础。所谓整体悬念，主要指主人公在剧中遇到的困境，这个困境促使主人公采取必要的行动来摆脱它。在单本剧中，当困境一摆在主人公面前，悬念就开始了。这个困境一般都要维持到高潮阶段，即全剧将要结束的时候，困境一解决，全剧也就结束了。这就是大多数剧本的基本结构框架。（2）以若干局部性的悬念填充整体悬念框架。整体悬念设置以后，为了把这个整体悬念令人信服地、同时又是逐步紧张地维持到最后，剧作家必须设计"一连串"小悬念。小悬念则属于剧本的每一个发展段落或主要场面中出现的局部紧张情势，它起着不断丰富和加强总悬念的作用，并在每一幕或每一场结束时，把观众注意力和兴趣引向下一幕或下一场。有的戏抓不住观众的原因不在于作者没有提出整体悬念，而往往是缺乏一个循序渐进的小悬念系列。

3. 运用蒙太奇组成平行发展的情节，通过制造和强调终极界限，即平行的交叉点，增加紧张气氛。这是电影吸收戏剧悬念这一审美规范的叙事形式，用电影手段强化悬念的延宕，发展成为更加扣人心弦的"最后一分钟的营救"的技巧范型。

请看《红色康乃馨》运用这种悬念技巧的一个片断。

财务总监徐晓晴知道集团存在重大问题，假借赶制报表为名，深夜潜入计算机库房窃取核心秘密。她好不容易躲过监控装置，进入机房，打开电脑……

莫名（大华的保安部长，绰号"来自乡下的狼"）本能地意识到监视器的损坏似有蹊跷。为预防万一，他收住脚步，重新将电梯门合拢，并按下 18 楼的键钮，赶去计算机中心库房作现场勘查。

电梯载着"来自乡下的狼"，直升 18 楼！

计算机库内，徐晓晴正忘乎所以地阅读关于大华竞购澳洲 KH 生铁厂的绝密文件，内中揭示的背景令她惊骇不已……

此刻，她系缠在腰间的 BP 机再次震动。

徐晓晴按键阅读，是"康乃馨"要她马上撤离的紧急警报！

她犹豫了一下，实在舍不下那些她闻所未闻的惊人内幕。为此，她决定将未及读完的文件不分主次巨细，先全部下载进她的光碟。

计算机屏幕闪烁着不断变化的文件复制的百分比进度。

而同时，电梯指示灯不断往上骤升……

徐晓晴浑然不知，她的生死吉凶现在完全取决于微机的运算速度和高速电梯的时间较量！

大华一流的计算机设备终于解救了徐晓晴的当前危机。

30秒钟后，计算机完成了复制任务。

徐晓晴取出光碟，关闭计算机系统后迅速起身，取过手电筒匆匆走向库房的不锈钢门。

她站定在计算机库房门前，见监视器镜头正移开，急忙闪身越出。而就在此一刹那，她猛见左侧电梯停靠，顿时唬得花容惨变，心跳不已。

电梯门开启……

本来，徐晓晴能否躲过监控装置，进入机房为一个悬念。当她进入机房后，前一悬念已经消失，所以编剧必须设置一个新的悬念。新的悬念可以设置在她是否能在电脑里拿到她想要的东西，但这悬念没有具体的时间限制，因此，编剧用保安部长发现问题，乘电梯赶来，如此造成平行蒙太奇，并设定了最后时间限制，电梯抵达机房这一楼面为止。

4. 设置的悬念必须具体明确。电视剧悬念设置有其鲜明的特点：通过一个单纯的问题，造成一个具体而确实有力的悬念。（1）尽早出场；（2）减少头绪；（3）具体明确；（4）强而有力；（5）准备伏笔，在一个刚结束或即将结束时即时提出新的一个悬念。

电视剧大多遵照"一个问题"的悬念格局。所谓"一个问题"，即观众的注意力集中某一点上，一个疑惑，或者以一个疑惑为主，其他疑惑全是围绕这个主要疑团来设置的。这与动作的简单化、明确化，把故事讲清楚，不让人物有半点暧昧之处的要求是相一致的。

反之，就有可能使观众搞不清谁是主要人物、什么是主要事件，也就无所适从。这里可以举个例子加以说明。1993年，30集的《皇城根儿》由于没有注意这种"一个问题"的悬念格局，提出了众多的问题，反而使剧情被肢解得七零八落，东一榔头，西一棒槌，使观众不得要领，甚至失去耐心。

《皇城根儿》说的是北京城里一座典型的四合院——金家大院里，围绕着老中医金一趟所持的祖传"再造金丹"的秘方，发生了一连串的奇奇怪怪的故事。金一趟治病方式奇特，与众不同，更显得"再造金丹"的神秘，眼看金一趟年事已高，膝下无子，嫡传秘方便发生了危机。于是，秘方落于谁人之手成了金家大院的一个焦点事件。怪事接踵而来了。金一趟的入赘女婿中医张全义婚后三年无子。金家正为没有人传人而发愁的时候，他在一个偶然的机会抱回一个弃婴，由此在金家大院惹起一阵风波。金一趟炮制金丹，向师傅徐太医遗像顶礼膜拜的时候，却连抽三次凶签，不祥之兆使他受到了极大的惊吓。不料，大门口，又送来一封匿名信，附有一张数十年前的京剧花旦剧照。她是谁？另外，金家大院里的老佣人杨妈，也收到了一个纸盒，里面装有一盒录音带，除一段京剧花旦唱腔外，还有一个老者的嘶哑说话的声音。这个老头儿又是什么人？跟着，金一趟的医案上出现了一副来历不明的玉镯。杨妈在金一趟的另一个得意门生周仁的办公桌里，发现了一份再造金丹的配方成分的材料。金一趟的小女儿金枝得到了一粒来历不明的金丹。开公司的徐伯贤跟吴老板和歌星陈玉英围绕着金家忙了起来。失踪了整整四十年的金一趟的师傅的大少爷徐承宗，突然出现在金家大院，要讨回再造金丹的秘方。围绕着再造金丹的继承权上，《皇城根儿》还穿插着好几条副线。如张全义和金秀、陈玉英之间的婚恋瓜葛；金枝和玉喜、大力之间的婚恋瓜葛；徐伯贤和李丽的家庭矛盾；陈玉英、金枝与吴老板之间的矛盾及徐伯贤和吴老板之间的矛盾，等等。

该剧不仅问题多，而且有的弯子"绕"得太厉害，到了最后三四集才大抖包袱，把观众"憋"得直叫唤。有的悬念是故弄玄虚，过长，指错方向，使观众与剧中人一样糊里糊涂。这样，与观众心态不太同步的悬念设置便成了该剧的首要失误。

因受播放的特性和时空的限制，一部电视剧不允许表现过多的内容，也不允许笔墨分散，需要遵守"一个问题"的悬念格局。

（二）悬念的延宕

悬念一旦提出，就不能中止，要不断地发展与加强。悬念这一技巧本身要求把问题的提出与解决拉开距离。开场，就要设置悬念，将矛盾冲突引向纵深伸发的趋向之中。

制造悬念，一是吸引注意力，二是保持注意力。而且在较长时间内保持注意力，从容地展开故事发展，充分地展示人物在事件中的感情和性格，是编剧最重要的目标和责任。初学者的失误，常常是狗熊掰棒子，拿一个，丢一个，好不容易找到了一个吸引人的支点，用了一次就丢了。

悬念的形成、保持和加强，还需要依靠"抑制"和"拖延"的艺术手法，有的剧作理论也称之为"延宕"或"缓解"。它指在尖锐的冲突和紧张的剧情进展中，作者利用矛盾诸方各种条件和因素，以副线上的某一情节或穿插性场面，使冲突和戏剧情势受到抑制或干扰，出现暂时的表面的缓和，而实际上却更加强了冲突的尖锐性和情节的紧张性，加强了观众的期待心理。延宕手法的另一种方式，是在冲突的紧张时刻突然落幕，早成欲知后事如何，且听下回分解的悬念和间隔，从而大大加强了艺术效果。

悬念和延宕交替进行的格式，与观众看戏时的精神忍受限度有关，始终不懈的紧张，只会使观众感到疲惫，暂时的缓解是调节情绪，为进一步紧张作精力上的准备。

社会生活是复杂的，矛盾的发展受各种各样因素的影响和制约，不然迂回曲折有进有退，也必然会产生想不到的变化。要懂得如何在戏里安排悬念，首先必须熟悉生活中事物发展的规律，戏剧悬念的美学价值在于是否符合生活发展规律，符合人物性格的发展逻辑。

悬念延宕的常用技巧主要有：

1. 使悬念更有力，在人的头顶聚集乌云灾难越来越大。如反面角色有力的反击，精心设计了陷阱，主要人物一步步地陷入绝对的困境和绝对的劣势；激化矛盾，造成僵局，越解决问题问题越乱，事态不知如何发展，而最后的时限已经紧逼上来，眼看主人公将被置于死地。

2. 在冲突的紧张时刻突然中断，按下不表，造成欲知后事如何，且听下回分解的时间间隔，从而加强悬念的艺术效果。如果间隔时间过长，要适时地重提。虽然叙述中断，但情势不能减弱。

3. 设置小悬念，步步蓄势，生发开来。在主要动作临界高潮前，将人物一个完整的大动作分成多节拍的细碎的具体动作，在每一个具体动作设置小悬念。如主人公赴约时一定会遇上大的灾难，那么在他出门、下楼、路上设置种种小问题，只有解决了这些小问题，他才能与最后的大问题见面。

4. 增加故事情节的策略，增强观众对某一情节发展的兴趣并使这一兴趣扩展到更大的范围。将情节向社会广度、心理深度扩张。冲突卷入新的人物，接触新的社会面，新的人物带来新的事件。心理冲突联想出新的问题，加重心理压力。

5. 节奏调节，一张一弛。紧张与放松交替进行，要考虑观众看戏时注意力集中的时间和精神忍受限度，有意地放松。暂时的缓解，是调节情绪，为进一步紧张作精力上的准备。始终不懈的紧张，只会使观众感到疲惫。剧情必须放在强弱（力度）、快慢（速度）、大小（幅度）和虚实的对比中进行。这种力度、速度、幅度的变化，会有效地调整观众的期待心情。

在悬念的设置和延宕上，舞台剧与电影有不少经典的例子，下面就试举两例。先看舞台剧《罗密欧与朱丽叶》的悬念的构成与延宕处理。

悬念设置：在维洛纳，两个有世仇的大家族。蒙太古家族的罗密欧，在化装舞会上爱上了凯普莱家族的姑娘朱丽叶。如果他发展爱情，必死无疑。

悬念加强：阳台相会，爱情加深，悬念加强。两位痴情男女，为爱情不惜向命运和死亡挑战。

悬念暂缓：罗密欧与朱丽叶秘密举行了婚礼，爱情有了一线希望。

他们获得了幸福。

悬念再次加强：罗密欧参与了两个家族的仇杀，因而被逐出境，他决定逃亡去曼多亚。朱丽叶的父亲要她嫁给帕里斯。朱丽叶抗争无效。

悬念再次缓解：朱丽叶求助于神父。神父教她吃一付魔药，假死；再通知罗密欧回来解救，私奔。

悬念被推上绝望之顶峰：神父送往曼多亚的信并没有到罗密欧手中。但痴情的朱丽叶已吞下了魔药。维洛娜传出了朱丽叶死讯。

解决悬念的一种可能结局：罗密欧相信朱丽叶已真死，带着毒药赶回维洛娜殉情。

悬念再次跌宕：朱丽叶躺在灵床上。罗密欧认为她已死，而观众却把悬念（她其实是活的）提到手上，差点儿想大声警告罗密欧事件并非如此可怕。事情又出了岔子。帕里斯说：她死了，你退出罢！正当其时，罗密欧却成了双料凶手，于是他只有服毒自杀。

悬念最终解决：在一片混乱中，朱丽叶苏醒。神父赶到，已知罗密欧没收到信。朱丽叶明白了发生什么事，企图从他嘴唇上吸出毒药，但未成功，拿起罗密欧的匕首自杀。两个仇恨的家族决定从此不再争斗。①

再如美国电影《北非谍影》，同样显示出高超的悬念技巧。"最大的悬念莫过于人物命运。"剧本一开始，参加抵抗运动的革命者拉斯罗向饭店的老板里克出高价购买通行证。这个动作引出了全剧的主要悬念：拉斯罗最终能否从里克手里搞到通行证逃脱纳粹魔爪？但要解决一个问题，必须先解决另一个问题。

观众隐隐觉出里克之所以不肯出手帮助搞到证件同拉斯罗的妻子伊尔萨有关。里克与伊尔萨在饭店相逢，里克话含机锋，伊尔萨闪烁其辞，似有隐情，正要挑明原委，拉斯罗及时赶到，打断谈话，悬念按下不表。后来从里克的回忆中我们得知部分情况：原来里克与伊尔萨曾在巴黎有过一段浪漫迷离的往事，本欲双双远走高飞，伊尔萨却突然失约，分别至今，里克为此伤透了心。但伊尔萨为何失约仍然是个谜。当

---

① ［美］威·路特著，宫竺峰译：《论悬念》，《世界电影》1987 年第 3 期。

夜，伊尔萨独自来到酒店，想要说明当初事由，被正处在满腹委屈中的里克厌烦地打断，使伊尔萨伤心离去。悬念再次被按下。第二章，里克冷静下来后想劝说伊尔萨放弃拉斯罗，与自己重念旧好。伊尔萨却声称，她早在巴黎认识里克之前就已经嫁给了拉斯罗。第三章，为获得通行证，伊尔萨深夜潜入饭店，持枪胁迫里克就范，情势万分危险，一发千钧。此时剧情却陡然急转直下，痛苦中的伊尔萨终于道破真情，自己一直深爱着里克，积蓄已久感情终于迸发而出，然而她在巴黎分别时为何失约仍未揭秘，她的话被里克热情的吻堵住了。悬念第四次被按下。直到第四章，感情风暴过去了，伊尔萨和盘托出全部真相：当初它以为拉斯罗已死在狱中而爱上了里克，不料他还活着，急需照料，迫于道义，她只好牺牲爱情，真相大白后，通过一系列戏剧性转机而掀起高潮。

该剧在叙事结构上体现出高超的悬念技巧，它成功地处理了延宕过程，里克与伊尔萨的关系，以及伊尔萨能否搞到通行证等主要悬念一再延宕，引人入胜。但这种推迟又不是静滞的，若干细小的悬念被逐渐揭秘，直到最后整体悬念才被揭开。

三、电视剧的悬念

电视剧在悬念设置上，传承了舞台剧和电影，但也有着自己明显的特点。主要区别是由于电视剧的开放性结构和片断性结构所造成的。

1. 全剧的悬念。总悬念是具有全局意义的，支撑着整个叙事框架。对剧本总体结构起着支配作用的悬念。然而，总悬念又是通过一系列分散在各个部分的小悬念体现出来的，若干细小的悬念环环相扣，构成总悬念，而且总悬念的揭开有赖于一个又一个细小悬念的解决。若干小悬念把观众的兴趣引向深入，犹如层层剥笋见芯，图穷匕见，最大的秘密也终将随着所有的小秘密的揭开而水落石出。

每一部连续剧都有贯穿全剧的总悬念。有的是直接提出后，然后延伸到一个枝节上，如《雍正皇朝》一开始是国库空了，马上延伸到江南筹款赈灾上，然后追讨借贷库银的事，到最后解决。有的是还没有在剧中出现的主要悬念放到前面来，如《还珠格格》第一部将"真假格格"这一总悬念放在前面，第二部将"追杀格格"这一总悬念放在开篇，然后再回头叙述如何造成这种局面，至于这个局面如何解决的，一直要延宕到剧尾才能结束。

总悬念的设置，不仅连续剧有，而且系列剧也有一些成功的事例。如《神探亨特》中，亨特与麦考尔这一对搭档，东边有雨西边晴，一直保持着不即不离的状态，两人常以对方的私生活相互调侃。这种略显暧昧的关系，一直是观众经久不衰的兴奋焦点。《大饭店》里的彼得和克里斯汀心有灵犀配合默契，只是在躲闪的眼神中传达双方默默的爱意，人们非常关心他们的情感下一步如何发展。《编辑部的故事》中的李冬宝与戈玲一唱一和，给人的印象是：亲密、和睦、心思一致，然而他俩始终走不到谈婚论嫁这一步，作者一直阻断着观众对他俩终成眷属的期待。这些两性之间没完没了的吸引与拒斥的状态，造就了观众在谜底猜破与否之间矛盾的期待心理，形成了系列剧各集之间的内在张力。

2. 集尾的悬念。严格地说，电视剧没有结尾。电视剧中，除了单本剧基本上传承舞台剧和电影的封闭式结构之外，系列剧和连续剧都采用开放式结构，即到了最后一集整个故事才告一段落。在整个故事结束之前的每一集的结尾，人物动作仍然在进行中，即使一系列矛盾冲突已经解决，但新的一系列矛盾冲突必定应运而生，错综复杂的故事始终没有水落石出；而且，在最后结局来到之前，集数可以无限制的延长，没完没了。所以，从这个意义上讲，电视剧没有结尾。

"没有结尾"的电视剧，集与集之间那段时间在剧情的两个场面间构成了一个空白。在这空白的时段运用悬念，巧妙地中断叙述会造成一种延伸张力，这种张力使观众保持了观看的兴趣。每一集在结尾时都留了一个没有回答的问题，观众必须等到明天、甚至下个星期才能在同一时间得到答案。这种空白，从而使观众的想象力极度膨胀，并使他们成为更加积极的观众。把矛盾提交给观众，实际是给观众留下了思索、猜测的空间，定时的巧妙的中断，会使观众更加渴望再次加入到他们有点熟悉的人物的身边和故事之中，加入积极和高涨的欣赏兴趣之间。

从观众欣赏的角度来看，连续剧的悬念在吸引着人们渴望知道故事的进一步进展及最终结局，迫切期待的心理使他们密切关注着下一集的播出，看电视剧就成为每天不可缺少的生活内容。长篇连续剧通过悬念的作用，为电视媒介争取了更多的信息接受者。中国从宋代起有相当规模的评书、评话演出，这种艺术依靠强烈的悬念来吸引人。说书人每到一处，总希望说上十天半个月，于是他就需要调动各种艺术手段来争取听众，由此摸索出一套听众心理学的规律。欲知后事如何，且听下回分解，说的就是这层意思。在欧洲，狄更斯的小说起初在杂志上按周分期刊登。许多读者读他的小说每周读一章，要花数月才能读完。但读者对一部连载小说形式的喜爱程度却胜于出版的同一本书。广播剧在结束每一集的时候，都会有播音员出来解说："小马明天上丈母家去，他会不会将真相告诉未婚妻的父母呢？如果岳父岳母知道了有这么一回事，大发雷霆怎么办？请明天继续收听。"电视剧有时也会用旁白来进行这样的诱惑，但大多数是在每一集结束的时候对故事的讲述戛然而止。当然，经过周密的安排，有时也会含蓄地鼓励观众提出同类问题并提供同样的回答：欲知后事如何，请收看下集。

实际上，许多时候下集的回答并不能满足观众的期待，甚至会出现糊弄观众的地步。如这一集，有人举起了刀，悄悄地走到一个人的背后，可下一集他在走到那人之前却收起了刀。本来预示要发生的事并没有发生。显然，那个预示仅仅是为了悬念。但是有些时候这种虚晃一枪要比没有好，因为它毕竟有了悬念，让人想看下去。

3. 时段的悬念。电视剧的空白不仅在集与集之间存在，而且还存在于每一集的内部，段与段的划分。段落可以做到叙事的详与略、起与伏、断与续，让观众可以松口气，变换一种情绪，评价前面了解到的信息，并产生出对未来发展的期待。

电视剧这种格式化的缺陷，需要时段的悬念。通常，每 15 分钟为一个时段，这种片断与每集的 45 分钟基本上固定不变。舞台剧与电影没有这种硬性规定。一出舞台剧今天可以演得长一点，明天可以演得节奏快一点；电影一般在二三个小时之内，具体的长与短完全根据故事内容而定。至于集内的时段完全是自由安排的，但每集电视剧的时段是固定不变的，最多在一分钟内上下有些灵活余地。有时，电视剧在拍摄中根据导演的爱好，任意扩张或减缩情节，以致将时段的结尾提前或拖下去。但是一旦这样做，会破坏片段的悬念和集尾的悬念，影响收视效果。严格的制片人一般不会同意这样做。

如此，就必须学会通过增加故事情节来弥补悬念不足。一个主角用于各不相干的故事情节，不同成员用于彼此独立的故事情节，保持多达五个或六个同时出现的故事情节，也许各个故事是公式化，但是它与另一个故事情节结合、并行、对照，或者对另一个故事情节加以评论，所有这一切会增加故事的趣味性和复杂性，也会增加悬念。与此同时，在增加情节时，也必须遵守"一个问题"，即无论出于哪一条线，还是要解决了一个问题才能引出一个新的问题。

片段的悬念，也是转场的机会。任何一集都可能有几条情节主线同时展开。文本不断在这几条情节线之间"切换镜头"。我们在观看一条情节主线时，另一场景中的情节可能会暂时中断片刻。片段的悬念因此也为会转换场景提供了机会。

4. 开场的悬念。电视剧需要迅速制造紧张，始终抓住观众的注意力；而舞台剧和电影在开场的第一次冲突设置上则是（1）确立全剧的气氛；（2）交代时间、地点、人物和人物关系；（3）解释发生矛盾冲突的原因；（4）理清复杂纷乱的事件线索、指明发展方向；（5）制造能贯穿全剧的悬念。电视剧的开场，必须抛弃慢慢交代有关人物、事件和人物关系的叙事习惯，回避和搁置有关矛盾冲突与感情纠纷等复杂因素的追根溯源，往往一开口就是刮着风下着雨：事件正在发生，迅速发展。叙述中的事件一旦失去诱惑力，马上转换话题，另起其他正在发生的事件。所有必要的解释和说明，只能在事件发展中见缝插针地进行。

所以，一般来说，编剧都十分重视开场的悬念。下面，就以在前几章中列举的一些电视剧的开场戏加以说明：

《人间四月天》以1980年现在时态开场，被当作洗衣石的徐志摩墓碑被人发现；随之回溯到1898年，1岁的志摩抓周抓了一个竹蜻蜓；接着是7岁的志摩在山上放风筝，风筝飘上天空；然后跳入1931年，失事的飞机残骸。短短的几个场景变换，展现了一个直上青云的诗魂瞬间即逝的生命。命兮运兮？编剧以生与死的连接迅速地给观众一个印象，让观众对这个生命产生兴趣之后，接着将镜头跳至 1967 年——在徐志摩去世后 30 年，让他生命中的第一个女人张幼仪回忆起那段不完美的婚姻。于是，剧情正式从 1905 年她和志摩在 16 岁的时候说起：他们是怎么结婚的，婚姻状态如何，青年时代的志摩又是如何的，从那以后，徐志摩在他生命中三个女人的回忆中展开了他一生的情感纠葛。

《阿信》则是在悬念的设置中开场的。老年的阿信，一个事业有成的女企业家，一个家庭幸福的当家人，在最需要她出场的时候，却突然失踪了。家里的人百思不得其解：她去了什么地方？为什么？这足够引起观众好奇心了，编剧于是开始从最初的时候说起——一个家贫如洗的小女孩，是怎样一步步地走到社会的上层的。

《大明宫词》的开场是突厥侵犯大唐边境，朝廷却迟迟不能发兵救援，因为武则天有孕在身，要避讳血光之色。但问题是武则天偏偏怀孕了 12 个月，还没有生产的征兆。究竟是怎么回事？御医回答说，此情况古书上记载的不外乎两例：要么怀的是大福大贵之人，要么……编剧以一个特殊的情况突出了还没有出世的太平公主，预示着太平公主的不平常，也造成了一个悬念：边境如何？怀孕的结果又如何？接下来，武则天有一大段梦境，梦中闪现出他人指责她为了诬陷皇后，亲手扼杀自己亲生女儿的罪行。这一段戏，再次强烈地将母亲与女儿、亲情与权力的主题曲奏响。

应该说，每一部电视剧的开场，都展现了编剧驾驭观众心理的好手段。

迅速地截流，将观众的注意力从现实生活或从其他电视信息流的中间引向电视剧，就如报纸杂志的标题作用，醒目诱人——引人读下去，详细地了解细节。然后将这注意力保持下去。如果说以上所举的电视剧还是以人物为主，那么《红色康乃馨》则直接运用新闻报道的形式开头，以吸引观众。

警察抓小偷，对 21 世纪的媒体来说，已经不成为新闻。但如果警察抓住小偷后找到他的妻子，说她丈夫的命运，将取决于她和警察的"床上合作"，那么这在任何一个国家都将成为新闻透视的焦点。

今晚，一起将被当代中国官方和百姓共同关注的反司法腐败案，在H市的市郊接合部揭开了序幕。林荫路上，一辆蓝白相间的2000型桑塔纳静静地停靠着……①

以"罪犯告警察"一桩反常现象的新闻，以"女警官智擒警长"这一戏剧性的事件作为开场，虽然这两个人物不是主角，发生的事件也不是主要事件（仅仅是一个枝节上的偶然事件），但编剧还是为此迅速而成功地设置了悬念，将观众引进了扑朔迷离的案情：警长是真的知法犯法，还是被人冤枉？如果真是被人陷害，那幕后又是一个怎么样的故事？

当这个悬念设置之后，编剧才开始慢慢引出了主线。等到警长被澄清事实，老问题解决之后，新的问题立即浮出了水面——牵出了全剧的主要矛盾：一个运作着780亿资产的跨国集团，实际上已存在着严重的危机。有人已经知道了这个秘密，正在获取证据。拿得到拿不到这个证据呢？编剧把它作为第一悬念，然后慢慢将触角伸向主要情节，揭示出一个非常敏感的社会问题：国有企业的腐败现象。

---

① 陈心豪编剧：《红色康乃馨》上海文艺出版社2001年版。

第十三章　电视剧结构

　　结构是作品的内部构建和组织形式，又称"章法"或"布局"。结构不仅是一个单纯的形式问题，而且是作家的思想认识与艺术修养的综合反映。因为作家对作品的艺术构思，总是与作家对生活的选择、对生活的艺术把握和艺术认识同时进行的。当结构被以一定形式确立的时候，思想也就渗透其中了。

　　结构是剧作者根据各自的审美意识、审美理想，对剧本的内容进行有机的安排与组织，使其呈现一种对观众心理起特定审美作用的艺术形态，从而对主题的正确、深刻、集中和鲜明的揭示，起着重要的作用。对剧本的内容进行有机的安排与组织，要做到线索脉络清晰，内容安排匀称、齐整而有次序，各部分之间紧密关联并相互照应，使之添减藏露，剪裁得宜，并保持自身整体的有机统一。完美的结构，符合观众审美心理，并使主题的揭示鲜明而深入人心，反之则会使主题得不到完整的体现，破坏观众的审美鉴赏。结构的表现形态多种多样，包括准确地确立叙事的视点，理清同一时间和空间中展开的统一动作的线索，安排人物与人物、人物与事件、环境之间的关系，以及由这种关系所构成的具体情节的起承转合等。电视剧结构有的严密，有的松散，大致上有戏剧型、散文型、心理型，引戏员型等类型。

　　本章主要介绍电视剧叙事的视点、线索，主要结构类型和结构技巧。

一、结构的组织

结构的表现形态多种多样，包括准确地确立叙事的视点，理清同一时间和空间中展开的统一动作的线索，安排人物与人物，人物与事件、环境之间的关系，以及由这种关系所构成的具体情节的起承转合等。

（一）确立视点

视点，即观察和反映生活的角度和出发点。换句话说，是什么人站在什么位置，选取什么角度看到了什么。同一的创作题材，同一的生活形态，可以从不同的视点进行观察和表现。不同的视点，所视范围内的内容大有区别，会因此得出不同的感受、结论。确立恰当的视点，可以更充分利用素材和卓有成效地展开叙述，可以更艺术地表现社会风貌、时代气息、生活氛围和人物心态；反之如果找不到恰当的视点，将直接影响剧作内容的准确表达，削弱艺术形象的独特魅力。此外，视点的变换、叙述倾向也随之变化。从原告的角度来叙说被告和从被告的角度来描写原告，说出来的事实不会一样，倾向也绝然不同。再者，视点的变换、转移和确定，可以诱导出种种被常用视点所封闭的可能性，显示出原先所叙述视点没有发现的另一面，因而能够重新审视原有的生活，找到不寻常的体验，编排出崭新的故事。

人类最初的故事——神话，其叙事的特点是找不到叙述者。在神话中，人物似乎自己在行动，事件似乎真实地再现。尽管任何叙事都有叙述者的存在，而且神话大多是叙述者所想象出来所虚构出来的，并没有真实地存在，这是一个无可辩驳的事实。但是，神话传说有意掩盖叙述者，仿佛故事即是事实，一切所述都曾自然而然地发生，真真实实地在演变。这种叙事特点的形成，并非没有叙述者，而是叙述者是站在一个群体的位置上，或者说这是群体的创造，或说这是某个叙述者代群体而言。并且神话传说经过上千年的流传，或增添或流失，也是群体意识在起作用，而不是某一个人的发现。

现代的叙事，首先在群体／个体之间不断转移，强调个人叙事风格的形成；其次是叙事的视点在客体／主体、客观／主观、全知／偏知、常知／异知、全能／单一、男性／女性、成人／儿童等两元位置上不断变化，以致形成各式各样的个性化叙事视点和丰富多彩的叙事格局。

"客体视点"相对"主体视点"，更强调尊重客观存在，意味一切所述都是真实存在。事实上，现代叙事都是由某个人以特别的方法讲出来的个人的所见所闻。既然是个人的独特感受和体验，那么绝对客观并不存在。"客体视点"大多采用一种非人格化、非个人化的叙事，有意无意地掩盖了给观众讲述故事的叙述者，也掩盖了叙述者对所叙述事件有态度倾向这一事实，以表示这种叙述是一种公允的、中性的和客观冷静的权威性叙述。"客观视点"，即用不参与剧情或保持中立的视角去客观、公正和真实的描述。"主观视点"，即通过叙述者的视线去观察、表现对象，使观众站在叙述者的地位去身临其境，去体验、经历和感觉人物的所见所闻与心理状态。"主观视点"非但不隐瞒叙述者的存在，反而凸显了叙述者（大多采用以剧中人的身份出现），凸显了叙述者的个人态度。承认叙述者的存在，即认可个人话语更有真实感，更容易成为真实的保障。"主观视点"可以形成独特的结构形式，如以主要人物的主观视点和心理动作来形成情节的网络或纽结，并不构成完整的情节运动，往往把分散在整个情节运动中的生活片断和细节连缀成篇，呈现时空交错的叙述，赋予作品以独特的主观色彩和抒情气息。此外，从剧中人的视点来设计整个故事，可以使讲述具有某种特定的审美风格，观众目睹的是主人公所遭遇的事件，听到的是主人公的讲述，观众从主人公的角度去思考去感受去行动，使主人公成为观众交流的对象和想象的中心。

"客体视点"大多采用一种无所不知无所不晓的"全知视点"，无论过去、现在和未来，不管天地玄黄、宇宙洪荒，身外心内，万物皆备于我矣，只要需要就行。这种"全知视点"也是一种叙事的"全能视点"，与以一种考虑到叙述者有经验的局限性的"偏知视点"，与完全根据叙述者一个人的"单一视点"有别，以及也与不同于常人常识的"异知视点"有别。"异知视点"，是或以弱智，或以怪念，总之是以不同于普通人社会常识的视点来看待世界。如电影《阿甘正传》，如根据小说改编的电视剧《尘埃落定》，如曾经轰动全港、创下高收视率的电视剧《肥猫正传》，剧中的男主角都不是英雄，也不是风度翩翩的美男子，而是一些弱智者。他们虽然身为弱智，但对生活却充满热爱，从他们的眼中来看社会生活，别有一番天地。此外，还有根据叙述者自己的独特发现来确立不同视点，如同样描写胡雪岩的电视剧，《九月桂花香》从爱情的角度出发，《胡雪岩》从商场的范围入手，《红顶商人》则从官商的立场审视。再者，还有别于传统的以男性观念为主的"女性视角"，有尽量避免与成人视点相同的"儿童视点"。如《十六岁的花季》作者谈到在选择叙述角度时说，他们是"从中学生的角度叙述这个故事。本剧的收看对象主要是孩子。十六岁的孩子有较强的独立意识，又有较多的逆反心理，他们需要的是平等的、理解的、朋友式的谈话，不喜欢被人教训，所以我们采取和他们娓娓谈心的态度，对更多的事物，不下绝对的结论，而是让他们自己去思考，去判断。"①

既然视点的种类繁多，那么选择何种视点来展开剧情就变得非常重要。这一方面要仔细分析和研究生活的素材，即研究采取何种角度来表现已有的素材为最有力。一般来说，有众多人物、复杂的人物关系和丰富的生活场景的戏，很难用主观式的单一或多个视点进行结构。另一方面，还要看作者所要着力表现的艺术形象的重心是什么。一般来说，着重对剧中各种人物的思想和灵魂进行剖析，就应该选择多个视点的心理结构形式。

叙事，是叙述者——故事——接受者（观众、读者）的交流过程。由于视点的不同，这三者关系在表现形态上，大致可分三类：（1）无形。叙述者隐藏在故事背后，观众只看见故事的展示，看不到叙述者；（2）无形有声。叙述者以画外音的形式作一些解释和评论，如同移到了侧幕，观众可以听到叙述者的声音，感到叙述者的存在；（3）有形有声。叙述者假借以说书人、剧中人的身份，直接与观众交流，如同站到了台前。观众作为叙述者的交流对象，能直接感受到叙述者的存在。

1. 无形无声。叙述者隐藏在故事背后，如同躲在幕后。通常所

---

① 张弘、富敏：《十六岁的花季（剧本、评论、信札）》，上海人民出版社 1990 年版，第 2 页。

说，通过剧中人物自身动作的展示来叙述故事，观众感受不到叙述者的存在。

请看《大宅门》的开篇。

白宅二房院北堂屋。

此刻，站在堂屋的白殷氏、白方氏正焦急地望着里屋。全不理会丫头们提水端盆的进进出出。

从挂着厚厚门帘的里屋，传出白文氏的喊叫声。

白殷氏焦急地冲着里屋大声问道："怎么啦？生不下来？"

白雅萍在屋里语无伦次地："费了劲儿了！使劲！使劲啊！刘奶奶，你扶住那边儿，按住喽！"话音未落，又传出白文氏的喊叫声。

六岁的景泗和弟弟景陆莽莽撞撞跑进来，被白殷氏一把揪住："你们俩来起什么哄？！滚！"不由分说将二人搡了出去。

随着白文氏的一声惨叫，里屋的白雅萍大喊一声："生下来了！"

顿时一切都静了下来。

白殷氏和白文氏松了一口气，坐在椅子上。

白雅萍在里屋接着喊："是个小子！"

沉寂中，白文氏奇怪："怎么没动静了？生下来不哭啊？！"

里间，接生婆刘奶奶包着已擦干净了的孩子："这孩子怎么不哭啊？"

白雅萍正给白文氏盖被子："不哭不行，他不喘气，打！打屁股！"

刘奶奶拍了孩子两下屁股，孩子没反应。

白雅萍急道："使劲儿拍！"

刘奶奶用力又拍，仍无反应。

"我来！"白雅萍从刘奶奶手中包过孩子，狠狠拍了两下，孩子突然"嗬嗬"似乎笑了两声，白雅萍一惊，望着刘奶奶，以为听错了。

刘奶奶也奇怪地东张西望，不知哪儿出的声儿。

白雅萍又用力拍了一下，孩子果然又"嗬嗬"笑了两声。

白雅萍大惊，与刘奶奶面面相觑。白雅萍惊恐地看了孩子一眼，突然将孩子丢在炕上，转身就向外屋跑。

白文氏不解："怎么了？"

"他……他……"刘奶奶不知所措。

堂屋里，跑出来的白雅萍还在发愣，白殷氏、白方氏忙站起问道："怎么了？"

白雅萍两眼发直："这孩子不哭，他……他笑！"

白方氏道："胡说！"

三人一起进了里屋，走到抱着孩子的刘奶奶前。刘奶奶惶惑地望着三人。

白殷氏："怎么会不哭呢？打！"

白文氏："轻着点儿……"

白方氏："不要紧，使劲打！"

刘奶奶狠狠在孩子屁股上打了一巴掌。

孩子大声地"嘀嘀"笑了两声。四个人都惊呆了。

躺在炕上筋疲力尽的白方氏长叹一声："唉！我这是生了个什么东西？"

《大宅门》中白景琦的一生，贯穿了故事情节的始终。以上的开篇，以主人公的出生作为事件，逐步介绍了白家的各类人物。人物、时间和地点的介绍是随着剧中人物自身的动作而逐步展开的。

2. 无形有声。叙述者以画外音的形式作一些解释和评论，如同移到了侧幕，观众可以听到叙述者的声音，感到叙述者的存在。由于画外音在剧中频频出现，让观众习惯叙事者的存在，来对剧情的补充了解，又使自己仿佛在看电视新闻，习惯有主持人、发言人的存在。

请看日本电视连续剧《阿信的故事》第二集的开场片断。

第二集

最上川的外景　昼间

画外音：阿信出生在最上川上游一个荒村的贫农家里，虚龄七岁那年的春天，伴随着积雪的消融，便飘流到下游的一个小镇当雇工去了。种七亩半地的佃农，收获的一半要作为地租交给地主。除了身患重病的祖母，还有爹娘、哥哥、弟弟、妹妹，这八口之家，还不算外出当雇工的两个姐姐，吃饭常常是有饥无饱。若遇到霜冻歉收的年头，不减少一些吃饭的嘴，全家都得挨饿。阿信就是作为被"减少的一张嘴"而必须离开家门的。阿信的两个姐姐，早已外出当雇工去了。这时是明治四十年，日俄战争结束后的第二年，这在日本东北农村并非罕见。

阿信的家　院里　黄昏

作造、阿藤、庄治下地干活回来——阿信一面看着弟弟、妹妹，一面在井台上洗尿布。

《阿信的故事》讲述了一个佃农的女儿如何历经劫难，蜕变为一个成功企业家的故事。该剧在篇首、篇中和篇尾大量运用画外音来凸显叙述者。在篇首叙述这一个故事发生的时间、地点、人物和事件，内容和形式有点像专题片的解说词，承担起了评说的作用。这画外音的运用，有意凸显了在画面背后的讲述人，他对阿信的过去、现在，及将来，对她和她周围发生的人和事都非常了解，确立了一种旁观者的叙事角度。这一个旁观者不仅叙述阿信的故事，而且不断交代阿信所处的时代，介绍故事所蕴含的社会内容，这与本剧的创意，即通过一个人的命运与感受，展现20世纪初日本的发展史非常吻合。《阿信的故事》着重反映第二次世界大战对日本国民生活的影响，具有反战的内涵。阿信出于一个母亲的天性，也由于她少年时受一位先生的影响，在军国主义教育甚嚣尘上的氛围中亦不为所惑，坚决反对两个儿子上战场。此剧虽然没有表现日军侵略他国的不义与残暴，却生动地展示了战争带给日本民众的创伤。战争给日本社会带来了怎样的后果？这与剧中主人公在战前和战后的命运直接相连。《阿信的故事》对此表现较多的主要有两个方面：一是日本女性社会地位的急剧改变；二是日本佃农迅速挣脱了世代相沿的悲惨境地。全剧剧终时，老年的康田与阿信在海边谈心，回首往事，感慨社会的沧桑。他说：现在的年轻人还会记得当年佃农的苦境和我们走过的艰难道路吗？

3. 有形有声。叙述者假借以说书人、剧中人的身份，直接与观众交流，如同站到了台前。观众作为叙述者的交流对象，能直接感受到叙述者的存在。

请看电视剧《大明宫词》第一、二集的片断。

第一集

旁白：据你奶奶讲，我出生的时候，长安城阴雨连绵。一连数月的大雨将大明宫浸泡得仿佛失去了根基，甚至连人们的表情也因为多日未见阳光而日显苍凉伤感，按算命先生的理论，这一切主阴，预示着大唐企盼的将是一位公主的临世。

1. 后宫　白天　外景

绵绵细雨周密而仔细地覆盖住这座精致皇家小院中的每一个角落，通往紧闭着房门的主厅的砖红通道两侧，两排卫士纵向排开，雨水沿着他们铁灰色的冰冷头盔亮晶晶地滑下。透过雨幕，檐下横向站着一队神色暗淡的侍从，瞪着空洞木然的眼睛懒懒地注视着眼前铺天盖地的雨雾。风悄悄地鼓动着他们轻盈的麻制官服，于是，那瑟瑟抖动的宽大衣袖，就成为了此时死气沉沉的潮湿空气中唯一的一线自由。

突然地，门被拉开，两侧的侍从像是受到了惊吓，又诚惶诚恐地垂下了眼帘，武则天沉沉地吸了一口气，眯起双眼，望着阴郁的天空，她腹部高高隆起，两手沉重地扶住腰部。

……

第二集

旁白：不知为什么，近些日子即使你不来的时候，我也总是对着自己唠唠叨叨，尽是些属于过去时日的前情往事。大概是真的上了年纪，对于昨日想念的诱惑远远超乎对于明日的期冀，过去从未呈现得如此鲜活和具体，它像是一件正在发生的事情，摆布着我今天的情绪和心境。

1. 熏风殿　白天　内景

（伴随着旁白）太平静谧地躺在乳娘春的臂弯里，侧头望着从半合的门缝中挤进的明亮风景。

2. 后宫庭院　白天　外景

太平的主观视角。这时候一个婴儿眼中快乐的艳阳天，光线成为风景的主角，庭院中的花匠们，各自拥抱着属于自己的一份阳光，步履轻盈地来回奔走，他们身体那被阳光强调的明快线条，赋予了朝阳某种更快乐和生动的形式。他们怡人的说笑，那声音仿佛是雨后盛行于长安的季风，遥远而干爽。

……

同样是历经沧桑的老人对自己童年、青春的回忆，《大明宫词》选择了太平公主的视点，她是剧中人，又是讲述者，整个故事是她在老年的时候对他人讲述的发生在自己身上的旧事。这是以她的眼睛看见的世界，是她耳闻目睹的天地，是她对自己人生经验的独特理解。这个主观态度的叙事角度，摒弃了常用的不偏不倚、冷静客观的叙事态度，选择从一个追求真情的女孩的眼睛去看宫廷生活。一方面与一个追求权力的女皇的心灵中的朝廷生活形成巨大的反差；另一方面，能更加深刻和细腻地体验到宫廷斗争的残酷、无情和荒谬。如此角度的选择，与采用一种尽量客观、保持冷静的史学家式的想象相比，在认识上是一个突破。

（二）理清线索

如果对结构做纵向考察，可将其分解为一条或若干条线索。所谓线索，就是故事情节的来龙去脉。从情节线索发展的上考虑，有单线结构、复线结构（主副型或平行型）和网状结构。

1. 单线型。主要是指在情节发展中，只有一条占主导地位的线索。单线并非没有枝叶辅助，只是主线突出，主副线之间的从属关系明确，其他的情节线和行动线紧紧依附于主线。这种结构形式的特点是主线突出、事件集中、脉络清楚、情节连贯和易于接受。通常，主线确定了之后，安排一条或两条围绕主线运动的副线，使全剧呈现多重的因果结构。

《新岸》就是单线型的结构，主人公刘艳华"出狱回家""下乡劳动""鸡蛋风波"和"上城告状"都是围绕"改过自新，重新做人"这一条主线贯穿的。

2. 复线型。又谓平行结构，双重因果结构。主要是指剧中情节有鲜明的两条线索。两条情节线或一主一副，或一正一反，或各自为主，互相呼应，互相衬托，交错平行，逐渐推向高潮。通常一条是爱情、家庭的罗曼史或个人的私生活，另一条则涉及其他如工作、战争、使命或探险等方面。每一条线都有有一个目标、障碍和高潮。在多数情况下，两条线互为因果，触动一条引发另一条，不解决这一条就解决不了那一条，构成双重的因果结构。

如《北京人在纽约》，一条是王启明与妻子郭燕、情人王春的感情纠葛，在感情世界里的失落与痛苦，寻求与反思；另一条是主人公作为一个中国人踩上异国土地后的生存体验，展现在美国的拼搏奋斗，事业上的希望与绝望，成功与失败。

再如《上海一家人》，主线涉及旧上海商场，叙述一个孤儿从社会最底层步入商场，从小小布铺学徒成为一代良商的人生奋斗。女主人公若男，5岁跟随父亲从乡下来上海闯荡。不料刚在上海落脚，父亲就被流氓毒打致死，她成了孤儿。后来，她被一个穷人家收养，扮成男孩擦皮鞋捡垃圾。10岁时，她被送到一家小成衣铺做学徒。学徒三年加帮师三年之后，她自己独立开了一家小成衣铺。靠着她的温柔谦和和手艺精巧，深得客户的信任和好感，生意日益兴隆。虽处乱世，日本人的飞机炸了她的小店，国民党腐败统治灾祸四起，另有同行同业面对面的倾轧，她还是顽强地一步步地将小小的裁缝店扩建成了绸布店，直至服装公司，可谓越办越红火。该剧的另一条线，若男与小时候的三个朋友之间坎坎坷坷的情爱纠葛，以及各自酸甜苦辣人生。作者采用两条线交叉的结构，既写了社会层面，又写了个人生活层面，目的就是想从社会和个人生活各个方面来刻画人物，使人物形象立体丰满起来。即使在情爱这条线上，作者也是借投入政界和投身商界的对立来展开描写：黑皮哥当了国民党官员，后到台湾经商；卷毛哥参加革命，解放后做了局长。这里既有结构技巧的考虑，也有作者为了塑造人物所作的安排。

3. 网状型。又谓多线型、织锦型结构。主要是指有众多的人物，错综复杂的人物关系，派生出两条以上的多条情节发展线，并相互交织在一起，构成一幅色彩丰富、情节复杂的网状。这种结构的特点之一是，选择那些足以使生活与人物都发光的事件，从而展开充分的描写，故事线索千头万绪，而当这些矛盾相互纠结容易形成事件；这种结构的特点之二是，始终以人物性格为核心，组织生活和安排情节；这种结构的特点之三是，前呼后应，击尾动首，容易穿插，留有伏笔。

网状结构并非各条线索自行发展，网就有纲，无论头绪如何繁多，总有一条主线在起着支配作用，虽然它有时并不明显。

美国六集电视剧《好莱坞丑闻》，从网状型结构上看是比较有代表性的。它有个中心事件，就是制片人奥立佛宣布要拍一部巨片《合家团圆》，导演是尼尔，编剧是尼尔的妻子蒙塔娜。随后，围绕选演员进行了一场疯狂的非同寻常的角逐。全剧人物关系错综复杂，具有多条情节线，但却处理得有张有弛，井井有条。其中主要有老牌影星罗斯和妻子伊莱茵的情节线、罗斯与息影男明星乔治的女儿的情节线、性感女星琪娜与导演尼尔的情节线、尼尔与妻子蒙塔娜的情节线、千方百计想跻身于好莱坞的年轻人与妻子的情节线，还有住在费城的狄克劫了车来好莱坞找他的生身父母算账的情节线等。

长篇电视剧大多采纳多头绪的网状结构。众多的人物，错综复杂的人物关系，两条以上的多条情节发展线。另有多条线索，每条线索上又旁生枝节，多头出击。于是，主线、副线和支线，有时相绕，有时各自发展，这既为无限制地扩充情节埋下了伏笔，又为选择重点场面提供了材料。其中，许多线索时断时续，有头无尾，又为全面展现波澜壮阔的社会众生相和塑造众多人物形象发挥作用。

二、结构的类型

电视剧的结构有多种可供选择的类型。

从人物设置角度上来安排，有一人一事、一人多事或多人一事、多人多事。一人一事，指一个主要人物有一个完整的动作。一人多事，或称"葫芦串式"，指一个主要人物在一个比较长的时段内完成了几个不同的动作，或在一个特定的时间内进行几方面的工作。多人一事和多人多事，或称群像式、展览式，这类故事人物多，有时很难分出主次，前者有一个贯穿始终的主要事件，后者没有主要事件，是一种横剖面结构，就像截取树身的一个横面，一般没有贯穿始终的矛盾冲突，是由各种各样的人物，组成各自不同的关系，构成了各自间的冲突。

从剧情开展的方式来划分，有开放式和锁闭式。开放式是从事件的开端写起，有头有尾的自然铺开，把事件的完整过程正面地展现出来。表现故事有头有尾，并非说前面没有任何先行事件，而是说要把全剧所要表现的主要发展过程表现出来，把全剧主要事件发生的因果关系都原原本本地表现出来。其优点是适宜表现丰富多彩的生活场景，能在更广阔的背景上展开冲突。锁闭式专指那些从高潮前不久开端，选取冲突已经很紧张的时刻，尖锐的冲突已经迫在眉睫的时刻把这一瞬间呈现出来，有时甚至是从靠近结局处开始。这种结构形式有很多好处，一是开头就有戏，进戏快，能迅速吸引观众注意力。二是戏非常集中、强烈，凝聚的浓度更高，戏剧性强，能始终保持观众的兴趣。三是人物一直在激烈的冲突之中，便于塑造形象和刻画性格。四是结构比较严谨，宜于往深处挖掘。

从文学体裁特点上来考虑，有戏剧式、散文式、心理式和引戏员结构。这些是目前电视剧结构的最主要形式。

（一）戏剧式结构

顾名思义，是一种借用戏剧结构的形式，注重故事情节性，主要是指有头有尾地讲述一个完整的故事。传统的戏剧在组织情节、叙述故事、表现特定的思想方面，创造出一个独特的整体，并通过规范化的选择构成一个特定的模式。戏剧式结构更多地注重故事情节性，其情节的组织，一是所描述的事件以自然时序，按一系列时间顺序排列；二是事件与事件之间有因果联系，前一事件是后一事件的因，后一事件是前一事件的因，有着逻辑关系；三是有一个统一一众多小事件的中心事件，中心事件呈封闭性布局，即有开端、发展、高潮和结局。

从我国电视剧发展看，戏剧性结构虽然是一种传统结构方式，但由于强调故事情节，注重冲突，讲究悬念，符合我国长期以来形成的审美习惯，特别为广大观众所接受。

（二）散文式结构

散文式结构则向生活化看齐，有意淡化情节和冲突。它一般依据空间的变化，亦即生活本身的过程来结构作品，有类似散文所具有的"形散神不散"的特点，表面上松散，实质却统一在作者的思想意图上。

散文式结构，没有贯穿始终的中心事件，没有统一的众多人物事件关系的尖锐激烈的矛盾冲突，更没有场、段之间的因果关系，以及情节进展的开端、发展、高潮和结局，结构脉络不明显。这种结构取材自由，灵活多变，不求故事的单一性和动作的整一性，大多以一个或几个主要人物来贯穿，并选择创作者感受最深，最能反映人物性格特征或事物本质的侧面来加以表现。在近似散漫、随意的结构之中，蕴涵着真挚、深沉的情感。此类结构，整个叙事呈立体、多元和开放性架构，同时较少艺术雕琢的痕迹，酷似生活的原生态，给观众带去的是淡雅、抒情以及生活的诗意美。但是，这类结构也容易产生结构松散，吸引力不强的特点。

在这类结构中，大多的作品以一个或几个主要人物的命运和性格发展，作为一个缓慢的进展过程，然后在每一集中出现新的人物和新的独立完整的事件。

如电视剧《围城》以方鸿渐为中心人物，以他为视点，去展现他所经历的一系列事和所接触的各式各样的人。电视剧把小说的九章改成十集。每两集一个单元，等于一部电影的容量，又有个相对独立的内容。第一单元"回上海"，介绍方鸿渐的人物关系，插进偷情、讲经和做媒等插曲；第二单元"进沙龙"，讲方鸿渐卷入苏文纨、唐晓芙、赵辛楣的情感纠葛，最终苏文纨与曹元朗结合，导致方、赵的出走；第三单元"去内地"，表现方鸿渐一行在路途上遇上一些趣人趣事，主要展现李梅亭与苏州年轻寡妇、小镇妓女的交往；第四单元"在三闾"，讲述方与赵在与社会习俗不断冲突中败阵，赵因汪太太出走，方鸿渐和孙柔嘉因一个招人非议的姿势而认婚；第五单元"小家庭"，讲述方鸿渐在人生旅途上走了一圈后又回到上海，但与两年前已大不相同，地位在降低，世界在缩小。在这五个单元中，方鸿渐走到哪里，哪里就带出一批人来，全剧中大大小小的人物有 72 个，由这些人又各自带出一些大大小小的事来。

现在，戏剧性结构和散文性结构在不断相互影响和融合，产生一种新式结构：一方面有常规主角陷于不能在短时间内解决的复杂事件中，从开场起，矛盾发生开始延续发展，一直延续多集，到结尾才得以解决，传承戏剧性结构的模式；另一方面，又在每一集中不断出现新的人物和多个独立成篇的小故事，这些小故事往往在一集中就结束，以后不再出现，借用散文性结构的模式。

如美国电视剧《急诊室的故事》① 常出现的有六个主角，每一位主角的个人经历一直在各集之中时隐时现贯穿始终。主治医生麦尔克面临的问题是究竟在急诊室争取当主任医生，还是跟随当律师的妻子到一个待遇好的公司去当保健医生，而且他还遭遇了一个心理问题，一个病人由于他急救不力死在手术台上，为此他深感内疚，影响了工作的情绪。苏珊医生，一直想摆脱那个要照顾但又老给她惹祸的妹妹。本德医生负责指导年轻的卡特在急诊室的实习，他对卡特十分严厉。本德医生有自己的心事，他是个孝子，但面对自己母亲患病却无能为力。这几个医生遭遇的事件构成了戏剧性结构，此起彼伏没有太平。此外，该剧每集中处理的病案有十多件，出现各种不同类型的病人和他们的家属。这些病人遇上的不仅是身体的疾病，而且更多的是心理问题、家庭问题和社会问题。

请看其中"爱的考验"一集的故事设计。

该集的连续事件：

（1）清晨，麦尔克医生一人坐在沙发上，看着熟睡的妻子。他持续一周在密尔沃基与芝加哥两地来回，与妻子杰妮的关系有所改善。昨晚，他俩睡在一起，但没有亲热。上班的时候，麦尔克与史维特主任发生了冲突，史维特主任在抢救一位自杀病人的过程中，质疑麦尔克医生

---

① 由著名畅销书作家 M. 克利奇顿（《侏罗纪公园》作者）创意，大导演斯皮尔伯格是制作该剧集的制片公司的老板。

的决定，并完全接手了抢救，麦尔克医生愤怒地推门而出。他们俩过后做了交流，史维特主任表示自己听到对麦尔克医生很高的评价，但今天对他的表现十分失望，他说，麦尔克表现出来的样子是根本就没有把心思放在工作上。不过，在抢救一位将晾衣架戳进喉咙的男孩时，麦尔克和史维特主任配合十分默契。这天回家，麦尔克医生与妻子重燃起激情，但他们刚刚脱了衣服，小女儿进来说肚子疼，想与妈咪、爹地一起睡。该集就在这一家三口同床共眠的时候结束。

（2）史维特主任要本德医生给卡特申请实习医生作个评价。事实上，本德医生第一次听说卡特在申请急症室的实习医生。本德医生没有改变对卡特的态度，要卡特自己写推荐信，他来签字。后来，一位富有的医院投资人，他为这医院出钱建造了一所心脏治疗中心，来医院就诊割破的手掌。医院的同事，特别是正陷入贷款危机的本德医生，意识到卡特似乎是个富二代，拥有很富足的家庭背景。医生们在《芝加哥富豪》上查到了卡特家的净资产是 17800 万美元，在本市最富有的人的名单里排名第 27 位。与此同时，卡特正毫无热情地写着那份本应由本德医生来给自己写的推荐信。本德问他为什么想进外科，同时也在申请急症室实习医生，卡特沉默地撕掉了申请表。

（3）苏珊医生带怀孕的妹妹来做产前检查。妹妹的不成熟决定了她对小生命的出世完全没有概念。她没有带上苏珊医生为她准备的午餐，把午餐钱弄到手，便自说自话地取消了产前检查。苏珊医生回到家里，发现妹妹还在吸烟，她说自己丧失了耐心，要妹妹等孩子出生后搬出去，自己找地方生活。

（4）护士哈沙薇与未婚夫派克讨论结婚计划，那个结婚誓言还没有写。他们在电梯里遇上了一个女人，派克说那女人是个律师，几年前为他打赢了一场官司。哈沙薇护士便邀请她参加自己的婚礼。派克却不愿意她出席，因为她出席就会连带进哈沙薇的前男友。后来，哈沙薇与派克为结婚誓言问题起了点小争执。派克写了一些自己的部分，听上去非常诚恳。派克说自己注意到哈沙薇最近不太开心，她说自己确实爱他而且想嫁给他。

（5）道格医生答应给自己所追求的女友的孩子杰克当棒球教练，参加比赛。棒球场。杰克算不上一个出色的棒球手，直到他击出足以定胜负一球，但跑动中没能踩到垒。但道格医生却对裁判说自己看到了他碰到了。虽然赢了，但杰克不高兴。过后，道格医生单独与杰克在一起时，承认了错误，说如果自己是他父亲的话，他也会这么做。两个人约定这件事不告诉杰克的妈妈。

该集发生的事件：

（1）一位出租车司机面部受伤，苏珊医生接诊。在治疗过程中，他介绍起他的另一项业务，为未婚男女提供约会服务，只要花10美元，照张相，然后放在影集里。他的影集里的一张照片是正给苏珊医生的前男友。这位在圣诞节失踪的家伙，据司机介绍，和一位拥有连锁殡葬馆的富婆结了婚。后来，司机将卡特的照片放进影集，没过多长时间，就有一位漂亮的放射科医生相中了卡特。

（2）一名男子因为女友离开，想自杀，故意出了车祸。但他陷入昏迷的时候，他的女友来到医院，可当他醒来的时候，她告诉苏珊医生说她决定马上飞离本地，因为照顾他的责任太沉重了。后来，苏珊医生看见她默默地坐着。

（3）一位天主教女子学校篮球队的学生可能患上脑膜炎，于是所有队员都需进行检查。检查项里有一项是妊娠检测，当然修女可以免检。一位修女秘密要求做妊娠检测，结果是阴性。不过修女依然对护士哈沙薇说，几乎希望自己怀孕了，因为她很难在信仰与爱情之间做出选择。

（4）杰妮向本德医生请教一件医疗案例时，两人乐于增加相处时间。本德的兄弟提醒说，杰妮结婚了。

（5）护理员简瑞宣布他要参加一出当地剧院演出的莎士比亚戏剧，一整天都在背诵罗密欧的台词。最后他离开时，身穿着维多利亚的戏服。

急诊室的一个工作日、五个连续事件、五个偶然事件，人物众多、事件繁杂，所有互不相干的命运突然转弯，彼此撞击，最精彩的也是最关键的这么多材料，在一个主题下集聚在一起，通过结构的安置，彼此牵连，以及互相对比映照。线索发展与故事情节的承接与交互，合理编排，烘托了主题上的深层意义。

请看其中"爱的考验"一集的结构安排。

（1）麦尔克家，夜。灯没开，麦尔克医生一个人默默坐在沙发里，他走到床前，看着熟睡着的妻子。妻子醒了，麦尔克说："想起了女儿刚出生的那个夏天，我们在院子里搭起吊床，三个人躺在里面，一起睡午觉。"

（2）急诊室大厅，清晨。护理员简瑞穿着维多利亚的戏服进，口中念念有词："噢，多美妙的清晨，夜之烛已经燃尽，朝阳爬上了山巅。"他参加了莎士比亚戏剧小组，扮演罗密欧。刚夜班做下来的主任史维特戴着一个厉鬼的假面具一下子蹿了出来。假面具是他去年夏天在新几内亚买的。

（3）护理室。一个司机开了两年出租车，第一次遇上抢劫，幸亏没有将他的照相机和影集抢去。他在头部缝针的同时，介绍起他的另一项业务来。他为未婚男女提供约会服务，只要花10美元，照张相，然后放在影集里。他的影集里，有英俊的医生、商人，还有富婆。不料，其中的一张照片是正给他包扎的苏珊医生的前男友。他是一名精神科医生，自己出现了心理问题，与苏珊医生处过一段时间不辞而别，现在他和富婆结婚了。

（4）走廊。史维特主任要本德医生给卡特申请实习医生作个评价。

（5）急诊室大厅。麦尔克赶到，道格医生告诉他，自己得早点下班，因为他已经答应给自己所追求的女友的孩子杰克当棒球教练。史维特主任说三号急诊室有个孩子头撞破了，道格医生赶去。麦尔克自然接了五号急诊室的一个膝部受伤的病人。卡特在争取外科实习医生的名额，但他为自己留一条后路，在急诊室也在申请实习医生。本德医生要卡特自己写推荐信，写好了他会在上面签名。

（6）走廊。苏珊医生带怀孕的妹妹，心智不成熟的卡萝，来做产前检查。

（7）护理室。那个司机热心地给卡特推荐他影集中的姑娘，抢拍了卡特的照片，说："你给我治病，我免费，只要告诉我，什么能激起你的性欲？"

（8）走廊。护士哈沙薇遇上她的未婚夫派克。他们正为即将要举行的婚礼繁忙着，什么都一团糟，那个结婚誓言还没有写。他们在电梯里遇上了一个女人，那女人对派克很亲热。派克怕哈沙薇产生误会，解释说，那女人是个律师，几年前为他打赢了一场官司。

（9）急诊室。送来一个因高速撞车的重伤病人。

（10）杰克的母亲告诉道格医生，自己不能出席他的首次教练仪式，问："你必须告诉我，他干吗要把袜子反穿？"道格："我对他说，当我觉得状态不好时，我就把袜子反着穿，这样，你所有的倒霉能反过来。"杰克的母亲："这种建议，我根本想不到。"

（11）急诊室。在撞车致伤的病人身上发现一封信："亲爱的，我放弃了一切，因为我只在乎你，没有你，我只有死了。"史维特主任指责麦尔克医生急救方法不对，自己亲自动手抢救。麦尔克愤而离开。

（12）走廊。道格对麦尔克说："因为和史维特主任的意见不合，就甩手要离开。为争这个主治医生的职务，你已经苦干了7年，为了一点小事就丢掉，真是个傻瓜。"

（13）急诊室大厅。本德医生接待一个手指浅表伤的病人，交给卡特去清洗伤口进行包扎。卡特告诉他，这位病人是戴维特先生，为这家医院捐献了以戴维特命名的治疗中心。史维特主任知道后，赶来小题大做，一会儿要外科主任来，一会儿让眼科来会诊。然后命令本德医生亲自去包扎伤口。戴维特先生认出卡特是自己儿子的同学，叫上了卡特。

（14）圣约翰教会学校的修女送来一个发烧病人，被怀疑是脑膜炎。因为是感染病，医生把她们所有的人暂时隔离，要做一个检查。

（15）手术室。那个撞车自杀病人的妻子爱妮来探望。她说她知道他在自杀，他撞车的地方就是她住的那条街，他以前也做过，上次他们分手时，他服了许多安眠药，没想到他这次来真的。

（16）护理室。戴维特先生告诉卡特，自己的儿子现在在为名人杂志撰写名人简历。他提起了卡特小时候的一次马术表演，骑了匹名叫"万寿菊"的冰岛Ａ种马，像跳芭蕾舞一样潇洒。本德医生第一次听说卡特出身豪门。

（17）护士让修女服药防范，因为这药会对孕妇有伤害，所以在服药之前作一个妊娠检查。领队的说，她和伊丽莎白可以免除这个检查，可其他人一定要做。

（18）手术室。爱妮看到丹尼醒来，竟不辞而别。

（19）检查室。医生为教会学校的姑娘们做检查。中午了，派克来找哈沙薇护士，希望能共进午餐，但哈沙薇护士正手头有活。派克又约晚餐，但哈沙薇护士也有了别的安排。派克不高兴地走了，说随便找个别人的结婚誓言抄一抄就算了。

（20）办公室。史维特主任问麦尔克在服从上级方面有问题吗？麦尔克说："通常没有，但当他强制专横，破坏我的威信时，我憎恨他。"史维特主任："你以为我在排斥你？"麦尔克："你没来之前，这里是由我负责，我可以自由地来决定治疗的方案，没有人在抢救中顶撞我。"史维特主任批评他说："莫根斯坦说你是他看到的最好的主治医生。可我想他说的是这个人吗？经常迟到，态度恶劣，就好像你根本不想在这儿干……我看你的心思根本没放在工作上。"

（21）走廊。爱妮希望哈沙薇护士帮助转一封信给自杀未遂的丈夫。她说："丹尼有问题，奢赌成性，欠了不少钱。他总有办法让我被他吸引，为他做这做那，他如果不是世界上最可爱的男人，我早就把他杀了。过三个小时以后，我就乘飞机离开这里。我很怕他又会得逞。对我来说，离开他并不容易。丹尼是第一个真心爱我的人，但我负不起这个责任。"

（22）办公室外。苏珊给家里打电话，没人接。麦尔克说："你是她的保姆？"苏珊："我完全是自愿的。"她反问麦尔克与主任的事解决了吗？麦尔克说："没有，但我们都谈了看法，他认为我应该调整工作态度，我想他是对的。"

（23）急诊室大厅。有人告诉本德医生，有个贷款公司打电话找他。这个信息提醒了其他医生，她也要还贷款了。本德医生问卡特，"不还贷款一定很轻松吗？"此话引起了医生们的兴趣。"卡特很有钱？""他与戴维特的儿子是同学，你说呢？！"

（24）药房间。哈沙薇护士"还有两个星期就要结婚了，你结婚之前有没有想过，这就是这一个你准备与他共度一生的人吗？""我从来没有怀疑过我的瑞尔，可是他四年以后甩了我。我无法想象他会这么做，他可是个大好人。"

（25）走廊。伊丽莎白修女找哈沙薇护士，摊开掌心，那两片药片她没有吃，因为她怀疑自己可能怀孕了，需要先做一个妊娠检查。

（26）急诊室大厅。一个衣钩捅进喉口的小孩送了进来。

（27）棒球场。道格医生在做教练，教杰克击球："相信我，你能行的，一定会击中，袜子会起作用。"

（28）急救室。麦尔克医生紧张而冷静地对那孩子进行急救。

（29）哈沙薇护士告诉伊丽莎白修女，检查结果出来了，阴性。伊丽莎白修女对哈沙薇护士说："我有点希望自己怀孕了。有个男人想让我嫁给她，但我不敢肯定。两年半来，我一直准备把自己的一生奉献给上帝。可是我不知道上帝要我走哪条路。如果我选择错了……要是我怀孕了，就不用再犹豫了。"

（30）急救室。麦尔克医生成功地为小孩取出了深深扎进去的铁钩，控制了伤口。此是，手术室也准备好了，麦尔克医生让护士送小孩进手术室。

（31）更衣室。卡特给自己写评价：尽责尽职，工作努力，认真并且守时。苏珊医生看了他写的评价，说这更像铁路列车员的推荐信，说本德医生会写得更好。

（32）大厅。医生们在《芝加哥富豪》上找到了本市五十名最富有的人的名单，在第27位上，查到了卡特家的净资产是一亿七千八百万美元。本德医生很吃惊。

（33）棒球场。杰克击中了一个球。道格医生叫喊着：快跑！杰克在跑动中没有接触到垒。但道格医生却对裁判说当然碰到了。虽然赢了，但杰克不高兴。道格医生承认错误："好吧，今天是我搞错了，当时我太兴奋了。我是撒谎了。这么做，是不可原谅。但我刚才做的事，要是换成我的父亲的话，他也会这样做的。他是个好人，也许我还不适合做你的爸爸。对不起，让你失望了。"两人约定此事保密，不告诉杰克的妈妈。

（34）走廊。卡特找到本德，请他在申请表上签字。本德医生不响地签了字。卡特问，"你希望我做什么？"本德："我什么也不希望，是你希望你自己做什么。""我希望到外科做个实习医生。因为外科是最难的专业，压力最大，必须掌握全面的。我想试试。""那你为什么还要申请急诊室的实习医生？"卡特听了本德医生的话，把申请表撕了。

（35）大厅。道格医生带杰克回到医院。道格医生告诉麦尔克医生，今天晚上，我要坐在自己的房间里，喝自己的啤酒，观看有线转播的爱尔兰曲棍球比赛。护理员简瑞穿着维多利亚的戏服下班了。

（36）办公室。哈沙薇护士在下班时看到爱妮没有走，她守在丈夫的病床前，他们又和好了。哈沙薇护士找到未婚夫派克，他正在写结婚誓言。"……在遇到你之前，我曾经爱过，或者我认为那是爱。可现在我发现你是我的唯一，唯一我愿意花一生去爱的人，唯一我的生命中不能没有的人……"

（37）大厅，杰克的母亲为儿子从阴影中走出来，要好好庆祝一下。

（38）病房外。本德的哥哥坐在母亲的病房外，他告诉本德，刚才那个经常来看望母亲的护士又来过了。他唱起："我无法抗拒你的爱，不知为什么，为什么，无法抗拒你的爱……"

（39）苏珊家。苏珊的妹妹听到钥匙声，马上熄了手上的香烟。苏珊闻到烟味，又听说妹妹没有检查，非常光火。要34岁的妹妹在生下小孩以后搬出去，独立生活。

（40）办公室。卡特继续操练缝针。放射科一位护士从那个专进行约会服务的出租司机病人那里看到了有关卡特的介绍，来找卡特，希望他能和自己一起去吃点东西。卡特很高兴地跟她走了。

（41）麦尔克家，夜。麦尔克下班后乘了几个小时的火车赶回家，妻子今天心情很好，两人重燃激情，在床上刚要亲热，女儿闯进屋要睡在他们中间。于是，一家三人，就像当年生女儿时那个夏天一样，睡在一张床上。

这41个场面，将一系列看似是迷乱繁复的、缺乏关联的段落，通过相互间的串联和呼应，通过各自矛盾的设置和解决，组成了完整的故事，表现出各自的性格和情感交流，最终融合成爱的深厚主题。

该集的开场，以护理人员排演《罗密欧与朱丽叶》的兴奋，设立了隐喻。此之前，有麦尔克医生的夫妻感情遭遇问题；此之后，有病人扯动了苏珊医生的失败恋爱。这两个医生后来会走到一起，这里侧面提及，为后面的他们俩的感情戏做了铺垫。

之后，婚前的恐惧和犹豫；婚后的分离和忍受，爱情，像一条流淌的河，在每个人的生活中掀起了漩涡和波澜。这一集，作为"爱的考验"，表现的是对爱的冲击，每一个段子似乎没有那么阳光灿烂，反而充满了阴郁，极力在冷风细雨中体现出一丝的温暖。哈沙薇护士在结婚前夕的紧张，表面光为结婚誓言与未婚夫派克不愉快，可心里真正担忧的结婚的对象是否是自己的真命天子。苏珊医生带怀孕的妹妹去做产前检查，姐妹两个实际上均是恋爱的失败者。道格医生为追求杰克母亲，一心想搞好与她儿子的关系，结果说了谎话，心里内疚，怀疑自己能否被接纳。一个病人因为赌钱，与妻子闹别扭，开车自杀，妻子决心要离开他。一位修女已经有了男友，还是犹豫自己是否要结婚。

经过一场风雨后，一切似乎经受了考验，大多有了温暖的结局。尤其是那一位被歹徒抢劫致伤的出租车司机在治伤过程中热心介绍男友相亲，年轻的卡特有了漂亮的追求对象。

精彩的群戏，各个人物的独立的生活片断，在一个"共时"空间来来回回地切换，对同一情绪进行反复渲染，编织了完美的情节网，集中在一个主题上——爱的考验。这种多线索、事件交集的散点式结构，具有一种极强的艺术张力。

（三）心理式结构

心理式结构是以人物心理为叙事依据的一种组织形式，它着重直接表现人物的内心世界、心理活动过程和剖析人物心理，往往以一个简单的故事情节和叙事框架，把叙事重心内转到人物意识深处，以人物心理发展和意识流动为线索组织情节，而不是以外部的故事情节铺排和场面展示为目标，重在抒发主观感受，开掘内心世界，甚至深入到个体的梦境和无意识深处。它以人物心理为叙事的依据，在时空组织上呈现出错综复杂的态势，把人物意识中的过去、现在和将来组接起来，将回忆、闪念、联想、梦境、幻觉、清醒的意识和朦胧的潜意识变成观众可感知的形象，从而超越了常规电视剧单时叙述、因果连环和情节单一的结构特点。

心理式结构展现人物心理过程的时空，不是展现人在做什么，而是着重展现人在想什么，直接表现人物的内心世界、心理活动过程和剖析人物心理。一般地说，心理时空和自然时空的交叉组合，均遵循因果关系的逻辑思维。

请看《今夜有暴风雪》第四集的一个片段。

1. 哨位上

肆虐的暴风雪已经停止，随之而来的是奇寒。整个大地似乎被严寒凝固了，连六号坐标的铁架也结满了"冰柱"。

裴晓芸帽子上、眉毛上、衣服上积满冰雪。她像透明的冰人抱枪挺立在哨位上。

她的心声："……怎么这么静啊……暴风雪过去了吗？晓芸，快动一动……动一动……一切都会好的……"

被冰雪埋住的双脚没能动一点，身体直挺挺的，只有通过眼睛，才能看出她还保持着清醒的意识，还在思想——她的脸也被严寒凝结了。

随着远处的火光，隐约传来呼喊声，裴晓芸被惊动了，但她的头已不能转动，只有用眼睛遥望这哪个方向。

她的心声："这是什么声音……是团部传来的。他还在那儿呀！他知道我站岗吗？指导员告诉他了吗？如果他知道了，一定会为我高兴的……"

画面右方显出曹铁强的形象。

曹铁强对着裴晓芸说："我从团部开会回来，有话对你说。"

裴晓芸的声音："有什么话，你就说吧……"

"有很多话，很重要的话……"曹铁强转身渐渐隐去。

裴晓芸思考的目光。(心声)："什么话呢？……哦，他说过，不再把我当孩子了……不再把我当孩子了……"[回忆]

2. 筑路工地上

曹铁强抡锤，裴晓芸掌钎，一下，一下……

当曹铁强挂着锤擦汗时，裴晓芸站起，突然发现头顶上悬着一块巨石，她"啊——"了一声，猛扑在曹铁强身上，搂住他，滚出十几步远。

曹铁强懵了，干活的知青都懵了，过了十几秒钟，裴晓芸抬起身看看那块巨石——仍然纹丝不动，并没有掉下的危险。

"哈哈……"当众人明白过来，突然爆发了一阵哄笑……小瓦匠笑得最开心。

郑亚茹面带愠色地看着，一点也没笑。

曹铁强哭笑不得："你呀，真是个孩子！"

裴晓芸想不到隐藏在心底的情感，竟这样轻易地暴露在众人勉强，而曹铁强他却……裴晓芸尴尬极了，她跑到背处，捂着脸哭了……

一个知青："连长，团部让你去汇报施工情况。"

"知道了。"曹铁强强笑答应着，放下工具，走到哭得十分伤心得裴晓芸身后，劝慰着："刚才是我不好，别哭了。"

突然，裴晓芸站起来，冲着曹铁强大声地："我不是孩子了！"扭头跑去。

曹铁强略有所感地望着跑走地裴晓芸。

(裴晓芸回忆结束)

3. 哨位上

静悄悄的夜空，月亮时隐时现地穿行云层中。

裴晓芸的眼睛流出少女的温柔。(心声)："当时，我真恨他，我怕别人看到我哭……啊，我的脸红了，真烫，真烫……"[回忆]

4. 工地帐篷外

施工的人们正准备下山，来来往往地往汽车搬着行李、工具，一女知青跑到郑亚茹面前说"指导员，汽车一次拉不了。"

郑亚茹巡视着："好吧，留下一个人看守东西，明早再拉一趟。"

裴晓芸正往帐篷里走去。

郑亚茹："裴晓芸，你留下看东西。"

"哎。"裴晓芸习惯性地答应着走进帐篷。

山下，回连队的汽车开走了。

山上只剩下裴晓芸，她目送着远去的汽车。

裴晓芸明显地活泼起来。帐篷前是知青们堆的一个雪人，眼睛没有了，裴晓芸捡起两块煤炭，给雪人装饰了一番，她开心地笑了。

她哼着曲走进帐篷。她好像第一次成了这里的主人。

帐篷里铺着一排草垫子，只有她的铺盖还展开在墙角上。她站在那儿看着，突然，她好像决定了一件大事，将自己的铺盖搬到最中央。"这下，我不用睡在角落里了。"

火炉上的水开了。

她想到要痛快地洗个头，于是解开发辫，拿起脸盆走出帐篷。

她往脸盆里装着雪，一抬头，一个倒在地上的大铁桶，立即深深地吸引住她。

她眼前出现了幻觉：铁桶里装满了热水……

裴晓芸呆呆地看着。（心声）："我怎么不用它洗个热水澡呢，对……"

她的幻觉：铁桶下熊熊地烧着火……

裴晓芸用雪飞快地擦着铁桶。快速转动的手。

裴晓芸摸摸桶壁，看看手，还是很脏。

她转身走进帐篷，从书包里掏出曹铁强为她买的那块香皂。

她打开包装纸，把香皂放到鼻子上闻闻（心声）："啊，七年了……"

她又到铁桶旁，用香皂擦起来（心声）："整整七个年头没洗个热水澡了……"

裴晓芸仔细地擦着。

她用力推着铁桶朝帐篷内推动，汗水已浸湿她的额头。

音乐起。

帐篷内，大铁桶已被垫在三块石头上。

裴晓芸匆匆的脚步。

她一次次地拿起脸盆，匆匆地走进走出。

一堆干柴已堆在铁桶下。

裴晓芸做着这一切，"嘿嘿"笑起来……她的奢望是那么渺小、简单，只不过是想洗个热水澡，然而，她却是那样地兴奋、纯真……

音乐突止。

忽然一股冷风冲进帐篷，门帘掀开了，曹铁强出现在门口。

裴晓芸先是一愣，继而怨恨地望着这位不速之客。

曹铁强也一怔："怎么了，干嘛这么匆忙？"

"没什么，没干什么。"裴晓芸答应着又恢复了她在众人面前的"自我"，缩回到她原先的角落里。

"只有你一个人？他们都提前下山了？"曹铁强问道。

"嗯！"裴晓芸嗫嚅地问道："你怎么——"

曹铁强："我汇报完了，以为大家还不会下山……怎么只留下你一个？"

裴晓芸："我……我看守东西。"

"山上又没有贼，多此一举！"曹铁强不满地嘟哝着。

"指导员说需要。"说完，裴晓芸又觉得有些不妥。

"所以她就指定你留下了？"

"不，不是，是我自己主动要求留下的。"裴晓芸赶快解释着。

曹铁强没再说什么，他环视着帐篷内还没搬完的东西，毅然地："现在时间不晚。带着你的铺盖下山，裴晓芸。"

裴晓芸慌忙摇头："不……"

"怎么，连长的命令你不服从？"

"留下我，是指导员对我的信任。"

曹铁强不满地咕噜着："指导员……"他寻思片刻："好吧，我来陪你。"说着他把大衣扔在草垫上。

裴晓芸对连长的举动不知如何回答，她失望了，洗澡是不可能了，她低下头摆弄着衣襟。

曹铁强也意识到自己的决定不太合适，他又拿起大衣："不妨碍你吧，我——"

"不，不妨碍……"裴晓芸的感情，显然是矛盾的，她为掩饰自己的不安，连忙问道："你还没吃饭吧？"说着从书包里拿出一个馒头。

曹铁强又扔下大衣，把自己的小刀递给裴晓芸。

裴晓芸细心地将馒头切成小片，放在炉盖上烤着。

曹铁强坐在炉边，默默地看着裴晓芸。

烘烤的馒头片在裴晓芸手中不断翻动。

裴晓芸将烤好的馒头片递给曹铁强，然后去倒水。

曹铁强狼吞虎咽地吃着……

裴晓芸脸上露出一丝微笑，这是甜蜜的，满足的笑……

她看到曹铁强吃完了，温顺地："饱了吗？"

"饱还谈不上，可很香。"曹铁强站起来对着裴晓芸："晓芸，把你褥子底下的草分给我一点，行吗？"

"当然，当然可以……"裴晓芸爽快地掀起褥子。

"我自己来。"曹铁强过去抱了三分之一的草，放在靠帐篷口的地方。

裴晓芸看了看，不忍心地抱了一抱草放在靠火炉的地方："你这样不冷吗？"

"没事。"

裴晓芸一声不响地抽出毯子，给他："连长，给你一条毛毯。"

曹铁强将毯子搭在毛巾绳上，这样形成一道"墙"，将两人隔开。

裴晓芸站在"墙"这边："这又何必？盖在身上不是更实用吗？"

曹铁强犹豫了一会儿，将毯子扯下，不再说什么。他靠着柴堆坐下，默默地点上一支烟吸着……

裴晓芸把马灯拧暗，坐在铺上，又拿起日记本，但什么也写不下去。他双手托着腮，忧郁的目光呆滞地凝视着火炉……

烧着通红的火炉。炉上的水壶"滋滋"地响着……这一切对她的诱惑是那么大。她深深地叹了口气，脸上现出淡淡的遗憾。

曹铁强不经心地问道："你在想什么？"

裴晓芸托着腮，强烈地欲望使她情不自禁地说道："我……真想洗次澡啊……"

曹铁强当时并没反应过来，继续吸着烟……慢慢的烟在手中不动了，他忽然意识到了什么，猛地坐了起来，看着盯住火炉上愣神的裴晓芸，然后又把视线移向大铁桶，准备好的火柴、香皂……

裴晓芸还是望着火炉，像是在喃喃自语："七年了，七年我还没洗过一次热水澡……"

"七年……"曹铁强的眼睛湿润了。他难过，慢慢地把眼睛闭了起来，这是吃惊后地自责、爱怜、不平！

曹铁强猛地站起来，拿起脸盆急匆匆地走出帐篷，端来一盆雪倒进桶内。

裴晓芸还是呆呆地望着曹铁强。

当曹铁强端进来第二盆雪时，裴晓芸明白了，她激动，不安，而手在微微颤抖。但她还是明知故问地："你……这是干什么？"

曹铁强什么也不说，还是端雪倒入铁桶。

"为我？"

曹铁强点点头。

"不，我不过……"裴晓芸不知所措了："我不过随便说说，你千万别当真……"

曹铁强头也不抬拨弄着桶下的火柴。

雪很快融化了，桶内冒着热气，帐篷内渐渐热雾弥漫。

曹铁强用手试试水温，然后拿起棉袄朝帐篷口走去。

裴晓芸忽地站起来，堵在门口："不，我不洗——"

曹铁强以极大的力量控制着自己。他的眼睛湿润了，他好像有好多话要说，但是没张开口，只是用爱怜、乞求的眼光注视着裴晓芸。

裴晓芸微微张了张嘴，把要说的话咽了回去。她从曹铁强的目中理解了一切，她没有勇气拒绝。

二人无言地对视着、交流着，含有说不尽地话语。

曹铁强转身走出帐篷。

裴晓芸默默地望着曹铁强的背影，……转身又看看大铁桶。

大铁桶里的水越来越热，热气在蒸腾着……

裴晓芸缓慢地走到铁桶前，将手伸了进去"……哦……"

她抽回双手，捂在脸上，激动、兴奋使她浑身在微微颤动……

5. 帐篷外的山上

雪又轻轻地飘洒起来，没有一丝风，大地静悄悄的。

曹铁强在一棵树下的身影……

6. 帐篷内

温暖的水蒸气，袅袅升腾着。

裴晓芸浸泡在铁桶内，只有头部露出水面，蒸汽笼罩着她……
"啊……"

歌声起：

> 生活啊生活，严峻的生活，
> 默默地陶冶着小草的品格，
> 风雨吹打，冰雪埋没，
> 啊，小草小草，
> 渴望着微薄地欢乐。
>
> 生活啊生活，难忘的生活，
> 悄悄地造就了生命的强者，
> 眼泪滋润，扎根角落，
> 啊，小草小草，
> 染绿了迟到的春色。

热水浸润着全身的每一个细胞，裴晓芸快活得想喊想唱……她把头枕在桶沿上，脸像绽开的花朵，无声地笑着、笑着……眼睛里却溢满了泪水。

她向高高的前方望着。在这幸福中，她想到了许多，那一丝丝的欢乐；那艰苦的磨难；那受人歧视的辛酸；那失去亲人的凄苦……还有那无法向心爱的人表白的痛苦……

在这许许多多的复杂情感，七年来的辛酸和欢乐，使这个小姑娘哭了……她双手捂着脸呻吟着呜咽着，终于压抑不住地大声痛哭起来，这哭声仿佛像她走过的生活道路一般，充实在这小小的帐篷里，又回荡在这苍苍茫茫的雪夜之中……

7. 帐篷外

曹铁强听到裴晓芸的哭声。随着哭声，我们看见小河边的孤舟，工程连外的小松，茫茫的雪原……

8. 帐篷内

月光洒在裴晓芸的床上，裴晓芸已安然睡去。她的脸上还挂着泪珠。

曹铁强守在火炉旁，炉火映红了他的脸庞，他慢慢起身，轻轻的来到裴晓芸身旁，将毛毯盖在她身上。

曹铁强轻轻跪下，默默地长久地注视着这张并不算好看，但充满纯真、稚气的脸……

曹铁强抬手慢慢伸向这张脸，想把两颗泪珠擦掉。手越来越近了，忽然，手又停下来，轻轻的收了回来。

曹铁强站起来，留下了甜美的笑。

（裴晓芸回忆结束）

9. 哨位上

"……哦……"裴晓芸的心声："那是一个多么难忘的夜晚，可他现在在哪儿……他知道我在站岗吗？……哦……他会来接我吗？……"

裴晓芸的心声："……哦，好冷啊……"

裴晓芸的脸上渐渐出现暖色的桔光。

紧接着画面下方出现冉冉而上的水蒸气，环绕着裴晓芸。

裴晓芸的心声："哦……好热，好热的水呵……是他烧的吗？"

"一定是他！"

"是他！"裴晓芸的目光在寻找着："他来了！他来了！……"

10. 救火现场

烈火中，曹铁强正在救火。曹铁强突然被一根倒下来的木梁砸倒。

《今》剧以于暴风雪之夜八百名知青大返城而发生的一场骚乱为生活近景，逐一闪回插入了知青11年的生活经历。这种结构对于全剧立意的展示发挥了独到的作用。以上的这一段，以裴晓芸拿到梦寐以求的一支枪，进行第一次站岗为现实时间，这个结果是她过去一直在争取而获得的，这一次站岗是她生命的顶点，也是她生命的终点。在这个现在时空里，是被人遗忘的裴晓芸孤独地守卫在前哨，最后被冻死。编剧没有在这个时空里花多少笔墨，而是用她的回忆进行叙事。如烟的往事"避石头""洗澡"断断续续，仿佛一个个碎片从记忆深处时隐时现。这些片断在逻辑上没有必然联系，也无助于情节的发展，只不过是裴晓芸心绪的自然流动。两次回忆，尤其是第二次回忆，现实的极度寒冷，与想象中的温暖，与回忆爱情的心理暖意，这种生理和心理因素的有机联系，尽情渲染了情感的记忆。如此，"避石头""洗澡"两个没有因果联系的事件，但在裴晓芸的心理，从"避石头"的不理解到"洗澡"的理解却符合心理的逻辑，完全服从心灵的需要。

现在时空和回忆时空两条线索交错出现。现在时空中，大雪覆盖她的全身，她仍抱枪立在哨位上，保持了一种静态。编剧大量运用了画外音，展示出这位少女沉默内秀的性格，和她眼下孤独无助的处境；回忆时空中，编剧选择了一些极富有表现力的动作：建筑工地上，她误以为头顶的巨石即将砸下来，猛扑向暗恋的人，滚出十几米；工地帐篷外，当得知今夜只有她一个人留守，她开心地笑着跳着，并着手用大铁桶烧雪洗澡。这一静一动，一悲一喜，既充分地表现了她丰富细腻多情炽热的内心世界，又极大地增强了全剧的抒情效果和悲剧性情绪张力，也充分突现出全剧的主题思想。

（四）引戏员结构

引戏员结构的特殊性在于，演员同时象征性地占领两重时空：剧情规定的时空和观众所在的时空。演员一方面进入剧中的规定情境，与剧中人物一起行动，引出事件；另一方面，跳出剧情的规定情境，像新闻播音员或电视评论家那样，以独白自叙的方式，同观众面对面地交流，对剧中人物事件进行分析评论，发表自己的见解等，使剧情因此仿佛停顿。这是电视剧力图纳入叙述、解说、政论和抒情等非视觉性因素，增加纪实性，调动观众参与剧情创造的一种创作方法。

这种结构的电视剧，较为突出地发挥了电视的娱乐性和新闻性结合的特点。

如在《女记者的画外音》中，女记者来到双燕衬衫厂采访，观众跟着她看到，或听到一系列事实，也听着她对这一系列事实的评说。

工厂旧址的石板路　白天

细雨霏霏。半高跟皮鞋一脚高一脚低地踩在石板上。女记者伫步打量着：一个十分狭小的拱形墙门，旁边挂着一块字迹斑驳的厂牌。她伸手一推，"吱呀"的一声。

女记者的画外音：怎么能想象，蜚声全国的双燕衬衫厂的前身，竟然是这样一座简陋不堪的服装社……

女记者在狭窄的过道上走着。光线很差。一切都显得破旧不堪。她抬头看着天棚。

画外音：下雨天，这里肯定会漏水……

她的想象效果声：大雨滂沱。水声，老式机声的嘎嘎声，工人们对于雨水落在衬衫上的惊呼声，奔跑着的脚步声……

一个苍老的声音突然打断了她的思路：谁呀？

女记者吓了一跳。她四下巡睨，最后在一架梯子上发现了一个修顶棚的老人。

女记者：老伯，这是双燕场旧址吧？

老人：是呀，你是省城来的记者吧？

女记者点点头：老伯，我能帮你点忙吗？

老人：不用，这就好了……新三年，旧三年，缝缝补补又三年，这不挺好?!

女记者：噢，老伯，您是派在这儿看厂房的。

老人从梯子上下来：谁也没派我，是我自己要求的……他们搬过去两年了，难得看但有记者来这里……

老人领女记者在拥挤的过道上走着。

老人：……我是这个厂的第一代工人，带了不少徒弟；这历次的政治运动，我都经历过。我能向你反映些情况吗？

女记者：那当然可以啦！

原传达室　一间只有四平方米的小屋

老人用一块抹布擦着一只茶垢很浓的杯子。然后抓了些茶叶，倒上开水……

女记者不易察觉地皱了皱眉。

老人：您听说了吗，双燕厂出了个资本家！

正打开笔记本的女记者住笔，抬起头。

老人：工人一星期要加四个夜班，每天工作十二小时，有个工人生病，一个月才拿到五块钱，这不是两极分化么？

女记者很感兴趣地往笔记本上记。

老人：我去厂里反映了几次，厂长说，这叫多劳多得。

女记者：那青年人愿意进这个厂吗？

老人：青年人当然愿意了。这个厂的奖金高，多的一个月可以拿四五十块，可也有一分奖金也拿不到的。

女记者：那为什么？

老人：当然是干得不好了……这个厂是发展比较快，可厂长也不能拿着工人的血汗钱挥霍呀！为了建新厂，他耗费了国家多少资金，你看那个接待厅里；花了360元买了照相机，说是花样设计科必不可少的工具；花了 4185 元，买了电冰箱，那能有什么用！一棵松树 3000 块，唉，这问题严重呦！我到镇上反映过多少次了，有支持我的，也有替厂长说话的；也有人劝我，退休都退休了，还管这些闲事干什么……

女记者凝神注视着老人……

女记者的画外音：……我敬重这个对党的事业忠心耿耿的老人，他的话也有一定的道理……

女记者走在朦胧的夜色中。她的画外音：……但对经营艺术、信息反馈、市场研究、竞争中求生存——这一切现代化的企业管理手段，他恐怕一时还很难理解的……

双燕厂　夜

女记者漫步在厂内。厂中心楼上，赫然的红底大牌，上面用中、英文很有气势地镌写着：质量第一　信誉至上

在月色中显得极为优雅的厂容。簇拥在车间四周的龙柏、雪松；花坛里盛开着黄色的月季，白色的蔷薇；仙鹤伫立在喷池里，吐珠喷玉的哗哗声……

女记者的画外音：……只有短短的几年，从那样一座濒临倒闭的服装社发展到第一流的专业化文明厂；一个连福利费退休金都无处可支的企业，发展到年产衬衫 180 万件，雄居我国衬衫行业前列；从当年 3 万元的固定资产增加到 130 万……可以想象，难以想象的各种困难、压力、抗争……我对这位厂长开始产生了同情……

厂长在办公室工作的灯下剪影。

厂长家　晚

一双手扯拉着丝棉。丝丝缕缕，像是有许许多多的愁怨。这是厂长妻子许师傅。女记者坐在她对面，悄悄替她取下粘在发上的一点棉絮。

女记者的画外音：怎么敲开厂长家庭生活的大门呢？一部意大利政治电影中说，对于公职人员，也要了解一下他们的私生活……而我这个记者，向来在这方面最无能了……

……

女记者既扮演故事中的人物，又担当故事叙述者的化身，对每一个事件进行介绍、评论，提供那些没有进入故事层面的信息，并作出解释和抽象的结论，并由她为叙述的中心，串通和连接各种原不相干的各种零星碎片，使这些碎片构成一个完整的印象。与耳闻目睹的只管感受，通过她的直观视点，去随意接触各种人物，各种问题，去褒贬扬抑，去抨击呼吁，用大幅度地跳动展现细节，组织情节。在旧厂房采访退休老工人的这一场戏，对这位老人的落伍，编剧通过女记者的画外音和她所见到的旧厂房与新厂房的强烈对比，大大丰富了作品的内涵。

三、结构的技巧

当编剧在按总的意图对分散的素材进行具体的组织之时，常常为了完整和重点突出而运用一些技巧。结构技巧不是孤立存在的，与剧作总体构思有密切联系，而且，结构技巧的积累与创造是多方面的。如对比、重复、伏笔、伏线，几乎所有的技巧都与结构有关。这里仅介绍几个在电视剧结构中常用的技巧。

对比：对比是适用于一切艺术形式的最基本的，也是最重要的表现形式和结构手段。"不见高山，不显平地"；"欲画白先描黑"；"欲想甜放点盐"，这些经典的艺术术语，都洗练准确地说明了对比的作用。在剧作中，形象与形象之间、性格变化的前后，包括形象和情节所有部分的相互之间，以及情节中的场面、段落、节奏等，都能造成反差形成对比。

形象之间的对比。如《红楼梦》"抄大观园"一节中，以袭人的逆来顺受对比晴雯的刚烈反抗，以探春庇护下人的行动对比惜春怕引火上身的软弱，如此，丫环与丫环、小姐与小姐，以及丫环们与小姐们的连环对比，便突现了四个人的不同形象。

情节前后的对比。如前苏联电影《莫斯科不相信眼泪》，前半部情节核心是主人公明明是女佣，却要冒充教授女儿，而后半部的情节核心，主人公实际上是一厂之主，却要冒充普通女工。

节奏的对比。如沉与浮、浓与淡、张与弛、正与反，以及一热一冷、一动一静形成的变化。

情感的对比。如悲与喜、忧与乐等。

首尾的对比。如《三国演义》在赤壁之战前有一场著名的"横槊赋诗"戏。小说有生动精彩的描写，电视剧在小说的基础上，运用了首尾对比的技巧作了修改，使其情节结构更趋完整。

曹操按庞统的连环计将战船锁于一处，雄伟地并排于江面上，声势甚为壮观。曹操与群僚前来巡视，众僚齐声："丞相南下，灭吴指日可待！"曹操喜不自禁，令天下第一乐师师勖重铸钟吕，恢复古乐，于当月十五在楼船置酒设乐，以歌舞助军威。师勖领命，精工制作，稍有瑕疵，便一锤砸毁重铸。

十五日夜，月上东山，皎如白昼。江面风平浪静。曹操与众武将及百官幕僚登上楼船。曹操步入。众皆欢呼。

师勖请示曹操：丞相，群臣既已入位，可否歌舞助兴？

曹操走到悬挂的大铜钟面前，仔细打量，然后回身关切地问：师祭酒，乐钟之声色是否中汝意？

师勖：几番重铸，今已可用！

曹操神气十足地点点头。

师勖回身高喝：宴舞开始！

撞钟。

浑厚凝重的古乐钟声连鸣。鼓声隆隆。雅乐奏起。几名赤膊跣足的大汉虎扑而上，跳起粗犷刚劲的《盘鼓舞》。

……

曹操放声大笑。突然，他一挥手，歌舞骤止。曹操环顾四周，自负地说：自我起兵以来，平贼寇，灭群雄，除凶去害，誓愿扫清四海，削平天下；所未得者，仅江南耳。今有雄兵百万，更赖诸公效力，何患东吴不灭，大功不成？等到收复江南之日，天下清平无事，当与诸公共享富贵以乐太平！

曹操说完，一饮而尽，众人一阵欢呼。

在这段场面中，电视剧在原小说的基础上做三处改动。一是增加了师勖请示曹操是否开宴，有个喜庆的开宴仪式；二是曹操关心乐钟之声，问：师祭酒，乐钟之声色是否中汝意？暗示了曹操有丞相的大度雅量；三是改进言被杀的扬州刺史刘馥为师祭酒师勖，并让他在宴前有重要的一段戏。小说中，没有明显的开宴仪式，"操令置酒设乐于大船之上"，接下来就是曹操曰："吾自起义兵以来，与国家除凶去害……"直至歌罢，众和之，共皆欢笑。

……曹操讥笑东吴众将，手下大将荀攸提醒，曹操不以为然……

忽而鸦声四起，曹操似有所感，仍沉浸在狂放之中。他又取来酒杯，连饮三盅，直至步态蹒跚，逐将铁槊横于胸前，赋诗抒怀：对酒当歌，人生几何，譬如朝露，去日苦多。慨当以慷，忧思难忘；何以解忧，唯有杜康……

曹操诗尽歌罢，众人欢呼。曹操酒意焕发，洋洋得意，笑问师勖，希望能得到他的赞美之词。不料，天生质朴的师勖不解其意，反而直言相问："大军相当之际，将士用命之时，丞相何故出此不吉之言？"

曹操不解地："吾言有何不吉？嗯。"

师勖："'月明星稀，乌鹊南飞；绕树三匝，无枝可依。'乃不吉之言也。"

曹操大怒：汝安敢败吾兴！

曹操手起一槊，刺死师勖。众皆惊骇万分。曹操也大叫一声，一头栽向甲板，逐罢宴。

曹操酒意酣畅，诗兴大发，正当情绪高涨不可遏止时，忽座间一人进曰："大军相当之际，将士用命之时，丞相何故出此不吉之言？"操视之，乃扬州刺史，沛国相人，姓刘，名馥，字元颖。馥起自合肥，创立州治，聚逃散之民，立学校，广吞田，兴治教，久事曹操，多立功绩。当下操横槊问曰："吾言有何不吉？"馥曰："'月明星稀，乌鹊南飞；绕树三匝，无枝可依。'乃不吉之言也。"曹操大怒："汝安敢败吾兴！"手起一槊，刺死刘馥。众皆惊骇。逐罢宴。

　　编剧在这里的三处略做改动，运用了对比的技巧，构成了这一场面结构的完整性。以众皆欢呼的开宴为头，到众皆惊骇的罢宴作尾；从礼贤下士，连一个钟声都得听取专家意见，到不能容忍他人扫兴残暴杀之的前恭后倨；从前为座上宾，几次提意见使钟重铸到后为进一言变为槊下鬼的前前后后。通过一个瞬间，使用了人物感情、动作、命运的截然不同的对比，构建了一个完整的场面，把一个自负、阴诈、虚伪的奸雄形象刻画得栩栩如生。

　　重复：重复是艺术创造中经常使用的技巧手法，它意味着构成艺术作品的某些元素，在同一作品中反复多次呈现。在剧本情节的主要线索上，将那些对于刻画人物性格、揭示作品主题以及渲染某种艺术情调、气氛具有重要意义的场景、动作、语言、细节，乃至音响作重复的艺术处理，从而强化艺术形象给观众的艺术感受，造成了一唱三叹、余音不绝的艺术效果。重复不仅有助于剧本主题和主要人物形象的揭示和刻画，还能赋予剧作结构以相对的艺术完整性。

　　对长篇电视剧来说，重复的运用远远超过一般结构上的意义，而上升到一种具有本质性的技巧。如主题歌反复唱，情节发展的状态反复交代，主要人物的性格和心理动机反复强调，抓住一些具有特征的重要细节帮反复刻画，助观众理解剧情，熟悉人物，从而加强全剧的整体意识。

　　模式的重复。如《宰相刘罗锅》"被陷——反击——搬起石头砸了自己的脚"，成为全剧叙事模式。这模式在每一集中重复使用，使全剧成了统一的风格。一种模式在电影或舞台剧中，一般只使用一次，而在电视剧中常常反复使用，大多运用在系列剧中，但有些连续剧也用。如《流星花园》中，灰姑娘与白马王子的"误会——和解——再误会"的模式，一次又一次地反复出现。

　　情节的重复。如《北京人在纽约》中，王启明用可耻的方法得到竞争对手大卫的商业情报导致大卫的公司破产。后来，大卫也是买了情报想向王启明报复。

细节的重复。细节指的是人物细致入微的那些行动、话语及其与其相关的各种器物、物象等。细节的捕捉有赖于编剧细腻的观察，以及"发现"生活的敏感、敏锐和能力。细节的重复，常常把细节的意义放大、提升，增强表现力。如《渴望》中"兰花小被子"不仅与弃婴联系，而且同慧芳的命运联系，它的反复出现，起着穿针引线，贯通全剧情节的作用。同样，王沪生送肖竹心的《钢琴谱》也多次重复。一般来说，在电影和舞台剧中，类似王沪生与肖竹心的感情只要点到为止，而在电视剧中会不厌其烦地反复强调，多次重复。同一境遇，同一心情，同一的动作会反复出现。

首尾的重复。开始一次和结尾一次，或同一个景或同两个人或一个细节，常用来说明经历过一种变化后，虽然还是一样，但内在意义已经大相径庭。如《北京人在纽约》的开场，郭燕的姨妈和姨夫把刚踏上纽约土地的王启明和郭燕从机场接过来，一路上非常亲热问寒问暖，却无情地把他们丢在贫民窟的地下室。在结尾中，王启明从机场接刚来美国的哥儿们，一路上称兄道弟亲密无间，结果同样把他冷酷地丢在同一间地下室的门前，自己开车走了。

重复要注意两点：1. 被重复的事物，两者虽具有某种外部的相似性，但还应该注意它们之间内涵的差异性，即注意艺术形象的不断发展和变化，否则成了毫无意义的机械的重复。实际上，重复也是一种艺术对比。2. 对剧本所侧重描绘的形象、场面和细节一定要安排得自然、得体，分寸适度，和对其他艺术手段的运用一样，丝毫不露人工的痕迹。否则，运用不当，则有可能带来节奏拖沓、进展迟缓、繁琐屑碎，使观众产生观赏疲惫乃至厌烦之感。

伏笔，又称"伏线"、"预伏"，文学创作中描写、叙述的一种手法，指作者对将要在作品中出现的人物或事件，预作提示或暗示，以求前后呼应。这种手法有助于全文达到结构严谨，情节发展合理的效果。

伏笔不是预示，预示是有意识地引导观众去想，去推测；伏笔仿佛无意之中的闲笔，看似仅仅一个随意的细节，随后发挥出意想不到的作用。

在伏笔的具体实用上，麦基在《故事》中提出两点。

伏笔要潜伏得适中。伏笔是暗示，具有含蓄、婉转、曲折的特点。它对所要表现的对象，往往不是明挑直说，而是通过有选择的描述，使之隐隐约约地透露或显示出来。但是，"暗示"要有其存在价值，不能过于含糊、晦涩得令人不知所措，不知所之。"伏笔必须潜伏得足够牢固，当观众的记忆急速回溯时，他们还能找出那些伏笔。如果伏笔过于微妙，观众就会忽略其用意。如果过于笨拙，观众远在1英里之外就能看到转折点的来临……那么转折点的效果将会丧失殆尽。"

伏笔应有多层意义。麦基说，"当观众第一次看到它们时，它们具有一种意义，但随着观众对影片的深入理解，它们却被赋予了第二层更加重要的意义。事实上，一个单一的伏笔可能具有隐藏于第三或第四个层面上的意义"①。

如电视剧《亮剑》，独立团驻扎在赵家峪期间，淳朴率直的妇女会长杨秀芹，恋上了独立团团长李云龙。当观众第一次看到的时候，认为这是战争戏中加爱情，历来容易陷入的窠臼。第二天，政委赵刚找上门来，兴师问罪，顺水推舟促成了两人的婚姻，婚礼当晚，日寇从内奸那里得到情报，立即抓住机会，长途奔袭赵家峪，意在消灭李云龙。

洞房花烛演化为一场血战。山本率部血洗赵家峪，秀芹落入敌手。

为讨血债，李云龙调集全团及驻地武装，没想到化整为零各自发展的兵力竟有万余众，武器也有了大炮。李云龙指挥部队包围了山本及平安县城。这一举动竟将这一战区的敌我双方全都调动起来，双方的交战面积达到上千平方公里，投入总兵力高达30万。

当激烈的战斗僵持不下的时候，特工队把秀芹押到城楼，想阻止李云龙的进攻，李云龙看着牺牲的战友，不顾一切地下达了开炮的命令。结果，这场仗，不仅打下平安城消灭了山本特种部队，还使几块根据地连成一片，使晋西北日军损失惨重，以至连蒋介石、阎锡山均发来贺电。

如此，"爱情表白"成了政委做媒的动因；"当晚婚礼"成了日军

---

① 麦基：《故事》，第279页。

偷袭的动因；攻打县城成了全战区打援的动因。其中，前几集中交代的"政委管生活"，"部队有内奸"，"化整为零的战略"等，仿佛不经意的一个个伏笔，此时一个个地分晓。如"化整为零的战略"就为聚众上万和炮打城楼发挥了重要作用。正如麦基认说的"伏笔、分晓、再设伏笔、再见分晓，这种变戏法般的手段常常能激发出我们最富创见性的灵感"。

伏笔的设置，让分晓时产生的转折不至于使观众感到太突兀。当最后真相大白时，观众不禁会回过头去，想到早已在多处埋伏下的信息，在"惊奇"中产生欣赏的回味，在揣摩中获得一种参与艺术创造的喜悦。

第十四章　电视剧类型

　　舞台剧的主要类型有喜剧、轻喜剧、悲剧和正剧。电影的分类较为复杂，有从形式上分的，如动作片、歌舞片、文艺片、科幻片等；有从观赏效果上分的，如恐怖片、悬疑片、喜剧片、色情片等。电视剧的类型以更复杂的方式组合。目前有多种分类方式，沿用文学体裁分类法，可以分为小说式、散文式、戏剧式、电影式等；沿用戏剧结构分类法，可以分为开放式、锁闭式和人像展览式等；参照电影片种分类法，可以分为少儿片、传记片、青春片、警匪片、歌舞片等；以剧集长度为依据，可以分为单本剧、中篇连续剧、长篇连续剧。从题材内容分类，可以分为涉案剧、政治剧、青春偶像剧、爱情婚姻剧、家庭伦理剧、医疗剧、社会犯罪剧等。

　　显然，以舞台剧和电影的分类标准来衡量电视剧这个大众媒体，已经不适合了。电视剧的分类似乎应该超越各种类型界限进行重新组合。

　　根据对象某一方面共性划分为若干类型，目的不是评选优劣，而是为了更加细致地研究和探讨其内在的特有规律。电视剧可以从多种角度来划分，各种划分均有其一定的理由。作为一个编剧，为了写作的目的，对电视剧的分类，应该根据自己创作的需要，熟悉自己正在创作的领域。

一、电视剧主要类型

　　电视剧主要类型有单本剧、系列剧、连续剧。按作品时间的长短、内容容量来划分，还可以包括电视小品和电视短剧，连续剧还可以分为中篇连续剧和长篇连续剧。

（一）单本剧

每集 45 分钟，其可以包括上、下集或上、中、下三集。单本剧因为受篇幅限制，要求情节紧凑、人物集中、构思巧妙和形式独特。

单本剧选材有一定讲究，要以小见大，要"取材要严，开掘要深"。单本剧篇幅有限，可以通过单一凝练情节和性格鲜明的人物获得一种单纯美；可以通过局部反映整体，体现一种残缺美；可以抓住最有特点的人物和事件精心设计，"微尘中见大千、刹那间显始终"，取得新颖精巧的构思，得到独具特色的表现，给人以隽永深刻的生活哲理。有人概括出单本剧的特点是："选材沙里淘金，立意一叶知秋，结构巧夺天工，情节出奇制胜，人物画龙点睛，语言惜墨如金，看后余味无穷。"[①]

单本剧由于其短小精悍，束缚又少，使创作者获得更大的自由，也给创作者提供了尽情展示自己艺术才华、艺术个性、发挥想象力和创造力的广阔空间。20 世纪 80 年代初，我国涌现出不少单本剧，其中《希波克拉底誓言》《新闻启示录》《女记者的画外音》《走向远方》《秋白之死》《小木屋》《纽带》等都在创作手法和艺术风格的多样化方面作了开拓性的探索。它们有的舍弃了传统的戏剧结构方式，结合借鉴了意识流、心理式的文学描写方式；有的采用新闻报道式纪实风格，及时地反映改革开放中冒出的实际问题；有的强调电视屏幕造型的直觉感染力，将屏幕造型的表意功能与传统戏剧性叙事结构交融一体，以表现深刻的哲理内涵。

单本剧具有审美的时效性的特点，也就是能够立即反映最新鲜的社会生活，能够使人们随时从审美角度和认识角度把握时代前进的脉搏。选取丰富多彩的社会生活中一瞬间、一点滴。此外，单本剧制作具有资金需求量小、精巧灵活、制作迅速的特点，更是决定了它在发挥电视剧时效性和探索性上具有相对的优势。

近几年，单本剧的创作受长篇电视剧的冲击，创作势头不如从前，

---

① 引《影视艺术新论》，北京广播学院出版社 2000 年版，第 283 页。

但还是在不断涌现一些好的作品。如城市题材《午夜有轨电车》，农村题材《红剪花》《金豌豆》，反映部队生活的《在雪线上》，反映少数民族生活的《天神不怪罪的人》，反映儿童成长故事的《太阳有七种颜色》等都得到了观众的欢迎。

（二）系列剧

顾名思义，是以一系列独立的故事构成的一种电视剧样式。系列剧集与集之间故事的连贯性不强，但各集之间在主题、风格、题材或人物上有一定的内在联系。与连续剧相比，系列剧有较大的灵活性，即构成系列剧的各集不要求有统一的、连续的情节，不必按一定的序列连续播放，各集可以分播也可以连播。

1979 年，我国引进的第一部国外电视剧就是系列剧《大西洋底来的人》。

系列剧有多种构成方式，常见的有四种：（1）各集中的人物和故事独立成章，是以一个统一的主题或基本情节框架贯穿始终。如《聊斋》每一集的故事都独立成章，以狐仙鬼怪的故事，揭露社会。如《十大女杰》系列剧，每集介绍一个当代杰出女性，其中《牛玉琴的树》描写获得联合国粮农组织颁发"拉奥博士奖"，该奖是授予在人类生态环境方面有突出贡献的。（2）以几个主要人物贯穿始终，但每集的故事情节内容有明显的独立性。如《针眼儿警官》主要描写派出所警察小邵日常平凡而实在的工作。每集接触的人物不一样，发生的事件不一样。如美国电视剧《神探亨特》，主要人物是侦探亨特和他的女助手麦考尔，每一集表现一个案件的侦破过程。如《宰相刘罗锅》主要是刘墉、和珅和乾隆三人的斗法；《铜嘴铁牙纪晓岚》主要是纪晓岚、和珅和乾隆三人的斗嘴。如《西游记》描写唐僧、孙悟空、猪八戒、沙和尚师徒四人上西天取经，在路上降伏各种不同的妖魔鬼怪的故事。（3）既有人物和事件贯穿，又保持每集内解决的具体事件具有独立性。如《急诊室故事》，每个医务工作者都有自己的可以贯穿始终的问题，但在每一集内解决一部分。而剧中其他人物也有可以连续多集的情节。如一个杂货店老板，在好几集内出现，每次他都被一个人抢劫，并被开枪致伤送进医院急救。他一直在防备这个抢劫者，但每一次都晚了一步，那人出枪的速度比他快。有一次，他一见到这个人就抢先向他开了枪，想不到这一天这个抢劫者身上没有带枪，结果把他打死了。每次那抢劫者都是打他的四肢，而他却一枪要了那抢劫者年轻的生命，为此，他非常后悔感到内疚。这个人物的故事，是系列发生的事，又有一种连续性。这种系列剧，主要靠人物将一个既分散又有联系的故事串联成为完整的艺术整体，也是一种散文式结构。

（三）连续剧

中篇连续剧，3集以上，8集之内。中篇连续剧介于单本剧与长篇连续剧，既适合每天放一集，又能集中在一天播放。中篇连续剧集中播放，即能保证一定的容量，又能保持作品欣赏的完整性。这就是当年美国电视剧《根》达到高收视率的一个原因。当电视台在集中一天播放时，许多观众买了食品在家呆一天。目前，日剧通常保持在11集左右的篇幅，也是因为这个缘故。我国的中篇连续剧，出现过《故土》《绿荫》《过把瘾》《贾里的故事》《9·18大案纪实》《黑脸汗子》《家》《春》《法官潘火中》《神圣的军旗》等一大批优秀作品。

长篇连续剧，8集以上，目前一般在20集左右。长篇连续剧目前是电视剧主要类型之一，它能最大限度地满足观众长期收看一部电视剧的审美嗜好。连续剧的连续时间越长，观众对其中的人物、情境就越熟悉，就越能产生亲近感。目前保持在20集左右，这是由电视剧销售与广告效应紧密相关决定的。由于长篇电视剧高资金投入带来的高回收风险，使得此类连续剧的在情节上要求较高，投资方在策划中大多以戏剧式结构占据着统治地位。长篇连续剧的写作要求：主要事件和人物具有连续性；情节发展要跌宕起伏、充满悬念；人物塑造要性格鲜明、关系复杂和命运难测。同时由于受商业操作的影响，还须注意有些非艺术性的因素，如为迎合观众而编造的虚假情节，或故作惊人之笔卖弄技巧，或故弄玄虚设置悬念，快得让人喘不过气来的速度和一大套绝不露破绽的转移人们注意力的戏法，以及为追求感官刺激而故意营造出来的视觉效果及煽情因素等。

长篇连续剧庞大的时空框架，可以比较全面地展示一个特定的历史时期的各种生活面，可以比较完整地描写人物的命运。在结构上的特点：（1）以人物为经线，以事件为纬线，一条动作主线，牵出无数枝蔓，每集解决了一个枝蔓上的问题向前进一步。并且随时增添新的人物、新的情节，或以事带人或以人带事，保证延绵不断的故事，故而可以没完没了地连续。（2）每一集应有相对集中的人物和事件，保证故事情节的独立性，有相对的高潮；（3）每一集环环相扣，用悬念保证集与集的连接。每集的结尾之前，结好扣子，来一个欲知后事如何，请明天继续收看，借以引起观众兴趣，以达到令人长期观看的目的，保持连续的进行。

目前，我国的长篇连续剧已经走向成熟，每年有一批佳作出现，吸引了一大批忠实的观众，是高收视率的保证。

二、纪实类型

纪实剧，即是用纪实手段拍摄的电视剧。反映真实事件的"纪录剧"。这个特点正是电视与电影这两种现代大众媒介相结合而产生的。纪实剧是电视剧诞生伊始的基本形式之一，它采用纪录片、报道剧的表现形式，使自己与渊源于舞台剧、电影故事片的电视剧类型区分开来。

"1946 年，英国广播公司恢复战后电视转播，其中的标志之一就是组建新的戏剧纪实组。戏剧纪实组的使命就是将战后英国的状况拍成纪录片。它是在淡化演示部的基础上建立起来的，不久便担负起用剧本、布景和演员将《广播周刊》上多描述的大量'纪实报道'重新建构出一个演播厅难以接近的世界。"①20 世纪 40 年代，英国广播公司热衷于抓住"向社会解释社会"的棘手问题，将有关法院、婚姻、老龄、少年犯罪、卖淫、劳资关系和移民等问题的戏剧化纪实逐周地向大众推出。

纪实剧是真实与虚构的混合，既是纪实，又是戏剧。其与纪录片有

---

① ［英］保罗·克尔"戏剧纪实：流派之争"一文，魏礼庆、王丽丽译：载《电视的真相》，中央编译出版社 2001 年版，第 46 页。

很大的区别：纪录片是直接展现正在发生的真实事件，是跟踪真人和正在发生的事件进行，环境和事件不允许摆布和重演。纪实剧是通过演员，即使是使用非职业演员，甚至是当事人来表演展现真实发生过的事件，环境和事件可以依照编导的设计去摆布和重演。纪实剧的创作和拍摄都是一种进行"再创造"过程。不过，在表现形式上，纪实剧强调使用自然光、现场录音等技术手段，突出真实感。当然，在实践中，事实与虚构，戏剧与纪录有时很难严格区别。绝对的真实是不存在的，因为制作者对事件本身的了解和理解受到客观现实的制约，真实把握的程度往往取决于创作者受蒙蔽的程度。

最初，公共服务的叙事化——将教育和信息内容放入娱乐形式中——是所谓的"纪实报道剧"的起源。纪实剧叙事的内容经常是当前的社会问题。内容非常严谨真实。不允许失实的描写。有时把戏剧、采访、新闻简报、小说等技巧结合在一起，但更为重要的是走出了摄影棚，来到街道上。采访、讲述的形式，偶尔也把一些被采访人的工作和生活片段"戏剧化"。

在我国电视剧发展史上，纪实性电视剧一直占有很重要的地位。早期出现《党救活他》《刘文学》《焦裕禄》等作品。新时期，在粉碎"四人帮"后不久，1978 年 7 月上海电视台播出了反映张志新烈士英雄事迹的《永不凋谢的红花》。随之，《新岸》《家风》《女记者的画外音》《小木屋》等一大批纪实性电视剧问世。《新闻启示录》是一出较为典型的纪实剧。该剧以大学改革为蓝本，将大量的文字的、图像的新闻资料，与剧中虚构的人物、事件，有机地交融在一起。这在观众眼中造成了一种强烈的纪实性感觉。虽然对主要人物和事件进行虚构，但由于将它们放一个纪实性的背景上，于是使这些人物、事件染上了强烈的纪实色彩。而且正个剧情仿佛也就真的成了一种现场性极强的"实况"展现。该剧集新闻、政论、讲演于一体，不强求情节性和戏剧性，如"海外留学生归国事件""挖泥船谈判事件""家庭总统事件"在整体上没有贯穿的动作和冲突和悬念，没有通常意义的高潮，而是一种纯粹用细节和片段的开放性结构。该剧不仅在新闻报道体的结构方式上追求纪实风格，而且在摄制手法上，大量使用实景拍摄、跟踪拍摄，采用自然光线，纪实剧，既是对事实的记录，又是对事实的超越。如果它不是对事实的忠实记录，它就失去了纪实性；如果它仅仅是对事实进行记录，必定会缺少艺术的升华，缺乏强烈的渗透力。作为文艺作品，艺术虚构成分少，就不能源于生活，高于生活。既然这样，如果它不实现对事实的超越，它就不成其为电视剧了。所以，纪实剧是对事实的记录，它的基础是事实，它的主要人物、基本事件都必须完全是确实存在、确实出现过，不容凭空捏造。同时，纪实剧与其他剧一样，要求创造主体以融合着理性与感性、思想与热情的审美眼光去审视现实，透过纷纭繁复的现象，发现现实中蕴藏着的诗情、哲理，以至戏剧性情境，比事实更深刻的真实，或发现现实生活中蕴藏的真、善、美，然后进一步通过审美创造，或对丑恶的现象，愤怒地加以揭露，给予批判，把作为个别存在的事物典型化，体现事物的本质，揭示出事物深层蕴涵着的意义。

纪实剧的大量涌现，表明编剧关注改革开放大背景下当代中国人的命运、生存状态以及内心情感；最大限度地贴近生活、贴近社会、贴近民众。在采用纪实风格上，常见的有以下三个类型。（1）报道剧。报道剧，剧中大量引用新闻报道，故而得名。早期有《党救活了它》《焦裕禄》等纪实风格的报道剧。《有这样一个好民警》取材于大同市模范交通警察郭和平（剧中改称杨明光）的先进事迹，塑造了一个当代活雷锋的形象。《好人燕居谦》是交城县志办老主任在身患晚期癌症的情况下，与死神赛跑，昼夜卧案奋笔疾书，以每天3万字的惊人速度，编写了122万言的县志。（2）人物传记剧。有的是以已故人物的生平为题材，如《鲁迅》《华罗庚》《徐悲鸿》《潘汉年》等。有的是以在世人物事迹为题材，如《牛玉琴的树》《小木屋》。《小木屋》是根据作家黄宗英的同名报告文学改编。通过记者对入藏考察高山森林生态的南京林学院副教授徐凤翔进行实地采访的所见所闻，反映了知识分子不畏艰险、献身科学的崇高精神，也大声疾呼出要尊重知识、尊重人才的心声。播出后反响很大。人物传记剧基本采用纪实手法，主要事件不允许虚构。虚构主要是在细节，次要事件上。但是这种虚构要把握分寸，不能损坏人物原型的真实性，讲究以性格为基础，即内在可能性的真实。（3）公安戏。公安戏，大多是虚构成分大，但有些案件本身具有新闻性和戏剧性，所以用纪实风格表现，具有真实感。如《九·一八大案纪实》是以1992年9月18日开封发生的文物被盗案的侦破工作为主题大量使用此案侦破过程中录制的新闻资料镜头，侦破本案的警方人员均由本人扮演。真实事件与剧情、真实人物与演员的高度统一。如《黑白大搏斗》根据1999年冷冻碎尸案的侦破工作而创作的，剧中警察也是由职业警察扮演。该案件被公安部作为经典案例列入教材档案，本身具有极强的情节。纪实风格的公安戏有别于一般意义的警匪片。一般的警匪片有着固定的模式，悬念非常强。纪实剧却采用"新闻调查"的方式展开案情，非常琐碎，非常缓慢。不过分渲染单位时间，对轻重情节在时间上给予同等的关照，有点像报流水账。

纪实的手段，目前以大量运用在虚构剧中，如新闻纪录片的画面、新闻图片大量的文字说明，甚至直接的采访讲话，使人看起来像新闻报道

三、情景喜剧

情景喜剧，也称情境喜剧，是在一定情景中演出的系列喜剧。观众比较熟悉的国外情景喜剧有《成长的烦恼》《老友记》《顺风妇产科》等；国产的情景喜剧有《我爱我家》《新72家房客》《编辑部故事》《闲人马大姐》《老娘舅》《红茶坊》《武林外传》等。

情景喜剧的权威解释，一般采用电视学者明茨·拉里（Mintz Larry）所下的定义。①

这是一种半个小时长度的以情节为主的电视系列剧，剧中人物一成不变。也就是说，每个星期我们将在电视上见到生活在同样场景中的同样人物。剧集之间很少有联系，一个故事在半个小时之内结束。情景喜剧一般在现场观众面前拍摄完成。无论是用现场观众或者是罐装笑声，

---

① 吕晓志：《中美情境喜剧喜剧性比较研究》，中国电影出版社2008年版，第6页。

情景喜剧的现场笑声都能使观众意识到他们在看一场喜剧。情景喜剧最重要的特征是它循环式的叙事，出现矛盾、压力、变化的威胁，但是最后矛盾解决，压力消失，一切又恢复到开始时的状态。根据喜剧理论，这种大团圆的结局是喜剧的主要组成部分。

情景喜剧的主要特征在于：半小时一集，喜剧艺术风格。具体要求：（1）漫画化人物。剧中人物性格特征鲜明具有明显喜剧特点，并且人物与人物之间要形成性格反差。犹如色彩搭配，每个人有自己的色彩，又能衬托其他色彩。而且他们老是好心办坏事，歪打正着，保持一成不变，固定的形象。（2）不协调情景。剧中故事情景与人物之间轻度不协调而造成的意外之感，是情景喜剧的喜剧性来源之一。但剧中人物置身于某个特定的可能激发喜剧效果的场景，在一系列误会、巧合、荒诞情景中出于尴尬的境地，或与其他人物产生各种各样的喜剧冲突时，就可能产生一系列的滑稽可笑的动作。（3）喜剧性语言。无论是人物的对白还是独白、旁白，都要风趣、幽默、俏皮，妙语连珠，要在笑声中叙事和阐述哲理。（4）夸张，甚至滑稽的表演。（5）打破电视幻觉，增强演剧的现场感，时不时地插入现场的笑声、掌声、甚至议论声。由此，演出开场就要求能逗乐观众，制造出一种喜剧气氛，之后每3分钟之内必有一个闪光点，以引出现场笑声。否则一旦冷场时间长了，就很难再度激发起观众的喜剧情绪。（6）当周问题——提出一种简单的不让人物需要沉思的问题，这种问题能产生欢乐的情境，并得到愉快的解决。每一集问题都能在本集中解决，以便下一集可以用新的一个问题取代前一集的内容，每集都有不依赖于其他集内发生事情的新剧情。提出的问题大多是家庭热门话题，也有些具有社会意义和政治意义的问题。根据鲁迅给喜剧的定义，喜剧就是把无价值的东西撕破给人看，情景喜剧大多是对家庭或社会中某些荒谬现象和行为进行善意的批评，是善意地讽刺时弊。情景喜剧的一些故事总有着"魔术般"的结局，最终总是由于命运的峰回路转或某种巧合，错综复杂的问题迎刃而解，从而给人们留下了一个美好的结局，以此来处理它所提出的复杂的社会问题。

情景喜剧创作的第一个问题，是喜剧性格，人物关系的设计。

如《编辑部故事》编剧谈起当初创作时，首先是人物设计。"最主要的得有一对年轻的编辑，一男一女，未婚。男的机灵，嘴跟得上劲，热心，谁拿他开涮他也不在乎，一不留神还就把你装进去；女的也是人精儿，没事老看英语，到了也没学出来，喜欢弄点情调。他们俩工作上配合得严丝合缝，感情上有点暧昧，又都没断了去见介绍的对象。怕万一错过了更好的。"① 在确定了主要人物后，编剧根据这两个人物的色彩，搭配了一个谨小慎微的老编辑，一个充满政治热情的女编辑，再添了一个赚钱有方老添乱的中年人，一个失去权威在把关的老主编。

再如《我爱我家》中一家五口人，老小三代。老实忠厚但又妻管严的志国，和孝顺达理却小市民气的和平，构成了老是出彩的一对；游手好闲、好高骛远又老爱折腾的志新；还有一个从领导岗位上离休回家但还是不改领导脾气的傅明老人；活泼而调皮、自私又精明的现代小女孩媛媛。

情景喜剧创作的第二个问题，是喜剧情境的设计。

如《开心公寓》的经理和员工，他们以自己独有的方式与各式各样的酒店住客打交道，没有事情也会弄出一些事来。剧情中较出彩的是对那些"说话嗲声嗲气"或"对女人教导服服帖帖"的上海男人的讽刺，每天在这个现代化酒店公寓里发生的大大小小的事情，总是寻找着各种机会嘲笑上海男人的保守、小气、琐碎、娘娘腔、吹大话和死要面子。好在开心公寓里的小白领，都是一些不久前刚走出学校大门的年轻人，他们涉足社会没有多少时间，还没有那么世故和经验，虽然他们身上夸张的"上海"性格，是引起了一系列喜剧的笑料和诙谐的冲突的来源，但他们对于生活和朋友的真诚，和在现实生活中老是碰撞、老是碰壁的尴尬遭遇，更能引起观众的同情和共鸣，成为观赏兴趣的核心。

上海人喜欢自我嘲笑，不但幽默老的一代，如《老娘舅和儿孙们》，而且把搞笑的对象指向年轻一代的时尚男女。这种热衷于给自己缺点亮相，好像给自己照哈哈镜，存心让自己在形象上滑稽可笑，笑得嘻嘻哈哈，骨子里却透露出大城市应有的宽容、大度和悠闲。

---

① 《"编辑部故事"精彩台词欣赏》，中国广播电视出版社1992年版，第4页。

情景喜剧创作的第三个问题，是场景的选择。

　　目前，国内的情景喜剧大多采用室内剧形式。或者在家，或者是公共场所，而国外的情景喜剧，如美国的《老友记》《欲望城市》基本在各种消费场所，场景比较自由，场景有了空间后，镜头语言也相应活跃，形式也比较多样。

　　情景喜剧场景集中，有的处于封闭状态，如《家庭的烦恼》，其谈论得更多的是家庭问题，永远解决不完的问题；有的处在开放的状态中，与外界的接触面广，故事不仅发生在内部，而且发生在社会各界人士身上。如酒馆、医院、商店、理发厅、警察局、茶馆等。这些场景能与外界取的联系，为接触三教九流人物，传递各种消息提供自然化的背景。如《红茶坊》就是一个交友会面、谈情说爱、聊天休闲的社交场合，亦是观察社会的一个窗口。在这个场景中，老板、领班、茶客、服务员各有各的事，又与社会各色人物故事交织在一起，反映了都市生活，展现了人间百态。

　　室内剧，顾名思义，基本上是在室内（演播棚内）摄录的电视剧。它是根据拍摄场景来划分的一种类型，可以是单本剧，可以是系列剧，也可以是连续剧。如我国观众熟悉的长篇电视连续剧《女奴》《卞卡》《渴望》等，都属于室内剧范畴。当然，无论是单本剧，还是系列剧、连续剧更多的时空形式是相当自由的，不属于室内剧范畴。

　　系列剧，尤其是情景喜剧，大多在室内拍摄，应该属于室内剧范畴。但它们属于两个领域，不能混淆。

　　在严格意义上，室内剧是一种特技。室内剧的特点：（1）场景集中，剧情基本上在一两个室内场景中完成。在制作上需要室内搭景，多机拍摄，同期录音，现场切换同步完成，外景只是一些必要的补充。（2）注重叙事因素，具有明显的戏剧性，矛盾冲突不断展开，特别是在人与人的关系上大做文章。所以室内剧的人物关系相对复杂，几乎每一个人都能和其他的人形成对手戏，都能碰出火花。（3）以对话见长。一般来说，以对话为主的剧本，要求每集字数在18000字左右，而动作性强的剧本，字数在12000字至15000字之间。

第十五章　电视剧策划

目前，电视剧剧本开发体系主要有三种：改编剧本，受雇创作，投机剧本。

改编剧本，从前主要是"传统经典"的改编，来源是小说、戏剧、电影的经典作品，有的甚至翻拍克隆境外剧；现在主要来源于"群选经典"，由网络小说、流行漫画、电脑游戏，或其他拥有大量粉丝的版权内容改编成电视剧剧本，这种改编类的创作越来越呈现出明显的跨界趋势。

"传统经典"担当的是传承历史，走的是历时性的纵向组合。"群选经典"则走的是共时性的横向组合，是用投票、点击、购买、阅读观看等形式，累积数量做挑选，这种遴选主要靠的是网络、手机等连接、连接，再连接，制造出的所谓的火爆"人气"。"群选经典"作品迅速移向电视剧、网络剧，甚至手机剧等新媒体的优势，在于其不仅已经有了较为显著的广告效应，而且提供清晰的总体故事情节，让制片人和投资者对最终的成片有一个更明确的想象，方便他们进行选择和决策。

受雇创作，主要是指编剧选择题材受雇于人、听命于一些制片人自己萌生创意，或是从别的地方发现某个值得被制作成电视剧的点子或作品而进行创作。一些对市场熟悉的制片人，有了使自己激动的点子，常常会迅速雇佣编剧们进行剧本开发，抢时间掌握题材的市场先机，并雇佣剧本分析师、剧本医生对剧本作进一步的打磨。

相对以上的开发体系，投机剧本是编剧独立进行自由创作的一条途径，是比较纯粹的原创类写作。

由于原创类的电视剧剧本投稿的成活率很低，所以大多数自由撰稿人最初会尝试"投机剧本"的开发，待争取到了电视剧项目的运作者，包括投资人、制片人、发行人的青睐后，再继续开发成完全的剧本。

投机剧本，有情节和人物，有一个事件完整的发展脉络，由多个相关事件组成却又绝不仅是故事大纲。

投机剧本，是适应剧本海选选秀机制的产物，也是电视剧编剧进行策划，能真正创作出一个剧本的第一步。

一、内容的概述

编剧本身创作的原则，大体有四条：（1）自己认为真有意义、极有兴趣，而且力所能及的创作对象，（2）有可能掌握与创作目标密切相关的丰富的第一手素材；（3）自己从大量的现象中有了新的发现，提高了一定的认识；（4）不是为创作而创作，而是出于本人长期对现实社会的人生、人性的关注和思考有关。

剧本的策划，不是命题作文，而是遵循编剧本身的有感而发，应该能表现出编剧的对该故事创作的想象力、表现力，和审美能力。

一般情况，策划的内容包括：情节概要、人物设计、主要场景、创意说明。

1. 情节概要

简洁概述情节（Log line），有的译为高概念，有的译为"计程绳"，指能够概括一个故事的一句话，也可能两句话、三句话，意思尽可能简洁地表述出剧情假设、题材类型，和主题价值。

例：

电影《辛德勒名单》，一个看似沉溺于声色犬马的商人，在纳粹的大屠杀中营救了成百上千的犹太人。

电影《史密斯夫妇》，夫妻冷战如同间谍竞争，把夫妻的日常冲突和心理治疗演绎成一场敌我双方间谍斗智斗勇的暴力行动。

英剧《安娜·卡列尼娜》，淑女名媛们不得不压住自己内心的激情，屈从于上流社会的戒律，而安娜拼死去追求自己的幸福，宁可遭社会唾弃，也要做一个真正的女人。

美剧《越狱》，一名结构工程师，光天化日抢劫银行，进监狱帮助受冤枉的哥哥越狱，从而揭开了一个大阴谋。

美剧《绯闻女孩》被称为青春版的《欲望城市》，讲的是纽约一群家境富裕的少男少女，名牌服饰、高级派对等城市时尚的流行元素，以及朋友间的虚伪友谊和钩心斗角。

美剧《绝命毒师》，一位高中的化学老师，家里有妻子和一个残废的儿子，被医院诊断为癌症晚期，他决定利用自己擅长的化学知识制造毒品，以保证自己死后可以为家人留下些财产。

高概念，通常能通过一两句话把剧本中的故事和核心元素概括出来，就像广告语一般。这样的概念大约起到三种功能：1. 简洁概述故事；2. 类型大体定位；3. 表明具有非同寻常的情节力量，不需要明星参与就有吸引力。

电视剧有时候也能用一两句话进行概括，但有的时候由于内容复杂，涉及面广，需要用比较多的篇幅才能阐述清楚。例：

《北京人在纽约》情节概要——

北京某交响乐团的大提琴手王启明和妻子郭燕，到美国纽约寻找自己的艺术梦想。

王启明在餐厅打工，遭遇老板阿春的情感纠纷。郭燕进一家毛衣厂，老板大卫喜欢上了她，频频发动了进攻。王启明谋生不顺，准备回国，但在上飞机之前，他决定与妻子离婚，在美国先挣下一笔钱，然后再投身艺术。王启明投入阿春的怀抱，在她的帮助下经营起一家毛衣厂。郭燕与丈夫分手后，和大卫结了婚。王启明利用郭燕的旧情，套取经济情报，搞垮了大卫的厂子。

王启明成功后，把女儿接到美国。女儿对父母的现状很失望，对阿春极反感，充满反叛性格的她离开了家。

众叛亲离的王启明，不顾阿春的提醒，冒失投资房产，在经济萧条中破产。最后，为了挽救彻底的失败，王启明携带着身边唯一的钱去了赌城。

《大长今》情节概要——

长今的母亲朴内人在御膳房当差，她发现了有人利用食物搞阴谋，向上面汇报了这件事，结果上面反而给她一个莫须有的罪名，置她于死地。长今的父亲是内禁卫的军官，也是因为卷入宫廷斗争，最后惨遭杀害。朴内人临终时，希望女儿长今能进宫当上御膳房的最高尚宫，为她报仇。

后因机缘，长今进了宫，先在宫廷厨房工作。她天资聪明又刻苦努力，备受瞩目，但在厨房的职场斗争中一直受到霸占厨房掌门集团的陷害，甚至差点丢了性命，被赶到孤岛。

苦难，给长今创造了另一个机会，她开始潜心于医术，并融入宫廷膳食中，再次进宫，历经千辛万苦，挽救了许多人的性命，最后挽救了君王的性命，成为韩国第一位女御医，被封为大长今。同时，她终于查清真相，为母亲昭雪平反，使迫害她母亲的凶手遭到了报应。

《白色巨塔》情节概要——

浪速大学附属医院财前五郎副教授为了实现自己成为第一外科教授的理想，与排挤自己的恩师东教授决裂，并借助岳父财前又一的财力与人脉与东教授推举的候选人展开了激烈的争夺选票的斗争。在他不择手段的强大攻势下，东教授败北，财前如愿以偿地成为浪速大学第一外科教授，登上了人生的又一级台阶。就在他志得意满的同时，潜伏的危机却慢慢显现：由于他对待一般病人的草率态度，病人佐佐木庸平因他的误诊死亡。而此时，他正在德国参加学术会议。

财前面对因其误诊而死亡的死者及家属，一面是内心的惶恐和不安，一面是表面上的固执己见，他动用了所有的力量要打赢这场官司。官司初审财前胜诉后，病人佐佐木一家坚持上诉。在正直的关口律师和里见医生的协助下，他们赢得了最终的胜利。财前虽然获得了又一次选举——学术会议会员选举——的胜利，但是却在官司败诉和病魔缠身的双重打击下倒下了。

《上海往事》情节概要——

1955年，张爱玲到了美国麦道伟文艺营，认识了瑞荷，俩人走到了一起。1956年，张爱玲接到了母亲去世的消息，收到了装有母亲遗物的大箱子。箱子打开了张爱玲有关童年的记忆。

显赫一时的家庭走向了末路，后母平时的冷嘲热讽，父亲爆怒时的毒打监禁……种种不幸遭遇历历在目。1937年，在姑姑的帮助下，她终于逃离了桎梏的家庭，后来去了香港。在港大期间，张爱玲过上了一段无忧无虑的生活。1941年，日本发动了太平洋战争，张爱玲不得不辍学回到上海，开始了卖文为生，赢得了声誉。

1944年，她认识了胡兰成，坠入情网，写下婚书，愿"岁月静好，现世安稳"。婚后，胡兰成在武汉与护士小周有了一段感情，日本战败后，他在逃亡路上又在温州与范秀美好上了。张爱玲离开了胡兰成，只能是枯萎了。

1955年，张爱玲去了美国。1995年，张爱玲一个人在美国去世。

电视剧《长恨歌》情节概要—

1943年，16岁的女学生王琦瑶，与好友一起去电影拍摄场玩，认识了摄影的程先生。程先生给王琦瑶拍了一些照片，登上了杂志封面。同学蒋莉莉的母亲推荐王琦瑶为上海小姐的候选人。王琦瑶由此得到了神秘人物李主任的喜欢，被金屋藏娇。

1958年，王琦瑶在里弄打针为业，认识了小开康明逊。两人坠入爱河，康家知道了王琦瑶曾是上海小姐，不同意他们的婚事。王琦瑶私下生了一个女儿薇薇。康明逊与他人结婚，去了香港。

1978年，薇薇18岁，到了谈恋爱的年龄。她的朋友老克勒程先生流露出对王琦瑶的爱恋，成了王家的常客。王琦瑶和老克勒相处比较愉快，关系暧昧。康明逊回国，帮助女儿薇薇出国。程先生得了不治之症，他一如既往地爱着王琦瑶。

2. 人物设计

故事梗概中的人物设计，主要梳理出主角的性格特征，主角与其他人物的关系，不宜过多，以免混淆造成记忆混乱。

《潜伏》的人物设计。

谍战剧，主要情节描写那种受一方情报机构的指使，以极其隐蔽的方式打入敌对方要害部门，发现、窃取、传送机密情报的颠覆性破坏活动；是近几年来迅速发展的一个电视剧类型。近几年电视屏幕推出的谍战剧之多，可以说是达到了一个高潮。其中《潜伏》收获了收视和评论的双赢，魅力主要在于塑造了一个多谋而内敛的"中国式007"。

男主人公余则成，在抗日战争中由于成功暗杀汉奸而深受军统组织的重视。抗战胜利后。他由于不满国民党腐败，也因为共产党员左蓝的关系，被发展为我党地下工作者，潜伏在军统天津站。

第一个创新点：人物的价值。

间谍，无间道，常常处于一种特殊情境，每一次为了达到目的的行动，都会使自己处于极端危险之中。为此，大多数间谍必须聪明能干，并能排除一切情感因素，做到冷酷无情，不择手段。这种冷酷无情，其实是掩藏更深的感情，就是对一个组织和信仰的忠诚。间谍的职责就是完成上级交给的任务，这是间谍考虑一切事物的出发点。中共的地下工作者，将国家利益作为最高利益，应该是信仰的巨人。

"一个潜伏的小知识分子，一个打入敌人内部，将真话以谎言的形式表达出来的犬儒形象，受到人们的喜爱，这就是电视连续剧《潜伏》激动人心之处。剧中主人公余则成有句经典台词：我信仰生活。这简直是1987年（电影《芙蓉镇》）秦书田台词的翻版：像狗一样活下去，到了90年代，像福贵（小说《活着》）那样冰冷地活着，活着活着就来到了21世纪，活着就是信仰本身，于是'我信仰生活'。一个间谍是这样度过他的一生的：将间谍生活进行到底，不撤退、不显形，永远潜伏下去。"张念在《犬儒主义和中国式的启蒙逆子》（2009年第6期《上海文化》）一文中这样说道。

对人物价值观的争论，出现见仁见智的现象，是创作在还原现实生活的真实感上达到一个新的水平的表现。

第二个创新点：男女主角的关系。

当代谍战剧常常纠缠着两条情节线，谍战与情战。经典情节就是"007"电影系列，一边是装备了高科技武器的英气张扬的英国间谍詹姆斯·邦德，一边是背景复杂、打斗利索的"邦女郎"，两人在一起或者是相互调情，或者是联合起来对付共同的敌人。

《潜伏》这一部间谍戏，一方面主人公足智多谋，总是能够在千钧一发之际化险为夷、死里逃生，完成情报的收集、传递任务，并能冷酷无情地消灭内奸，蒙蔽上司，保护自己；另一方面借用了"一夜风流"的情节模式进行特殊组合，不是夫妻而冒充夫妻，经过一段先同居后谈情的磨合期，于因性格而产生的冲突中生成戏剧性，妙趣横生，别有情致。这种组合，于一种紧张气氛中不时地夹杂浪漫喜剧色彩。

因为工作需要，女游击队长翠平受命与他扮作假夫妻。学生出身的余则成表面憨厚木讷，实质老谋深算大智若愚；贫民出身的翠平，大大咧咧办事果断，大烟袋一叼，活脱脱一个山林女豪杰。俗话说，仰脸婆姨低头汉，汉文化中两种最难缠的人，被革命的最高利益组合成一对。英勇善战的翠平不适应做官太太，险象环生。此时，余则成的恋人左蓝也到天津执行任务，他们联手除掉和赶走了天津站的马奎、路桥山，完成了潜伏任务。为了保护余则成，左蓝献出了宝贵生命。左蓝的牺牲让翠平领悟了地下斗争的重要，她和余则成的配合也更加默契，后来他们在假夫妻的身份下发展了真正的革命感情。在天津即将解放前夕，由于发生一次致命失误，翠平四处逃亡。最后，余则成拿到国民党潜伏特务名单，在机场他发现了以为自己已经牺牲的翠平，并将信息巧妙地传递给她。二人从此分别，余则成到台湾继续执行潜伏任务，翠平继续隐瞒身份，独自在乡村抚养孩子。

第三个创新点：男主角与其他人物的斗争。

《潜伏》虽说是谍战剧，但它的戏核在于如何潜伏，而不是怎样谍战。该剧很少有动作性很强的暗杀和打斗，更少用高科技的作案，唯一的高科技是一台老掉牙的袖珍盒式录音机。可以说，该剧是武戏文唱，更为出彩的是情报站内部的钩心斗角和情报系统之间的派系斗争。其展现出来的是发挥智慧和能力的斗争，主要集中在暗暗地置"同志"于死地。

这种极度渲染人际斗争的阴谋诡计戏，以往主要体现在古代宫廷戏、豪门家族戏、江湖帮会戏中。这种同道之间的暗中较量，能满足中国观众对权术、厚黑的好奇，这种好奇出于对生存危机、道德危机、信任危机的本能恐惧。

《潜伏》中老奸巨猾的领导、精明强干的同事、没有前途的组织，演绎一场办公室的宫廷战争。有些观众说，这种状态可以放射到某些职场。甚至有的观众说，主人公的间谍职业精神，可以作为当代职场精神的楷模。

3. 情节流程

情节流程，通过对由因果关系连接的一系列事件的简要陈述，对剧情起承转合的主要情节点进行划分和提示，让人们对总体情况有个大概的了解。

比较详细的情节流程，主要包括什么时间在什么地方发生了一件什么事，这些事触动了哪些后继事件，他们是怎么联结起来的，人物行动的具体动机是什么，行动的过程如何，结果如何。

情节流程的第一要素：你的情节说了一个什么事情。

情节是一个基本轮廓，没有血肉，没有茂叶的树枝，只是个赤裸裸的骨架。它仅仅简要地陈述故事及其剧情结构，介绍故事中的主要事件，规定冲突属于哪一种性质，全剧的开头、发展、高潮、结尾应叙述清楚，还需要注意在情节连接处要通畅。

情节流程的第二要素：单个事件是否饱满丰富情节由多个事件构成，作为情节点的单个事件有其自身的生命力，应体现简单中的丰富。

情节流程的第三要素：你的情节体现了一个什么样的主题。

在事件里面，积极地体现我们的价值观，就是积极、乐观、关爱，建设一个和谐的群体，并且不管是什么样的文化和背景，都要彼此尊重，这些核心的思想和价值观可以说也是电视剧的文化生产力。例：

《亮剑》从抗日战争到解放后，主人公经历了和引发了一系列事件，其中消灭日军特工队之事颇为精彩。

晋西北，八路军某独立团被一小股日军偷袭，伤亡惨重。受命于危难之中的李云龙到任后，他发现偷袭独立团的日军小分队与以往所遇的日军完全不同，战法装备素质十分特殊。山本大佐留学德国在侵华日军中首创了一支精悍的特种部队，重创八路军主力团后受到重视，为革新战法特由200名军官组成战地观摩团来观摩特种作战。以山本精锐的特种部队长途奔袭八路军总部，企图消灭八路军首脑。担任总部警卫任务的李云龙团本应死守陈家峪，不料，李云龙偏不是个墨守成规的指挥员，他相机分兵打伏击，结果无意插柳柳成荫，既全歼了日军的战地观摩团，也解除了山本攻击八路军总部的十万火急。

李云龙在对日作战中一战成名，整个山西境内的日军奉命专打李云龙团，以雪前耻。李云龙团却化整为零，分散游击，团部秘密地藏于赵家峪。晋绥军楚云飞有意约请李云龙到日军盘踞的县城喝茶晤谈，国共两军的团长只带了卫士却将县城日军宪兵队杀得人仰马翻。不料此时宪兵们已经暗中勾结了独立团中的变节分子，找到了李云龙的驻地，并报告了第一军特种部队山本。此时，赵家峪的妇救会会长秀芹爱上了李云龙，李云龙冲动之下吻了秀芹。第二天政委赵刚找上门来，顺水推舟，促成了两人的婚姻。婚礼举行的当晚，山本特种部队再次长途奔袭赵家峪，意在消灭李云龙。洞房花烛演化为一场血战。

山本率部血洗赵家峪，杀害了所有村民。赵刚重伤由李云龙背其突围出去，秀芹却落入敌手，成为人质。山本特攻队在返途中遭楚云飞部队阻击，汽车被毁，人员也被迟滞在平安县城。此时，化整为零的李云龙团已空前壮大，为讨血债，李云龙调集全团及驻地武装竟有万余众，包围了山本及平安县城。这一举动竟将敌我双方全都调动起来，双方的交战面积上千平方公里，投入总兵力达30万。战斗结果，不仅打下平安城消灭了山本特种部队，还使几块根据地连成一片，使晋西北日军损失惨重，以至连蒋介石阎锡山均发来贺电。李云龙却失去了新婚妻子秀芹，擅自行动又遭八路军领导的严厉批评。

编剧的诀窍就是创作出一个个有张力且引人注目的事件，让梗概有灵活性，仿佛她是一个谜，以便今后根据自己的创作实力去修补，去完善，去使它个人化。

可以用故事树、流程图来对整个剧情进行分解和缩写，尽可能在梗概阶段完善情节，发酵思想。一旦梗概得到确认，当你坐下来开始写第一页时，你已经不是在创作，而是在打字了。

二、创意的说明

你的故事有没有创意？是不是新颖的题材？有没有与众不同的东西？能不能提供某种新的人物、事件、某个场面、某种情绪和某种思想？有没有激发人的想象力和创造力，让看梗概的人会产生令人激动的东西？

创意说明，主要是强调自己的创新点，说出那些可能被忽略的有价值的思考。

创意，绝不仅是灵光一闪，绝不仅是天外飞来的金点子，其创新来自深度。从理论上讲，艺术创新的唯一源泉是生活，而生活事件是变化的。从实践上讲，创意说明要注意两点：一是原型、母题、类型的创新；二是吸收人类最新实践和研究成果。

1. 原型、母题、类型的创新

所谓原型，是在人类长期心理积淀中未被直接感知到的集体无意识的显现，因而是作为潜在的无意识进入创作过程的。但它们又必须得到外化，最初呈现为一种印象式意象。同一原型的细部或名称可能有些变化，但它的核心意义是基本相同的，符合人类某种普通心理的要求。譬如，英雄、大地母亲、智慧老人、魔鬼等原型在作品中屡屡出现，其各个内在意义仍是相对统一的。

所谓母题，是指文学中经常涉及的主题，经常运用的比喻，比如爱人的离怨、诗人的哀怨等。母题里蕴涵着丰富的文化意义，它在漫长时光的积淀中逐渐成形，可以说是几千年人类文化精神的浓缩。

所谓类型，是指按照同以往作品形态相近、较为固定的模式来创作的作品。类型是一个集合概念，各类型有自己类的特征与差别。在具体的某一类型中，其人物形象、叙事结构、主题对象、视觉图谱、社会观念是较定型的，各种类型片的主题、情感、寻求的体验和反应效果是有分工的。

类型作品，关注和触及种种社会大众心理的情结。如确立并尊崇社会的主流价值观和大众心理愿望。通过非写实、梦幻、强化的手法，类型作品创造了许多当代英雄。这些英雄有敢于对抗黑社会和政府、能够除暴安良的警察，有个人奋斗成功的底层小人物，也有凭爱情制胜的灰姑娘。

如"灰姑娘"类型，据英国民俗学者玛丽安·罗福尔·考克斯的统计，世界各地有345种灰姑娘类型的故事。随着各种研究的加入，这一数字不断扩大，最多的说法是有近千种。灰姑娘的故事蕴含着"善有善报、恶有恶报"的心理，相比较白雪公主、丑小鸭、小红帽，灰姑娘的普通身份和悲惨遭遇，可能发生在每个普通人的身上，当代表邪恶势力的继母出现时，每个人都希望能够得到强力的帮助，并改变自己的命运。

重视原型，至少有两大好处。一是对传统文化的继承，古典作品能经久不衰地打动人心，古老诗歌主题的情感表现能激起反应的东西。它们不断被激活，具有持久的魅力，拯救人的灵魂，是人类灵魂返回精神家园的根本途径。原型题旨一方面反映了人类文化心理的延续性，另一方面，在阶段性上，又以原始心态的某种激活而补偿现实社会的缺憾和不足。二是可以有新的表现形式。这些原型来自生活的深层，内核被开掘出来，但表面的文章可以有非常大的想象空间。如唐传奇中的蛇女母题故事，传承戒惑，色戒型。之后有完全不同的创造，如《白蛇》，毒蛇——有情，打破异类之别；如《会真》，妖人——有情，打破门户之见。

2. 吸收人类最新实践和研究成果

作为横向的借鉴和影响，人们首先会想到"互联网＋主流电视媒体"的电视剧发行模式，电视剧的大数据，知识产权（IP）的概念等。

在电视剧策划阶段，加入了对观众需求的大数据分析。采用数据定位观众和作品风格，在文学网站上的点击量，定位影片未来观众群，围绕受众人群特点，组织电影创作和营销发行；同时，还采用社会化营销、APP和线下体验导航、导流，在电影产品与消费者之间建立起全方位联系，将潜在观众导入影院。

从穿越剧、魔幻剧、搞笑剧，烧脑侦探推理到悬疑言情，从幽默搞笑到科幻奇幻，甚至包括抗日神剧的出现，均是接连出现的现象。

拓展组合轴的影响，群选经典类的电视剧，与传统电视剧的主要区别在于内容搞笑轻松，题材类型更丰富，剧情大多根据年轻观众的意向编制。当然也存在低趣味、缺乏艺术性、剧目同质化的问题。

这几年，电视剧的创作者们很注意社会的新现象，很注意运用艺术领域的畅销元素，特别是历史剧的创作者们，也很注意考古学界的新发现，很用心地在运用历史学界的最新研究成果，这样做对电视剧的发展大有好处。但是，作为处在核心层的文化产业，仅仅注意本领域的新成果，单纯地谋求本身的艺术发展是不够的，而应更注重时代文化源的开发与共时性的跨界吸收。

换句话说，影视剧的创作，不仅仅要注意艺术科学的新成果，还要特别注意吸收当代社会中一切自然科学和社会科学的最新成果，要紧跟时代的步伐，跳动时代的脉搏。如根据心理上的"边缘性人格障碍""对立违抗性障碍"等心理学理论来分析问题的美剧《犯罪心理》。如美剧《24 小时》，以 9·11 事件的迅速反应，一方面展现应用到军事领域的最新信息技术，一方面着力营造一种新战争状态。传统的战争状态在于消灭肉体和武器，未来的战争主要在于打垮敌对方的信心和精神，扰乱对方阵营的心理。这里突出心理战、信息战的元素，有许多观点和想象全来源于军事理论界的最新研究成果。如我们一直被视为畏途的自然科学知识，弦理论、多普勒效应、薛定谔的猫，这些冷僻的专业名词，在《生活大爆炸》中成为创作营养，成功地塑造了 4 位高学历低能力的"宅男"科学家，他们从量子物理学到宇宙大爆炸，无所不知无所不晓，但在日常生活和感情问题上却手足无措，笑料百出。

电视剧是信息流的吸收器和传播器，我们不能患了自闭症：想象力贫乏，老是在一些狭窄领域里徘徊，不能与社会互动。今天，整个中国，乃至世界，不论是艺术科学、自然科学还是社会科学都在不断地推出跳跃式的创造，如何注意吸收和融合这些最新成果，并将此有效地运用到对精神宇宙的创造性探索上来，这应该在我们的国产剧中有所体现的。其实，今天我们所理解的电视媒介传播的故事信息，已经是一个跨学科的新知识体系，积淀或沉凝着某种不无别致且深挚的审美情趣、生命意绪乃至形上体悟。另外，在这个基础上，我们还应该注意另一个事实：我们的电视剧还需要站在一个更高的角度进行灵魂审视，不仅需要现世关怀，而且需要有超越现实、人伦、国家、民族之上的精神关怀。也许，这样使我们的原创作品，可以传播更多的信息，调节出更加丰富多彩的审美风格；可以探索更加丰富复杂的精神世界，塑造出更加高洁的情操和伟大的灵魂。到那时候，我们可以说，我们的国产剧可以与任何冲击进行抗衡。

三、样本的写作

通常，在了解基本故事之后，影视公司需要审阅最初的第一集或前二集的剧本。这最初的剧集犹如国外施行的试播剧，以有限的篇幅来寻找机会，争取观众。同样，第一集的剧本，是编剧全面展露才能的机会，也是检验自己对电视剧写作理论与技能的掌握和运用程度。

最初的剧集，是情境设置，创作了一个丰富的世界，搭建了人物关系，出现的激励事件，引发主要人物开始积极行动。人物行动是否有了明确指向，悬念是否强烈，人物的性格、情节的发展，是否充满诱惑力。剧本格式，场景描写，人物对话，是否符合规范。剧本中的文化素质，对一个领域的熟悉程度，是否表现出真实的细节。最初的剧集也能显示出你不同的声音：其类型风格接近你的另一种调子。例：

《24 小时》第二季故事梗概——

某跨国石油财团，为了垄断世界的石油价格，必须对与之分庭抗礼的拥有石油的中东国家进行军事打击。战争一旦发生，油价必然一路飙升，石油巨头就有暴利可图。

阴谋分子将一枚核弹安置在洛杉矶，24小时内引爆，以此为借口让国家来发动一场对中东地区的战争。如果总统不能迅速发动战争，内阁成员将根据美国宪法第二十五条修正案，当总统无能力继续履行职责时，副总统和大多数内阁成员有权决定撤除总统的办公权力。当恐怖分子的核弹在国内爆炸时，大多数内阁成员认为，总统坚持不采取军事行动就是无能的表现，必须下台，让继任者下达发动战争的命令。

反恐局杰克，奉命回到反恐局，重新做起了卧底。在解决了核弹在城市里爆炸的危险后，他开始追查事件真相。但此时此刻，对总统的弹劾已经开始了，轰炸机已经飞入所谓的敌国。

战争一触即发。

该剧第一集的核心事件，是反恐局得知一枚核弹将在24小时内爆炸，要杰克立即回到局里解决危机。杰克因为上一季在反恐斗争中，妻子被害，退出了反恐局。现在为了保护唯一的女儿，更是不愿意回到局里。

8:00 韩国首尔。一个韩国间谍在严刑拷打下终于忍受不住，吐出了"今天"两字。一直在旁边守候着，焦急地等待的美国军方人员听到消息，立即打电话给美国国家安全部的负责人艾里克·瑞伯。

8:02 美国俄勒冈州奥斯维湖。湖岸边，总统帕默尔和儿子凯思静静地垂钓，享受着度假休闲的宁静。工作人员走到总统身边说国家安全部有紧急事务。

总统急匆匆地走向已经等候在一旁小车。他为自己不能陪儿子一起休假向儿子道歉，凯思理解父亲的难处，这不是你的过错。

接总统的车子没有熄火，等待的直升机螺旋桨在旋转，美国总统立即告别儿子，结束休假。全副武装，高度警备的保安车队出发了。反恐局内，处于日常工作的成员突然紧张起来，迅速各就各位，进入紧急备战的程序。装备了现代设备的地下指挥部，国家安全部高级官员从四面八方赶来，神情严肃地聚集在会议室，等待总统的到来。总统秘书根据经验判断，立即改动了总统已定的时程安排。

主要悬念确立之后，见缝插针地插进了副线。

8:02，麦斯森家，九岁的女孩梅根与父亲格林玩捉迷藏，跑进保姆金的卧室，一头钻进被窝里。格林假装发现了女儿，但他去用一种诱惑的目光注视着金。

8:06，洛杉矶，美国反恐局的新成员保拉通知汤尼和梅森，准备电脑软件升级。米雪儿打断了她的话，通知梅森说，国家安全部要立即与杰克联系。

能够将休假的总统立即召回到工作岗位，必定发生了大事。随着总统的一路走来的紧张气氛，谁都猜测到一定发生了什么大事，但不清楚究竟发生什么事。编剧靠着"今天"两个字，通过不同的场景，不同的人物，就把即将发生大事的紧张气氛造得足足的，一个悬念，整整延宕了七八分钟。

8:08　艾里克·瑞伯向总统报告情况：恐怖分子在洛杉矶控制了一枚氢弹，今天就要爆炸。信息来源可靠，情报部门在跟踪一名韩国嫌疑人时，发现他与恐怖分子头目法亨有联系。法亨，以前有报告说他在一次银行爆炸案中已丧生。其实他没有死。最近，他突然露面，与策划一桩特大规模的爆炸有关。于是，他们立即逮捕了那名韩国嫌疑人，进行审讯。那名韩国嫌疑人交代：法亨现在为一个名叫"第二波"的恐怖组织工作。虽然没有一个国家正式承认与"第二波"组织有关系，但中东地区一个国家与"第二波"暗中有接触。

总统帕默尔听了情况介绍，证实了信息的可靠性，立即要求与那个中东国家的总理接通电话。

帕默尔：你知道有个叫"第二波"的恐怖主义组织吗？

总　理：听说过，我的政府强烈反对他们的所作所为。最近，我们
　　　　还逮捕了他们的一些成员。

帕默尔：可是贵国有三个"第二波"训练营。

总　理：我的国家没有这样的营地。

帕默尔：总理先生，我知道两件事。一，今天"第二波"将攻击我
　　　　们的城市；二，贵国支持"第二波"组织。

总　理：我希望你不要用我的人民和国家作为恐吓的来源。

帕默尔：我说的是事实，不是恐吓。如果今天炸弹在美国领土爆
　　　　炸，我不得不对贵国采取紧急军事行动。

总　理：我们从没有打算攻击贵国。你的话是对我们的侮辱。

帕默尔：无论是不是侮辱，如果阁下关心贵国的人民，总理先生，
　　　　您必须听进我的这一句话，如果今天炸弹爆炸，它会伤害
　　　　我们，但会毁灭你们。

总　理：那么，您将获得一个敌人，他占世界人口的三分之一。总
　　　　统先生，请三思而行。

帕默尔：总理先生，同样希望你慎重。

　　抓住多方面的反应，浓笔墨彩，颇有成效地完成了目标问题的设
置。目标问题是，核爆炸究竟是怎么回事？会不会发生？明确目标，是
牢牢抓住观众注意力的一种方法。在故事开始时，如果对人物需要完成
什么事情都不知道，这种困扰会严重影响观众的专注程度，而观众的注
意力漫无目标地散漫一片，犹如在军事上把兵力漫无目的地分散开，被
敌人各个围歼，是个败军之将。

　　在紧张万分的气氛中，将一场无可避免地即将爆发重大冲突，交代
得清清楚楚，并安排了一些情感小碎片，如静静垂钓父子告别，调节了
叙事的紧迫感。

　　这段故事的讲述流畅简洁，不慌不忙，沉得住气。动作片悬疑剧，
最忌的是缺乏底气，不会控制节奏，一个劲地灌猛料。

　　开局迅速介绍局势，论证目标的准确性，掌握了观众的注意力，情

节推进的快节奏也不容观众有时间去思考，之后，人物需要马上进入到行动。这样能使观众对事情的了解明明白白清清楚楚，对情节的发展充满期待。在这种情况下，通常要注意的叙事节奏，千万不能直线匀速行进。

节奏处理，正确的方法是要黑白分明，张弛有道。高效率地学习。要这样设计情节：安静的时候，像一棵树；行动的时候，像闪电雷霆；感情用事的时候，流水一样散漫；事件讲述的时候，像军事上实施进攻一样集中优势兵力。这样的节奏能使观众越来越维持注意力集中的时间长久。

8:12，梅根的母亲卡拉准备好了早餐，格林拥抱妻子时的目光却看着金，金不安地躲开了他的眼光。格林赞赏金有一副好身材，问她是否经常锻炼。

餐厅，男主人当着金的面与妻子亲热，眼睛却瞟着金，然后，他的赞赏说明他已经关注了金的身材。这些信息暗藏着诱惑和挑逗，也隐隐约约地透露出一些不安。

8:16，当金与梅根玩游戏的时候，杰克将车子停下。他脸面没修，衣服松垮。他接到梅森打来的电话，他说他不再为反恐局工作了，说完就把手机关了。杰克走近金，金不情愿父亲的出现。杰克说自己想她，只是来看看她。金说，但是我一见到你就会想起母亲。她还没有准备好让父亲再进入自己的生活。

上一季的故事中，由于杰克不顾一切地与恐怖分子搏斗，妻子不幸遇害，女儿因此不理解他，离开了家。所以给杰克的心理造成一次沉重的打击，杰克变得比较脆弱、内疚，有犯罪感，陷入了一种恐惧感的阴影，特别害怕失去女儿。在侦察上，他干脆利索，才华出众，是一个一流的特工；在家庭上，他不免儿女情长，甚至有时显得软弱无能，无法顺利进行工作。

这样一个责任感强、感情丰富的人，一方面需要全身心地投入工作，一方面又无时无刻不想念着自己的家人，任性的女儿，尤其是女儿正牵涉到一桩家庭暴力事件中。到后来，准备牺牲时，那一段戏显得非常煽情。

8:16，梅森告诉艾里克·瑞伯，他没有办法与杰克取得联系。

8:18，洛杉矶市，瑞瑟，一名来自中东地区的青年男子，边开车边用阿拉伯语打电话。他到新娘家去问候她。玛丽正为他俩的婚礼做最后的准备。玛丽的姐姐凯特问父亲鲍波，为什么瑞瑟用公司的车去机场接他的家人，鲍波希望她不要用不信任的态度对待自己的妹夫。

新娘是玛丽，正幸福地安排今晚的婚礼。玛丽的姐姐认为妹妹对新郎没有足够的了解，防止因为她的草率造成今后的家庭不和，偷偷地调查新郎的财务情况。这一个追查，果然查出了问题。

8:24，杰克回到家，他听到电话中有反恐局要与他联系的录音记录，但他关了录音。他看着曾经是那样幸福的全家福照片，神色伤感。电话铃又响了，这次是白宫来的电话，杰克拿起电话，总统帕默尔说，虽然他理解杰克目前的心情，但他还是需要杰克的帮助。杰克说自己已经不是反恐人员了。帕默尔坚持要求杰克先与反恐局联系，听了情况后再作决定。

8:31，梅森向反恐局全体成员发布了洛杉矶将有氢弹爆炸的消息。他命令所有的人不准与外界联系，包括自己的家人。汤尼和梅森认定，唤回杰克必然与此事有关。

反恐局和总统的一系列动作，一步步地将注意力集中起来，从一场重大危机的方方面面集中到一个主人公出场不出场的具体动作上来了。

8:36，杰克闯进反恐局，引起了在场人员的注意。汤尼向他问候，带他进了会议室，梅森正在那里等待他。梅森告诉杰克关于炸弹之事，需要他帮助来认定嫌疑人。杰克闻听情况后，突然返身就走出会议室，他打电话给女儿金，要她立即离开洛杉矶。但失望的是，金不愿意接受父亲的安排，不等父亲说完便挂断了电话。杰克只得发出短信息，要金立即去北部的姑妈家。

杰克执意要走，汤尼企图说服他留下，说他们能帮助金，但杰克说他以前相信过反恐局能照顾好他的家人，但他的妻子被杀害了。他冲出房间，打电话给姑妈关于金去的事。他上了车，点火发动了车。

一个孕妇牵着一个小女孩的手，静静地走过。

杰克改变了想法。他希望梅森尽快安排送自己的女儿离开这里，并随时与他保持联络。随后，他立即进入工作。杰克早些时间曾在瓦德手下当卧底，瓦德与"第二波"组织有联系，瓦德曾被逮捕，但由于证据不足，法庭不能判决，只得放了他。杰克需要梅森立即将一个重要证人马歇尔带来，希望通过这个人与瓦德取得联系。虽然梅森怀疑这计划能否行通，但还是通知联邦局带马歇尔。

8:46，乘妹妹玛丽忙着准备婚礼，凯特与她雇佣的私人侦探通了电话。她请他帮助查一查妹夫瑞瑟的财务情况。私人侦探说，瑞瑟的财务没有问题，但他与一个叫塞德的国际恐怖分子有联系，虽然业务合法。他要凯特帮助查一查瑞瑟最近的行踪。

侦探让凯特帮助查一查瑞瑟最近的行踪。凯特到瑞瑟的小车里寻找他的护照，从护照核实他出入境的记录。这个行动，立即使气氛紧张起来。

凯特悄悄地溜进瑞瑟的小车，在车内翻寻护照。此时，瑞瑟向自己的车子走来。观众希望凯特能在瑞瑟看到之前找到她想要的东西。但是，凯特好不容易找到护照，等到记录下行踪时，下车已经来不及了，瑞瑟已经走到了面前。瑞瑟奇怪凯特坐在自己的车里，凯特为什么在车里？她被发现后怎么解释？此时凯特借口说，因为有车要通过小道，她想找瑞瑟车的钥匙，把车子移动一个位置。

新郎的财务调查带出了情况，这个家与恐怖分子有联系，这个信息立即改变了新婚的喜庆气氛，把这里的戏与主线拉近了一步。此时，这一副线也带出了疑问，新郎会不会就是恐怖分子？或者就是安置炸弹的恐怖分子？

8:49，杰克要米雪儿为自己假造一份犯罪履历。梅森安排联邦调查局将马歇尔送到反恐局来审讯，但他不知道杰克的最终计划。马歇尔带进，拒绝提供任何信息。他已经与联邦调查局达成协议。突然，杰克拔出手枪，对准马歇尔的胸口连开几枪，将他打死。杰克对一旁瞠目结舌的梅森说，给我一把锯子。

一个重要的证人，按常规的思路，从证人那里套得信息，然后根据这条线索追查下去。但是，杰克不管三七二十一，刚问了几句，就拔出手枪，对证人的胸部连开两枪。这个动作，震惊了所有的反恐局人员，也震惊了所有的观众。

他为什么要这么做？他把重要证人杀了，把线索断了，后面的侦察怎么办？他要一把锯子干什么？

8:58，金的卧室，金与梅根听到外面，卡拉的叫喊声、格林的叫骂声，格林在客厅粗暴地对待自己的妻子卡拉。梅根说，我不喜欢他们这样。格林上来敲门，金假装刚从卫生间梳洗出来，不知道发生了什么。格林解释说卡拉出了一点事，要金去帮助她。金发现梅根很担心自己会离开，欲留下。格林生气地将金猛地一推，将她推倒在地，并威胁说会伤害金。梅根哭泣地冲向金，格林一把抓住梅根猛地往回一拉，梅根的头狠狠地撞在床沿。正在此时，格林的电话响了，金乘格林接听电话之际，带着梅根逃出家门。

这一段落，同样是悬念的设置，杰克的女儿金陷入困境。格林为什么要这么做？金能否带着梅根逃脱？几条线同时进入各自的疑问，确立各自的悬念，达到危机四伏的情境，此时的杰克刮胡子，一变面貌。

8:59，杰克刮了脸，精神抖擞。他准备工作了。

　　该集铺陈了三条情节线，即将尾声处，均产生了强烈的悬念。编剧用最后的 15 分钟，紧紧地抓住了观众，对观众似乎有了些情节发展的推测，毫不留情地毁灭之，让观众气急败坏，增强追看的欲望。
　　……

附录一：36种境遇

1. 机遇，又称巧合，是抵制或引发因果联系的必要境遇。戏剧作品的情节几乎无一例外都具有偶然性因素，可以说排除偶然性就无法构成戏剧情节，如俗话所说：无巧不成书。但是，巧必须合理、自然、有意义，做到偶然性和必然性的有机结合。

力田不如逢年，善仕不如遇合；千里马遇上了伯乐，灰姑娘邂逅白马王子，张生艳遇崔莺莺，碰巧遇上强盗抢亲，附近有个杜将军正好他认识。机缘巧合，是一种撒骰子游戏，落出来的数谁也不能预先猜到。阿甘遇上了美国20世纪50年代以来几乎所有的重大事件，上了越战前线，参与了开启中美外交新纪元的乒乓球比赛，成了猫王最著名的舞台动作老师，无意中启发了约翰·列侬创作最著名的歌曲"想象"，还在长跑中发明了80年代美国最著名的口号。

影视剧选择的事件与真实历史中的里程碑事件一样，都是偶尔遭遇的小概率事件，而不是司空见惯的大概率事件。小概率事件正是抓住了普遍的无经验，给人们崭新的体验，利用受众这种心理，关注怪、险、奇、诡题材，把巧合的情节写得婉转有致。巧合，不在于技巧本身，而在于它是否出自现实生活和怎样表现，以及怎样处理了和艺术形象整体的关系。艺术上的巧合，表面仿佛带有极大的偶然，实际来源于生活的必然，偶然中往往隐藏着必然性的东西，犹如地表下奔腾的岩火需要找到一个突破口。有时候，巧合的不可理解是人们理性阻隔了与生活现象复杂性和非线性的亲近。

用巧合让人物陷入困境，"屋漏偏遭连夜雨"，是梦笔生花；用巧合解救人物脱离困境，"戏不足神仙凑"，是败笔。一般来说，事件的开端运用巧合比较自然，而事件的解决则需要遵守必然规律。对于因果关系的线性情节，巧合是大敌，需要用伏笔来弥补。电影《撞车》有16处巧合，获得了奥斯卡最佳影片，这是特例。

2. 求助，包括求情，求援，求救等。向朋友求救是一回事，向敌人求救又是另一回事。如向冤家求援去对付共同的敌人；向魔鬼祈求宽恕自己的罪行；向仇家替自己的亲人求情。苦命的姐姐被诊断出得了绝症，需要亲属输骨髓。在这迫不得已的情况下，她不得不向中断联系了20年的妹妹求救，而妹妹自私自利，教子不当，并且正在焦头烂额的时候。出于一个自私的动机，妹妹带着两个"问题"儿子来了，她需要灵魂的求助。

3. 救援，如英雄救美人，是故事片老掉牙的情节框架。一面是飞奔的铁骑，一面是即将行刑的刽子手，也是电影蒙太奇的最初启蒙。现代"蝙蝠侠""超人"永远充当援救行动的主角。辛德勒怀着赚钱发财的目的来到纳粹囚禁和屠杀犹太人的集中营所在地科拉阔。最初，他招募犹太人做工是出于他们工资低廉，可以赚得更大利润的考虑。但随着法西斯的暴行越演越烈，他很快由不自觉转为有意识有步骤的救助行动。那架老式打字机打下的每一个姓名都是从屠杀场上救回的一条性命。"救一个人就是拯救整个世界"，辛德勒费尽周折的救援活动，充满神话般的传奇。

电影《罗拉快跑》就是一个救援的境遇。同一境遇，逼迫同一人物以不同的手段解决，导致不同的经历和结果。第一次罗拉借不到钱，抢超市，被警察击毙；第二次罗拉在银行抢到钱，男友被急救车撞死；第三次，罗拉在赌场赢了钱，男友找回了丢失的钱，两人成了夫妇。在现实生活中，人生的每个决定都很重要，一步错，全盘皆输；好运来，推也推不掉。在虚拟游戏中，虽然落子无悔，但可以推倒重来，大多数游戏节目的编剧，对这情境表示出特别的偏爱，设计一个公主被囚，然后主人公勇于闯关，周而复始地尝试，直至通关。

救援的另一个情境，是自救，即救赎。德国哲学家雅斯贝尔斯把悲剧中的救赎总结为以下四个方面：（1）通过悲剧，人们清楚认识到自己的潜在可能：不管发生什么，他都能坚持到底。（2）通过观看有限事物的毁灭，人经历了无限的实在和真理。存在是一切背景的背景，每一个别形态都注定要归于失败。英雄和他所赖以存在的理念越崇高雄伟，事件的进行就越富有悲剧性，所揭示的实在也就越根本。（3）在目睹悲剧时，我们领会了狄奥尼索斯式的生命感受，毁灭本身乃是实在的胜利，这种本源实在根深蒂固到永远不能被倾覆灭绝的地步，在放纵和毁灭、冒险和厄运中，实在意识到自己至高无上的权能。（4）在以上的认识中，人最后获得灵魂的净化和情感趋于秩序化。

4. 竞争，这是一种新的伦理道德，新的职业精神。新生代不怕竞争，怕不竞争，英雄无用武之地。竞争的升级是战争。战争有四种：军事战争、权力之争、商战、情感战争。如今又加了法庭上的斗智、骨肉间的竞争、两种不同势力的竞争、人与兽的斗争等。无论正义的或非正义的战争，都大量运用了阴谋诡计学，在进行智慧、知识、人格的较量。

5. 反抗，人和神的斗争；神代表比个人强大的力量，与神作对表示向不可抗拒的权威发起挑战，如社会、团体、上级。震撼人心的道德力量和阴沉沉重的命运气氛。个人的意愿永远斗不过世俗的清规戒律，就像鸡蛋碰石头不会有好下场。最大的敌人是自己。

6. 复仇，仇恨能激起人超常的行为，咬住仇，咬住恨，咬碎仇恨强咽下，仇恨入心要发芽。惩恶扬善，伸张正义，通过报恩复仇的过程，充分展现主人公的大智大勇，表现正义、人格和智慧的力量。《基督山恩仇记》《书剑恩仇录》是快意恩仇，昆德拉的《玩笑》也是复仇故事：一个学生干部，因遭冤枉被放逐。若干年后，他遇上了当年整他那人的妻子，他千方百计把她引诱到手。他以为自己报了一箭之仇，但发现此时的她却是那人正想抛弃的对象。

复仇是中国古代侠客的主要境遇。中国侠客将复仇视为是展现侠义行为的重要方式。侠客为家人、为朋友、为无辜的人民、为正义复仇；侠客为雇主复仇，换言之，为酬庸而杀人。

侠客复仇，不管是为知遇者复仇、为友人复仇、为国家复仇、为正义复仇，或是为自己复仇，一直是古典文学所称颂的侠客精神。复仇的风气，并非文学所虚构出来作为歌颂侠客之用。在春秋战国、两汉、魏晋南北朝、甚至到了唐朝，在社会上，复仇的风气一直都非常盛行。

7. 追逐，如追星，追时尚，追男人，追女人，追杀仇人，还有追捕犯人，还有被人追捕中去追捕别人。《亡命天涯》男主角的太太被人谋害，现场的证据似乎铁证如山地证明是男主角所为，他被判死刑。在押解途中，火车撞上了囚车。他乘机逃了出来，他要去找出真正的凶手。一面是警察在追捕他，一面是他要查寻和抓获真正的凶手。

8. 绑劫，绑架、抢劫是犯罪片主要情节之一。通常情况下，绑劫涉及三个方面：一是绑票者内部；二是被绑架者和他的家庭；三是警方和侦破者。三个方面可以组成各种关系和矛盾。《上海绑票案》中老奸巨猾的绑匪头目如何策划和组织那场轰动上海的绑票大案，以及如何安排逃逸，处处领先警方一步，成了戏的精彩之笔。《赎金风暴》在第一次拿钱换人失败后，被绑票者的父亲突然宣布将百万赎金变成赏金，一下激起了三个方面的急剧变化，从而打破了此类情节的老套路。案情公开，被绑劫者的家庭由被动转为主动；警方一下被打乱了侦破步骤，而且遭到了舆论的压力；绑劫者内部为那笔赏金，也引起了内讧。

9. 奸杀，一种暴力行为。奸杀少女，特别能激起公愤，西班牙话剧《羊泉村》就是取材于贵族领主糟践民女，激起民反的现实素材。

10. 诈骗，铁怕落炉，人怕落套。任何人进入别人设计好的圈套，踩进没顶的陷阱，都是一件可怕的事。商界的尔虞吾诈似乎更司空见惯，使得经常上当的"上帝"们一说起就谈虎变色。不过，有时候有的骗局会产生意想不到的效果。有一位乐器推销员到了一个小镇，第一件事就是搞得人们心神不宁，然后大声疾呼为了救救孩子，尽快组织少年乐队。他让有结实下巴的学吹小号，把吵架的四人组成四重唱组，还拼命追求镇上唯一的音乐教师，目的是堵上她的嘴。音乐教师可不吃这一套，她查询到这位推销员根本不是什么音乐学院的教授，但她不得不承认小镇上的孩子们自从有了乐器，焕发出从没有过的精神面貌。最后，孩子们穿着制服，拿着自己的乐器，摆好了演出的架子。一个音符也不识的推销员，接过音乐教师的教鞭，绝望地指挥起"G大调小步圆舞曲"。虽然这乐曲从未被这样糟糕地演绎过，但小镇的居民却感到这是他们有史以来听到过的最伟大演出。

诸如诈骗、绑劫、强奸、杀害等，还有走私、拐卖孩童、交通肇事、贪污腐化、组织黑社会、吸毒贩毒等的涉案剧，传统的清官戏、报应戏，官场黑幕戏等，今天也细化成警匪剧、犯罪剧、侦探剧、间谍剧、法庭剧等。

11. 冒险，是一种打破常规，有与众不同的想法和进行实践的勇气。乔治·卢卡斯在创作《星球大战》时，借鉴了世界各民族的神话故事，发现冒险是所有民族的偏爱。《星球大战》作为一部关于太空的神话史诗，就充满了强烈的英雄冒险主义色彩，它满足了我们平凡人生中无法体验的勇气。生活中有许多人连得罪人的事也不愿做，"足将进而趑趄，口将言而嗫嚅"，更不要说去主动追求风险，故带有冒险精神的历险、惊险片一直是影视海洋的热潮。

冒险有两个关键词：禁令与离家。

普罗普从数千个民间故事中找寻出人物行为的 31 项功能，其中第一个功能是禁止的指令。禁止的实质就是冒险的诱惑，这个世界上，没有什么比禁令更能诱惑人的了！例如：不准吃苹果！于是有了失乐园的故事，亚当和夏娃违反了禁令，受蛇的诱惑，偷食了苹果，被赶出了伊甸园。例如：罗密欧不顾禁令，贸然闯入了世仇家族的领地，结果与朱丽叶一见钟情，以生命承诺了一段相爱的禁忌。

遇禁令则止息，原意是限制行动自由，禁锢、囚禁、制止、阻止，应该避免。叙事中"禁止"的功能，却是为了提醒人物，让人物怀着探险的念头去违反这一条原则。

然后，离家去冒险。或者是违背禁令，引来惩罚或灾祸，被迫离家；或者是经不起诱惑，主动去探险。离家，就会打破常态，就会遭遇许多在家时绝对碰不上的问题。

离家，即走向险境。人生的时间进程，每一步都是遭遇不可预知的灾难。离家后，已知部分相对就小得多，前途迷惘的程度相对就大得多，刺激因素相对大得多。这和故事的叙述是相吻合的，叙述的过去时，因为结果已经展现在面前，刺激因素就小；叙述的未来时，因为事情尚未发生，一切奇迹均有可能，引起悬念的刺激就大。离家，走向危险，无论是冒险还是探险，步步惊险。

旅行者、流浪儿，哥伦布发现新大陆，鲁滨逊漂流在荒岛，冒险要的就是探索一个未知领域。或者说，冒险就是由一种熟悉的动态转向未知状态的一种新鲜体验，要的是遭遇难于掌握命运的恐惧和逃离。

12. 不幸，幼年丧母、成年丧父、中年丧妻、老年丧子，谓人生四大不幸。在作家的笔下，是屋漏偏遭连夜雨，船迟又遇打头风。《贫嘴张大民的幸福生活》中，父亲因锅炉爆炸丧身；母亲得老年痴呆症；大嫂初恋被人抛弃；二媳妇与人偷情；大妹嫁不出去，嫁出去后不能生育；小妹的男朋友光荣殉职，本人也患了白血病——各自的磕磕碰碰，集中了一般市民在日常生活中的种种不幸。有人说不幸是财富，没有遭受不幸经历人生磨难的人，缺少一种人生最宝贵的情感体验。如果这样理解，不幸确实是作家的财富，而不是当事人的财富。

有人说，人生三不幸：一是求而不得；二是得之，如此而已；三是无论得与不得，蓦然回首，本身存有的真正有价值东西悄然失去。

有人说，人生三不幸：少年得志；一生顺利；事事平庸。

古人云，无德而富贵谓之不幸。

13. 灾祸，人在家中坐，祸从天上降，灾祸始终是能激起创作激情的境遇。《泰坦尼克号》铁船一沉再沉；《绝世天劫》飞来了一块像得克萨斯州那么大的陨石，《天地大冲撞》要撞上一块像曼哈顿岛大小的陨石，《地球反击战》干脆是外星人入侵；冲天的《龙卷风》和火山爆发时的《天崩地裂》，汇合百年罕见的《完美风暴》，除了卖弄科技技巧外，还应是戏剧势能充足，爆发力强。它的关键在于使人类进入一个考验灵魂的美妙时刻：大难临头，林中鸟是否各自飞？

14. 壮举，一种非凡的神力。飞越太空是壮举；在太空中飞船出了故障，仍然能安全回到地球，也当惊世界殊。一个弱小的女孩在双目失明的情况下，能将字母与大自然联系起来，最后成为一个著名作家，这也具有一种超凡的力量。壮举是英雄的行为。一个玩游戏机长大的军人，驾机去执行轰炸任务，回来说，够刺激，像上游戏机一样。一个将军对此的回答：这是新的英雄。一个董事长听说检察院缺人，马上要求归队，并能够不顾压力坚持原则处理经济案子。他的同事认为，这是经济大潮中涌现出来的新英雄。

15. 革命，一种挣脱束缚的激烈行动。推翻一个腐朽的政权，进行一场制度的改革，为了改变没有自由、公义的整个社会，它无法避免个体在革命大潮中受到伤害。牛虻在革命经历中纠缠更多的是个人的命运，他与父亲蒙太尼里，与恋人琼玛之间的私人痛苦。日瓦戈医生无法忍受革命后的新秩序，而使他送命的却是他与拉拉的爱情。作者描写革命中人，常常把笔落在社会、战争与人性、人情的冲突上。这使有些人就开发了革命加恋爱、改革加小蜜的公式。

革命是一种破坏性的创新，以推翻原有的权威为出发点的创新，如太阳中心论代替地球中心论。五四文学中流行的"凤凰涅槃"原型，"文革"时期流行的"太阳"原型，20世纪初叙事作品中几乎同时出现了一批反抗旧文化、创造新文化的"理想社会"环境，这些环境使人物一方面顺应"破旧立新"的时代需求，具有"与现实疏离而纯属幻想的主观性特征"；另一方面仍然在无意中暗合了中国传统社会中几个原型文化：三国的动荡、水浒的造反，大乱求大治的朝代更替。

16. 恋爱，英雄美女，才子佳人，高富帅和白富美，邂逅、相知相爱、一场轰轰烈烈的浪漫。这些来自生活的深层内核反复开掘，表面的文章非常大的想象空间，"英雄美女"的范式可以转化为"英雄气短、儿女情长"和"红颜薄命、美人迟暮"。恋爱在艺术宫殿里始终是一个变化莫测的女神，演绎着一出充满欢乐和痛苦、希望和绝望的宗教神秘剧。恋爱是一只自由小鸟，它顽皮任性不听话，来无影去无踪，即便是她的主人也不能随意把握。真正的爱，按其根源应当是完全任意的，纯粹自由的，没有规则，没有格局，其过程好像是一出悬念迭起、峰回路转的心理剧。虽然有些人把恋爱作为一种时髦的游戏，抛弃了其纯洁的精神追求，仅仅关注到性的本能，可一旦陷入，仍然不能自拔，难于抵抗恋爱魅力的诱惑。

20世纪初欧洲著名女性主义理论家爱伦凯，在她的论著《恋爱与结婚》中提出一条流传最广的结婚原则："不论如何的结婚，一定要有恋爱才算得道德。如果没有恋爱，纵使经过法律上的手续，这结婚仍是不道德的。"

在个人生活史中,爱情是和宗教信仰一般,有转移个人生活的力量。许多英雄行为和日常的忍苦耐劳,以爱情作为生命中唯一不可亵渎的神圣能源。有人认为爱是一种稀缺的东西,所以它永远有市场;有人认为恋爱写得太多了,写得油了,已经没有了那种小心翼翼和惶惑的心理。

17. 不成功的爱情,A 爱上了 B,B 爱着的是 C,但是 C 并不想接受 B 的爱。比如《骆驼祥子》,虎妞追着祥子谈恋爱,祥子心里有小顺子,小顺子因为家里的情况怕连累了祥子,爱情的事乱七八糟。另一种情况,当事过境迁,A 的努力似乎没有白费,B 回心转意爱上 A,而 A 发现自己却不再爱 B 了。错位的爱,始终没有获得最佳的感情交流。这其实不仅仅是有关爱情,人物不管是处于爱情还是处于友谊、事业之中,不论与战火中的盟友,还是与相依为命的亲人,不论是对待所学的专业,还是擅长的特技,都可能心理错位。

爱情,首先是单方面的产生爱,然后得到了爱的对象的回应。回应是肯定的,即男孩得到女孩,或女孩得到男孩;回应是否定的,即男孩对女孩的单相思,或女孩对男孩的一头热。这样的境遇,容易制造期待,也容易将一个人无望的单相思燃烧到一个极致的境界。

18. 恋爱被阻,因为门第、地位、财富而不能结合;因为仇人从中作梗而不能成为婚姻。或爱恋一个仇敌,爱恋一个与他或她身份不相称的人,相爱的人因为失去了理智不会觉得有什么不对劲,而旁观者清的人却低估了情感的作用。也许阻碍恋爱的人过于理性。但不管怎样,恋爱被阻是最伤心最令人难以解怀的痛苦,而阻碍恋爱是人性中最残酷、最艰巨的战争,而且没有输赢。

棒打鸳鸯的传统原型,如罗密欧与朱丽叶,出现一个棒打鸳鸯的力量,与恋爱双方构成一个三角模式。这模式是浪漫恋爱的互补,是文化传统内化的结果。中国的这些境遇可以从神话故事《牛郎织女》中找到源头,《孔雀东南飞》、《西厢记》、《梁山伯与祝英台》,他们突破常人规范,有着乖戾违拗之举,如孩童一般敢爱敢恨,充满寓言色彩,实际上是对于当时文明过度秩序化状态的最有力冲击。

如今恋爱自由的时代，恋爱同样有阻。相知难、相聚难，相爱似乎失去了爱的信心和诚意。"宅男宅女""剩女""圣斗士"，一晃眼就错了恋爱时节，无论是主动逃避还是被迫无奈接受现实。

　　从人生意义上讲，恋爱的境界有三个层次：（1）是不是有爱？自己的爱是不是真正的无条件无功利的纯洁感情？即使对方不爱我，我也爱着对方，我的爱出自内心。（2）爱有否回应？回应的爱同样出于内心，同样热烈和真诚，真是梦里寻他千百度的那一个。这个成功系数可遇不可求，但人人心向往之。（3）爱能爱多久？能不能执子之手，与子偕老，少年夫妻老来伴，共同走完相亲相爱的一生。这是恋爱的最高境界，虽然受阻的因素过于诸多繁杂，天灾人祸不说，单单人心难测，劈腿出轨婚外恋，阻碍恋爱进程的出牌不止54张，张张通杀，让你不能把爱进行到底。

　　从剧作意义上讲，恋爱被阻是恋爱的试金石。情场如战场，恋爱只有在被阻的情境中，才能使当事人激发出坚强的意志和决心，直至不惜以生命抗争，以追寻"你爱的是我吗？""你爱我有多深？"的回答。

　　19. 偷情，增加了一个调情的过程，多了一些乱伦、奸淫、道德败坏和失去善恶观的爱。《安娜·卡列尼娜》那场轰轰烈烈的偷情，在情欲的背后反映出更深层的社会内容。《钢琴课》中高雅的琴弦古韵和原始的人性之欲，同样对人的本性有着不可抗拒的魔力。近几年，影视作品中二奶、小三、一夜情的故事爆棚，超过任何音响。婚外情，道不清的是是非非，只是说明国人开始重新审视自己的生活、婚姻、家庭和情感。

　　20. 寻找，找啊找啊找朋友，找到一个朋友，敬个礼啊握握手啊……一个雨天，一辆急驶的小车撞倒了一个行人。为了逃避责任，司机逃跑了，被丢下的行人终因没有得到及时抢救而闭上了眼睛。受害者的孩子为了讨个公道，在事故发生地举了一个木牌：寻找目击证人。人们一旦失去真诚和责任，还能找得到朋友吗？同样驾车撞人致死，电视剧《承诺》中司机走进死者的家庭，养老抚幼，与年轻的寡妇结合，承担一个男人的责任。他在寻找自我、寻找信任，也在找寻真正的爱情。过去和未来；寻找一切失去的和渴望的，作者在寻找主题。

寻梦之旅，演绎成宏大叙事，其目的是让"过程"去表达意义，也就是艰辛的"旅程"作为意义的载体，承担着关于人生寓言的理性思考的重任。

21. 发现，发现了所爱的人不名誉；发现一桩罪恶。树上落下一个苹果，牛顿发现了万有引力定律，知道了地球围着太阳转。一天，天上掉落下一块制造太阳的照明设备，主人发现他生长的小岛原来是个虚假的世界，是一个安装了五千多台摄像机的摄影棚，他身边的每一个人，包括他的父母和妻子其实都是演员，共同上演着一出供人欣赏的戏。他进一步发现自己竟成了这部电视连续剧的主角，他生活的分分秒秒都在向全国直播，他已经不明不白地演了30年的人生喜剧。

22. 释谜，早上四条腿，中午两条腿，晚上三条腿，谁能猜得透"人"这个谜，尤其是"女人"这个谜呢？女人喜欢"释谜求婚"：《图兰多》中公主规定求婚者必须解开三道谜，否则就要受到死的惩罚。(1) 白日生，晚上死的幽灵是什么？(2) 你死它就冷，你热它就烧是什么？(3) 使你燃起烈火的冰是什么？《威尼斯商人》中波希雅有三个匣子让求婚者挑选：(1) 金匣的铭文：你选择了我就得到了荣誉；(2) 银匣的铭文：你选择了我就得到了财富；(3) 铅匣的铭文：你选择了我就准备抛弃你的一切。正是人生存在一连串的谜，需要寻找解释之道，才使人们觉得生活苦乐参半。

侦探剧的情节，通常是设计一个待解之谜，然后围绕主人公的调查、思考和推理而展开解谜过程。这类故事，大都采用七步曲：(1) 突发犯罪行为，呈现犯罪结果；(2) 展开侦破，进行调查，一路支离破碎的信息，其中在社会和心理领域涉及道德和法律的冲突；(3) 罪犯或隐或现布下迷阵，侦探有意无意中对一些片段信息进行误导和破解；(4) 再次深入调查，逐一接近真相，解开罪犯心理、犯罪动机、犯罪计划；(5) 审讯，双方面对面的斗智；(6) 找出新证据，铁证如山；(7) 水落石出识破犯罪人，法网的恢恢，以彰显社会的正义、及执法人员的智慧、毅力和道德选择。

23. 取求，也是逃避，逃避喧闹就是追求安静，逃避无序就是讲究完美。不过，取求是一种积极的行为，虽然在现实中你要你得不到的，你得到你不要的。有时候，明明是要的，因为你得到了，也就变成了你想抛弃的；有时候，完全是不需要的，因为你没有，也就成为你花费心血追求的目标。在追求的过程中，或用武力强夺，或用智力诈取，或用巧妙的言词去打动；可能几条汉子狂追一位美女，也可能数位姑娘纠缠一位帅哥，习惯上说成是"一狼追三羊"或"三狼追一羊"的套路。

24. 野心，是梦想。正面理解有雄心壮志、壮志凌云、积极进取，丑小鸭想变成白天鹅。消极方面有贪得无厌、浮躁不安、蠢蠢欲动，癞蛤蟆想吃天鹅肉。野心勃勃的人很容易转化为恶魔，有野心的人对付阻碍他实现野心的人往往不择手段，穷凶极恶。电影《角斗士》中那位太子，闻听父亲有将王位外传的意图后，弑君夺位，诛杀功臣。首先有他的野心，然后有角斗士的复仇。

一个人，如果他说出"燕雀安知鸿鹄之志，王侯将相宁有种乎""大丈夫当如此，彼可以取而代之"时，我们不能肯定他接下来究竟会做什么具体的事。但我们能肯定，他会尽一切可能，耍一切手段，或勤劳奋发或权谋黑厚，去实现他的野心或雄心。

25. 牺牲，为了主义而牺牲生命；为了骨肉而牺牲自己的幸福；为了所爱的人牺牲自己的前途。若为自由故，爱情和生命皆可抛，英雄的舍生取义是一种牺牲。把自己宝贵的时间帮助他人，也是一种奉献。《儿女情长》《咱爸咱妈》提出一个相同的问题：当你的家人需要的时候，你是否愿意为他们牺牲你的时间和利益？

26. 丧失，人得到的一切都是以丧失为代价的。财聚人散，财散人聚；情场上得意，赌场上失意。当你得到亲情、爱情、信仰、荣誉、尊严、事业的时候，也许正在丧失无拘无束的自由，丧失青春活力。当你跨入老年的门槛时，你还必须主动地抛弃对子女的权威，抛弃各种各样的暂时性的权力，放弃身体健康和生命永存的幻想，戏剧性就在被动丧失和主动放弃之间。《红楼梦》的要点在于"沁芳"两字，群芳在水中流失，在痛苦的泪水中丧失美丽。

27. 误会，一个女儿为了救父亲，主动勾搭警察局局长。家人和外人不知道她为何这样干，他父亲也不愿说出真相，看着别人任意地羞辱自己的女儿。女儿几次想吐露，但看到了父亲的自私和卑劣，最后也无意再去揭露事实。这也是一种误会。

28. 过失，一种错误的行为，它像离了轨道的列车，总是有意或无意之间给自己和他人带来了伤害。谁能没有过失，尤其年轻人在社会上学步的时候，难免一个跟头接着一个跟头。所不同的是，幼年学步跌倒后，有大人上前拉一把，而成人有过失时，他人很少能理解，所以青春年代的过失就成了美丽的忧伤和痛苦。

29. 重逢，冤家路窄、破镜重圆、骨肉离散后的重逢，都会给人带来极大的情绪波动。《雷雨》的戏核是周朴园与鲁侍萍30年后的再见。诗人陆游与表妹唐婉相爱，被陆母活活拆散，数年后两人重逢，陆游写下了《钗头凤》以示怀念。有一个富家子弟双目失明，绝望之际得一年轻女佣的细心照料和鼓励，重获生活勇气。后来，富家子弟发现自己爱上了那个女佣，但那女佣就在他卸下蒙在眼睛上的纱布，即将恢复视力的一刹那悄悄离开了。富家子从来没有见过那女佣的面貌，即使那女佣站在他面前，只要她不开口，他决不会知道她就是自己心爱的姑娘。碰面居然不相识，于是，他俩的每一次重逢，就成了观众的兴奋点。

30. 磨合，一群人去执行任务，监守一个据点或攻克一个山头，由于各人的背景不同，执行任务时抱怨不休，在执行任务中，他们渐渐磨合，最终拧成一股绳。《保镖》是一个爱抛头露面的歌星和一个寡言少语的前总统保镖的磨合。《李双双》先结婚后恋爱，也是两个性格不合的人聚在一起。《夏伯阳》和《杜鹃山》是草莽英雄与党代表的磨合。

借助纯粹的意外，偶然的邂逅，将不相识的人凑合在一起，促成聚合的命运，又称为"聚合命运"的境遇。原本人物坚守着各自的生活，有着各自不同的价值观、文化背景，如今必须与最不可忍受的人在一起同船共渡，在同一个屋檐下。他人即地狱，磨合就是豪猪和刺猬寻找最佳的相处距离。

31. 疯狂，为了情欲的冲动而不顾一切，毁坏了自己的前途和幸福；听到所爱的人的不幸，因失望和绝望而蛮性发作。

人物内心的傲慢、自恋、野心、轻信、自暴自弃等，包括现代社会普遍存在的焦虑、浮躁、抑郁、恐惧、害怕承诺等心理疾病，均是一些需要变化的心结。

喜欢、热爱；讨厌、憎恨；责怪、抱屈；尊敬、佩服、信服、不服、恭敬、客气、简慢、热情、冷淡；羡慕、嫉妒；怀疑、信任；可惜、吝惜、担心、重视、漠视、鄙视；谦虚、自卑、恭顺、骄傲、蛮横；后悔、反省等。

情绪是某种情感体验，如恐惧、喜悦、惊奇、愤怒等。情绪和动机一样，能够激发并影响行为，由于某种特定的情绪究竟会引导出什么行为很难预测，故事的发展方向更会难于预测。

32. 卤莽，轻信是一种卤莽，粗心是一种卤莽，遇事不作深入的理性思考，也会被人说成是卤莽。卤莽会导致他人的不幸，也会给自己带来羞辱，如《三国演义》的张飞。卤莽也会产生喜剧效果，如《水浒传》的李逵。

33. 嫉妒，嫉妒者，挑起嫉妒的人，还有被嫉妒者，构成了嫉妒的人际纠纷。我们还记得奥塞罗为恶意的造谣而生嫉妒，因嫉妒杀害了自己的爱妻。我们还记得美狄亚，因为丈夫看中别的女人，她毒死了丈夫的新欢，还亲手杀死自己与丈夫生育的两个儿子。

羡慕嫉妒恨，有些人喜欢与别人的状态攀比，一旦发现自己的不如别人的，就会自我埋葬自己的一切，羡慕别人，怨恨就会产生。一般来说，嫉妒的对象，常常控制在同学、同事、朋友、闺蜜和邻居等同等级的熟悉人群中，对于那些离得太远的、本钱太强的、太能的、太出彩的不会随便比较，因为嫉妒者就把自己的位置安排好了。

个别的例子：一个姑娘，为了使自己的男朋友更迷恋自己，或者说想控制男朋友的感情生活，去勾引他的朋友的朋友，试图引起男朋友的嫉妒，并由此体验一种复杂的感受。

34. 悔恨，后悔总是来不及的事，早知今日，何必当初。没有人没有经历过这种感情。世上没有后悔药吃的。少壮不努力，老大徒伤悲。黑发不知勤学早，白首方悔读书迟。花开堪折直须折，莫待无花空折枝。恨相知晚。恨相见晚。如果错过了太阳时你流了泪，那么你也要错过群星了。人拥有的东西没有比光阴更贵重、更有价值的了，所以千万不要把今天所做的事拖延到明天去做。快意事孰不喜为？往往事过不能后悔。

悔恨，常常是马后炮，往往是行动过后的一种心理反应，于事无补。所以，悔恨不能成为催促行动的境遇，而是行动之后，看到非理想结局的结果。害怕悔恨，确实是一个令人担忧的情绪，这情绪影响人们的行为本身。

35. 恐惧，俗话说，鬼吓人不要紧，人吓人半条命，恐怖的关键，他人是地狱。《沉默的羔羊》几乎记录下人类所有的恐惧与恐慌：高智商的食人者和剥人皮的变态狂、遭人绑架、身陷深井、尸体上的巨型昆虫、被看不到的人追赶、失去他人对你的信任，还有门在背后给人关上，黑暗的屋里有一双戴着红外线夜视镜的眼睛，他手里拿着凶器；其撤除受害者的最后防线，使她在攻击面前毫无防范能力，潜伏着一种窥视的邪恶强者侵犯毫无保护的弱者的快感，和恐惧感。电视剧《一级恐惧》十八里铺瘟疫的蔓延和控制，许多老百姓和医务人员把生的机会让给他人，反映了面对死亡之神爆发出人心底的善良，是一种对恐惧的解构。

对某种物体或者某种环境产生的一种无理性的、不适当的恐惧感，是天生的。恐惧可以增强保护自己的和躲避危险的能力，也可以成症，甚至丧失理智和自制力，使行为失控。

有一个话剧，大饭店里发生的故事。一对年轻人在饭店里举办婚礼，新郎在婚礼大厅前迎接宾客，在客房里补妆的新娘进了卫生间，锁上门，久久不出来。敏感的母亲觉得有点不对头，敲门询问，新娘始终不出声，也不说清发生了什么情况。严厉的父亲来了，耐着性子左劝右劝，也没有办法打开这扇紧闭的门。最后，着急的新郎闯进了房间，什么情况也不问，冲着卫生间大吼一声，转身就走。出乎意料，门开了，新娘若无其事地出来，温顺地就跟着新郎走了。

诸如以上新娘的轻度婚前恐惧症，表现通常有戏剧性。电影《落跑新娘》中，新娘三次与准新郎踏上红地毯，因为婚姻恐惧而逃跑，第四次又从婚礼上逃跑了。电视剧《粉红女郎》中，"结婚狂"一次次的恋爱，均是走到临门一脚的时候遭遇到逃跑的新郎。

最大的恐惧就是恐惧本身，越陷越深，越接近越害怕。故事把这种恐惧感扩大，加以分析，认识，帮助克服，顺利迈进新的人生阶段。

36. 滑稽，实质是一种反常行为和逆反思维。老鼠玩猫很滑稽，人斗不过老鼠很滑稽，大人物被小人物耍了也很滑稽。当人与环境不适合，当人际关系颠倒错乱了，这个世界就会很滑稽。其实，有许多司空见惯的事，只要能换一个角度去看，或头向下看，不仅能看到滑稽，而且会产生许多意想不到的效果。

36种境遇，在发展过程中不断扬弃和积累。许多类型不是一次或两次，而是多次地被沿用。某些类型编织出来了大量的故事，并且在相当长的时间内产量极大。另外，现在的电视剧大多采用"复合原则"，一个套一个，一个接一个或者数案并发，让主人公处于一种多变的状态中。例如，被冤枉的警察逃出监狱，在自身被追捕的情况下去调查和追捕真正的罪犯，这一个情节就让主人公处于"误会""捕逃""释谜"等数个境遇中。复合原则允许更多的现实进入电视剧。同时在一个情节中运用了许多公式，人们熟悉的人物类型和场面由此会更多启发，更少束缚。编剧展开的想象也会更丰富、更可信，从而更会创造出无穷的令人惊异和产生巧妙变化的梦想天地。

附录二：技巧小知识

新闻采访的"5W"模式

传播学奠基人拉斯韦尔于 1948 年发表的《社会传播的结构与功能》明确提出了传播过程及其五个基本构成要素，即：

谁
说什么
对谁
通过什么渠道
取得什么效果

根据这一模式，传播学确定了研究的五大基本领域：即"控制分析""内容分析""媒介分析""受众分析"以及"效果分析"。这五种分析涵盖了传播研究的主要领域。

法庭查询的五个范畴

叙事如同查案，层层剥离表面现象，像法官一样追查证据。这种方法来自古希腊亚里士多德，经今人整理成五个范畴，每一个范畴有六个问题。

a. 定义：辞书里如何定义？大多数人如何定义？我怎么定义？它看

起来像什么？是原发还是有根源？它有什么范例？

    b. 对照：它与什么相似？它与相似的事有什么不同？与它同类的事是什么？与它相反的事是什么？比它更好的事是什么？比它更差的事是什么？

    c. 关系：产生的原因是什么？它影响了什么？它的组成元素和部分是什么？与它相反的最大范畴和部分是什么？它的目标和价值是什么？

    d. 环境：它的可能性？它的不可能性？之前发生了什么？什么可以防止它的发生？为什么还会发生？谁与它有关系？

    e. 证据：人们关于它说了些什么？写了些什么？这个案子有什么权威存在？有没有相关的统计数？有没有已经做过的研究？我曾经对它有没有体验或经验？

贝克戏剧教学的动作五问

20 世纪初美国戏剧教育家贝克教授在他的戏剧编剧教材《戏剧技巧》中提出"动作说"，突出通过人物的动作来为戏剧结构谋篇布局。作为戏剧结构方法，"动作说"即符合戏剧的表演特性，又尊重了文学语境下的人物塑造，在教学上行之有效，经过学界的修改完善，成为五问，进入到大学正式的写作课程。[①] 其具体内涵如下：

动   作：发生了什么事件？
        产生了什么结果？
        引发了什么事件？
动作者：谁卷入了动作之中？
        谁受到了动作影响？
        谁引发了动作发生？

---

① [美] 埃里克著：《成功写作入门》，北京大学出版社 2008 年影印版，第 16 页。美国戏剧教育家贝克倡导的动作说，作为写作构思九种方式中颇具特色的一种被列入其中。

谁赞成与谁反对这个动作？

动　机：动作产生的背景原因是什么？

什么原因促使动作者采取行动？

方　法：行动怎么发生的？

行动者采取什么手段完成动作？

环　境：动作发生的时间和空间？

动作发生的空间有什么特征？

与时间与空间相关的感觉是什么？

黑天鹅事件

通常是指难以预测的但影响甚大的事件，一旦发生，便会引起整个局面连锁负面反应，甚至颠覆，具有稀有性、巨大冲击力和（事后）可解释的特点。

概念来自纳西姆·尼古拉斯·塔拉布所著的畅销书《黑天鹅》。该书说，在发现澳大利亚的黑天鹅之前，欧洲人认为天鹅都是白色的，黑天鹅是用来指不可能存在的事物。黑天鹅的存在表示不可测的重大稀有事件，它不鸣则已一鸣将天下白。塔拉布认为，像泰坦尼克号沉船、9·11双子塔倒塌、2004年太平洋海啸和次贷危机、罗琳的《哈利·波特》等事实，说明我们的世界是被未知的和非常不可能发生的事件主导的，包括你的生活和事业并不按照你的完美计划进行。认识黑天鹅，才能认识自己经验的狭窄，颠覆惯常思维，才能更深刻地认识世界的复杂性，重新掌握自己的命运。

戏剧情境设置中的小概率事件、可能性极其微小的事件、非常偶然性事件，不可预测的随机事件，可能会产生不可估量的能量，大多是黑天鹅事件。

非线性写作

后现代主义艺术把艺术对象看成是复杂的存在。人类心灵、现实社会、包括自然科学均是一个复杂的存在。非线性写作认为，不能简单地把社会理解为一系列的点状分布与集合，也即有序的点结构，以此来否定运动和变化。人类社会和心灵领域的复杂现象，这些现象都是非线性的或复杂性的。他们认为，传统的写作理论与方法技巧，不能满足现实社会的非线性现象、非线性系统的复杂存在。他们关注构成系统的大量要素之间的相互作用与相互配合，避免或拆除系统中所谓的中心要素的决定作用，主张趋向边缘与交叉的系统运行方式，是一种非中心主义的整体主义的思维导向。

非线性的理论或学术之间，有很大的关联性和相互的模仿性。有的注重从一种状态向另一种状态过渡与转化时的细节描述，具有突变与建构的动作底蕴；有的注重稳定与非稳定的格式塔变形；有的注重时间的不可逆转与空间的多维性，叙述的跳跃与语义的多变；有的崇尚所谓的主题死了，人物死了，作者死了等。所有这些，都体现着在表达方式的新的追求和时尚，具有鲜明的时代色彩。

现代影视剧审美发生变化，除了传统的写作方法技巧，编剧越来越多应用讲故事的新理论与新技巧，多主角的叙述、复杂的闪叙、非线性形式等。他们认为，从简单到复杂的过程，严谨、周密、详细、明晰和无序、杂乱、纷繁、模糊一样重要，甚至更为有用。

作为方法，非线性写作能融进更为丰富所采、千变万化的自然情感，扩大事件联系中偶然、神秘、意外的因素，审美空间不会被理性所消解。线性与非线性思维之间交融、互动、情理才能斑斓，个性才能张扬，生命的感悟才能更为自由深邃。

晚进早出的诀窍

当你建构剧本每一个场面时，何时进场是个重要的问题。进场前，需要问一个问题：这场戏的目的是什么？为什么它在这儿？它能推动故事前进吗？它是否清晰地揭示了有关人物的戏剧性需求？它是否受剧情发展的需求或转场驱动？

场面分成开端、中段和结尾。

场面按照物理时空来展现人物某个局部的行动，但两者通常并不同步，人物的行动有着自己的起落节奏和变化规律。

场面一开端时即让人物直接行动，戏进的太早，本身内容撑不住整个篇幅，以致废话连篇，塞满了无聊的啰唆，显得整场戏拖沓无力；到了中段还不行动，戏还没有舒展开，戏剧性目的还没有实现，就匆匆完结了，也会显得无力。所以，为了保证这一场戏的质量，需要晚些进戏，先铺垫、渲染一些气氛，让观众对新场景的状态熟悉一会，对人物的动作期待飞一会，然后进入正题，点燃导火线，燃烧到起爆戏剧关键点，一待爆发一泄到底，有节奏地攀登到情节的转折点，最终完成激变、转向。

场面的戏有了转折，即完结前戏，人物的行动会产生新的具体目标方向。人物的戏剧性目标有了新的需求，戏段便会暴露出新的矛盾，新的悬念一旦产生，意味着可以出了，可以迅速断叙，转场。这就叫出场要早，不拖泥带水。

"晚进早出"是场面写作的重要诀窍，这一进一出，始终使场面保持紧张感，保证动作流畅地向前发展，保持注意力的延续。

咖啡座的闲聊

美剧《老友记》《绝望主妇》时常会出现这样的一些场景，几个人物悠闲地喝着咖啡，吃着糕点，聊八卦，开无轨电车。这种非正式的闲聊，通常一聊就聊一个戏段，话题开着无轨电车不断转移，毫无目的。

这种交流闲聊，似乎完全脱离了有目的的人类交流这一概念，脱离了戏剧人物必须有目的的行动，包括偏离具有行动色彩的谈话这一编剧原则。

实际上，此类消磨时间的闲聊，人物保持松弛状态，既在戏中又能出离世外，也就有了烟火味，直接袒露人物的想法和情绪，增添了生活的质感和作品的美感。同时，闲聊有时候可以调节气氛和节奏，可以交流信息彼此了解近况，带来一些新鲜出炉的时尚词汇。

电影《色戒》四位太太打麻将的闲聊，有一句没一句的，外松内紧，由于有了特殊的人物关系，正太太与丈夫的前情人、现情人的羡慕嫉妒恨，把冲突的戏做在潜流中，则是另一种闲聊范例了。

闲聊有时候会滥用，原因之一是忽视观众，或过度依赖于话题本身。原因之二是低估了意义，高估了纯粹的效果。面对这一类场面，演员会不知道自己要做的是什么，也不知道与谁产生交流……因为缺乏目的，一些演员为了迎合观众，会夸张表演洒些狗血；另一些则会把自己放在观众的位置上，看别的演员表演；另一些会把在场演员当做自己的交流对象去创作。好像是，"你要一篇毫无意义的表演，我就给你来一段毫无意义的说辞"。他知道，除了观众没有别的人会看他的表演……他漫无目的，不知道去探索什么问题——他认为值得回答的问题，或观众可能会关心的问题。即使这段闲聊没有谬误，有条有理，还是最糟糕的一段场面。

一只猫必须有三个名字

给一个生命体起个独立的名字，是一个从抽象到形象的步骤，是一个从角色到人物的过程。音乐剧《猫》中，一只猫必须有三个名字。第一是日常居家的名字；另外，还需要一个而特别的名字，"一个奇特而且更加尊贵的名字，不然他怎能翘起高高的尾巴，展开长长的胡子而且傲气十足呢？像这样的名字，一个名字只能对应一只猫。""除此之外，还有一个名字，那是你永远猜不到的名字，那是人类无法发现的名字，那是猫自己知道却永远不会说的名字。当你看到猫陷入沉思，我告诉你原因只有一个，他正投入地思索着、思索着他的名字，他那难以言说，有时说的出，有时又说不出的高深莫测非同一般的名字。"

一个艺术形象需要三个命名。这三个命名，是给一个无可名状的对象做一个独到的精确的界定。

命名的第一个功能：以独立的标志符号，区别于其他人物，在芸芸众生中鹤立鸡群。

命名的第二个功能：表现形象的复杂丰富的个性。这是一个艺术之名，是艺术殿堂的通行证，能令创作者傲气十足的，就是这一个独特的应对一只猫的符号。在艺术殿堂里，以一个名字对应一个艺术形象的范例比比皆是，如美狄亚、麦克白、李尔王、张生、崔莺莺、红娘、杜丽娘……

命名的第三个功能：此人的行动是否揭示了"我是谁"的哲理追问。这是一个千古难解的哲学命题，是一个纯粹的灵魂拷问、精神追求；是一个作家对自己灵魂最深处的探索；每个人物的深处，既是自己独特的，也是人类普遍共有的。所以，复杂的人物形象具有深邃的内涵，会出现俄狄浦斯情结、哈姆莱特的拷问、娜拉的出走、现代红娘等超越人物形象本身的诸多生命意义。

热水锅里的青蛙

把一只青蛙直接放进热水锅里，由于它对不良环境的反应十分敏感，就会迅速跳出锅外。如果把一个青蛙放进冷水锅里，慢慢地加温，青蛙并不会立即跳出锅外，水温逐渐提高的最终结局是青蛙被煮死了，因为等水温高到青蛙无法忍受时，它已经来不及、或者说是没有能力跳出锅外了。

青蛙现象告诉我们，一些突变事件，往往容易引起人们的警觉；对易置人于死地的实际情况的逐渐恶化，一些自我感觉良好的人，始终没有清醒的察觉，也不会有什么实际行动。

锅里水温逐渐提高，是孕育激变的时刻，犹如刀尖上舞蹈，能够跳多长久跳多长。

试金石

重复出现的，用以提醒我们在此之前的故事世界早已陷入混乱的物体。

电影《拯救大兵雷恩》表面情节在于寻找大兵雷恩，实质情节在于解决这组小分队每个成员的困惑：为什么8个优秀战斗员去救1个普通大兵？影片中解决这个关键问题的试金石，是翻译员不断打赌的探秘，猜一猜上尉米勒在战争前是干什么的？

马勒子

象征人物内心冲突的物体。

麦高芬

可以推动剧情发展的物件、人物或目标，例如众角色争夺的一个东西，而关于这个物件、人物或目标的详细说明不一定重要，有些作品会有交代，有些作品则不会。只要对众角色很重要的且可以让剧情发展即可算麦高芬。

麦高芬是一个激发角色的情节设置，不过它的准确解释并不重要。如小说《林海雪原》中的"先遣联络图"，电影《卡萨布兰卡》中的"出境许可证"，电视剧《笑傲江湖》中的"东方宝典"，它们是剧中所有人都希望得到的东西。

红鲱鱼效应

为了维持兴趣，你永远不会希望观众对情节的走向充满信息。红鲱鱼是一种误导或带错路，让观众对人物或情节做出错误的臆断。

在侦探类型和惊险类型中，红鲱鱼经常被用来在人物身上制造怀疑。同时，从真正坏人身上洗清或去除怀疑。当然，它们也可以被用得更具创造力一些。《精神病人》电影中，观众被引导相信诺曼·贝茨的母亲是一个深居简出、性情暴躁的老太太。后来发现，她深居简出仅仅是表面现象，实际上她去世了。

红鲱鱼效应可以被成功地使用在任何流派的影视剧中。

蝴蝶效应

蝴蝶效应是混沌学理论中的一个概念。它是指一种依赖现象：输入端微小的差别会迅速放大到输出端。20世纪70年代，美国一个名叫洛伦兹的气象学家在解释空气系统理论时说，亚马逊雨林一只蝴蝶翅膀偶尔振动，也许两周后就会引起美国得克萨斯州的一场龙卷风。

蝴蝶效应在社会生活中比比皆是。初始条件十分微小的变化经过不断放大，对其未来状态会造成极其巨大的差别。

与蝴蝶效应的编剧技巧有联系的有混沌理论，网状叙述，六度间隔（six degrees of separation plots），命运聚合策略等。网状叙述在小说中有很长历史，如丹尼尔·克洛维的漫画连载读物《黑球》描述了一天内在一个镇子上发生的29个互相关联的故事。

美国电影《蝴蝶效应》系列中，能够进行时间旅行的主人公不断回到过去，修正和干预过去的行动，然而每一次修正却总是引起更难以想象的连锁反应，惹来更多的麻烦。主人公终究要面对人生有得必有失，而且充满未知数的真相。

电视剧《唐顿庄园》的故事发生在1912年4月著名的泰坦尼克号沉船之后，庄园的男性继承人在沉船事故中均死亡，庄园继承的问题随即提到家族的议事日程。相关人员纷纷粉墨登场，交错激发了一系列英国贵族大家族的温情冷血、明争暗斗、隐秘私情和文明变革。随着发生了蝴蝶效应的种种纠葛和摩擦，唐顿庄园中的每一个人都不同程度地改变了生态和心态。

鳄鱼法则

其原意是假定一只鳄鱼咬住你的脚，如果你用手去试图挣脱你的脚，鳄鱼便会同时咬住你的脚与手。你愈挣扎，就被咬住得越多。所以，万一鳄鱼咬住你的脚，你唯一的办法就是牺牲一只脚。

譬如在生活中，鳄鱼法则就是：当你发现自己的行动造成更大的麻烦，应该立即停止行动，两害相权取其轻，不得有任何延误。但是，故事是反向利用鳄鱼法则，你可以存有侥幸心理，鳄鱼咬住你的脚，你就用手去对付它。

戏核之实现的三个条件

所谓戏核，通常是指剧情发展中的矛盾核心，是情节中一个鲜见的细节，有着延伸、派生、扩展的空间，甚至贯穿全剧。

陆军的《编剧理论与技法》[①] 高度评价戏核。他认为戏核，来自生活的提炼，人物内心的发现，艺术世界的想象，它是支撑一部戏剧作品最重要的情节核，没有它，构不成一个戏；戏核也是区别此剧作与彼剧作的最重要的标志，没有它，成不了"这一个"戏。

对实现戏核的条件，陆军提出有三条：

一、戏核，是一个显见的细节。可以是一个动作，如梨园戏《董生与李氏》中彭员外临终托董秀才看管娇妻李氏；可以是一个道具，如莎士比亚的《威尼斯商人》中的那张债据；可以是一种境遇，如索福克勒斯的《俄狄浦斯王》中的神谕；可以是一支歌或者是一两句耐人寻味的话，如爱尔兰剧作家沁孤的《月亮上升的时候》中的那支民谣。

二、戏核，有抗衡、对峙、激化的爆发力。如纪君祥的《赵氏孤儿》，剧中赵氏家族被仇人屠岸贾一天之内斩尽杀绝，因怀疑赵家刚生下的婴儿被人救起，屠岸贾下令将全国的婴儿收为人质，找不到赵氏孤儿就全部处死这些孩子。这一戏核使剧中所有人物始终在惊心动魄的戏剧情境中纠葛。

三、戏核，有着贯穿全剧的穿透力。如迪伦马特的《贵妇还乡》，剧中女主人公克莱尔用 10 亿巨款跟居伦小城的人换取她负心的旧情人的命，这一戏核使一座城市陷入迷乱之中。如本·爱尔顿的《爆玉米花》，剧中因模仿电影中杀人情节而走上犯罪道路的韦恩和考斯特，为了考验全城人的道德与良知，用 6 条命作为交换砝码，让电视机前的观众放弃窥探"现场版"杀人游戏的阴暗心理，关掉电视机。这一戏核既具有情节张力，更蕴含社会内涵。

---

① 陆军：《编剧理论与技法》，中国戏剧出版社 2009 年版，第 62—73 页。

鲇鱼效应

以前，沙丁鱼在运输过程中成活率很低。后有人发现，若在沙丁鱼中放一条鲇鱼，情况却有所改观，成活率会大大提高。这是何故呢？

原来鲇鱼在到了一个陌生的环境后，就会"性情急躁"，四处乱游，这对于大量好静的沙丁鱼来说，无疑起到了搅拌作用，而沙丁鱼发现多了这样一个"异己分子"，自然也很紧张，加速游动。这样沙丁鱼缺氧的问题就迎刃而解了，沙丁鱼也就不会死了。

电影《少年派》中，老虎就是鲇鱼。当然，作为真实故事的语言隐喻，老虎还承担着恐惧、敬畏等复杂的含义。

刺猬法则

两只困倦的刺猬，由于寒冷而拥在一起。可因为各自身上都长着刺，于是它们离开了一段距离，但又冷得受不了，于是凑到一起。几经折腾，两只刺猬终于找到一个合适的距离：既能互相获得对方的温暖而又不至于被扎。刺猬法则主要是指人际交往中的"心理距离效应"。

磨合性的境遇，基本根据这个原则，把两个或数个性格、地位、文化背景不相容的人物以某一个原因强行聚合在一个空间，通过他们几经折腾的磨合，表现出这个距离的变化过程。

晕轮效应

人际交往中，人身上表现出的某一方面的特征，掩盖了其他特征，从而造成人际认知的障碍。在日常生活中，"晕轮效应"往往在悄悄地影响着我们对别人的认知和评价。比如有的老年人对青年人的个别缺点，或衣着打扮、生活习惯看不顺眼，就认为他们一定没出息；有的青年人由于倾慕朋友的某一可爱之处，就会把他看得处处可爱，真所谓

"一俊遮百丑"。晕轮效应是一种以偏概全的主观心理臆测，其错误在于：第一，它容易抓住事物的个别特征，习惯以个别推及一般，就像盲人摸象一样，以点代面；第二，它把并无内在联系的一些个性或外貌特征联系在一起，断言有这种特征必然会有另一种特征；第三，它说好就全都肯定，说坏就全部否定，这是一种受主观偏见支配的绝对化倾向。总之，晕轮效应是人际交往中对人的心理影响很大的认知障碍，我们在现实生活中要尽量地避免和克服晕轮效应的副作用，而在剧作创作中要充分利用晕轮效应的特殊效果。

证人的记忆

心理学研究证明，很多证人提供的证词都不太准确，或者说是具有个人倾向性，带着个人的观点和意识，不能提供一些客观的事实。

证人对他们的证词的信心并不能决定他们证词的准确性，这一研究结果令人感到惊讶。心理学家珀费可特和豪林斯决定对这一结论进行更深入的研究。他们发现，在证人回忆的精确性上，那些对自己的回答信心十足的人实际上并不比那些没信心的人更高明，但对于一般知识来说，情况就不是这样，信心高的人回忆成绩比信心不足的人好得多。人们对于自己在一般知识上的优势与弱势有自知之明。因此，倾向于修改他们对于信心量表的测验结果。一般知识是一个数据库，在个体之间是共享的，它有公认的正确答案，被试可以自己去衡量。但是，目击的事件不受这种自知之明的影响。

剧作家的目的，是唤起想象，而非灌输信息。优秀的剧作家，既是一个认真对待事实的"科学家"，需努力探索事实真相，又是一个知道如何讲故事的"萨满教巫师"，需尽量叙述超越一般知识范畴的神秘独到的体验。

掌握着主动权的详写

《三国演义》对于战争双方的描写，遵循这么一条原则：对于在具体的战役战斗中掌握着主动权的详写，处于被动的一方略写。对于在未来的战争中处于胜利者的一方详写，而对于失败者的一方，却只给予陪衬性质的描写。这种结构布局井然有序，所产生的艺术效果，就是能够使观众对整个战争的全貌有一个有条不紊的认识，对于整个战争的发展有一个明确的概念，使观看时思路清晰，没有糊涂一片的感觉。

爱情场景：如何处理爆胎

《故事》里提到了一句编剧箴言：一句好莱坞老话是这样表达的："如果一个场景是讲述那个场景所讲述的东西，那么你算是掉进粪坑里了。"那么，我们应该如何去写一个爱情场景？麦基举例说明：让两个人去换汽车轮胎。

应该如何去写一个爱情场景？让两个人去换汽车轮胎。把这个场景写成一个如何处理爆胎问题的真正的教科书。让所有的对白和动作都是关于千斤顶、扳手、毂盖和螺母的："把那个递给我，成吗？""当心！""别弄脏了你的手。""让我来……喔约。"演员们将会演绎场景的真正动作，所以要给他们留有余地，让他们完全从内心把那种浪漫之情表现出来。当他们四目相接，火花飞进时，我们将会知道到底发生了什么，因为那种感觉在演员不言而喻的思想和情感之中。当我们看透表面之后，我们将会带着会心的笑，向椅背上一靠："瞧瞧，他们哪里是在换汽车轮胎啊？哥有情妹有意。他们算是对上眼了。①

把爱情场景写成一个如何处理爆胎，编剧需要插入大量的生活俗事，使两人处于一种真实的生活实景中，有实实在在的感受，感受到在换汽车轮胎动作下面有情有义，对上眼了的情感交流过程。

---

① ［美］罗伯特·麦基著，周铁东译：《故事——材质、结构、风格和银幕剧作的原理》，中国电影出版社 2001 年版，第 298 页。

编剧时常会被提醒，表面文章一定要做足，文章表面做足的真意是要让人通过表面现象看到潜在文本，像潜台词的处理一样，露出的冰山仅仅是一小部分，真正的存在藏在这个水下，你看见的似乎无情的冷漠，但一定能通过看到露出的严寒去感受到藏匿在下面的活力和魅力。

图书在版编目(CIP)数据

电视剧写作概论/姚扣根著. —上海:上海人民
出版社,2016
(上海戏剧学院编剧学教材丛书)
ISBN 978-7-208-13541-3

Ⅰ.①电… Ⅱ.①姚… Ⅲ.①电视文学剧本-创作方
法-高等学校-教材 Ⅳ.①I053.5

中国版本图书馆 CIP 数据核字(2016)第 000557 号

责任编辑 赵蔚华
封面装帧 张志全

上海戏剧学院编剧学教材丛书

电视剧写作概论

姚扣根 著

出　　版　上海人民出版社
　　　　　(201101　上海市闵行区号景路 159 弄 C 座)
发　　行　上海人民出版社发行中心
印　　刷　上海商务联西印刷有限公司
开　　本　890×1240　1/32
印　　张　11.75
插　　页　2
字　　数　344,000
版　　次　2016 年 1 月第 1 版
印　　次　2023 年 2 月第 5 次印刷
ISBN 978-7-208-13541-3/J·435
定　　价　58.00 元